W.

Jubiläum: Der zehnte Fall für Zorn und Schröder

Endlich! Hauptkommissar Claudius Zorn und seine Freundin, Oberstaatsanwältin Frieda Borck, sind zusammengezogen. Trautes Heim, Glück allein. Doch ein heikler Fall verlangt Frieda vor Gericht alles ab, sie ist kaum zu Hause und so macht sich der handwerklich wenig begabte Zorn allein daran, eine Lampe im neuen Kinderzimmer seines Sohns aufzuhängen. Ein fataler Fehler, wie er kurze Zeit später feststellen wird. Aber zuvor wird er zusammen mit Schröder ins Landgericht gerufen. Eine Frauenleiche lag drei Tage lang unbemerkt in einer Toilettenkabine. Wie konnte das niemandem auffallen? In einem öffentlichen Gebäude? Noch dazu, da die Frau als Zeugin in Friedas Prozess aussagen sollte? Der Obduktionsbericht bescheinigt schließlich eine natürliche Todesursache. Für Zorn ist damit alles klar, aber Schröder ist nicht überzeugt. Er hat da so ein »Gefühl«, wie er es nennt. Doch noch bevor Schröder dem weiter nachspüren kann, versetzt Zorn ihn in höchste Alarmbereitschaft, als er im Büro einen Krampfanfall erleidet und unter Lebensgefahr ins Krankenhaus eingeliefert wird …

Stephan Ludwig arbeitete als Theatertechniker, Musiker und Rundfunkproduzent. Er hat drei Töchter, einen Sohn und keine Katze. Zum Schreiben kam er durch eine zufällige Verkettung ungeplanter Umstände. Er lebt und raucht in Halle.

Außerdem bei FISCHER erschienen:
»Zorn – Tod und Regen«, »Zorn – Vom Lieben und Sterben«, »Zorn – Wo kein Licht«, »Zorn – Wie sie töten«, »Zorn – Kalter Rauch«, »Zorn – Wie du mir«, »Zorn – Lodernder Hass«, »Zorn – Blut und Strafe«, »Zorn – Tod um Tod«, »Unter der Erde. Thriller«
Die Bände 1–5 der Zorn-Reihe sind mit Stephan Luca und Axel Ranisch in den Hauptrollen fürs Fernsehen verfilmt.

Weitere Informationen finden Sie auf www.fischerverlage.de
Claudius Zorn ist auch auf Facebook.

Stephan Ludwig

ZORN

Zahltag

THRILLER

FISCHER Taschenbuch

Aus Verantwortung für die Umwelt hat sich der S. Fischer Verlag zu einer nachhaltigen Buchproduktion verpflichtet. Der bewusste Umgang mit unseren Ressourcen, der Schutz unseres Klimas und der Natur gehören zu unseren obersten Unternehmenszielen.

Gemeinsam mit unseren Partnern und Lieferanten setzen wir uns für eine klimaneutrale Buchproduktion ein, die den Erwerb von Klimazertifikaten zur Kompensation des CO_2-Ausstoßes einschließt.

Weitere Informationen finden Sie unter: www.klimaneutralerverlag.de

MIX
Papier aus verantwortungsvollen Quellen
FSC® C083411
FSC www.fsc.org

Originalausgabe
Erschienen bei FISCHER Taschenbuch
Frankfurt am Main, November 2020

Satz: Fotosatz Amann, Memmingen
Druck und Bindung: CPI books GmbH, Leck
Printed in Germany
ISBN 978-3-596-70501-6

ERSTER TEIL

Die Frau im gelben Kleid

Eins

Sie war in Eile.

Was völlig unnötig war, denn als die Frau im gelben Kleid aus dem Taxi stieg, hatte sie exakt noch einundzwanzig Minuten zu leben. Diese Tatsache war ihr natürlich nicht bewusst, und so reichte sie dem Fahrer wortlos einen Geldschein durch das offene Fenster und verschwand im Landgericht, ohne zu ahnen, dass hinter dem imposanten Eingangsportal der Tod auf sie wartete.

Den Beamten an der Sicherheitsschleuse würdigte sie keines Blickes, hielt ihm nur stumm ihren Ausweis entgegen, eine attraktive Frau in einem gelben, ärmellosen Kleid mit der Konfektionsgröße achtunddreißig, die sie seit ihrer Teenagerzeit trug. Ungeduldig presste sie die Lippen aufeinander, als sie aufgefordert wurde, ihre Handtasche zu öffnen, lief dann durch die kreisrunde, über zwanzig Meter hohe Eingangshalle und stoppte vor einer Anzeigetafel. Sie spürte den Blick des Beamten im Rücken, achtete jedoch nicht darauf. Schließlich wusste sie nicht, dass dies der letzte von zahllosen Männerblicken war, die ihr in ihrem zweiundvierzigjährigen Leben gefolgt waren.

Draußen herrschte hochsommerliche Hitze, doch unter der reich verzierten Kuppel war es kühl wie in einer Kathedrale. Geschäftiges Gemurmel war zu hören, Männer in Anzügen liefen umher, Frauen in Businesskostümen, die einen trugen schwere Aktentaschen, andere Ledermappen unter dem Arm.

Mit gerunzelter Stirn überflog die Frau im gelben Kleid die

Tafel, fand schließlich, wonach sie gesucht hatte und lief über eine geschwungene Treppe hinauf ins erste Stockwerk. Ihre hohen Absätze hallten von den bunten, in Gold und allen erdenklichen Pastellfarben gestrichenen Wänden wider. Sie verstaute den Ausweis im Gehen in ihrer Handtasche, blieb neben einer stuckverzierten Säule stehen, sah sich einen Moment ratlos um, wandte sich dann nach links in einen Korridor und erreichte nach ein paar Metern eine hohe, geschwungene Tür, neben der zwei Polizisten auf gepolsterten Stühlen saßen. Sie las die Saalnummer, registrierte, dass sie ihr Ziel erreicht hatte, und blieb unschlüssig stehen.

»Sie sind als Zeugin geladen?«

Der Polizist, ein breitschultriger junger Mann, lächelte sie freundlich an.

»Ja.« Die Frau im gelben Kleid sah auf ihre Uhr, das goldene Armband blitzte auf. »Um neun Uhr dreißig.«

Sechs Minuten waren vergangen, seit sie das Landgericht betreten hatte.

»Sie werden aufgerufen«, sagte der Polizist. »Am besten, Sie setzen sich.«

Er wies auf die links und rechts aufgereihten Stühle. Die meisten waren frei, nur in ein paar Metern Entfernung saßen zwei Männer, die mit ihren Handys beschäftigt waren.

»Es kann eine Weile dauern«, fuhr der Polizist fort. Er schien deutlich gesprächiger zu sein als seine Kollegin, eine zierliche junge Frau, die still, fast schüchtern neben ihm saß, die Hände im Schoß der Uniformhose gefaltet.

Die Frau, deren Lebenserwartung jetzt knapp unterhalb der Länge der 20-Uhr-Ausgabe der Tagesschau lag, nahm schräg gegenüber Platz. Der Polizist langte neben sich, holte eine Thermoskanne aus einem Rucksack, goss Kaffee ein und bot ihn seiner Kollegin an. Diese wehrte kopfschüttelnd ab, er trank selbst, flüsterte ihr etwas ins Ohr. Sie gab eine kurze, ebenso leise Erwiderung.

Stuhlbeine scharrten, einer der beiden Männer legte sein Handy beiseite und kam herbeigeschlendert. Eine verspiegelte Sonnenbrille baumelte im Ausschnitt seines Polohemds, die Gummisohlen seiner weißen Sneakers quietschten auf den Steinfliesen. Die Frau im gelben Kleid versteifte sich, als er wie selbstverständlich neben ihr Platz nahm und sich mit unterdrückter Stimme als Mitarbeiter der örtlichen Boulevardzeitung vorstellte.

»Dürfte ich Sie …«

»Nein«, presste die Frau hervor.

»In welchem Verhältnis stehen Sie zu den Angeklagten?« Der Reporter ließ nicht locker. »Die Staatsanwaltschaft hat Sie als Zeugin einbestellt, was genau werden Sie …«

»Ich will nicht mit Ihnen reden!«

Die Stimme der Frau wurde schrill. Ihre Finger umklammerten die Handtasche. Die grellrot lackierten Nägel gruben sich in das beigefarbene Leder.

»Wenn Sie wünschen«, fuhr der Reporter unbeirrt fort, »werden wir Ihre Informationen vertraulich behandeln. Wir …«

»Sie haben's doch gehört«, unterbrach der Polizist sanft. »Die Dame möchte nicht mit Ihnen reden. Und fotografiert werden«, er hob die Stimme, »will sie auch nicht!«

Die letzten Worte galten dem zweiten Mann, der unbemerkt näher gekommen war und jetzt an Stelle des Handys eine klobige Kamera in den Händen hielt.

Der Reporter berief sich wortreich auf die Pressefreiheit und das Recht der Öffentlichkeit auf Information, während das Blitzlicht der Kamera durch den Flur flackerte, unterlegt mit dem nähmaschinenartigen Klackern des Auslösers. Die Frau im gelben Kleid erbleichte, wandte den Kopf ab. Der Fotograf kam näher, ging vor ihr in die Knie, das lange Objektiv wie ein Kanonenrohr auf ihr Gesicht gerichtet.

»Es reicht.«

Der junge Polizist stellte den Kaffeebecher neben sich auf den Boden und stand auf. Das Hemd spannte über seiner breiten Brust. Seine Uniform war neu, er trug sie offensichtlich erst seit kurzem. Ebenso wie seine Begleiterin schien er noch nicht lange im Dienst zu sein, im Gegensatz zu ihm wirkte die Uniform bei ihr allerdings viel zu groß um die schmalen Schultern.

Freundlich, aber bestimmt wiederholte der Polizist seine Forderung. Das folgende Wortgefecht beendete er mit der knappen Ankündigung, den beiden einen Platzverweis zu erteilen, allerdings erst, nachdem er die Kamera eingezogen habe.

»Die können Sie später im Präsidium abholen«, erklärte er. »Bei der Gelegenheit dürfen Sie sich gern über mich beschweren, meine Herren. Mein Name ist Vaatz, Polizeimeister Hendryk Vaatz.«

Der Reporter setzte zu einer heftigen Erwiderung an, doch in diesem Moment öffnete sich die schwere Saaltür und seine Aufmerksamkeit richtete sich auf eine junge Frau in fliederfarbenem Kostüm, die in den Flur trat, nachdem sie die Tür hinter sich geschlossen hatte.

»Frau Borck!« Der Reporter sprang auf. »Gibt es neue Erkenntnisse der Staatsanwaltschaft? Wann ist mit der Urteilsverkündigung zu …«

»Der Prozess«, unterbrach die Staatsanwältin knapp, »ist auf zwanzig Tage angesetzt. Heute ist der vierte Verhandlungstag. Wann das Urteil verkündet wird, sollten selbst Sie sich ausrechnen können.«

Der Reporter bombardierte sie mit weiteren Fragen, unterstützt von seinem Kollegen, der die Kamera herumgerissen hatte und hektisch ein Foto nach dem anderen schoss. Die Staatsanwältin ertrug das Blitzlichtgewitter mit stoischer Miene, offensichtlich war sie die Prozedur gewohnt, ebenso wie die Fragen, die mit der Geschwindigkeit eines Schnellfeuergewehrs auf sie einprasselten. Der junge Polizist machte Anstalten, ihr beizuspringen, doch sie hielt ihn mit einem knappen Kopfschütteln zurück.

»Wir sind mitten in der Beweisaufnahme«, erklärte sie dem Reporter. »Ich weiß nicht, wie oft ich's Ihnen schon gesagt habe, aber ich wiederhol's gern noch mal: Wenn Sie Fragen haben, wenden Sie sich an die Pressestelle.« Die Verhandlung, fügte sie hinzu, sei für heute unterbrochen worden, die Angeklagten hätten den Saal durch einen anderen Ausgang verlassen und seien bereits auf dem Rückweg zum Untersuchungsgefängnis. »Sie können mich gern noch stundenlang weiterknipsen, meine Herren. Das sind allerdings die einzigen Bilder, die Sie heute bekommen werden.«

Die beiden zogen murrend ab. Die Staatsanwältin wartete, bis sie um die Ecke verschwunden waren, dann wandte sie sich an die Frau im gelben Kleid.

»Sie haben's gehört, die Verhandlung ist unterbrochen. Tut mir leid, dass Sie sich umsonst herbemüht haben. Ich würde Sie morgen um zehn in den Zeugenstand rufen, das passt Ihnen hoffentlich?«

Die Frau im gelben Kleid nickte. Auch die Frage, ob sie bei ihrer Aussage bleibe, bejahte sie, das Angebot, ihre Anfahrtskosten zu erstatten, lehnte sie allerdings ab. Eine richtige, wenn auch unbewusst getroffene Entscheidung, denn jetzt blieben ihr nur noch drei Minuten, eine Zeitspanne, die nicht einmal ausgereicht hätte, das Antragsformular auszufüllen.

»Geht es Ihnen gut?«

Die Staatsanwältin sah sie forschend an.

»Ja«, erwiderte die Frau im gelben Kleid, steif auf der Stuhlkante sitzend. »Ich würde mich gern ein wenig frisch machen.«

Zwanzig Meter den Gang hinunter, erklärte die Staatsanwältin, sei eine Toilette. Sie nickte erst der Frau, dann den beiden Polizisten zu und verschwand wieder im Verhandlungssaal.

Die Frau im gelben Kleid lief über den Flur zur Damentoilette, trat ein und lehnte sich an die geflieste Wand. Sie schloss kurz die Augen, dann beugte sich über das Waschbecken, trank einen Schluck Wasser, richtete sich wieder auf und betrachtete ihr Gesicht im Spiegel. Stirnrunzelnd spitzte sie die Lippen, öffnete ihre Handtasche. Als die Tür hinter ihr geöffnet wurde, stand sie gebeugt über dem Waschbecken und zog sich mit routinierten, tausendfach ausgeführten Bewegungen die Lippen nach.

Schritte erklangen, am Waschbecken neben ihr wurde ein Wasserhahn geöffnet. Die Frau im gelben Kleid, noch immer auf ihr Spiegelbild konzentriert, hörte ein Klappern, als ein großer Ring auf die Ablage über dem Waschbecken gelegt wurde, und sah aus den Augenwinkeln, wie die junge Polizistin sich neben ihr die Hände wusch.

»Ihr Kollege hätte mir vorhin nicht helfen müssen.« Ein letzter, prüfender Blick, dann verstaute die Frau den Lippenstift wieder in der Handtasche. »Trotzdem, es war nett. Richten Sie ihm Grüße aus.«

»Natürlich.«

Der Wasserhahn schloss sich, die Polizistin trocknete die Hände. Ihre Blicke trafen sich im Spiegel. Sie ist jung, dachte die Frau im gelben Kleid, fast noch ein Kind.

»Dürfen Sie so was überhaupt tragen? Im Dienst, meine ich.«

Sie wies auf den Ring auf der Ablage. Zwei funkelnde grüne Steine, jeder in etwa so groß wie ein Fünfzig-Cent-Stück, eingerahmt von winzigen Perlen. Modeschmuck natürlich, billiger Strass, viel zu klobig für den Geschmack der Frau im gelben

Kleid, die dezenteren, echten Schmuck bevorzugte. Doch er gefiel ihr irgendwie.

»Nein.« Die Polizistin griff nach dem Ring. »Eigentlich nur nach Dienstschluss.«

»Der ist schön.«

Die Frau im gelben Kleid wandte sich um, betrachtete die Kabinen und erinnerte sich, warum sie eigentlich hergekommen war.

»Er ist nicht nur schön«, sagte die Polizistin hinter ihr. »Er ist auch nützlich.«

Das, fand die Frau im gelben Kleid, war eine merkwürdige Aussage. Sie sollte allerdings nie eine Erklärung bekommen, denn die letzten Sekunden waren abgelaufen und ihr irdisches Dasein fand ein abruptes, doch immerhin nahezu schmerzfreies Ende.

Zwei

»Ist das … *Pflaumenmus*?«

Zorn nahm die Füße vom Schreibtisch, schob die Brille auf die Stirn, damit seine emporgezogenen Brauen besser zur Geltung kamen und bedachte erst Schröder, dann den gefüllten Berliner mit einem Blick, der Abscheu und Entsetzen zugleich ausdrücken sollte.

»Die mit Marmelade waren ausverkauft«, erklärte Schröder.

»Ich *hasse* Pflaumenmus«, knurrte Zorn und schob den Teller mit den Fingerspitzen der gesunden Hand neben die Tastatur seines Rechners. »Den kannst du jedenfalls selbst essen.«

»Vielleicht ist's dir ja entfallen, aber ich bin Diabetiker.«

»Du hast für alles ’ne Ausrede, was?«

Schröder nahm achselzuckend gegenüber Platz, zog eine Schublade auf und begann, einen Bleistift zu spitzen, während Zorn sich wieder seiner Lektüre der Morgenzeitung widmete.

Vor knapp zwei Jahren hatte Zorn die Leitung der Abteilung übernehmen müssen, nachdem Schröder einem Verdächtigen mit der Dienstwaffe die Kniescheibe zertrümmert hatte. Später hatte man Schröder angeboten, in seine alte Stellung zurückzukehren, doch dieser hatte abgelehnt, worauf Zorn auf dem verhassten Posten sitzengeblieben war. Er hatte alles versucht, Schröder umzustimmen, doch dieser war (ebenso wie Zorn) ein Dickkopf. Er selbst, hatte Schröder gesagt, werde entscheiden, ob und wann er die Leitung wieder übernehme. Zorns einzige Möglichkeit war, seine Drohungen (*ich werde dir das Leben zur Hölle machen, verlass dich drauf!*) wahr zu machen, jedenfalls in einem gewissen Rahmen. Heute Morgen zum Beispiel hatte er seinen Untergebenen in die Kantine geschickt, da ihn, wie er sich ausgedrückt hatte, *nach etwas Süßem gelüste.*

Schröder schloss die Schublade mit einem leisen Knall. Zorn seufzte pikiert ob der frechen Störung, blätterte geräuschvoll um und überflog einen Artikel, in dem über angebliche Mauscheleien beim Bau einer Brücke für die neue Westumfahrung der Autobahn spekuliert wurde.

Die letzten Monate waren ruhig verlaufen. Abgesehen von einer anonymen Morddrohung gegen den Intendanten des Opernhauses (die sich später als Racheakt eines betrunkenen Cellisten herausgestellt hatte), war kaum etwas zu tun gewesen. Was den phlegmatischen Claudius Zorn betraf, konnte das natürlich in alle Ewigkeit so bleiben, schließlich bedeutete dies auch, dass es im Endeffekt egal war, wer von ihnen beiden der Chef war. Mehr noch, Zorn hatte die Möglichkeit, die Sonnenseiten seiner Position zu genießen, musste keine Verantwortung übernehmen und konnte Schröder herumscheuchen, wie es ihm beliebte. Angesichts der Situation war das eigentlich nicht nötig, Zorn hatte alles, was er brauchte (seine Ruhe). Doch Claudius Zorn war nicht der Mensch, der eine einmal ausgestoßene Drohung einfach im Sande verlaufen ließ.

»Gab's Zimtschnecken?«

Schröder hob den Kopf. »Wie meinen?«

»In der Kantine. Gab's da Zimtschnecken?«

»Ich kann mich nicht erinnern«, sagte Schröder, nachdem er einen Moment nachgedacht hatte.

»Bist du so lieb und schaust nach?« Zorn ließ die Zeitung sinken. »Vielleicht findest du ja auch was anderes. *Ohne* Pflaumenmus.«

Schröders Augen verengten sich unmerklich. Er spielte das Spielchen mit, aus Zeitvertreib. Es gab Grenzen, das wusste Zorn. Ebenso war ihm bewusst, dass er sich auf dünnem Eis bewegte. Um nichts in der Welt hätte er Schröder wieder verlieren wollen, eher hätte er sich zwei weitere Finger abgehackt.

»Ach komm, Schröder. Ein bisschen Bewegung sollte dir nicht schaden.«

»Findest du?«

Schröder stand auf, strich das karierte Hemd über dem Bauch glatt. Er hatte abgenommen, fünf, wenn nicht sieben Kilo. Sicherlich, sein gutmütiges Gesicht war rund und rosig wie eh und je, doch das Doppelkinn war merklich zurückgegangen, der Gürtel der abgetragenen Cordhose mindestens zwei Löcher enger geschnallt. Kein Wunder, schließlich kam Schröder seit ein paar Monaten jeden Morgen ins Präsidium geradelt, auf einem nagelneuen, rosafarbenen Rennrad, das er sich zugelegt hatte, nachdem seine geliebte Schwalbe im letzten Winter endgültig den Geist aufgegeben hatte.

Schröder sah gut aus, fand Zorn, doch er würde den Teufel

tun, dies zuzugeben. Komplimente bekam Schröder von Frieda und das, fand Zorn, musste reichen.

»Ja«, nickte Zorn, der seinem fünfzigsten Geburtstag entgegensah und mittlerweile froh war, wenn er die zwanzig Meter über den Parkplatz zu seinem Volvo ohne einen Herzanfall überstand. »Finde ich.«

Schröder sah Zorn stirnrunzelnd an.

»Ich würde ja selbst gehen.« Zorn richtete sich auf, streckte theatralisch den Rücken. »Aber ich muss mich schonen. Der Umzug steckt mir immer noch in den Knochen, eine ätzende Plackerei.«

Eine schamlose Lüge, die wie immer locker die Lippen des Hauptkommissars verließ. Er wohnte jetzt seit einer knappen Woche mit Frieda zusammen, den Umzug hatte Frieda organisiert und ein Transportunternehmen angeheuert. Das Schwerste, was Zorn persönlich getragen hatte, war eine Kiste mit den Legosteinen seines kleinen Sohnes gewesen.

Zorn schlug Schröder vor, das Treppenhaus hinunter in die Kantine zu nehmen, dozierte über die Kalorien, die er dabei verbrennen würde und den Muskelaufbau, der gerade für Männer in Schröders Alter besonders wichtig sei.

»Nichts gegen dich, Schröder, aber ein übergewichtiger Körper hat besonders hohe Fettanteile, und die … was ist denn?«

Schröder war plötzlich aufgesprungen, hatte den Papierkorb neben dem Garderobenständer gegriffen, stellte ihn vor Zorn auf den Boden und musterte seinen verdutzten Vorgesetzten mit besorgter Miene.

»Vorsichtsmaßnahme. Falls du dich übergeben musst, Chef.«

Erst jetzt wurde Zorn bewusst, dass er die letzten Worte kauend hervorgebracht hatte und registrierte den Berliner in seiner verstümmelten Hand, den er, in seine medizinischen Ausführungen vertieft, bereits halb aufgegessen hatte.

»Du brauchst frische Luft.« Schröder riss das Fenster auf. »Wir dürfen deine Abneigung gegen Pflaumenmus nicht unterschätzen. Ein Signal deines Körpers und deutliches Zeichen einer Unverträglichkeit.« Er nahm eine Akte vom Schreibtisch, ging vor Zorn in die Hocke und fächelte ihm Luft zu. »Wie fühlst du dich?«

»Lass den Quatsch, Schröder, ich …«

»Du bist ganz blass! Herrje!« Schröder riss entsetzt die Augen auf. »Und Schaum vorm Mund hast du auch! Das ist ein … *anaphylaktischer Schock*! Nein«, korrigierte er sich dann, »kein Schaum, das ist Puderzucker, aber wir sollten trotzdem den Notarzt rufen, findest du nicht?«

Nun, das fand Claudius Zorn ganz und gar nicht. Er murmelte verlegen, dass es sich überhaupt nicht um Pflaumenmus, sondern um etwas anderes handele (was gelogen war), Himbeergelee vielleicht (nächste Lüge), das eigentlich gar nicht so übel sei (Lüge Nummer drei), vertilgte den Berliner unter Schröders argwöhnischen Augen und stellte wieder einmal fest, dass es sinnlos war, sich mit Schröder messen zu wollen. Er, Claudius Zorn, war diesem kleinen Mann in allen, wirklich allen Belangen hoffnungslos unterlegen.

Drei

»Willst du noch Wein?«

Frieda nickte, also goss Zorn nach. Seit sechs Tagen wohnten sie jetzt zusammen, doch es war der erste Abend, den sie gemeinsam auf dem neuen Ledersofa verbrachten. Frieda war mit ihrem Prozess beschäftigt, dem ersten, bei dem sie als frischgebackene Oberstaatsanwältin die Anklage führte. Wenn sie die Wohnung um halb sieben Uhr morgens verließ, lag Zorn noch in seligem Schlummer, und wenn sie am späten Abend nach Hause kam, war sie zu erschöpft, um mehr als ein paar zusammenhängende Sätze hervorzubringen.

Auch jetzt sah sie müde aus. Sie hockte mit angewinkelten Beinen auf dem Sofa, ein Handtuch um das noch feuchte Haar geschlungen. Nachdem sie sich abgeschminkt hatte, waren die dunklen Ringe um ihre Augen unübersehbar, doch sie sah schön aus, fand Zorn, in ihrem leicht abgeschabten Frotteebademantel gefiel sie ihm weit besser als in einem ihrer Businesskostüme (was er ihr bisher allerdings wohlweislich verschwiegen hatte).

Sie nippte an ihrem Wein, fragte, wie es im Präsidium gewesen sei. Wie immer in letzter Zeit, erwiderte Zorn wahrheitsgemäß, langweilig. Er stellte keine Gegenfrage. Zum einen, weil er überzeugt war, dass sie tagsüber mehr als genug mit ihrer Arbeit zu tun hatte. Zum anderen wusste er, *womit* sie sich beschäftigte.

Er selbst hatte vor Jahren mit Schröder in einer Mordserie ermittelt. Damals war eine Gruppe Teenager nach und nach regelrecht abgeschlachtet worden. Alle waren als Kinder missbraucht worden, auch der Mörder, der, selbst fast noch ein Kind, zum Schluss vor ihren Augen vom Dach eines Hochhauses gesprungen war. Der Fall hatte Zorn gehörig aus der Bahn geworfen, doch diesmal, fand er, war es schlimmer, denn es ging nicht um Opfer, sondern um Täter.

Ein Kinderpornoring. Die Hauptangeklagten waren zwei Brüder, einer hatte die Filme aufgenommen, der andere eine Plattform im Darknet betrieben. Die beiden schwiegen beharrlich, und so war man ausschließlich auf Indizien angewiesen, auf Chatverläufe, Zeugenaussagen und natürlich auf die

Filme selbst, von denen hunderte, wenn nicht tausende sichergestellt worden waren. Zorn war damals nicht in der Lage gewesen, sich etwas davon anzusehen, auch Schröder hatte sich geweigert (aus gutem Grund, wie sich später herausstellte), doch das, was Zorn damals mitbekommen hatte, verfolgte ihn bis heute.

Er fragte, ob sie etwas Musik hören wolle.

Sie schüttelte den Kopf. »Lass uns einfach hier sitzen. Nur kurz, okay?«

Zorn betrachtete ihre schmale, müde Gestalt und fragte sich, wie sie das alles schaffte. Der Fall war zu groß, zu spektakulär, als dass man die lokale Polizei einbezogen hätte, der stellvertretende Bundesjustizminister persönlich hatte eine Sondereinheit des Bundeskriminalamtes mit den Ermittlungen betraut. Was gut war, sehr gut sogar, jedenfalls für den sensiblen Claudius Zorn, der das alles nur aus der Ferne betrachten musste, gleichzeitig aber ein schlechtes Gewissen hatte.

»Irgendwie ist das ungerecht«, sagte er. »Ich meine, du wühlst den ganzen Tag in diesem … Dreck, und was mache ich? Ich drehe Däumchen.« Er hob die gesunde Hand, bewegte den Daumen. »So'n Quatsch, geht ja gar nicht. Ich hab ja nur noch einen.«

Frieda lächelte. Ein müdes Lächeln, passend zu einem müden Scherz.

»Die Bücher.« Sie seufzte, bedachte die Umzugskisten neben der Balkontür mit einem lustlosen Blick. »Die wollte ich noch auspacken.«

»Das machen wir morgen.«

»Und die Gardinen in Edgars Kinderzimmer, die …«

»… hab ich vorhin aufgehängt.«

»Ach.«

»Sein Regal hab ich auch eingeräumt«, fügte Zorn stolz

hinzu. »Und 'ne neue Lampe gekauft, die hängen wir über sein Bett. *Spiderman*, er wird ausflippen.«

»Du bist so … fleißig.«

»Das bin ich«, nickte er ernst.

Frieda unterdrückte ein Gähnen, leerte ihr Weinglas. Er deutete fragend auf die halbvolle Flasche. Sie lehnte kopfschüttelnd ab, also nahm er ihr Glas, stellte es auf den Tisch, legte einen Arm um ihre Schulter und zog sie an sich.

»Dieser Kadelberg«, murmelte sie, »ist ein verdammtes Arschloch.«

Zorn wusste, von wem sie sprach, dem Verteidiger eines der Angeklagten. In der Presse wurde ausführlich über den Prozess berichtet, selbst im *Spiegel* war ein Artikel über den *mit allen Wassern gewaschenen Staranwalt* aus der Hauptstadt erschienen, der das Gericht mit immer neuen Beweisanträgen bombardierte, um den Prozess so weit wie möglich in die Länge zu ziehen. Der Sinn hinter dem Ganzen war klar: Je komplizierter eine Verhandlung wurde, desto wahrscheinlicher war ein Verfahrensfehler, und dann würde der Prozess neu aufgerollt werden müssen.

»Gestern hat er einen Befangenheitsantrag gegen die Richterin gestellt.« Sie rückte näher, kuschelte sich an ihn. »Die Verhandlung ist unterbrochen worden, ich musste eine Zeugin nach Hause schicken. Und heute …«, ein weiteres, herzhaftes Gähnen, »ist sie nicht erschienen. Ich stand da wie 'ne Bekloppte. Du hättest sein Gesicht sehen sollen. Dieses Grinsen. Am liebsten hätte ich ihm in seine parfümierte Fresse gehauen.«

»Na, na, na.« Zorn tätschelte ihre Schulter. »Nicht so vulgär, Frau Staatsanwältin.«

»*Ober*staatsanwältin, wenn ich bitten darf.«

Friedas Stimme wurde schwer. Zorn konnte ihr Gesicht nicht sehen, doch er spürte, wie ihr die Augen zufielen.

»Ich muss aufpassen«, murmelte sie. »Ich bin jung.«

»Das bist du«, nickte Zorn, ohne den geringsten Schimmer zu haben, was sie meinte. »*Sehr* jung.«

»Ich bin ’ne Frau.«

»Allerdings.«

»Die warten nur darauf, dass ich Mist baue.«

Jetzt dämmerte Zorn, dass Frieda noch immer vom Prozess sprach, wen genau sie mit *die* meinte, war ihm allerdings nicht klar. Den gegnerischen Anwalt womöglich, vielleicht auch die Presse oder missgünstige Kollegen. Es stimmte, Frieda *war* jung, sie *war* eine Frau (wunderschön, wie Zorn fand), und es war davon auszugehen, dass angesichts ihrer steilen Karriere nicht jeder ihr den Erfolg gönnte. Was Zorn betraf, war das nur schwer nachvollziehbar, ihm selbst war sein beruflicher Aufstieg herzlich egal, doch Missgunst, hatte er in seinem nun fast fünf Jahrzehnte dauernden Leben erkannt, war Teil der menschlichen Natur. (Niemand, hatte Schröder einmal gesagt, kann sich dagegen wehren. Neid gehört zu uns, wie Ananas auf eine Pizza Hawaii. Wir Menschen sind nun einmal so, ob es uns gefällt oder nicht.)

»Du kriegst das hin, Frieda.«

»Klar«, nuschelte sie. »Klar krieg ich das hin.«

Ihre Finger schlossen sich um seine verstümmelte Hand. Er lauschte ihrem ruhiger werdenden Atem und dem leisen Verkehrsrauschen, das durch die gekippte Balkontür hereindrang. Irgendwo im Haus gegenüber wurde ein Fenster geöffnet, die Titelmelodie der Tagesthemen wehte heran.

Tja, dachte er. Da bin ich also, in meinem neuen Zuhause.

Eigentlich hatte er nicht mehr damit gerechnet gehabt, jemals mit Frieda zusammenzuziehen. Sicherlich, er hatte es sich gewünscht, doch es war eine unkonkrete, nebelhafte Vorstellung gewesen, wie damals, als er als Sechsjähriger seine erste

Lassie-Folge gesehen hatte und alles, wirklich alles dafür gegeben hätte, einen Hund (einen Collie natürlich) zu bekommen. Die Konsequenzen hatten ihn nicht interessiert (wie auch?, er war ein Kind, wollte einfach nur diesen *Hund*), und auch über ein gemeinsames Leben mit Frieda hatte er bisher nicht weiter nachgedacht. Er hatte es sich einfach nur gewünscht, und nachdem er es ein paarmal zaghaft *(sehr* zaghaft) angesprochen und keine Reaktion erhalten hatte, da hatte er sich damit abgefunden gehabt. Bis Frieda vor drei Monaten eher beiläufig verkündet hatte, eine passende Wohnung gefunden zu haben: sanierter Altbau, Balkon, achtundneunzig Quadratmeter, direkt am Fluss, trotzdem nur einen Katzensprung vom Marktplatz entfernt. Vergleichsweise teuer, doch zwei Beamte in ihren Gehaltsklassen (unkündbar und mit Pensionsanspruch) waren der Traum eines jeden Vermieters, und knapp tausend Euro Kaltmiete waren ein Klacks.

Kurz waren die Zweifel gekommen (schließlich hatte sich der Traum von einem Hund schnell als naives, kindliches Wunschdenken entpuppt, und allein der Gedanke, mit einem hechelnden, sabbernden Vierbeiner zweimal täglich Gassi gehen zu müssen, erschien mittlerweile mehr als absurd), doch dafür war keine Zeit gewesen. Sie hatten sich schnell entscheiden müssen und ehe Zorn sich's versah, war der Mietvertrag unterschrieben.

Frieda zuckte im Schlaf. Behutsam löste er das Handtuch von ihrem Kopf, ließ es neben dem Sofa zu Boden sinken. Er mochte das auf Hochglanz polierte Eichenparkett nicht besonders, es knarrte bei jedem Schritt, ebenso wie die hohen, mit Schnitzereien verzierten Zimmertüren. Den Stuck an den Decken fand er ziemlich kitschig, das marmorgeflieste Bad mit den blitzenden Armaturen und der freistehenden Wanne war ihm schon bei der Besichtigung zu protzig gewesen, doch er hatte nicht viel gesagt. Begeisterung hatte er nicht vorgetäuscht (das hätte Frieda sofort misstrauisch gemacht), also hatte er kurz über den fehlenden Fahrstuhl genörgelt und dann erklärt, dass die Wohnung ganz nett sei: Groß genug, dass sie einander aus dem Weg gehen konnten, ein Zimmer für Edgar gab es auch, wenn er bei seinem Vater übernachtete, und Zorn hatte einen Balkon, auf dem er rauchen konnte. Das alles stimmte, doch im Endeffekt war es egal. Zorn wäre auf einen Zeltplatz oder unter die nächste Brücke gezogen, solange er mit Frieda zusammen war (was er, wie vieles andere auch, natürlich niemals zugegeben hätte).

Er spürte ihren warmen Atem am Bauch. Ihr Haar, noch immer feucht, kitzelte an seinem Kinn. Irgendwann, überlegte er, würde der Farbgeruch verschwunden, die Kisten ausgeräumt, die Wäsche in den Schränken verteilt und die Bilder, die überall an den Wänden lehnten, aufgehängt sein. *Friedas* Bilder, genauer gesagt. Zorn selbst hatte keine besessen, ausgenommen ein *Pixies*-Poster, das er im Flur seiner kleinen Wohnung mit Reißzwecken befestigt hatte. Das Poster, hatte Frieda kurz nach dem Einzug erklärt, würde sich hervorragend in der Küche machen, allerdings erst, nachdem es gerahmt sei.

Sie begann, leise zu schnarchen.

Und? Bin ich jetzt glücklich?

Das bin ich, entschied Zorn. Schließlich hab ich alles, was ich wollte. Ich sitze hier auf einem großen, nagelneuen Ledersofa, die Farbe gefällt mir zwar nicht, aber Frieda hat gemeint, dass *macchiatofarben* hervorragend zum Parkett passt. Ja, ich will nirgendwo anders sein als hier, mit dieser schnarchenden Frau auf dem Schoß, die mir allmählich den Bauch vollsabbert. Bald wird Edgar hier rumtoben, Schröder wird uns besuchen. Was will ich mehr?

So saß er noch eine Weile da, bis auch er irgendwann eindöste. Weit nach Mitternacht wachte er auf, trug Frieda ins Schlafzimmer, und als er sie behutsam ins Bett legte, murmelte sie in ihr Kissen, dass sie diesem *geschniegelten Anwaltsheini* zeigen würde, wo der Hammer hänge. Zorn deckte sie zu, strich das Laken glatt und gab ihr einen Kuss, so, wie er's immer bei Edgar tat.

»Träum schön.«

Das tat sie nicht. Frieda redete im Schlaf, warf sich unruhig von einer Seite auf die andere, und als er am nächsten Morgen erwachte, war sie schon gegangen.

Vier

Punkt sieben Uhr betrat Frieda das Landgericht. Die majestätischen Schläge des Glockenspiels wehten vom Marktplatz herüber, sie grüßte den verschlafenen Beamten an der Sicherheitsschleuse mit einem freundlichen Nicken und lief über die Treppe hinauf ins Obergeschoss. Sie hatte keinen Blick für die prunkvollen Säulen, die geschmiedeten Geländer und das Morgenlicht, das durch die bunten Bleiglasfenster schräg in die Halle fiel. In Gedanken war sie mit dem Prozess beschäftigt, abgesehen davon hielt sie nicht viel von all dem Stuck, dem Gold und den Farben, die den Eindruck erweckten, als wäre dieses Justizgebäude vor über hundert Jahren nicht von einem Architekten, sondern einem bekifften Zuckerbäcker entworfen worden.

Die nächsten anderthalb Stunden verbrachte sie in dem Büro, das man ihr für die Dauer des Prozesses für ihre Vorbereitungen zugewiesen hatte, einem kleinen, vergleichsweise spartanisch eingerichteten Raum, der kaum Platz für den

Schreibtisch, einen schiefstehenden Garderobenständer und den gepolsterten Bürosessel bot. Wie jeden Morgen ging sie den Verhandlungstag in Gedanken durch, las Gutachten, Protokolle, Berichte, obwohl sie die Akten oft genug durchgesehen hatte, manche davon kannte sie auswendig. Doch das, was sie am Vorabend im Halbschlaf zu Zorn gesagt hatte (*ich darf keinen Mist bauen*), war ihr Ernst gewesen, und Voraussetzung dafür war, dass sie sich jedes noch so kleinste Detail genau einprägte, um es bei Bedarf abrufen zu können.

Die Sonne stieg höher, die Luft wurde stickig unter dem Dach des protzigen Baus, und als sie das Büro verließ, kündigte ein leichtes Pochen zwischen den Schläfen aufkommende Kopfschmerzen an. Sie ging eine Etage tiefer, wollte in den Flur zum Verhandlungssaal abbiegen und wurde angesprochen.

»Guten Morgen, Frau Kollegin.«

Kadelberg, der Verteidiger eines der beiden Angeklagten, stand neben einer Säule. Ebenso wie Frieda hielt er seine gefaltete Robe über dem angewinkelten Arm, in der freien Hand trug er eine prall gefüllte Ledertasche. Ein Mann in den Fünfzigern, der für Friedas Geschmack eindeutig zu viel Wert auf sein Äußeres legte: Der Maßanzug saß perfekt, das kurze eisgraue Haar war leicht gegelt, die Lederslipper glänzten, selbst die Krawattennadel schien frisch poliert.

Frieda mochte den Anwalt nicht, die Bemerkung, dass er ein Arschloch sei, war durchaus ernst gemeint gewesen. Das ließ sie sich natürlich nicht anmerken, schließlich lag sie nicht im Frotteebademantel auf dem Sofa, sondern stand hier im Landgericht, dezent geschminkt, in grauem Hosenanzug und hochgeschlossener Bluse, wie es sich für eine Oberstaatsanwältin gehörte.

Sie erwiderte den Gruß, knapp, ein wenig kühl. Ihre Abneigung, das war ihr bewusst, war rein persönlicher Natur. Kadelberg war ein eingebildeter Pfau, seine herablassende, arrogante Art ging ihr gehörig auf die Nerven, doch er tat hier seinen Job. Jeder Mörder, jeder Vergewaltiger, selbst ein Kinderschänder hatte das Recht auf einen fairen Prozess. Die Presse hatte Kadelbergs Mandanten als *skrupelloses Monster* bezeichnet. Das mochte stimmen, doch seine Aufgabe war, die Interessen dieses *Monsters* zu vertreten. Und das, musste Frieda zugeben, tat er hervorragend.

»Vielleicht«, fragte Kadelberg in sanftem Bariton, »hätten Sie heute Nachmittag Zeit für einen Kaffee?«

Sein Lächeln entblößte zwei Zahnreihen, die ein wenig zu weiß, zu gleichmäßig waren, um echt zu sein. Frieda hörte in ihrem Hinterkopf leise Alarmglocken läuten, während sie blitzschnell darüber nachdachte, was Kadelberg mit seiner Einladung wohl im Schilde führte.

Die Angeklagten schwiegen bisher. Das war ihr gutes Recht, und sie taten es, weil ihre Anwälte ihnen dazu geraten hatten. Der jüngere der beiden Brüder war selbst auf einigen der Filme zu sehen, der ältere, Kadelbergs Mandant, hatte sich im Hintergrund gehalten, doch auch gegen ihn war die Beweislage klar. Man hatte seine Spuren im Darknet akribisch verfolgt, das System, mit dem er Kontakt zu den *Kunden* (Friedas Verstand wehrte sich gegen den Begriff, doch ein anderer fiel ihr nicht ein) gehalten und die Zahlungen organisiert hatte, offengelegt. Es gab abgehörte Telefonate, Chatprotokolle, Beweise, dass er die Ausrüstung im Internet besorgt hatte.

»Beim Italiener am Markt? Fünfzehn Uhr, würde das passen?« Kadelbergs Lächeln wurde breiter. »Ich würde Sie natürlich gern einladen, aber das könnte als Bestechungsversuch gewertet werden.«

Das war ein billiger Scherz, doch das Läuten in Friedas Kopf wurde lauter. Was wollte Kadelberg? Einen *Deal*?

»Wird Ihr Mandant aussagen?«

»Nein.«

Mehr hatte Kadelberg nicht zu bieten. Man vermutete, dass hinter den Brüdern eine weitaus größere Organisation stecken musste, nach Einschätzung der Ermittler waren die beiden zwar skrupellos, aber nicht clever genug, ein solches Netzwerk aufzubauen. Doch Beweise gab es dafür nicht.

»Dann«, Frieda raffte die Robe unter dem Arm, »sehe ich keinen Grund für ein Treffen.«

»Vielleicht ein anderes Mal.«

Frieda, die sich bereits zum Gehen gewandt hatte, antwortete nicht. Das Läuten hatte sich zu einem dissonanten Schrillen verstärkt, das Pochen zwischen den Schläfen war einem dumpfen Wummern gewichen. Die Kopfschmerzen näherten sich, unaufhaltsam wie ein heranrasender D-Zug. Sie massierte im Laufen die Schläfen, überlegte weiter, was Kadelberg bezweckte, ohne zu einem Ergebnis zu kommen.

Die Tür zum Verhandlungssaal war noch geschlossen. Erleichtert registrierte Frieda, dass weder der hartnäckige Reporter noch der Fotograf im Flur warteten. Nur die beiden Polizisten saßen wie immer auf ihren Stühlen. Die junge Frau murmelte eine lautlose Begrüßung, ihr Kollege stand auf, strich verlegen das Uniformhemd glatt.

»Guten Morgen, Frau Borck.«

Frieda erwiderte den Gruß, freundlich, doch distanziert. Sie kannte den jungen Mann, erst vor zwei Wochen hatten sie gemeinsam auf Schröders Terrasse gesessen. Hendryk Vaatz hatte seine letzte Prüfung im Frühjahr bestanden, er war einer von Schröders Lieblingsschülern gewesen. Vor einem Jahr noch hatte er seine Ausbildung abbrechen wollen, nachdem er erst die Leiche seiner ermordeten Mutter gefunden und später mit angesehen hatte, wie sein Vater bei lebendigem Leibe verbrannte. Schröder hatte ihn schließlich überredet weiterzumachen. Wie genau er das angestellt hatte, war Frieda nicht klar, doch im Gegensatz zu Schröders Körpergröße war seine Überzeugungskraft gewaltig.

»Geht es Ihnen gut, Hendryk?«

Sie siezten einander. Hier, in den verzweigten Fluren des Landesgerichts war ihr Verhältnis ein anderes: Auf der einen Seite eine Oberstaatsanwältin, die (mit mittlerweile rasenden Kopfschmerzen) auf dem Weg zu einem weiteren, zermürbenden Verhandlungstag war; auf der anderen Seite ein junger Polizist, den seine Vorgesetzten zur Überwachung eines Prozesses abgestellt hatten.

Hendryk nickte, noch immer ein wenig verlegen. Frieda warf einen Blick auf die gusseiserne, verschnörkelte Wanduhr über der Saaltür und stellte fest, dass sie noch ein paar Minuten Zeit hatte.

»Halten Sie das mal bitte.«

Sie drückte Hendryk ihre Robe in die Hand und lief in Richtung Toiletten. Kurz, bevor sie um die Ecke bog, kam ihr erneut Kadelberg entgegen, mit zügigen, federnden Schritten. Er nickte ihr wortlos zu, ein feines Lächeln spielte um seine schmalen Lippen. Die Toilettentür fiel hinter Frieda ins Schloss, die schwere Tasche landete mit einem dumpfen Aufprall auf den Fliesen, sie ging zum Waschbecken, öffnete den Hahn, wartete einen Moment und ließ das kalte Wasser über die Handgelenke laufen.

Ich darf keinen Mist bauen.

Vielleicht, überlegte sie, hatte Kadelberg ja *doch* etwas zu bieten. Abgesehen von den Hintermännern musste es noch eine dritte Person geben, jemanden, der ihnen die Kinder zugeführt hatte. War *das* die Information? Aber es war klar, was Kadelberg dann erwarten würde. Strafminderung.

Frieda ging in die Hocke, kramte ihre Tabletten aus der Tasche. Drückte erst eine, dann eine weitere aus der Packung und spülte sie hinunter, indem sie das Wasser aus den gewölbten Händen trank.

Der jüngere der beiden Angeklagten war pädophil. Sein Handeln war zumindest nachvollziehbar, er war seinen Trieben gefolgt, so krank diese auch sein mochten. Der ältere hingegen war laut Gutachten ein kühl kalkulierender, rational denkender Mensch. Kadelbergs Mandant war keinem Verlangen gefolgt, gegen das er sich nicht hatte wehren können, sondern etwas anderem. Seiner Gier.

Frieda richtete sich auf, drehte das Wasser ab.

Nein. Kein Deal. Keine Absprachen.

Sie hatte die Höchststrafe gefordert, danach lebenslange Sicherungsverwahrung. Alles, was im Rahmen der Gesetze möglich war. Dabei würde es bleiben.

Die Kinder, die sie auf den Filmen identifiziert hatten (bisher waren es zwölf, doch das war erst der Anfang), würde sie nicht vorladen. Das jüngste war ein vierjähriges Mädchen, alle waren in psychologischer Betreuung, doch Frieda war fest entschlossen, ihnen eine Aussage vor Gericht zu ersparen. Und *Kunden*, die das *Material* (zwei aus der Not geborene, trotzdem unpassende Begriffe) gekauft und teilweise weiter vertrieben hatten, würden in einem gesonderten Prozess angeklagt werden.

Blieben die Hintermänner. Falls es sie gab.

Doch es war nicht Friedas Aufgabe, das herauszufinden.

Sie musterte ihr Spiegelbild über dem Waschbecken. Die Falten zwischen Nasenflügeln und Mundwinkeln waren in den letzten Monaten tiefer geworden. Wenn sie die Augen zusammenkniff, waren die Krähenfüße nicht zu übersehen. Trotzdem wirkte Frieda deutlich jünger als sechsunddreißig, was wohl auch an ihrem Haarschnitt lag. Sie war beim Friseur gewesen, trug das Haar jetzt kürzer als Claudius. Er mochte den Bubikopf (wie er es nannte), doch vor allem sparte es Zeit, wenn sie morgens im Bad war. Ein paar Striche mit der Bürste und die Frisur war fertig.

Sie zog ein Papierhandtuch aus dem Spender, trocknete die Hände. Bückte sich nach ihrer Tasche, zögerte. Eigentlich musste sie nicht auf die Toilette, doch es konnte Stunden dauern, bis sie die nächste Gelegenheit bekam.

Es gab acht Zellen in dem weiß gefliesten Raum. Automatisch wandte sie sich der linken, am weitesten von der Tür entfernten, zu. Diese war besetzt, also öffnete Frieda die Nachbarzelle, hielt stirnrunzelnd inne.

Sie hatte das deutliche Gefühl gehabt, allein zu sein, und sie konnte sich nicht erinnern, auch nur das geringste Geräusch gehört zu haben. Das musste allerdings nichts bedeuten, schließlich war sie kaum länger als eine Minute hier. Als sie die Tür hinter sich zuzog, fiel ihr ein, dass die Toilette neben ihr auch gestern schon besetzt gewesen war, aus irgendeinem Instinkt heraus hatte sie sich auch da schon für die äußere entschieden.

Frieda dachte nicht weiter darüber nach. Die Sanitärräume hier oben wurden zwar selten frequentiert, doch es war wohl kaum verwunderlich, eine Toilette in einem öffentlichen Gebäude mehrmals versperrt vorzufinden.

Als sie sich kurz darauf zum zweiten Mal die Hände wusch, kam Hendryks Kollegin herein. Frieda sah im Spiegel, wie die Polizistin hinter ihr vorbeiging, und überlegte kurz, dass die unscheinbare junge Frau durchaus attraktiv wirken könnte, mit etwas Schminke vielleicht, und – wichtiger noch – ohne die schlecht geschnittene Uniform.

Eine Tür wurde geöffnet, fiel klappernd wieder zu. Frieda wandte sich um und bemerkte, dass Hendryks Kollegin nicht die linke, sondern die ganz rechts gelegene Zelle gewählt hatte.

Tja, dachte Oberstaatsanwältin Borck, jeder Mensch entscheidet sich anders.

Sie verließ die Damentoilette, registrierte erleichtert, dass die Kopfschmerzen bereits nachließen, und als die schwere Eichentür des Verhandlungssaals donnernd hinter ihr ins Schloss fiel, waren ihre Gedanken klar und auf ein einziges Ziel fokussiert:

Ich darf keinen Mist bauen.

Fünf

Claudius Zorn hockte hinter dem Schreibtisch und langweilte sich. Der Morgen war sonnig gewesen, ein weiterer strahlender Sommertag hatte sich angekündigt, doch jetzt, kurz nach Mittag, herrschte eintöniges Grau vor dem Bürofenster, passend zu Zorns lethargischer Stimmung. Das, hatte Schröder vor einer dreiviertel Stunde gesagt, sei hervorragend, ein wenig Regen könne dem Garten nicht schaden. Klar, hatte Zorn abwesend erwidert, ein bisschen Regen wäre bestimmt gut. Für den Rasen. Und die Blumen. Und das andere Zeug, was da so wuchs.

Seitdem saßen sie schweigend vor ihren Rechnern. Zorn starrte aus leeren Augen auf das sternförmige Polizeilogo, das als Bildschirmschoner im Zeitlupentempo über den Monitor wanderte, während Schröder mit einschläfernder Monotonie seine Tastatur bearbeitete. Natürlich, *der* hatte immer etwas zu tun, Schröder langweilte sich nie. Zorn lauschte dem leisen Klappern, bis es plötzlich verstummte.

»Was hältst du von einem Spiel, Chef?«

»Von mir aus.« Zorn zuckte die Achseln. »Was schwebt dir denn vor? Halma?«

»Nein.« Schröder schüttelte den kahlen Kopf. »Ich dachte …«

»Stimmt, das ist Blödsinn. Wir haben weder Hütchen noch ein Brett. Und Würfel haben wir auch nicht.«

»Halma wird ohne Würfel gespielt.«

»Wie wär's dann mit … *blinde Kuh*?«

Schröder setzte zu einer Erwiderung an.

»Nee.« Zorn ließ ihn nicht zu Wort kommen. »Bei aller Liebe, Schröder, was ist, wenn jemand hier reinkommt und uns erwischt? Dir kann das ja egal sein, aber ich als dein Vorgesetzter bin schließlich 'ne Respektsperson und hab keine Lust, mich hier zum Horst zu machen. Abgesehen davon müssen wir an dein Grünzeug denken.« Er deutete zum Fensterbrett, wo sich neben der Kaffeemaschine Schröders Topfpflanzen reihten. »Nicht, dass einer von uns deine Geranien umschubst.«

»Hier gibt's keine Geranien«, verkündete Schröder leicht pikiert. »Links stehen Gladiolen, daneben eine Begonie. Das mit den weißen Blüten ist eine Kapländische Zimmerlinde und ganz rechts …«

»Ich hab's!« Zorns Augen weiteten sich hinter der Brille. »Wir spielen …«, er ließ eine bedeutungsvolle Pause einfließen, *»Ich sehe was, was du nicht siehst!«*

Schröder musterte seinen Vorgesetzten ausdruckslos über den Schreibtisch. Dieser sah sich bereits suchend im Büro um.

»Hm.« Zorn kratzte sich mit dem Daumenstummel am Kinn. »Ich sehe was, was du nicht siehst«, murmelte er, »und das ist …«

Pause.

»Rot.«

Sie sahen sich an.

»Kleiner Tipp, der Hibiskus ist es nicht«, sagte Zorn.

»Begonie«, korrigierte Schröder knapp.

Ein paar Sekunden vergingen.

»Kommst du nie drauf, Schröder. Nie im Leben.«

Schweigend verschränkte Schröder die Arme vor dem karierten Hemd.

»Ich hab nämlich 'nen Trick«, grinste Zorn. »Ich gucke *niemals* in die Richtung, wo ich mir was ausgesucht habe. Dann würdest du's nämlich an meinen Augen erkennen. Nee, nee, Freundchen.« Er tippte sich an die Schläfe. »Das mache ich alles aus dem Gedächtnis.«

»Aha.«

»Und?«

Schröder antwortete nicht.

»Na gut.« Zorn sank gönnerhaft in den Sessel. »Ich verrat's dir. Es ist …«

»Das ist albern, Chef.«

»Wie jetzt?« Zorn runzelte die Stirn. »*Du* wolltest doch unbedingt spielen! Klar ist das albern, aber es war *deine* Idee! Das hat man also davon«, murmelte er kopfschüttelnd und zog beleidigt eine Schublade auf, »man tut dem Personal einen Gefallen, und was ist der Dank? Man wird beschimpft. Nur, weil man eine lockere Arbeitsatmosphäre schaffen will.«

»Ich meinte, *nach* Feierabend.«

»Ach.« Zorn hob den Kopf. »Und was wollte der feine Herr *nach Feierabend* spielen?«

»Skat.«

»Wo?«

»Bei mir. Auf der Terrasse.«

Es dauerte einen Moment, bis Zorn die Information verdaut hatte.

»Ich hab das jahrelang nicht gespielt«, sagte er dann. »Aber wenn ich mich richtig erinnere, spielt man Skat zu dritt. Frieda müssen wir nicht fragen, die hasst Kartenspiele. Abgesehen davon wird sie nicht vor neun nach Hause kommen.«

»Es war Hendryks Idee. Er hat gefragt …«

Schröders Handy vibrierte.

»Guck an«, murmelte er, nachdem er den Namen des Anrufers vom Display abgelesen hatte, »wenn man vom Teufel spricht.«

Das Telefonat war kurz.

»Hendryk möchte jemanden mitbringen«, beschied Schröder dann. »Skatrunde fällt also aus.«

»Schade«, sagte Zorn und hoffte, dass ihm die Erleichterung nicht anzusehen war. Schließlich war er ein schlechter, ein *sehr* schlechter Verlierer, und beim Skatspiel, soviel war klar, war eine krachende Niederlage unvermeidbar, schon beim Reizen hätte Zorn kleinlaut zugeben müssen, dass er längst vergessen hatte, wie das Spiel funktionierte.

Sie widmeten sich wieder ihren Computern. Erneut vertiefte sich Zorn in das einschläfernde auf und ab, mit dem das Polizeilogo über seinen Monitor wanderte, bis er nach ein paar Minuten registrierte, dass Schröders Tastatur wieder verstummt war. Das Gefühl, beobachtet zu werden, stellte sich ein, verstärkte sich, und als er den Kopf hob, bemerkte er, dass Schröder ihn ansah.

»Sie ist nicht rot, Chef.«

»Wer«, fragte Zorn, »ist nicht rot?«

»Meine Glatze.« Schröder strich mit der flachen Hand über den rasierten Schädel. »Rosa vielleicht, aber nicht rot. Der Sinn von *Ich sehe was, was du nicht siehst* besteht darin, etwas zu erraten, und zwar auf Grundlage eines einzigen Hinweises. Wenn dieser Hinweis inkorrekt ist, wird das Spiel *ad absurdum* geführt.«

»Ach.« Zorn richtete sich auf. »Woher willst du wissen, dass ich …«

»Deine Bemerkung«, unterbrach Schröder, »dass man sich

durch seine Blicke verrät, war vollkommen richtig. Du hast dir solche Mühe gegeben, *nicht* hinzugucken, dass selbst Edgar sofort drauf gekommen wäre.«

»Klar doch.« Zorn schob das Kinn vor. »Mister Superschlau weiß natürlich wieder ganz genau Bescheid! Und was ist, wenn ich was anderes hatte?«

»Und was?«

»Na …«

Zorns Blick flackerte hektisch durch das Büro. Zunächst zum Regal hinter Schröder: weiß. Die Rücken der Aktenordner: grau. Der Kugelschreiber in Schröders pummeligen Fingern: blau. Seine Teedose auf dem Fensterbrett: grünes Emaille und Messing. Seine Gießkanne: orange. Weiter zur Kaffeemaschine: grau. Ha! Der Knopf! Nee. Durchsichtiges Plastik, nur rot, wenn er eingeschaltet wurde. Dann also …

»Die Begonie«, lächelte Schröder, »hattest du ausgeschlossen.«

»Die meinte ich gar nicht!«

»Stimmt. Weil du meine Glatze gemeint hast.«

»Hab ich *nicht*!«

»Und die ist rosa.«

»Vorhin war sie aber noch rot!«

Zorn, der halb aufgesprungen war, sank ertappt zurück in seinen Stuhl.

»Ich«, erklärte Schröder spitz, »sehe jetzt übrigens auch was, was du nicht siehst. Dein Gesicht, Chef. Das ist nicht nur rot, sondern knallrot, wenn die Bemerkung gestattet ist.«

Zorns Reaktion bestand darin, Schröder mit eisigem Schweigen zu strafen. Dies hielt er immerhin eine knappe halbe Stunde durch, und als sie nach Feierabend in Zorns Volvo stiegen, redeten sie wieder miteinander. Die Fahrt zu Schröders Haus führte am Landgericht vorbei, und während sie im Schritttempo neben der prunkvollen Fassade durch den Stau zuckelten, stand Frieda leichenblass im ersten Obergeschoss am Waschbecken der Damentoilette, um eine weitere Tablette zu nehmen. Kadelberg hatte einen neuen Beweisantrag nach dem anderen gestellt, doch alle waren von der Richterin abgelehnt worden. Im Moment lief also alles nach Plan, abgesehen von den Kopfschmerzen. Kurz nach Verhandlungsschluss waren sie mit doppelter Wucht zurückgekehrt, und jetzt, da sie sich mit zitternden Fingern das kalte Wasser ins Gesicht spritzte, war sie kaum zu einem klaren Gedanken fähig. Kein Wunder also, dass sie den Toilettentüren keine weitere Beachtung schenkte, von denen eine – die linke ganz außen – noch immer verschlossen war.

Sechs

Die junge Frau fühlte sich nicht wohl. Selbst Zorn, der alles andere als ein guter Menschenkenner war, registrierte es auf den ersten Blick. Hendryk hatte sie als Hannah, seine Kollegin vorgestellt, doch seine Blicke, seine Verlegenheit und die Röte, die seine Wangen immer wieder überzog, machten deutlich, dass er in der schweigsamen jungen Frau wesentlich mehr als eine Kollegin sah.

Sie saßen auf Schröders Terrasse. Ein Sonnensegel flatterte über ihnen im lauen Wind. Der Himmel war noch immer bedeckt, doch Regen, hatte Schröder missmutig festgestellt, würde es wohl nicht geben.

Hannah, erklärte Hendryk gerade, lebte erst seit ein paar Monaten in der Stadt. Sie hatte ihre Ausbildung an der Polizeiakademie in Oldenburg beendet, im Frühjahr war sie hergezogen. »Oldenburg«, fügte er hinzu, »ist ja nicht unbedingt der Nabel der Welt.«

»Na dann«, Zorn nippte an seinem Bier, »hat sie ja alles richtig gemacht. Hier steppt nämlich der Bär.«

Die junge Frau überhörte Zorns Sarkasmus. Sie saß ein wenig steif neben Hendryk in ihrem Korbstuhl, die Hände im Schoß gefaltet. Trotz der sommerlichen Wärme trug sie Jeans und eine graue Seidenbluse mit langen Ärmeln. Sie hatte eine zierliche Statur wie Frieda, auch das dunkle, kurz geschnittene Haar trug sie ähnlich. Von weitem hätte man die beiden durchaus verwechseln können, obwohl Hendryks Begleiterin deutlich jünger war. Und ihre Augen, groß und rehbraun in dem blassen Gesicht, erinnerten Zorn an eine amerikanische Schauspielerin, deren Name ihm nicht einfiel.

Zurzeit, erzählte Hendryk, seien sie beide ins Landgericht abgestellt worden, eine ziemlich öde Angelegenheit.

»Ich weiß«, nickte Zorn. »Frieda hat erzählt, dass sie dich getroffen hat.«

»Im Kühlschrank sind Steaks.« Schröder deutete durch die Verandafenster ins Haus. »Ich könnte nachher den Grill anmachen.«

Zorn gab ein Brummen von sich, das mit etwas gutem Willen als Zustimmung zu deuten war.

»Gern«, stimmte Hendryk zu. »Hannah ist allerdings Vegetarierin.«

Zorn, seit knapp fünf Jahrzehnten überzeugter Fleischfresser, öffnete den Mund. Erst im letzten Moment verkniff er sich eine abfällige Bemerkung. Schröder erklärte indessen, dass er einen Salat machen könne, mit gerösteten Pinienkernen, wenn es gewünscht sei.

»Und einen Grillkäse sollte ich auch noch haben.«

»Sehr gut«, nickte Hendryk.

Zorn fand es albern, dass Hendryk sich offensichtlich entschlossen hatte, für Hannah zu sprechen. Sie selbst schien sich nicht daran zu stören (vielleicht bemerkte sie es auch nicht). Schweigend sah sie hinunter zum See, als zähle sie die zwischen den Stämmen der Kiefern umhertanzenden Mücken. Auch ihr Profil mit den geschwungenen Lippen und der kleinen, etwas nach oben gebogenen Nase erinnerte an diese Schauspielerin, deren Name ihm partout nicht einfallen wollte. Er wusste nur, dass er sie mochte. Und dass sie vor Jahrzehnten mit Johnny Depp liiert gewesen war. In einem seiner frühen Filme hatte sie mitgespielt, *Edward mit den Scherenhänden*, den Film mochte Zorn ebenfalls.

»Hannah war Jahrgangsbeste«, sagte Hendryk.

»Respekt«, murmelte Zorn.

Hannah runzelte die Stirn. Kurz nur, kaum wahrnehmbar, doch Hendryks Bemerkung war ihr unangenehm.

»Das warst du doch auch«, lächelte Schröder.

»*Zweit*bester«, wehrte Hendryk ab.

Das klang bescheiden, aber das hauchzarte Rosa auf seinen Wangen bewies, wie sehr Schröders Lob ihn freute.

Sie nippten an ihren Getränken, lauschten dem entfernten Lachen der Badenden am anderen Seeufer. Hendryk, dem das Schweigen unangenehm wurde, erzählte, dass er mit dem Gedanken spiele, sich für eine höhere Laufbahn zu bewerben.

»Dann könnte ich vielleicht irgendwann bei der Kripo arbeiten.«

»Eine gute Idee«, lobte Schröder. »Das Zeug hättest du jedenfalls dazu.«

Hendryk Gesicht färbte sich purpurrot vor Stolz. Er warf Hannah einen Blick zu, als wolle er sichergehen, ob sie Schröders Worte gehört habe, nestelte dabei am Kragen seines weißen Hemdes. Die oberen beiden Knöpfe standen offen, er hoffte wohl, überlegte Zorn, dass so sein kräftiger Brustkorb besser zur Geltung komme. Sein kurzes, rotblondes Haar war ein wenig zu sehr gegelt, auch beim Rasierwasser hatte Hendryk eindeutig übertrieben.

Er ist in die Kleine verknallt, überlegte Zorn. Und zwar bis über beide Ohren. Das erklärt auch, warum er sich so rausgeputzt hat. Keine Ahnung, wie er sie überredet hat, aber er hat sie mitgenommen, weil er vor ihr angeben wollte. Er dachte, sie wäre beeindruckt, schließlich kennt er zwei Hauptkommissare, wird sogar zum Bier eingeladen. Nun, da hat er sich ganz schön verrechnet, denn es ist ihr absolut schnuppe.

Das, fand Zorn, war ein äußerst sympathischer Charakterzug, obwohl ihm die junge Frau eindeutig *zu* schweigsam war. Sie schien nicht verlegen zu sein, eher … abwesend. Als seien ihre Gedanken weit weg, in einer Lichtjahre entfernten Galaxie.

Die Wolkendecke brach auf. Hannah schloss die Augen, wandte das blasse Gesicht der tiefstehenden Sonne zu. Zorn betrachtete die hohen Wangenknochen, die langen Wimpern, den halb geöffneten Mund.

»Winona Ryder.«

»Wie meinen?«

Schröder sah ihn verwundert an, auch Hendryk hob die Brauen.

»Nichts weiter«, murmelte Zorn, dem erst jetzt bewusst wurde, dass er den Namen der Schauspielerin laut ausgesprochen hatte. Er kramte verlegen eine Zigarette aus der Schachtel, entzündete sie umständlich und blaffte Schröder an, gefälligst einen Aschenbecher zu besorgen.

Schröder ging ins Haus, allerdings nicht, um Zorns Anweisung zu befolgen. Zorn wisse ja, wo der Aschenbecher sei, erklärte er freundlich, im Regal neben der Stereoanlage. Er selbst müsse jetzt das Essen vorbereiten.

Hannah bot an, Schröder zu helfen, dieser nahm dankend an. Der Grund, vermutete Zorn, lag auf der Hand. Sie langweilte sich hier draußen auf der Terrasse, wahrscheinlich bereute sie längst, ihren Verehrer begleitet zu haben.

Die Sonne näherte sich dem Horizont, verschwand hinter den Wipfeln der Kiefern. Geschirrklappern drang aus dem Haus, dazu Schröders und Hannahs Stimmen.

Auf der Terrasse kam das Gespräch ins Stocken. Zorn war sich durchaus bewusst, dass seine knurrige Art einschüchternd auf den über zwanzig Jahre jüngeren Hendryk wirkte, der neben ihm verlegen am Etikett seiner Bierflasche pulte. Doch im Gegensatz zu Hendryk hatte Claudius Zorn kein Problem damit, schweigend in der Abendsonne zu sitzen und zu beobachten, wie der Rauch kräuselnd von seiner Zigarette aufstieg und in der lauen Luft verschwand. Er mochte Hendryk, der Junge hatte furchtbare Dinge erlebt (die Zorn, soviel war klar, komplett aus der Bahn geworfen hätten), und die Tatsache, dass Hendryk sich in Hannahs Beisein wie ein balzender Truthahn aufführte, war zwar anstrengend, aber zu verschmerzen. Zorn selbst hatte ähnliche Erfahrungen gemacht. Er hoffte natürlich, damals wesentlich eleganter vorgegangen zu sein, und obwohl er die meisten seiner (oftmals erfolglosen) jugendlichen Anbahnungsversuche verdrängt hatte, ahnte er, dass er sich mehr als einmal bis auf die Knochen blamiert hatte, ohne sich dessen bewusst geworden zu sein.

Schröder erschien in der Tür und bat Hendryk, sich um den Grill zu kümmern, was dieser sichtlich erleichtert auch tat. Das Essen verlief wesentlich entspannter. Hannah war ein wenig aufgetaut, jedenfalls Schröder gegenüber, die gemeinsame Zeit in der Küche hatte sie einander nähergebracht. Ebenso wie Schröder schien die junge Frau gern zu kochen, die beiden redeten über verschiedene Salatöle, Pinienkerne und diverse Tofusorten.

Als alle gegessen hatten, senkte sich die Dämmerung über den See. Schröder bot an, einen Espresso zu kochen, doch Hannah lehnte dankend ab und erklärte, dass sie jetzt losmüsse.

»Ich muss morgen zeitig aufstehen.«

»Stimmt«, pflichtete Hendryk ihr eifrig bei.

Der Tisch wurde abgeräumt. Entgegen seiner sonstigen Gepflogenheiten verzichtete Zorn auf die obligatorische Zigarette und half, das Geschirr ins Haus zu tragen. Schröder ging nach draußen, um den Tisch abzuwischen. Zorn machte Anstalten, eine Bratpfanne in den Geschirrspüler zu legen, doch Hannah nahm sie ihm aus der Hand:

»Die ist aus Gusseisen. Die muss man von Hand säubern.«

»Guck mal einer an«, sagte Zorn.

Hannah krempelte die Ärmel hoch, streifte einen großen Ring ab und legte ihn auf die Spüle. Dieser Ring war Zorn schon vorher aufgefallen, er passte nicht recht zu Hannah, wirkte wie ein Fremdkörper an dieser jungen Frau, die ansonsten keinerlei Schmuck trug und, wenn überhaupt, nur sehr dezent geschminkt war.

»Rufst du ein Taxi?«, fragte Hannah über die Schulter und drehte den Hahn auf.

»Klar.« Hendryk zückte sein Handy.

»Ich kann euch mitnehmen«, bot Zorn an.

Das, wehrte Hendryk ab, sei nun wirklich nicht nötig, doch Hannah fragte, wo genau Zorn denn hinmüsse und stellte dann fest, dass Hendryks Wohnung auf dem Weg lag, während sie selbst ins Zentrum musste.

»Das wäre ein riesiger Umweg«, sagte sie und tauchte die Pfanne in die Spüle. »Am besten, du fährst mit Herrn Zorn mit, und ich nehme das Taxi allein.«

Gurgelnd schoss das Wasser über ihre Finger. Eine Dampfwolke schwebte über der Spüle, Zorn sah, wie sich ihre Haut in der Hitze verfärbte. Auf den geröteten Unterarmen kreuzten sich weiße, strichförmige Narben.

Krass, dachte er, die Kleine kann 'ne Menge ab.

Dann sah er die Enttäuschung in Hendryks Gesicht und erkannte, dass dieser mit Hannah gemeinsam hatte losfahren wollen, um den restlichen Abend (und womöglich auch die Nacht) mit ihr verbringen zu können.

Na klasse, schoss es Zorn durch den Kopf. Da will man ausnahmsweise mal nett sein, und was passiert? Man versaut einem hoffnungsvollen Kollegen den Abend.

»Also das ist nun wirklich nicht nötig!«

Schröder stand in der Terrassentür, kam kopfschüttelnd näher und erklärte, dass nicht der Gast, sondern der Gastgeber sich um den Abwasch zu kümmern habe.

»Wo kommen wir denn da hin?« Er schob Hannah resolut beiseite, nahm ihr den Schwamm aus den Fingern. »Ich meine, es ist schließlich … huch!« Schröder, eine Hand bereits im Wasser, zuckte zurück. »Das ist aber ganz schön heiß!«

»Natürlich.« Hannah hob die Schultern. »Sonst wird die Pfanne nicht sauber.«

Hendryk verkündete, dass das Taxi im Anmarsch sei. Man verabschiedete sich, und als die Gäste zwei Minuten später das Haus verließen, stellte Zorn fest, dass er sein Feuerzeug vergessen hatte. Er fand es neben dem Spülbecken, und als er danach griff, entglitt es seinen verbliebenen Fingern und plumpste in das dampfende Wasser.

Schröder, das wusste Zorn genau, war alles andere als empfindlich. Was Schmerzen betraf, kannte er sich aus, der kleine Mann hatte sie in allen erdenklichen Formen erlebt. Seine Reaktion war also eine Warnung gewesen, trotzdem zuckte Zorn mit einem leisen Schrei zurück, als er das Feuerzeug aus dem Spülbecken fischen wollte.

Das Wasser war nicht nur *ganz schön* heiß, wie Schröder gesagt hatte.

Es *kochte* regelrecht.

Sieben

Als Zorn am nächsten Morgen ins Büro kam, war es bereits kurz vor elf. Er ignorierte Schröders fragend erhobene Augenbrauen, grummelte etwas von *Gleitzeit* und sank ächzend in seinen Bürostuhl. Als Chef, erklärte er gereizt, habe er eine Menge Verantwortung zu tragen. Vor diesem Hintergrund sei es wohl mehr als legitim, etwas später zum Dienst zu erscheinen, ohne sich vor seinen Untergebenen rechtfertigen zu müssen.

»Ich kann mich nicht erinnern«, erwiderte Schröder, »etwas in dieser Art gesagt zu haben.«

»Aber *gedacht* hast du's.«

»Dürfte man denn den Grund für deine Verspätung …«

»Darf man nicht.«

Frieda hatte tief und fest geschlafen, als Zorn am Abend zuvor nach Hause gekommen war. Im Wohnzimmer hatte ein Zettel gelegen: *Sorry*, hatte sie geschrieben, *bin fix und fertig*. Zorn hatte sich den Wecker auf sechs Uhr gestellt und Frieda mit einem Frühstück geweckt, und obwohl er den Kaffee zu dünn und die Eier steinhart serviert hatte, war Frieda von dieser ungewohnten Geste sichtlich berührt gewesen. Der lange Schlaf hatte ihr gut getan, sie hatte erholt ausgesehen (im Gegensatz zu Zorn, der mit verquollenem Gesicht in seiner Tasse rührte), und als sie halb sieben gegangen war, hatte er zunächst umgehend wieder ins Bett kriechen wollen. Auf dem Weg ins Schlafzimmer war er über einen der Umzugskartons gestolpert und hatte in einem seltenen Anfall von Pflichtbewusstsein beschlossen, sich nützlich zu machen und nach kurzem Nachdenken entschieden, die neue Lampe in Edgars Kinderzimmer aufzuhängen. Für einen normalen Menschen wäre dies in einer Viertelstunde erledigt gewesen, doch für Claudius Zorn reichte diese Zeit gerade einmal, einen passenden Schraubenzieher zu finden. Die nächste Viertelstunde verbrachte er mit der Fahndung nach dem Sicherungskasten, eine weitere mit der Suche nach der passenden Sicherung, um nach weiterem zehnminütigem Nachdenken zu der Entscheidung zu gelangen, sicherheitshalber alle auszuschalten. Mit der Suche nach einer Leiter hatte Claudius Zorn seine Zeit nicht vergeudet (er wusste schließlich, dass keine im Haus war) doch die Frage, ob er einen Küchenstuhl oder den kleinen Balkontisch als Ersatz benutzen sollte, hatte erneut eine Viertelstunde in Anspruch genommen, ebenso wie die ausgiebige Stabilitätsprüfung des Stuhles, für den er sich schließlich entschieden hatte. Das Aufhängen der Lampe war nach eingehendem Studium des Deckenhakens relativ schnell (in zehn Minuten) erledigt gewesen, die Verdrahtung hatte natürlich erneutes (und sehr, sehr intensives) Nachdenken erfordert und war nach drei Versuchen abgeschlossen.

»Hast du dich verletzt, Chef?«

Schröder deutete auf Zorns verstümmelte Hand. Über dem Daumenansatz klebte ein Pflaster.

»Nur 'n Kratzer«, wehrte Zorn ab und verbarg die Hand unter dem Schreibtisch.

Beim zweiten Versuch, Edgars Lampe zu verdrahten, war er abgerutscht. Der Schraubenzieher hatte sich nur einen halben Zentimeter in die Haut gegraben, doch Claudius Zorn konnte kein Blut sehen (auch nicht sein eigenes) und so hatte es eine weitere halbe Stunde gedauert, die Übelkeit niederzukämpfen, ein Pflaster zu finden und das Blut (vier Tropfen) vom Parkett zu wischen. Danach hatte er sich natürlich von den Strapazen erholen müssen, und als er sein Werk schließlich beendet hatte, wäre Zorn höchstens zwei Stunden zu spät im Büro erschienen. Doch es vergingen nochmals dreißig Minuten, in denen Zorn lamentierend durch die Wohnung gelaufen war, nachdem er festgestellt hatte, die falsche Glühlampe gekauft zu haben.

Die Sonne stand hoch am wolkenlosen Himmel, flimmerte über dem Schreibtisch.

»Sieht nicht nach Regen aus.« Zorn stand auf, um die Jalousien zu schließen. »Tja, da wirst du deine Hecke wohl selbst gießen müssen.«

»Ich habe keine … *Hecke.*«

Zorns Handy vibrierte. Er hatte nicht vorgehabt, Schröder über den Grund seiner Verspätung aufzuklären, doch als er den Namen der Anruferin auf dem Display sah (er hatte Frieda als *Liebstes* abgespeichert), war alles vergessen.

»Ich hab Edgars Lampe aufgehängt«, verkündete er stolz. »War ziemlich kompliziert, du weißt schon, die Sicherungen und so. Wir müssten nur noch 'ne Glühlampe besorgen, dann …«

»Ich brauche euch hier.«

Zorn verstummte augenblicklich. Ein paar knappe Silben hatten deutlich gemacht, dass nicht Frieda, sondern Oberstaatsanwältin Borck am Telefon war. Und die, auch das war sofort klar, scherte sich im Moment einen Dreck um eine Deckenlampe.

»Du meinst«, er räusperte sich, »du brauchst …«

»Schröder.« Pause. »Und dich.«

Dass sie zuerst nach Schröder verlangte, beleidigte Zorn – ausnahmsweise – nicht. Etwas war passiert, etwas Ernstes. In einer solchen Situation zunächst an Schröder zu denken, war absolut logisch, schließlich ging es Zorn ebenso.

»Beeilt euch«, bat Frieda.

Was nicht nötig gewesen wäre, denn zwei Minuten später waren sie unterwegs.

Acht

»Die Leichenstarre hat sich gelöst.« Schröder hockte vor der geöffneten Toilettentür. »Sie liegt schon eine Weile da drin.«

»Seit drei Tagen«, sagte Frieda.

Zorn hob den Kopf. »Woher willst du das …«

»Ich kenne die Frau.« Frieda stand am Fenster, die Arme um den Oberkörper geschlungen, als wäre ihr kalt. »Ich hab dir neulich von ihr erzählt. Ich hatte sie als Zeugin geladen. Die Verhandlung ist unterbrochen worden, also ist sie für den nächsten Tag bestellt worden. Da ist sie nicht erschienen.«

Kein Wunder, dachte Zorn.

Er lehnte neben einem Papierhandtuchspender an der gefliesten Wand. Nach einem kurzen Blick in die Zelle war er betont lässig dort hingeschlendert, wo die Leiche außer Sichtweite war.

Die Zelle, berichtete Frieda, sei in den letzten Tagen immer verschlossen gewesen. »Zuerst hab ich natürlich nicht darauf geachtet. Aber vorhin kam's mir dann doch komisch vor. Ich hab da drunter durchgeguckt«, sie wies mit dem Kinn auf den knapp zwanzig Zentimeter breiten Spalt unter der Toilettentür,

»und da lag sie. Also hab ich den Sicherheitsdienst geholt, die Tür öffnen lassen und euch angerufen.«

»Kommst du mal, Chef?«

Zorn gehorchte widerstrebend.

»Du hast schon Schlimmeres gesehen«, sagte Schröder, der sich wieder erhoben hatte. »Die kannst du ruhig wieder aufsetzen.«

Er deutete auf die Brille in Zorns gesunder Hand. Dieser war sich nicht bewusst gewesen, sie überhaupt abgenommen zu haben, ein instinktiver Versuch, den Anblick der Leiche etwas erträglicher zu machen.

Die Tote lag, eingezwängt zwischen Toilettenbecken und Kabinenwand, in der winzigen Zelle. Der Oberkörper lehnte an der gefliesten Rückwand, ihr Kopf war seitlich gegen den Spülkasten gesunken, das Gesicht unter dem dunklen Haar verborgen. Das gelbe Kleid war über die angewinkelten Beine nach oben gerutscht, Zorn blinzelte unangenehm berührt, als er den Ansatz des weißen Slips bemerkte. Doch es stimmte, Schröder hatte recht, sie hatten schon Schlimmeres, *viel* Schlimmeres gesehen. Immerhin gab es kein Blut. Zumindest nicht auf den ersten Blick.

»Da.« Schröder deutete auf einen dünnen, rostfarbenen Streifen auf der Plastikabdeckung der Toilettenpapierhalterung. »Sie hat eine Platzwunde an der Schläfe, wahrscheinlich hat sie sich beim Fallen gestoßen.«

Er streifte die dünnen Einweghandschuhe ab. Auch Zorn trug welche, obwohl er nie im Leben auf den Gedanken gekommen wäre, etwas anzufassen. Für Zorns Verhältnisse war es schon eine beachtliche Leistung, sich einer Leiche bis auf anderthalb Meter zu nähern.

»Vielleicht«, Schröder kratzte sich am Doppelkinn, »ist sie niedergeschlagen worden. Nein«, murmelte er dann, »dafür ist die Wunde zu klein.«

»Wir warten die Obduktion ab«, sagte Zorn. »Dann wissen wir mehr.«

Schröder antwortete nicht. Zum einen, weil er noch immer in den Anblick der Leiche vertieft war. Zum anderen natürlich, weil Zorns Bemerkung absolut überflüssig war.

»Sieht nach ’nem natürlichen Tod aus«, fuhr Zorn fort. »Schließlich war von innen abgeschlossen. Es sei denn …«, er sah nach oben, betrachtete den Abstand zwischen Türkante und Decke, »jemand ist da drüber geklettert, aber das dürfte ziemlich eng …«

»Die Tür«, unterbrach Schröder, »lässt sich ganz einfach öffnen.«

Er deutete auf das runde Rosettenschloss der Kabine.

»Da reicht ’ne Münze«, nickte Frieda. »So hat’s der Mann vom Sicherheitsdienst gemacht. Genauso einfach kann man sie von außen wieder verschließen.«

Schröder ging erneut in die Hocke, legte den kahlen Kopf schief und musterte die Leiche aus zusammengekniffenen Augen. Eine Fliege wurde durch die Bewegung aufgescheucht, surrte ein paarmal durch die Zelle, ließ sich auf einem Knie der Toten nieder und verschwand unter dem Saum des gelben Kleides.

Drei Tage, überlegte Zorn. Drei volle Tage. Der genaue Todeszeitpunkt würde natürlich noch festgestellt werden, doch wie war es möglich, dass niemand etwas bemerkt hatte? Noch dazu hier, an diesem Ort?

Die Leiche im Landgericht.

Klingt wie eine schlecht zusammengeschusterte Krimischwarte, dachte Zorn.

Es war absurd. Und gerade deshalb auch irgendwie … logisch.

Weil niemand damit rechnete. Man ging auf die Toilette,

und wenn ein Riegel auf Rot stand, bedeutete dies, dass die Zelle besetzt war, und man entschied sich für eine andere. Punkt.

Nun, irgendwann *wäre* die Frau natürlich gefunden worden. Der Geruch lag bereits in der Luft. Vage nur, ein süßlicher Hauch, der wie Kleber in die Lungen drang und …

Zorns Magen hob sich. Er wandte sich ab und begann, durch den Mund zu atmen. Das half.

»Was ist mit dem Reinigungsdienst?«, fragte Schröder, den Blick noch immer auf die Leiche gerichtet.

»Die kommen zweimal täglich.« Frieda deutete auf einen gerahmten Zettel, auf dem die Mitarbeiter der Putzfirma in einer Tabelle unterschrieben. »Morgens um acht und am frühen Nachmittag.«

»Wir müssen diese Leute befragen«, sagte Schröder.

Zorn öffnete den Mund, doch Schröder kam ihm zuvor.

»Nein, ich glaube auch nicht, dass es was bringt. Aber irgendwo müssen wir schließlich anfangen.«

»Sollten wir nicht das Obduktions…«

»Natürlich werden wir das Obduktionsergebnis abwarten«, unterbrach Schröder ihn gereizt. »Aber bis dahin können wir nicht einfach nur rumsitzen. War ihre Aussage wichtig?«

Die Frage war an Frieda gerichtet.

»Klar, aber nicht entscheidend.« Frieda überlegte kurz. »Sie war vor Jahren mit einem der Angeklagten liiert. Sie sollte ein paar Indizien bestätigen. Aber auch ohne ihre Aussage habe ich mehr als genug in der Hand. Ihr Tod nutzt den beiden also nichts, falls du das meinst.«

»Im Moment«, brummte Schröder, »meine ich überhaupt nichts.«

Es dauerte ein paar Sekunden, bis Zorn begriff, worüber die beiden gesprochen hatten. Das, überlegte er, würde auf etwas anderes hinauslaufen und der Geschichte einen neuen Titel geben:

Auftragsmord im Landgericht

So dämlich, dass es schon wieder gut ist, dachte er. Ich sollte mir den Titel schützen lassen.

Die Tür wurde geöffnet, ein Mann im weißen Schutzanzug der Spurensicherung erschien.

»Na, Kollege?«, knurrte Zorn. »Ausgeschlafen?«

»Sie können gleich anfangen«, sagte Schröder freundlich. »Geben Sie uns noch eine Minute.«

Der Mann im Schutzanzug nickte stumm, bedachte Zorn mit einem finsteren Blick und verschwand.

Schröder wies Zorn an herauszufinden, wo der Rechtsmediziner bleibe. Außerdem, fuhr er fort, gebe es bestimmt Überwachungskameras im Gebäude.

»Wir brauchen einen Plan, kümmere dich bitte drum.«

»Sonst noch was?«, brummte Zorn. *»Chef?«*

»Allerdings.« Schröder, der bereits im Gehen war, wandte sich noch einmal um. »Die Kollegen der Spurensicherung machen ihren Job, also sei gefälligst nett zu den Leuten. Ich weiß, das fällt dir schwer, aber versuch's wenigstens, ja?«

Das, blaffte Zorn, könne sich Schröder abschminken, seine Aufgabe sei, eine Ermittlung zu leiten und nicht, mit anderen Leuten Süßholz zu raspeln. »Und wenn wir schon dabei sind: *Ich* gebe hier die Kommandos, und wenn du mich schon durch die Gegend scheuchen musst, dann tu das gefälligst …«

… in einem anderen Ton, hatte Zorn sagen wollen, doch da hatte Schröder die Toilette bereits verlassen.

Frieda lehnte am Fensterbrett und sah ihn an.

»Na dann …«, er hob die Schultern, »mache ich mich mal an die Arbeit.«

»Ja«, nickte sie. »Tu das.«

Sie wussten beide, dass Zorns schlechte Laune nur gespielt war. Es gab eine Tote. Sicherlich, auf dem Papier war Zorn der Vorgesetzte, doch Schröder hatte wie selbstverständlich das Kommando übernommen. Und das war gut so.

*

Am Abend saß Zorn auf dem Balkon, in der einen Hand ein halbvolles Bier, in der anderen die obligatorische Zigarette. Es war kurz vor neun, die Dämmerung senkte sich über die Stadt. Als er vor anderthalb Stunden nach Hause gekommen war, war Frieda (zum ersten Mal) schon daheim gewesen. Nach dem Abendessen – Frieda hatte Steaks gebraten und einen (etwas versalzenen) Tomatensalat gemacht – hatten sie noch zwei Umzugskisten mit Büchern in das Regal neben Zorns Stereoanlage geräumt. Jetzt lag Frieda in der Badewanne, während Zorn seiner Lieblingsbeschäftigung nachging: dem Rauchen.

Er zerdrückte die Kippe im Aschenbecher, trat an das Geländer. Unter ihm wälzte sich der Fluss träge nach Norden, aus den Fenstern der Erdgeschosswohnung fiel etwas Licht, spiegelte sich im trüben Wasser. Es war still, bis auf das Verkehrsrauschen der Magistrale, die hundert Meter flussaufwärts die Altstadt mit der Neustadt verband und die gedämpfte Musik, die rechts von Zorn aus einer der Freiluftkneipen am Flussufer empordrang.

Er sank zurück in den Korbstuhl, nippte an seinem Bier und betrachtete die Bäume am anderen Ufer, den schlanken Schornstein der alten Saline und die drei Hochhäuser, die sich weiter hinten als dunkle Schemen vor dem Abendhimmel abzeichneten. Im rechten hatte er einmal gelebt; er kniff die Augen hinter der Brille zusammen, sein Blick wanderte an der Fassade empor, bis er ganz oben die Fenster seiner früheren Wohnung fand.

Links das Bad, rechts das Wohnzimmer. Wie oft, überlegte er, hab ich da oben gestanden und geraucht? Hunderte, nein, *tausende* Male mussten das in all den Jahren gewesen sein, und die Kippen, die er aus dem Fenster geschnippt hatte, während er dabei zusah, wie sie funkensprühend in der Tiefe verschwanden, waren längst nicht mehr zu zählen.

Zorn betrachtete die beiden dunklen, winzigen Fenster, während in den anderen Wohnungen nach und nach die Lichter angingen. Es war schön dort, dachte er und wurde etwas wehmütig, ich habe mich wohlgefühlt in diesem schäbigen Klotz. Trotzdem, entschied er und fischte eine neue Zigarette aus der Packung, es ist gut so, wie es ist. Man kann nicht ewig den einsamen Wolf spielen. Obwohl's mir gefallen hat.

Friedas Schritte drangen durch die angelehnte Balkontür, ihre nackten Füße knarrten auf dem Parkett. Zorn entzündete die Zigarette, stieß den Rauch durch die Nase aus und betrachtete das Pflaster an der verstümmelten Hand. Die Wunde brannte ein wenig, doch das war gut, schließlich erinnerte sie ihn an die fehlende Glühbirne. Am Wochenende würde Edgar das erste Mal in der neuen Wohnung sein, und Zorn war fest entschlossen, alles zu tun, damit sein Sohn sich in seinem Zimmer wohlfühlte. Und dazu gehörte natürlich, dass das Licht funktionierte.

Er unterdrückte ein Gähnen, lehnte sich zurück, nahm die Beine hoch und legte die Fersen auf dem Balkongeländer ab. Die ersten Sterne erschienen am Himmel. Zorn war müde, kein Wunder nach diesem hektischen Tag. Schröder war natürlich zur Höchstform aufgelaufen, auch das war logisch, er lebte für seine Arbeit. In den vergangenen Wochen war er zunehmend gereizter geworden, und Zorn dämmerte jetzt auch, warum. Er selbst hatte keine Probleme damit, stundenlang am Schreibtisch zu dösen, doch Schröders messerscharfer Verstand brauchte Beschäftigung, *ernsthafte* Beschäftigung. Und eigentlich, stellte Zorn verwundert fest, ging es ihm ähnlich, wenn auch aus einem anderen Grund. Sicherlich, der Tag war anstrengend gewesen, doch er war schnell vergangen.

Zum Dauerzustand, soviel war klar, durfte das allerdings nicht werden. Zwei, vielleicht drei Tage noch, dann würde das Obduktionsergebnis vorliegen, die Spurensicherung würde ihre Arbeit abgeschlossen haben und nach dem unvermeidlichen Papierkram würden sie den Fall zu den Akten legen. Die arme Frau war eines natürlichen Todes gestorben (Herzinfarkt, tippte Zorn), in seinem Abschlussbericht würde er anregen, die abendlichen Kontrollgänge des Sicherheitspersonals auf die Sanitärbereiche des Landgerichts auszudehnen, um einen weiteren (wenn auch äußerst unwahrscheinlichen) Zwischenfall dieser Art zu verhindern.

Frieda, in ein großes Badetuch gewickelt, streckte den Kopf durch die Balkontür und erklärte, dass der Föhn nicht funktioniere. Als pflichtbewusster Hausherr eilte Zorn natürlich umgehend zu Hilfe. Auf dem Weg ins Bad kam er auf den Gedanken, in den Sicherungskasten zu sehen. Tatsächlich war eine der Sicherungen nach seiner morgendlichen Aktion noch immer außer Betrieb, und als er sie hochgeklappt hatte, funktionierten die Steckdosen im Bad wieder. Zorn platzte beinahe vor Stolz, und als Frieda ihn wegen seiner unvermuteten handwerklichen Fähigkeiten lobte, erwiderte er bescheiden, dass er auch auf anderen Gebieten noch längst nicht gezeigt habe, was er tatsächlich draufhabe, errötete ein wenig und bat Frieda ins Schlafzimmer.

Eine Dreiviertelstunde später lag er neben ihr im Bett, verschwitzt, erschöpft und sehr, sehr glücklich. Die Gardinen schwangen sacht vor dem offenen Fenster, laue Nachtluft wehte herein. Vom Marktplatz drang das Glockenspiel herüber, es war

Mitternacht. Als der letzte Ton verklungen war, begann es zu regnen.

Jetzt, überlegte Zorn, wird sich Schröder bestimmt freuen. Er lauschte dem Prasseln der Tropfen, Friedas tiefem, regelmäßigem Atem, kuschelte sich an sie und schloss die Augen.

Ach, dachte er noch, das Leben ist schön.

Dann schlief er ein.

ZWEITER TEIL

Das Geschenk des Affen

Neun

Hannah.

Sie sitzt auf dem Balkon. Der Regen prasselt über ihr auf das Dach, strömt das gewellte Plastik herab und tropft in silbrigen Fäden am Geländer vorbei in die Tiefe. Die Balkontür steht offen, aus der Küche dringt leise Musik, eine Ballade von Leonard Cohen.

Irgendwo schräg gegenüber wird ein Fenster geschlossen. Der Knall ist heftig, hallt wie ein Pistolenschuss durch den schmutzigen Hinterhof. Ein paar Wohnungen stehen leer, hinter einigen Fenstern flackert das bläuliche Licht der Fernseher. Die Menschen hier haben nicht viel Geld. Entweder, sie sind alt, oder es sind Studenten. Das interessiert Hannah nicht, sie redet mit niemandem.

Schweigend sitzt sie da, sieht hinaus in den nächtlichen Regen. Der Balkon ist winzig, bietet kaum Platz für den Klappstuhl, den schmalen Holztisch und das verwitterte Regal mit den Blumentöpfen, Tonvasen und den Gläsern, die sie mit Muscheln und Steinen gefüllt hat.

Die Balkontür knarrt. Hannah reagiert nicht. Auch als die Katze lautlos aus der Küche kommt, sieht sie weiter in den Regen. Ihr Gesicht ist unbewegt, bleich im trüben Widerschein der kleinen Solarlichterkette, die sich um das Geländer schlingt.

»Was ist?«, fragt sie schließlich.

Die Katze sieht zu ihr auf, aus gelben, unergründlichen Augen, verschwindet wieder im Dunkel der kleinen Dachwohnung.

Ein dünner Signalton erklingt. Sie nimmt ihr Handy vom Tisch, liest Hendryks Nachricht.

Schlaf gut …:-)

Hendryk ist anstrengend. Er redet unaufhörlich, und immer über Dinge, die Hannah nicht interessieren. Seine ungelenken Annäherungsversuche erinnern an einen pubertierenden Teenager, obwohl er ein paar Jahre älter als Hannah ist. Trotzdem mag sie ihn. Irgendwie. Nichts scheint seine gute Laune zu trüben, und wenn er lächelt, dann ist es, als würde ein Licht in seinem Gesicht angeknipst.

Ja, sie mag Hendryk. Seine Augen, die kräftigen Arme. In letzter Zeit hat sie sich immer wieder bei dem Gedanken ertappt, wie es wäre, mit Hendryk zu schlafen. Sie hat sich dagegen entschieden. Im Moment kann sie sich keinerlei Ablenkung leisten.

Sie legt das Handy wieder auf den Tisch, das Display verlischt. Natürlich wartet Hendryk auf eine Antwort (*Du auch* wäre passend, dazu vielleicht ein Smiley), doch Hannah wird es nicht tun. Es gibt nur zwei Personen, denen Hannah jetzt antworten würde.

Hendryk gehört nicht dazu.

Als er sie fragte, ob sie ihn zu Kommissar Schröder begleiten wolle, hat sie zugestimmt. Es ist wichtig, seinen Gegner zu kennen. Der kleine Mann ist nett, im Gegensatz zu seinem griesgrämigen Vorgesetzten, der allerdings keine Gefahr darstellen dürfte. Vor Kommissar Schröder jedoch wird sie sich in Acht nehmen müssen. Der kleine Mann ist klug.

Der Regen wird stärker. Die Lichterkette flackert auf, verlischt. Hannah steht auf, geht leichtfüßig in die Küche. Sie bereitet ihr Essen für den nächsten Arbeitstag vor, schält ein paar Möhren, einen Apfel. Verstaut alles mit zwei Scheiben Knäckebrot in einer Plastikdose und wischt die Arbeitsplatte ab.

Die Katze taucht aus dem Dunkel auf. Hannah öffnet einen Wandschrank über der Spüle, füllt Trockenfutter in einen Napf und stellt ihn auf den gefliesten Boden. Die Katze ignoriert das Futter, die gelben Augen bleiben unverwandt auf Hannah gerichtet.

Hannah hebt die Schultern. »Dann eben nicht.«

Come over to the window, my little darling, singt Leonard Cohen.

Die Katze verschwindet auf dem Balkon. Hannah schließt die Tür. Die dunkle Stimme weht durch die Küche wie ein schwarzes, samtiges Tuch.

So long, Marianne! It's time that we …

Sie schaltet den kleinen Lautsprecher aus, geht ins Bad. Macht das Licht an und verzieht das Gesicht. Die Neonröhre blendet sie, die Luft ist stickig. Sie öffnet das Dachfenster einen Spalt, bemerkt den Regen, der auf die Fliesen tropft und schließt es wieder.

Hannah streift den Ring ab, klappt den Mechanismus auf. Nachdem sie sich überzeugt hat, dass er funktioniert, legt sie den Ring vorsichtig auf das Waschbecken und denkt an die Frau im gelben Kleid.

Der ist schön, waren ihre letzten Worte.

Nun, Hannah ist anderer Meinung. Sie hat keine Sekunde gezögert, die Frau im gelben Kleid zu töten, doch es widerstrebte ihr, die Frau in den letzten Sekunden ihres Lebens zu belügen. Also hat sie die Wahrheit gesagt.

Er ist nützlich.

Ein Mörder versteckt seine Waffe. Hannah trägt ihre offen am Körper, für jedermann sichtbar. Kein Mensch würde darauf kommen, dass die beiden großen Smaragde echt sind. Erst recht nicht, dass sich zwischen den Steinen eine Nadel verbirgt, die ein harmloses Schmuckstück in ein tödliches Werkzeug verwandelt.

Sie zieht sich aus, tritt nackt vor den Spiegel neben der Dusche. Ihre Brüste sind ein wenig zu schwer, die Beine für ihren Geschmack zu dünn. Das sind allerdings Kleinigkeiten, Hannah ist sich ihrer Wirkung durchaus bewusst. Doch die Uniform hat sich als nützlich erwiesen, sie verwandelt eine junge Frau in ein gesichtsloses Neutrum.

Und sie verdeckt die Narben. Kreuz und quer ziehen sie sich über Arme und Beine, den flachen Bauch, den Rücken, in allen erdenklichen Formen: Striche. Punkte. Einstiche. Hannahs Körper ist blass, fast durchsichtig, denn niemals geht sie unbekleidet in die Sonne, doch die Narben heben sich deutlich ab. Hals und Gesicht sind wie durch ein Wunder verschont geblieben, an den Händen fallen die Narben nicht weiter auf, und der Rest wird durch den groben Uniformstoff verborgen.

Sie dreht sich zur Seite und betrachtet ihr Profil. Streckt den Rücken und denkt an Hendryk. Ihm würde es gefallen, mich anzufassen, und mir, überlegt sie und spürt ein leichtes Ziehen im Bauch, ebenfalls.

Die Narben sind hässlich, doch zumindest in dieser Hinsicht kein Problem. Hannah hat mit einigen Männern geschlafen, keiner von ihnen war dumm, doch wenn es um Sex ging, wurden sie zu gierigen, sabbernden Idioten. Niemand hat sich beschwert, wenn sie verlangte, das Licht auszuschalten, und auch Hendryk, so viel ist sicher, würde niemals auf den Gedanken kommen, ihr zu widersprechen.

Sie nimmt einen Wattebausch und entfernt die Wimperntusche. Hannah schminkt sich nur wenig. Im Unterschied zu anderen Frauen will sie nicht auffallen. Ihr Ziel ist das Gegenteil: In der Masse verschwinden.

Sie geht wieder in die Küche, schaltet die Lampe über der Spüle aus. Die Katze steht auf dem Balkon, sieht durch die Tür, den Rücken gekrümmt, den Schwanz in die Höhe gereckt.

»Du bleibst draußen, Katze.«

Das Tier hat keinen Namen. Es heißt *Katze*.

Hannah hasst dieses Vieh. Und sie weiß, dass dieser Hass erwidert wird. Ein paar Tage nach ihrem Einzug ist die Katze hier aufgetaucht. Hannah lässt sie nur abends in die Wohnung, was sie tagsüber treibt, ist ihr egal. Doch wenn sie nach dem Dienst nach Hause kommt, sitzt die Katze auf dem Balkon. Manchmal ist ihre Schnauze blutverschmiert. Wie genau sie ihren Weg aus dem vierten Stockwerk über Dachrinnen und Häusergiebel nach unten findet, weiß Hannah nicht. Das Futter, das Hannah ihr hinstellt, verschmäht sie. Sie ist einfach nur da.

Es existiert eine Anziehungskraft zwischen Hannah und diesem Tier, eine Art dunkler Magnetismus, völlig anders als die Symbiose von Haustier und Mensch. Es heißt, dass Katzen sieben Leben haben, und wenn das stimmt, dann wissen sie ebenfalls, wie es ist, tot zu sein. Das ist der Grund, warum dieses Tier Hannahs Nähe sucht.

Hannah bringt anderen den Tod. Sie selbst hat keine Angst um ihr Leben.

Wie auch?

Es interessiert sie nicht.

Zehn

»Tja«, seufzte Schröder und schloss die Akte.

»Und?«, fragte Zorn.

»Ich will dich nicht mit Einzelheiten langweilen …«

»Das ist lieb.«

»… aber nach allem, was hier steht«, Schröder tippte mit dem Zeigefinger auf das Deckblatt des Obduktionsberichts, »handelt es sich um eine natürliche Todesursache.«

»Und die wäre?«

»Rupturiertes zerebrales Aneurysma.«

»Rupturiertes … *was*?«

»Hirnblutung.«

»Sag das doch gleich, Angeber.«

»Keine Anzeichen von Fremdeinwirkung«, fuhr Schröder fort. »Die Platzwunde an der Schläfe hat sie sich beim Sturz zugezogen, da war sie schon nicht mehr bei Bewusstsein.«

»Na dann …«, Zorn nahm die Füße vom Schreibtisch, griff nach seinem Kaffeebecher, »kannst du ja den Abschlussbericht … Scheiße.« Er verzog das Gesicht und stellte den Becher zurück. »Der ist total kalt.«

Schröder antwortete nicht.

»Du siehst enttäuscht aus«, sagte Zorn nach einer Weile.

»Bin ich nicht.«

»Was dann?«

»Nachdenklich.«

»Warum?«

Schröder verschränkte die kurzen Finger im Nacken. »Sie war gerade mal vierzig.«

»Und?«

»Ziemlich jung für eine Hirnblutung.«

»Was heißt *ziemlich*?«

»Na ja … außergewöhnlich ist es nicht.«

»Aber?«

»Selten.«

»Und was«, fragte Zorn, »willst du mir damit sagen?«

Schröder holte tief Luft. »Nichts, fürchte ich.«

»Du hast wieder so'n …«, Zorn tippte sich mit den Stummel des Zeigefingers an die Schläfe, »*Gefühl*, stimmt's?«

Schröder sah stumm zur Decke.

»Die Spurensicherung«, sagte Zorn, »hat nichts, aber auch gar nichts gefunden.«

Das, erwiderte Schröder, sei drei Tage nach dem Tod der Frau kein Wunder, erst recht nicht auf einer öffentlichen Toilette.

Zorn stand auf, um neuen Kaffee zu kochen.

»Die Bilder der Überwachungskameras«, sagte er und ging zum Fenster, »sind sauber. Da ist weit und breit kein Mörder zu sehen.«

Auch das, erwiderte Schröder, sei nicht verwunderlich, schließlich seien nur die Hauptbereiche des Landgerichts videoüberwacht, weder auf dem Gang zur Toilette noch auf der Toilette selbst befänden sich Kameras.

»Und was ist mit dem …« Zorn verstummte, den Blick missmutig in eine leicht verbeulte Blechbüchse gerichtet. »Filtertüten sind alle.«

Schröder sah noch immer zur Decke, als wolle er sich die Muster auf den Gipspaneelen einprägen.

»Was wolltest du sagen?«

»Dass die Filtertüten …«

»Vorher, meine ich.«

Zorn überlegte ein paar Sekunden.

»Das Motiv«, sagte er dann. »Jeder Mord braucht ein Motiv.«

Schröders Doppelkinn verschwand einen Moment in den Falten des Halses, was Zorn als zustimmendes Nicken deutete.

»Frieda meint, dass ihre Aussage nicht prozessentscheidend war«, sagte Zorn. »Niemand profitiert also von ihrem Tod.«

»Wir wissen, was sie aussagen *wollte*«, überlegte Schröder laut. »Aber nicht, was sie wusste, was sie hätte aussagen *können*. Was ist, wenn sie mehr wusste, als sie vorher zu Protokoll gegeben hat? Wenn die Angeklagten das wussten? Und deshalb verhindern wollten, dass sie redet?«

Stirnrunzelnd drehte Zorn die Blechbüchse in den Fingern, stellte sie neben die Kaffeemaschine auf das Fensterbrett.

»Ich bin mir nicht sicher, ob ich dir folgen kann.«

»Ehrlich gesagt«, seufzte Schröder, »ich auch nicht.«

»Ich verstehe ja, dass dir langweilig ist.« Zorn ging um den Schreibtisch herum, tätschelte Schröders Schulter. »Aber das war garantiert nicht die letzte Leiche. Wir finden bestimmt bald 'ne neue, und du hast wieder was zu tun, versprochen.«

»Sehr witzig«, brummte Schröder.

»Jetzt gehst du 'n bisschen an die frische Luft«, sagte Zorn väterlich und gab Schröder einen aufmunternden Klaps. »Das bringt dich auf andere Gedanken. Und bei der Gelegenheit kannst du gleich neue Filtertüten besorgen. Und danach«, lächelte Zorn, »schreibst du einen richtig, richtig tollen Abschlussbericht. Das muntert dich bestimmt auf.«

*

Am Samstagmorgen stand Zorn zeitig auf, ohne Frieda zu wecken. Er duschte kurz, trank einen Kaffee und fuhr los, um Edgar zu holen. Zwanzig Minuten später stand er in dem etwas maroden Gründerzeitbau am Hasenberg und hielt seinen Sohn in den Armen.

»Willst du einen Kaffee?«, fragte Malina.

»Klar.«

Zorn stellte Edgar auf den Boden, rieb sich in einer übertriebenen Geste den Rücken und beschwerte sich wie immer, dass sein knapp sechsjähriger Sprössling in der letzten Woche schon wieder gewachsen sei.

»Hast du Lust, heute Nachmittag baden zu gehen?«

»Mit Ögi?«

»Logisch«, erwiderte Zorn, der mit der Frage gerechnet hatte.

Das, erwiderte Edgar, sei ziemlich cool und verschwand in seinem Zimmer, um sein Schwimmzeug einzupacken, während Zorn Malina in die Küche folgte.

»Wie geht's Rufus?«, fragte er.

»Gut.« Malina goss Kaffee aus einer Thermoskanne ein. »Ich fahre nachher ins Krankenhaus, am Montag wird er entlassen.«

»Grüß ihn von mir.«

Anfangs hatte Zorn Rufus nicht leiden können, obwohl Malina und er längst getrennt gewesen waren, als sie ihn kennenlernte. Damals hatte Rufus noch als Kinderarzt gearbeitet. Zorns infantile Abneigung hatte sich schnell gelegt, nachdem er festgestellt hatte, wie wichtig Rufus für Edgar war. Nach einem furchtbaren Unfall war er vom Hals abwärts gelähmt, vor ein paar Monaten war ihm ein Zwerchfellstimulator implantiert worden, so dass er immerhin wieder selbständig atmen konnte. Die Operation war gut verlaufen, doch er musste in regelmäßigen Abständen zur Überprüfung ins Krankenhaus.

Malina stellte zwei Porzellanbecher auf den Küchentisch, nahm Zorn gegenüber Platz.

»Was macht ihr Silvester?«

»Keine Ahnung«, erwiderte Zorn wahrheitsgemäß.

Rufus hatte vorgeschlagen, an die Ostsee zu fahren, berichtete Malina. Ein normales Hotel kam natürlich nicht in Frage, auch der Transport würde kompliziert werden, doch all dies ließ sich klären. Für Edgar wäre die Ostsee im Winter wohl langweilig. »Deshalb wollte ich fragen, ob er vielleicht über Silvester bei dir …«

»Natürlich, was denkst *du* denn?«

Zorns Freude war echt, in doppelter Hinsicht sogar. Zum einen genoss er jede Sekunde, die er gemeinsam mit Edgar verbringen konnte, doch etwas anderes wog schwerer. Vor einem Jahr noch hatte Rufus sterben wollen, hatte Zorn sogar um Hilfe gebeten. Dass er in die Operation eingewilligt hatte, war das erste gute Zeichen gewesen, und jetzt, da er sogar mit Malina verreisen wollte, schien er seine Meinung tatsächlich geändert zu haben. Zorn war nicht sicher, ob Rufus endgültig wieder *ins Leben zurückfinden* würde (wie Schröder es ausgedrückt hatte), doch Malina glaubte daran, das war deutlich zu sehen. Vor einem Jahr noch hatte Zorn einer resignierten, verhärmten jungen Frau gegenüber gesessen, einer Frau, deren Kraftreserven zunehmend schwanden. Jetzt saß hier wieder die alte Malina, etwas fülliger zwar, doch das war gut, nachdem sie buchstäblich nur noch aus Haut und Knochen bestanden hatte.

Sie fragte nach der neuen Wohnung. Zorn erzählte, dass der Umzug geschafft sei, ein paar Kisten müssten noch ausgepackt werden. »Edgars Zimmer ist jedenfalls fertig. Es wird ihm gefallen, ich hab sogar … Scheiße!«

»Scheiße sagt man nicht, Papa.«

Edgar stand in der Küchentür, in der einen Hand baumelten die Schwimmflossen, in der anderen hielt er seinen *Minions*-Schwimmreifen, den er vorsorglich bereits aufgeblasen hatte.

»Stimmt«, murmelte Zorn.

»Was«, fragte Malina, »ist denn … *Scheiße*?«

Zorn, dem eingefallen war, dass er die Glühbirne vergessen hatte, kam nicht zu einer Erläuterung, denn Edgar erklärte empört, dass das ein ganz, ganz schlimmes Wort sei, das wüssten alle, selbst die doofe Emma mit ihren popeligen vier Jahren.

»Tante Gerlinde rastet total aus, wenn wir das sagen.«

»Also *ausrasten*«, verteidigte sich Zorn lahm, »ist jetzt auch nicht unbedingt ein nettes Wort.«

»Ist es doch!« Edgar schob das Kinn vor. »*Spongebob Schwammkopf* sagt das ganz oft, wenn er wütend ist!«

»Darüber reden wir später.« Zorn, der keine Lust hatte, mit einem Fünfjährigen über den Wortschatz einer Zeichentrickfigur zu diskutieren, stand auf. »Na komm, lass uns losfahren. Wir müssen noch beim Baumarkt vorbei.«

Edgar zog einen Flunsch. »Ich will aber baden!«

»Heute Nachmittag.«

»Baumarkt ist total Sch...«

In letzter Sekunde verkniff sich der Kleine das schlimme Wort und erklärte stattdessen, gleich auszurasten.

»Das«, erwiderte Zorn, »kannst du im Auto.«

Sein Handy klingelte, Schröder rief an.

»Wir kommen um zwei«, sagte Zorn. »Frieda hat Kartoffelsalat gemacht. Du kannst schon mal das Bier kaltstellen, wir gehen baden und ...«

»Wir treffen uns im Zoo«, unterbrach Schröder.

»Edgar will aber ...«

»Komm allein.«

»Warum?«

Schröders Erklärung war ebenso knapp wie eindeutig.

Zwei Minuten später saß Zorn im Volvo. Da er allein war, musste er keine Rücksicht auf Edgar nehmen, und so fluchte er, was das Zeug hielt. Und auch, als er eine knappe Viertelstunde später aus dem Wagen stieg, brummte er noch eine Verwünschung nach der anderen vor sich hin.

Elf

»Ein Tierpfleger hat sie gefunden.« Schröder deutete hinüber zum Schimpansengehege. »Vor einer knappen Stunde, da war sie wohl schon eine Weile tot.«

Er hatte Zorn an dem kleinen Ententeich schräg gegenüber vom Krokodilhaus erwartet. Offensichtlich war er mit seinem Rennrad gekommen, der giftgrüne Helm lag neben ihm auf dem niedrigen Mauersims, um die rechte Wade hatte er ein grellgelbes Reflektorband geschlungen, um zu verhindern, dass die Cordhose sich in der Kette verfing.

»Edgar ist stinksauer«, knurrte Zorn.

»Das tut mir leid.«

»Ich übrigens auch.«

»Auf mich?«

Zorn setzte sich neben Schröder auf die Mauer und kramte seine Zigaretten aus der Lederjacke. Eigentlich mochte er diesen Platz, er gehörte zu Edgars Lieblingsstellen. Nach der unvermeidlichen Visite des Krokodilhauses gehörte es zum Ritual, die Enten zu füttern; dann saß Zorn rauchend auf dem Sims, reinigte seine beschlagene Brille, während Schröder eine Münze nach der anderen in den klapprigen Automaten mit dem Entenfutter warf.

»Das Opfer ist weiblich«, sagte Schröder. Der Helmabdruck zog sich als dunkler Streifen über die frisch rasierte Glatze. »Vermutlich handelt es sich um Pia Stoltz, sie war hier als Tierärztin angestellt.«

»Was«, fragte Zorn, »bedeutet *vermutlich*?«

Der Pfleger, erklärte Schröder, hatte die Frau nur anhand ihrer Kleidung identifizieren können. »Von ihrem Gesicht ist nicht viel übrig.«

Zorn wandte den Kopf ab, ein instinktiver (und nutzloser) Versuch, seine erbleichenden Wangen vor Schröder zu verbergen. Stumm sog er an seiner Zigarette, betrachtete den Streifenwagen, der mit noch immer rotierendem Blaulicht vor der holzvertäfelten Fassade des Schimpansenhauses neben dem schwarz glänzenden Kleinbus der Spurensicherung parkte. Hinter den dicken Glasscheiben des Freigeheges flammte das Blitzlicht des Polizeifotografen auf, vier Männer in weißen Schutzanzügen gingen bedächtig ihrer Arbeit nach. Ein surrealer Anblick, schoss es Zorn durch den Kopf, als würde man Astronauten in einem Aquarium betrachten.

»Hast du …« Zorn räusperte sich. »Ich meine, warst du …«

»Ja«, nickte Schröder. »Ich war schon drin.«

Diesmal versuchte Zorn nicht, seine Gefühle zu verbergen. Er atmete erleichtert auf, streifte die Lederjacke ab und legte sie neben sich auf den Mauersims. Die Sonne war höher gestiegen, schien ihm direkt ins Gesicht.

Eine Weile saßen sie schweigend nebeneinander. Hinter ihnen gackerten die Enten, schräg gegenüber standen ein paar Uniformierte im Schatten des Schimpansenhauses. Zwei weitere knieten vor der gläsernen Schiebetür, Zorn kniff kurzsichtig die Augen zusammen und erkannte Hendryk, der mit Hannah ein rot-weißes Absperrband vor dem Eingang befestigte.

»Und wo«, Zorn zertrat die Kippe im Kies, »ist das Mistvieh jetzt?«

»Ich bin nicht sicher«, erwiderte Schröder müde, »ob man ein knapp siebzig Kilo schweres Schimpansenmännchen als *Mistvieh* bezeichnen sollte.« Er deutete auf die Schiebetür des Affenhauses. »Er ist jedenfalls drinnen. Da war er schon, als die Leiche entdeckt wurde. Der Pfleger war noch so geistesgegenwärtig, die Verbindungstür zum Freigehege zu schließen und den Notruf zu wählen. Befragen können wir ihn vorerst nicht, er steht unter Schock. Kein Wunder.«

Schröders sonst so rosige Wangen waren blass, die blauen Augen müde und stumpf. Zorn wusste, wie hart im Nehmen er war, doch selbst Schröder hatte den Anblick der Leiche noch nicht verkraftet.

»Bist du sicher, dass …« Zorn rieb über die verstümmelte Hand, die Wunde pochte unter dem Pflaster. »Ich meine, dass der Affe …«

»… sie getötet hat?« Schröder holte tief Luft. »Nein, bin ich nicht. Aber ich *hoffe* es. Und ehrlich gesagt, will ich mir auch nicht vorstellen, dass ein Mensch in der Lage ist, einen anderen derart … zuzurichten.«

Die Schiebetür glitt auf, einer der Techniker bückte sich unter den Absperrbändern hindurch, trat ins Freie, streifte den Mundschutz ab und zündete sich eine Zigarette an. Es gelang ihm erst beim dritten Versuch, seine Finger zitterten, das Gesicht wirkte wachsbleich unter der weißen Kapuze.

Wenn Edgar hier wäre, überlegte Zorn, würden wir jetzt kurz rüber zum Zwergflusspferd gehen und dann dort drüben hinein.

Es gab ein paar Aquarien, doch Edgar interessierte sich mehr für die Lisztäffchen, die frei umhertollten und, wie mehrere Schilder verkündeten, *NICHT GEFÜTTERT* werden durften. Der große Schimpanse (sein Name war Björn, erinnerte sich Zorn) hatte immer apathisch hinter der Glasscheibe in einer Ecke gehockt. Er sieht traurig aus, hatte Edgar einmal gemeint, kein Wunder, er hat ja niemanden zum Spielen.

Jetzt, dachte Zorn fröstelnd, hat er jemanden gefunden. Allerdings nicht zum Spielen, sondern …

Hendryk kam den Kiesweg heraufgestapft. Im Gehen nahm er die Uniformmütze ab, wischte sich den Schweiß von der Stirn und wünschte verlegen einen guten Morgen.

»Der Pfleger hat eine Frage.« Er deutete auf einen schlaksigen Mann in grünem Overall, der vor dem Freigehege stand und zu ihnen hinaufsah. »Es ist Viertel vor zehn, in einer Viertelstunde öffnen die Kassen. Ich hab ihm gesagt, dass der Zoo geschlossen bleibt, aber ich wollte trotzdem sicherheitshalber fragen, ob …«

»Natürlich, du hast recht. Gut gemacht. Ich kümmere mich nachher drum.«

Schröder sah zu Hendryk auf. Zorn wusste, wie schwer ihm das Lächeln fiel, doch es wirkte echt.

»Okay, dann sag ich ihm Bescheid.«

Hendryk machte Anstalten, wieder zu gehen, doch Schröder hielt ihn zurück.

»Wir brauchen eine Liste aller Angestellten. Zunächst will ich mit denen sprechen, die letzte Nacht Dienst hatten, auch mit dem Wachschutz. Kümmerst du dich drum?«

»Klar!« Hendryks Gesicht hellte sich auf.

»Vielleicht kannst du sie ja mitnehmen.« Schröder wies auf Hannah, die neben dem Streifenwagen auf einer Bank in der Sonne saß, auf dem Schoß eine geöffnete Tupperdose, in der Hand einen Apfel. »Wenn sie gefrühstückt hat.«

Hendryk eilte davon. Die Aufgabe war leicht, ein Kinderspiel, doch Schröder hatte dem jungen Mann eine Freude machen wollen. Was ihm offensichtlich gelungen war.

Ein Quietschen ertönte, wieder glitt die Glastür zur Seite. Der Rechtsmediziner, ein älterer Herr mit schlohweißem, streng gescheiteltem Haar, stand im Halbdunkel des Schimpansenhauses, bedachte die Absperrbänder mit einem missmutigen Blick und trat gebückt ins Freie. Den Schutzanzug hatte er bereits ausgezogen, er streifte die weißen Überschuhe ab, drückte sie einem der uniformierten Beamten in die Hand und kam näher.

»Die Leiche«, erklärte er knapp, »kann abtransportiert werden.«

Schröder bedankte sich. »Wann«, fragte er förmlich, »dürfen wir mit einem ersten Bericht rechnen, Doktor Silberstein?«

»Dienstagnachmittag.«

»Dienstag?« Schröders Augenbrauen hoben sich ein wenig. »In drei Tagen?«

»Zwei«, korrigierte Silberstein barsch. »Ich muss Sie wohl nicht daran erinnern, dass morgen Sonntag ist.«

»Das«, erwiderte Schröder freundlich, »ist mir durchaus bewusst. Ich selbst würde mein Wochenende ebenfalls gern anders verbringen …«

»Mit Grillen zum Beispiel«, warf Zorn ein.

»… aber angesichts der Umstände erscheint es mir unumgänglich, private Interessen hinten anzustellen.«

Silberstein rückte eine altmodische, randlose Brille zurecht, musterte Schröder aus grauen, etwas wässrigen Augen. Zorn kannte ihn nur vom Sehen, schließlich war es Schröder, der die Berichte las und bei Fragen mit dem Rechtsmediziner sprach. Ein Glück für Zorn, denn er hielt Silberstein für einen arroganten Schnösel, einen selbstgefälligen Wichtigtuer in weißem, frisch gestärktem Hemd und dunkler Anzughose mit messerscharfer Bügelfalte, der in ein paar Jahren in Rente gehen und seine restliche Lebenszeit damit verbringen würde, Falschparker anzuzeigen und empörte Leserbriefe an die Lokalzeitung zu schreiben.

»Ich werde sehen, was ich tun kann.« Silberstein klang gereizt.

Schröder bedankte sich abermals und erkundigte sich, ob es aus rechtsmedizinischer Sicht erste Erkenntnisse gäbe.

Silberstein stieß geräuschvoll die Luft aus. Eine süßliche Pfefferminzwolke wehte Zorn entgegen.

»Ich werde den Teufel tun, mich auf irgendwelche Spekulationen einzulassen. Nicht, bevor ich die Laborergebnisse der DNA-Analysen und Gewebeproben vorliegen habe.«

»Natürlich«, stimmte Schröder zu. »Aber jemand wie Sie, Herr Doktor, mit Ihrer jahrzehntelangen Erfahrung, der müsste doch ein *Gefühl* haben, einen ersten Eindruck, oder?«

Clever, dachte Zorn, er schmiert ihm Honig ums Maul.

Auch Silberstein schien es zu bemerken, seine Augen verengten sich misstrauisch hinter der Brille.

»Ich selbst«, fuhr Schröder fort, »würde mir natürlich niemals ein Urteil über die Todesursache erlauben.«

»Wie sollten Sie auch?«

»Aber die Verletzungen an Armen und Beinen, auch die im Gesicht. Das sind Bissspuren, richtig?«

»Natürlich.«

»Die Nase des Opfers fehlt. Und, soweit ich erkennen konnte, zwei Finger der linken Hand.«

»Drei«, korrigierte Silberstein. »Ebenso ein Großteil der rechten Wade.«

Zorn presste stumm die Lippen aufeinander.

»Schimpansen gelten als reizbar«, sagte Schröder. »Extrem aggressiv, auch von Kannibalismus wird berichtet. Angesichts der Todesumstände und der extremen Brutalität frage ich mich, ob ein Mensch überhaupt in der Lage wäre, diese Verletzungen zuzufügen.«

»Menschen sind zu allem fähig.«

»Und was würden Sie mit Ihrer jahrelangen Erfahrung …«

»Jetzt hören Sie auf mit dieser Schleimerei!«, schnaubte Silberstein. »Kommen Sie endlich zur Sache! Sie wollen wissen, ob's der Affe war!«

»Allerdings«, lächelte Schröder.

»Natürlich war er's! Er hat sie zerfleischt, teilweise gefressen, aber ob er sie tatsächlich *getötet* hat, kann im Moment niemand mit Sicherheit sagen. Sie könnte bereits tot gewesen sein.«

»Richtig«, nickte Schröder. »Daraus ergäbe sich die Frage, wie ihre Leiche ins Gehege gekommen ist.«

»Nun, *das* ist Ihre Aufgabe, Herr Hauptkommissar.« Silberstein hob in einer übertriebenen Geste die Hand, sah auf die Armbanduhr. »Sie hören von mir, meine Herren.«

Er ging davon. Zorns Blick folgte der hageren, gebeugten Gestalt, bis sie schließlich hinter einer Schautafel verschwand.

»Respekt.« Er wandte sich an Schröder. »Du weißt genau, wie man mit dem alten Knacker umgeht.«

Links von ihnen, aus der Richtung des Elefantenhauses, ertönte ein tiefes, klagendes Röhren.

»Oh«, sagte Zorn. »Ein Elch.«

»Hier gibt's keine Elche.« Schröder schloss die Augen, hielt das Gesicht in die Sonne. »Das war ein Gnu.«

»Aha«, sagte Zorn. »Hat bestimmt Hunger.«

»Apropos Hunger. Das Grillen können wir vergessen.«

»Friedas Kartoffelsalat auch.«

»War Edgar dolle sauer?«

»Vor allem«, seufzte Zorn, »war er traurig.«

»Wir rufen ihn nachher an.«

»Ja. Und jetzt«, Zorn schlug sich mit den flachen Händen auf die Oberschenkel, »fangen wir an zu arbeiten.«

Schröder reagierte nicht. Er saß auf dem Sims, die Hände im Schoß der Cordhose gefaltet, das Gesicht noch immer der Sonne zugewandt.

»Hast du seine Finger gesehen?«, fragte er, ohne die Augen zu öffnen.

»*Wessen* Finger?«

»Silbersteins.«

»Was soll mit …«

»Das Zittern.«

»Nee, Schröder, das hab ich nicht gesehen. Selbst wenn, der Typ ist alt, kein Wunder, dass der zittert.«

»Sein Atem. Der roch nach …«

»… Pfefferminz, das hab selbst *ich* mitgekriegt.« Zorn nahm seine Jacke von der Mauer, hängte sie über die Schulter. »Würdest du mir freundlicherweise verraten, was du mir damit sagen willst?«

Schröder öffnete die Augen, blinzelte und stand auf.

»Nichts«, murmelte er. »Vorerst jedenfalls.«

Zwölf

Hannah.

Sie isst ihren Apfel. Kaut langsam, bedächtig, so, wie sie's immer tut. Hendryk sitzt neben ihr. Er ist aufgeregt, redet von irgendwelchen Listen, die sie besorgen sollen. Die Worte ziehen an ihr vorbei wie entfernte Vogelschwärme am Horizont. Sie nickt ab und zu.

Und isst ihren Apfel.

Die beiden Kommissare sitzen schräg gegenüber auf dem Mauersims. Ein Fliederbusch bewegt sich neben ihnen im Wind, hinter ihnen quaken die Enten.

Ein Pfleger rollt auf einem Elektrokarren herbei, Zorn hält ihn auf, herrscht ihn an und will wissen, was er hier tue. Die Pinguine müssten gefüttert werden, erklärt der Pfleger und deutet auf ein paar Blecheimer auf der Pritsche des Karrens. Zorn fragt, ob der Pfleger blind sei, und zeigt auf die Absperrbänder, die Viecher würden doch wohl eine Weile warten können. Er will den Mann zurückschicken, doch Schröder macht eine kurze Bemerkung, Zorn verstummt augenblicklich und der Pfleger fährt weiter.

Die beiden umgibt eine Aura der Verbundenheit, wie bei einem seit Jahrzehnten verheirateten Ehepaar. Sie könnten unterschiedlicher nicht sein, ein schlanker, langhaariger Mann, der sich trotz der grauen Strähnen wie ein Dreißigjähriger kleidet (Turnschuhe, Röhrenjeans und Lederjacke über dem *Pearl Jam*-T-Shirt) und ein kleiner Glatzkopf in kariertem Hemd und blauen Socken unter braunen Ledersandalen. Hendryk hat nicht umsonst von Hauptkommissar Schröder geschwärmt, er vergöttert ihn geradezu. Er wirkt harmlos mit seiner hellen Stimme, dem runden Gesicht und den blauen Kinderaugen, und doch würde niemand auf die Idee kommen, seine Autorität in Frage zu stellen. Seine Anweisungen sind knapp und präzise, und obwohl sie wie freundlich vorgetragene Bitten klingen, werden sie sofort befolgt.

»Hannah?«

Hendryk sieht sie an. An seinen Augen (hellgrau, Hannah mag die Farbe) erkennt sie, dass er gerade eine Frage gestellt hat.

»Klar«, nickt sie aufs Geratewohl, worauf Hendryk sich bedankt und eine Scheibe Knäckebrot aus der Plastikdose auf ihrem Schoß nimmt. Hannah versteift sich, ihre täglichen Mahlzeiten sind auf die Kalorie genau geplant, doch jetzt kann sie ihm die Bitte nicht mehr verweigern.

Sie hört, wie sich links von ihr die Schiebetür öffnet. Der Leiter der Spurensicherung verlässt das Schimpansenhaus, streift die Kapuze des Schutzanzugs ab und streicht sich das schweißnasse Haar aus der Stirn. Er geht zum Ententeich und erstattet

Bericht. Seine Worte sind ausschließlich an Hauptkommissar Schröder gerichtet, Zorn sitzt rauchend neben ihm, starrt auf seine Turnschuhe. Ab und zu wirft er einen Blick hinüber zum Freigehege und obwohl er sich sichtlich bemüht, entgeht Hannah das Flackern in seinen dunklen Augen nicht. Er ist erst über zwei Stunden nach Hauptkommissar Schröder hier aufgetaucht, und Hannah ahnt, dass Schröder sich erst ein Bild machen wollte, bevor er ihn angerufen hat. Vielleicht wollte er ihm auch den Anblick der Leiche ersparen.

Der Leiter der Spurensicherung beendet seinen Bericht, Hauptkommissar Schröder bedankt sich mit einem freundlichen Nicken. Während Hendryk geräuschvoll auf seinem (nein, *ihrem*) Knäckebrot kaut, überlegt Hannah zum wiederholten Mal, dass dieser kleine Mann dort drüben ein ernster, nicht zu unterschätzender Gegner werden könnte. *Könnte*, wohlgemerkt, denn Hannah ist überzeugt, dass es nicht dazu kommen wird. Selbst der beste Spürhund der Welt braucht eine Fährte, der er folgen kann.

Und Hannah hinterlässt keine Spuren. Nie.

Doch sie muss vorsichtig sein. Neulich, als sie mit Hendryk im Haus des kleinen Kommissars war, da war sie unachtsam. Er hat ihre Hände im heißen Wasser gesehen, hat sich selbst fast verbrüht. Sicherlich, so etwas wie einen *Verdacht* hat er nicht geschöpft (wie auch?), doch Hannah ist sicher, dass er es nicht vergessen wird.

»Wollen wir?« Hendryk deutet hinüber zum Verwaltungsgebäude, einer dreistöckigen, weiß getünchten Jugendstilvilla. »Am besten, wir fragen zuerst im Sekretariat.«

Ungeduldig sieht er sie an, wie ein kleiner Junge, der endlich auf den Spielplatz will, ein Eindruck, der durch den Krümel auf seiner Unterlippe verstärkt wird.

»Gute Idee«, nickt Hannah.

Sie erwidert Hendryks Blick, hebt den rechten Mundwinkel ein wenig. Eine Bewegung, die sie lange vor dem Spiegel geübt hat, eine reine Muskelkontraktion, vergleichbar mit dem Beugen eines Fingers. Doch sie erfüllt ihren Zweck, denn Hendryk lächelt ebenfalls.

»Gleich«, sagt Hannah, verschließt die Plastikdose, stellt sie neben sich auf die Bank und erklärt, noch kurz auf die Toilette zu müssen.

*

Der Affe kauert in einer Ecke schräg gegenüber. Hannah schließt die Eisentür hinter sich, tritt einen Schritt näher.

»Warum hast du sie getötet?«

Der Affe reagiert weder auf ihre Stimme noch auf das Knirschen des Kieses unter ihren schweren Schuhen. Er hockt neben der niedrigen Klappe, die ins Freigehege führt, die Beine angezogen, die langen Arme ruhen auf den Knien. Wie ein erschöpfter Wanderer, der nach einem anstrengenden Marsch eine Pause macht. Seine dunklen, tief unter den Stirnwülsten liegenden Augen sind nach oben gerichtet, als betrachte er das Gewirr aus Seilen, das zwischen den Kletterbäumen gespannt ist.

»Du weißt es nicht, oder?«

Hannah steht vor der dicken Glasscheibe, die den Raum vom Rest des Schimpansenhauses trennt. Ihr Spiegelbild zeichnet sich vor dem dämmrigen Hintergrund ab, ein gesichtsloser, uniformierter Schemen.

»Ich töte auch«, sagt sie leise.

Sie atmet den Geruch des Tieres ein. Den Duft des dichten Fells. Muffig, wie stockige Wäsche. Leicht stechenden Uringeruch. Dazu die fauligen Ausdünstungen des Obstes, das überall herumliegt. Bananen, Äpfel. Ein paar Zweige. Feuchtes Stroh. Den Duft von Reinigungsmitteln, frischer Farbe.

All dies nimmt Hannah wahr. Sie selbst gibt keine Gerüche ab. Ihr Körper riecht nicht.

»Ich bin ziemlich gut darin.«

Der Affe sieht kurz auf, als habe er ihre Worte verstanden. Er reißt das Maul auf, die langen, gebogenen Eckzähne blitzen. Eine menschlich wirkende Grimasse, trotzdem ist unmöglich zu sagen, ob es ein Lachen oder ein Gähnen ist.

»Ich denke, sie werden dich einschläfern«, sagt Hannah.

Der Affe greift nach einem Maiskolben, betrachtet ihn einen Moment, lässt ihn wieder fallen. Die Muskeln vibrieren in dicken Strängen unter dem dichten Fell, Stroh hat sich auf seiner linken Schulter verfangen.

»Es wird nicht weh tun.«

Gedämpftes Stimmengewirr dringt herein. Irgendwo draußen wird die Tür eines Autos geschlossen.

»Wenn ich's tun würde, dann würde es schneller gehen«, sagt Hannah. »Viel schneller.«

Ihre Blicke treffen sich. Hannah sieht in die bernsteinfarbenen Augen. Es sind die Augen eines Tieres, doch sie sind weder tot wie bei Fischen noch kalt und starr wie bei Katzen. Hannah ist unsicher, was darin zu lesen ist. Trauer vielleicht. Oder Müdigkeit.

»Was hast du da?«

Der Affe hält ihr die Hand entgegen, die langen Finger zur Faust geballt. Er legt den breiten Kopf schief und als sich die wulstigen Lippen öffnen, sieht es eindeutig so aus, als würde er lächeln.

»Ist das für mich?«

Die haarige Faust öffnet sich.

Zunächst erkennt Hannah nicht, was auf der dunklen, ledrigen Handfläche liegt. Dann sieht sie den schmalen Ehering und begreift, was ihr der Affe da entgegen hält, in einer ernsten, fast feierlichen Geste, als wäre es ein wertvolles Geschenk:

Einen menschlichen Finger.

Dreizehn

»Alles deutet auf Björn«, sagte Schröder.

Zorn hockte missmutig hinter seinem Schreibtisch. »Wen meinst du mit …«

Er verstummte, als ihm einfiel, dass Schröder über den Schimpansen sprach. Es war Montagmorgen, die Aussicht auf eine neue Arbeitswoche erfüllte ihn nicht gerade mit Euphorie, und der Gedanke an das verpatzte Wochenende trug nicht unbedingt dazu bei, seine Stimmung zu verbessern.

»Pia Stoltz hat den Zoo eine halbe Stunde nach Mitternacht betreten«, fuhr Schröder fort. »Der Wachschutz sagt, dass sie allein war. Als Tierärztin hatte sie rund um die Uhr Zugang, niemand hat sich also gewundert. Die Pfleger meinen … sag mal, hörst du mir überhaupt zu?«

»Nee.« Zorn deutete zum Fenster. »Edgar ist immer noch stocksauer. Ich hab ihm versprochen, dass wir heute Nachmittag baden gehen, wenn's schon am Wochenende nicht geklappt hat. Das kann ich mir bei diesem Mistwetter abschminken.«

Der Regen prasselte gegen die Scheiben.

»Dann unternehmt was anderes.«

»Und was?«, blaffte Zorn. »In den Zoo gehen? Killer-Schimpansen angucken?«

»Edgar liegt mir genauso am Herzen wie dir, Chef.«

Zorn antwortete nicht.

»Ich bin nicht in der Position, dir irgendwelche Anweisungen zu geben …«

»Allerdings, Schröder.«

»… trotzdem würde ich vorschlagen, wir verschieben die Diskussion um Edgars Freizeitgestaltung auf später. Ich bin sicher, wir finden eine sinnvolle Lösung. Im Moment möchte ich mich auf einen ungelösten Todesfall konzentrieren, wenn's recht ist.«

Zorn stimmte widerwillig zu.

Schröder dankte für das Verständnis seines Vorgesetzten und fasste dann weiter zusammen: »Pia Stoltz war also allein. Sie ist ins Gehege gegangen und hat dann von innen abgeschlossen. Die Frage ist: Warum?«

»Das ist 'ne rhetorische Frage, Schröder.«

»Naturalmente.«

»Dann rede gefälligst weiter.«

»Es gab keinen Notfall, der Affe war kerngesund. Niemand hat Pia Stoltz angerufen.«

»Trotzdem war sie da.«

»Yes.«

»Freiwillig?«

»Wenn sie allein war, konnte sie niemand zwingen.«

»Okay.« Zorn nahm die Brille ab. »Sie kommt also mitten in der Nacht in den Zoo, geht schnurstracks ins Affengehege und schließt hinter sich ab.«

»Der Schlüssel hat noch gesteckt, als ihre Leiche gefunden wurde.«

»Und dann?«

»Tja.« Schröder hob die kurzen Arme. »Ich habe keine Ahnung.«

Der Schimpanse, erklärte er, habe immer als friedlich gegolten, lebte seit über zehn Jahren im Zoo. Irgendwelche Vorfälle hatte es nie gegeben. Nach Auskunft der Pfleger war das Verhältnis zu der Tierärztin sehr eng, sie sei regelrecht vernarrt in den Affen gewesen.

»Niemand kann sich erklären, warum er sie angegriffen hat.«

»Vielleicht«, Zorn kaute nachdenklich am Brillenbügel, »hat sie ihn ja geweckt. Dann ist er sauer geworden, weil er gerade was Schönes geträumt hat und …«

»Bitte, Chef.« Schröder trommelte mit den Fingern auf den Schreibtisch.

»Na ja«, sagte Zorn. »Wenn *mich* jemand mitten in der Nacht weckt, dann …«

»Wir wissen beide, dass du einen gewissen Hang zum Überreagieren hast, besonders, wenn du in deiner Ruhe gestört wirst. Aber selbst *du* würdest niemandem drei Finger abbeißen und das halbe Gesicht zerfleischen. Hoffe ich zumindest«, fügte Schröder hinzu und nahm einen Bleistift aus der Dose mit seinen Schreibutensilien.

»Hm«, brummte Zorn. »Wir sollten das Obduktionsergebnis abwarten. Vielleicht war's ja ganz anders und …«

»Doktor Silberstein«, unterbrach Schröder, »hat mich vorhin angerufen. Sämtliche Verletzungen sind eindeutig auf den Affen zurückzuführen. Sowohl die Bisswunden als auch die Schläge, von denen die Knochenbrüche und Prellungen stammen.«

»Ach.« Zorn setzte die Brille wieder auf. »Ich dachte, Silberstein meldet sich frühestens morgen.«

»Ich hatte ihn gebeten, sich ein wenig zu sputen.«

»Offensichtlich erfolgreich.«

»Er wartet natürlich noch auf die Laborergebnisse. Aber er kann mit ziemlicher Sicherheit sagen, dass der Affe sie getötet hat. Pia Stoltz war eine zierliche Person, wog nicht einmal sechzig Kilo, weniger als der Schimpanse. Und sie hatte getrunken, hatte knapp ein Promille im Blut.«

»Das bedeutet, dass sie …«

»Nein, das bedeutet *nicht*, dass sie betrunken war. Angetrunken vielleicht. Auf den Mann vom Wachschutz wirkte sie jedenfalls völlig normal. Lass das lieber, sonst kommt Dreck in die Wunde, Chef.«

Zorn, der sich geistesabwesend den Daumenstummel gekratzt hatte, verbarg die Hand unter dem Schreibtisch. Die Wunde hatte sich ein wenig entzündet, pochte unangenehm unter dem Pflaster.

»Jemand müsste mit ihrem Mann sprechen.« Schröder öffnete eine Schublade. »Er war auf einer Tagung in Florida, wir haben ihn erst gestern früh erreicht.«

»Wen meinst du mit … *jemand*?« Zorns Augen verengten sich. »Mich?«

Schröder beteuerte erneut, dass es ihm fernliege, seinem Vorgesetzten irgendwelche Weisungen zu geben. »Ich würde die Befragung selbst übernehmen«, sagte er, schloss die Schublade und legte zwei durchsichtige Plastiktüten auf den Schreibtisch. »Aber ich muss dringend ins Labor.«

In einer der Tüten erkannte Zorn ein weißes, unbeschriftetes Tablettenröhrchen.

»Das«, erklärte Schröder, »hat die Spurensicherung bei der Leiche gefunden. Wir sollten das analysieren lassen.«

»Ist da überhaupt was drin?«

Schröder schüttelte das Röhrchen. Zorn lauschte dem leisen Klappern der Tabletten, deutete auf die andere Tüte: »Und was ist damit?«

»Wurde ebenfalls bei der Leiche sichergestellt.«

»Ne leere Tüte?«

Nun, erwiderte Schröder, *leer* sei diese Tüte bei näherem Betrachten gewiss nicht. Zorn könne sich gern davon überzeugen. »Vorausgesetzt, du nimmst die Füße vom Schreibtisch.«

Das tat Zorn, beugte sich schwerfällig vor und erkannte einen hauchdünnen, silbrig glänzenden Gegenstand und sank stirnrunzelnd zurück in die Lehne.

»Sie ist also in das Gehege gegangen«, sagte er.

»Yes.«

»Nicht unbedingt betrunken, aber beschwipst.«

»Yes.«

»Mit einem Tablettenröhrchen.«

»Yes.«

»Und einer zehn Zentimeter langen Nadel.«

»Yes.«

»Warum?«

»Warten wir ab, was das Labor sagt.« Schröder griff nach den Tütchen. »Was den Ehemann der Toten betrifft, will ich dir natürlich keine Vorschriften …«

»Schon gut«, knurrte Zorn, stand auf und nahm seine Lederjacke von der Garderobe. »Bin ja schon unterwegs.«

*

Ferdinand Stoltz war ein stiernackiger Mann mit dichtem, an den Schläfen ergrautem Haar. Er schien Zorn erwartet zu haben, öffnete nach dem ersten Klingeln, ließ sich Zorns Ausweis zeigen und führte ihn in ein helles, geschmackvoll eingerichtetes Wohnzimmer.

»Sie hätten sich nicht herbemühen müssen«, sagte er, nahm eine gefaltete Zeitung von den Polstern eines braunen Sofas und bedeutete Zorn, Platz zu nehmen. »Ich wäre natürlich zu Ihnen ins Präsidium gekommen.«

Zorn gab eine unverbindliche Antwort und setzte sich. Es

war Schröders Idee gewesen, das Gespräch hier stattfinden zu lassen, um, wie er's ausgedrückt hatte, *das persönliche Umfeld des Opfers* in Augenschein nehmen zu können.

Das tat Zorn auch. Er betrachtete den großen Flachbildfernseher, den abstrakten Kunstdruck über der teuren Stereoanlage, die hohe Zimmerpflanze und stellte fest, dass nichts Außergewöhnliches zu entdecken war. Ähnlich eingerichtete Wohnungen gab es wahrscheinlich zu Hunderten in diesem gutbürgerlichen, etwas spießigen Viertel im Norden der Stadt. Das blitzsaubere, leicht sterile Heim eines gut situierten, kinderlosen Ehepaars mittleren Alters.

»Kann ich Ihnen was anbieten? Einen Kaffee?«

Zorn lehnte ab. Ferdinand Stoltz ging zu einer Vitrine, holte eine Kristallkaraffe hervor, goss etwas in ein Whiskyglas und stürzte es in einem Zug hinunter.

»Ich trinke sonst nicht um diese Zeit.« Er holte tief Luft. »Aber ich habe zwei Tage nicht geschlafen, der Flug steckt mir noch in den Knochen.«

»Was machen Sie beruflich?«

»Vertreter für Kraftwerksturbinen.«

»Was genau wollten Sie in …«

»Ich war bei der Firmenzentrale, auf einer Konferenz in Miami. Hören Sie.« Das Whiskyglas landete mit einem Knall auf einem niedrigen Beistelltisch. »Vor anderthalb Stunden musste ich Pia identifizieren. Niemand konnte mir sagen, wer sie so zugerichtet hat. Ich beantworte gern Ihre Fragen, aber zunächst möchte ich wissen, was passiert ist.«

Stoltz rieb sich über den kräftigen Nacken. Die Achseln des weißen Hemds waren dunkel von Schweiß. Zorn musterte das breite, übernächtigte Gesicht, die Bartstoppeln auf den fleischigen, vom Alkohol geröteten Wangen. Dieser Mann, dachte er, sieht nicht aus wie ein frisch gebackener Witwer. Er ist müde, klar, aber die Nachricht vom Tod seiner Frau scheint ihn nicht traurig zu machen.

Eher … *wütend*.

»Ihre Leiche ist vorgestern früh im Schimpansenhaus gefunden worden. Wir gehen davon aus, dass der Affe sie getötet hat.«

»Ein *Affe*?« Stoltz' Blick wanderte zu dem Whiskyglas. Offensichtlich spielte er mit dem Gedanken, ein weiteres Mal einzugießen. »Warum?«

»Das wissen wir noch nicht. Wir haben gehofft, Sie könnten uns weiterhelfen.«

»Ich habe jedenfalls keinen Abschiedsbrief gefunden.«

Zorn horchte auf. »Wieso sollte sie das tun?«

»Es …«, Stoltz schüttelte den massigen Schädel, »es war nur ein Gedanke.«

»Und dieser Gedanke«, fragte Zorn, »bedeutet, dass Ihre Frau Selbstmord begangen hat?«

»Nein, ich …«

»War Ihre Frau depressiv?«

»Nein.«

»Gab es Anzeichen, dass sie sich umbringen …«

»Nein, die gab es *nicht*!« Stoltz hob die Stimme. »Ich behaupte nicht, dass Pia *glücklich* war, aber das kann man nach knapp zwanzig Jahren wohl kaum erwarten! Unsere Ehe war vielleicht nicht perfekt, aber sie hatte keinen Grund, sich über mich zu beschweren!«

Komisch, schoss es Zorn durch den Kopf. Er klingt, als würde er sich rechtfertigen.

»Ich habe ihr alle Freiheiten gelassen«, fuhr Ferdinand Stoltz fort. »Wirklich *alle*! Auch wenn sie nur ihre verdammten Viecher im Kopf hatte.«

»Sie meinen ihre Arbeit im Zoo?«

»Ich habe nichts mit ihrem Tod zu tun!« Stoltz ging nicht auf die Frage ein. »Ich war achttausend Kilometer entfernt, auf der anderen Seite des Atlantiks!«

Warum, wiederholte Zorn in Gedanken, glaubt er, sich verteidigen zu müssen?

»Wenn Sie keine weiteren Fragen haben«, Stoltz deutete zur Wohnzimmertür, »würde ich gern duschen und mich danach hinlegen.«

Es *gab* Fragen, mehr als genug, doch Zorn war momentan nicht in der Lage, sie in Worte zu fassen. Also bat er Stoltz, sich in den nächsten Tagen zur Verfügung zu halten und stand auf.

Sein Blick fiel auf ein silbern gerahmtes Hochzeitsfoto neben dem Fernseher auf einem Sideboard. Ferdinand Stoltz hatte sich in den letzten zwei Jahrzehnten kaum verändert. Lachend stand er neben seiner zierlichen, frisch angetrauten Ehefrau, über einen Kopf größer als sie, den Arm um ihre schmalen Schultern gelegt.

Als wäre sie sein … *Eigentum.*

»Ihren Ehering.« Stoltz war Zorns Blick gefolgt. »Den hätte ich gern.«

»Natürlich. Sobald die Untersuchungen abgeschlossen sind.«

»Hoffentlich finden Sie ihn.«

Zorn verstand nicht. »Wie meinen Sie das?«

»Der Ring ist ein wichtiges Erinnerungsstück«, sagte Stoltz. »Als ich Pia heute Morgen in der Pathologie identifiziert habe, war er nicht da.«

*

Am frühen Nachmittag rissen die Wolken auf, die Sonne schien und Zorn ging mit Edgar baden. Später saßen sie mit Schröder auf der Terrasse, und da sie in Edgars Gegenwart nicht über die

Arbeit sprachen, redeten sie über andere Dinge. Nach der Mittagspause hatte Zorn sich bei der Spurensicherung nach Pia Stoltz' Ehering erkundigt, doch er war nicht aufzufinden gewesen.

Kein Wunder.

Hannah hatte das Geschenk des Affen wohl verwahrt. Der Ring lag in einer leeren *Fisherman's Friend*-Dose in dem kleinen Spiegelschrank über ihrem Waschbecken.

DRITTER TEIL

Das Mädchen und der Tod

Vierzehn

Hendryk saß auf der Bank und kaute lustlos an einem Döner. Das Fleisch war zäh, das Fladenbrot pappig, die Soße ein mehliger Brei. Es gab wesentlich bessere Dönerbuden in der Stadt, zum Beispiel am Markt oder im Multiplexkino, trotzdem kam Hendryk mindestens dreimal pro Woche her. Nicht wegen Malik, dem Budenbesitzer (obwohl der trotz seiner Kochkünste ein netter Kerl war), sondern wegen Hannah.

Genauer gesagt, wegen ihrer Wohnung schräg gegenüber.

Aus dem Imbiss drangen die Geräusche des Fernsehers, auf dem in ohrenbetäubender Lautstärke ein türkischer Sender lief. Der Duft heißen Bratfetts zog über die Straße (Maliks Döner rochen wesentlich besser, als sie schmeckten), mischte sich mit dem Geruch des Asphalts, der nach dem Regen noch immer feucht war. Langsam wurde es dunkel, in den Wohnungen der Mietskaserne auf der anderen Straßenseite gingen die ersten Lichter an.

Hendryk pulte etwas Rotkraut zwischen den Zähnen hervor, sah unauffällig nach oben. Dicke Ulmen säumten die Straße, er musste sich vorbeugen, um durch die Baumkronen einen Blick auf ihr Badfenster zu erhaschen. Nun, er *glaubte* zumindest, dass es ihr Badfenster war, schließlich hatte er Hannahs Wohnung noch nie betreten. Nicht einmal zu klingeln hatte er gewagt, obwohl er vorletzte Woche kurz davor gewesen war.

Er nahm einen weiteren, winzigen Biss. Eigentlich aß Hendryk den Döner nicht, er *knabberte* ihn. Je länger er hier saß, desto größer war die Chance, dass sie auftauchte. Was er dann tun würde, hatte sich Hendryk noch nicht überlegt, doch er würde zumindest den Überraschten spielen können (wirklich, du *wohnst* hier? Ich war unten beim Edeka einkaufen und wollte mir hier kurz was zu essen holen. Zufälle gibt's, was?)

Natürlich war das albern. Ein erwachsener Mann, Polizist noch dazu, lungerte auf einer zerschlissenen Holzbank herum und kaute an einer zähen, klebrigen Masse, die nach lauwarmem Gummi schmeckte.

Doch Hendryk hatte alles versucht. Er glaubte nicht an so etwas wie *Liebe auf den ersten Blick*, aber er war sofort beeindruckt gewesen, als sie zum ersten Mal ihren Dienst angetreten hatte. Es waren ihre Augen, groß und dunkel wie bei Audrey Hepburn, ihre (Hendryks Meinung nach) phantastische Figur, und natürlich die Art, wie sie sich bewegte: fließend, grazil, schwebend. Irgendwie … *lautlos*. Außer Hendryk schien dies niemand zu bemerken, für die Kollegen war Hannah *der Frischling,* mit dem sie wie mit jedem anderen Neuling (auch Hendryk gehörte dazu) ihre harmlosen Scherze und infantilen Spielchen trieben.

Ein massiger Mann mit dunklen, gutmütigen Augen erschien in der Tür, kam näher und reichte Hendryk eine Dose Heineken.

»Geht aufs Haus, Freund«, sagte Malik.

Unter dem Schnurrbart wippte eine filterlose Zigarette im Mundwinkel. Auf der linken Brustseite seines pinkfarbenen T-Shirts war ein lachendes Schaf eingestickt. *MALIK'S DÖNER*, stand darunter. *EINFACH LECKER!*

Hendryk versuchte zu protestieren, doch er kam nicht dazu.

»Zu einem guten Essen gehört ein gutes Bier«, beschied Malik knapp und verschwand wieder in seinem Imbiss.

Er glaubt tatsächlich, dass es mir schmeckt, dachte Hendryk

kopfschüttelnd. Wahrscheinlich bin ich der Einzige, der regelmäßig hier auftaucht. Ich werde das Bier trotzdem bezahlen, schließlich ist er ein lieber Kerl und geht sonst irgendwann pleite.

Das Bier war eiskalt. Ein Zischen, er öffnete die Dose, bedachte den halb aufgegessenen Döner mit einem scheelen Blick, biss vorsichtig ab und trank einen Schluck. Malik hatte recht. Es fiel zumindest leichter, das zähe Fleisch hinunterzuschlucken.

Ein kleines Mädchen hüpfte über die Straße, flitzte mit fliegenden Zöpfen an ein paar Mülltonnen vorbei und verschwand im Eingang links neben Hannahs Haus. Die schwere, abgeschabte Tür fiel ins Schloss, das Krachen hallte zwischen den Backsteinfassaden wider. Die trippelnden Schritte des Mädchens drangen aus dem Treppenhaus, gefolgt von einer tiefen Männerstimme, die in grollendem Sächsisch wissen wollte, wo sich *Madame die ganze Zeit rumgetrieben* habe.

Hendryk las die Uhrzeit vom Handy ab. Kurz nach neun, seit über einer halben Stunde saß er jetzt schon hier. Er spielte mit dem Gedanken, ihr eine Nachricht zu senden, verwarf ihn wieder. Ein paar hatte er ihr schon geschickt (*schlaf gut, träum was Schönes*), doch sie hatte nie reagiert. Im Nachhinein kam es ihm albern vor, schließlich war er seit Jahren kein pickliger Teenager mehr. Abgesehen davon wusste Hannah, was Hendryk für sie empfand, er hatte es mehr als deutlich zu verstehen gegeben. Nach dem gemeinsamen Besuch bei Kommissar Schröder hatte sie seine weiteren Einladungen (Kino, Essen, sogar mit der Oper hatte er's versucht) abgelehnt, freundlich, aber bestimmt. Doch das musste nichts bedeuten. Hannah redete kaum, und wenn sie es tat, geschah es leise, fast widerwillig.

Doch manchmal, wenn sie auf Streife waren, wenn Hannah sich unbeobachtet glaubte, spürte er ihre Blicke.

Sie mochte ihn. Wahrscheinlich brauchte sie einfach nur Zeit.

Es ist wie bei Shakespeare, überlegte Hendryk. Mit dem Unterschied, dass Julia nicht in einem Palast, sondern in einer Dachwohnung lebt. Und dass Romeo anstelle von Blumen mit einem angebissenen Döner und einer halbvollen Bierbüchse auf sie wartet.

Er dachte an seine Mutter. Die hätte diese Geschichte zu einer ihrer Schmonzetten verarbeiten können, die sie als *Erica de Gabalier* veröffentlicht hatte. Doch Jenny Vaatz war seit über einem Jahr tot. Nach der Beerdigung hatte Hendryk ihr Grab nicht mehr besucht. Und er hatte es auch nicht vor. Sicherlich, sie war seine Mutter, doch angesichts dessen, was sie getan hatte, war ihr Tod mehr als verdient gewesen und was seinen Vater betraf …

Wieder fiel eine Haustür klappernd ins Schloss. Hendryk straffte sich. Ein Knacken ertönte, als sich seine Finger in das dünne Blech der Bierbüchse gruben und diese zerknickten.

Er wusste es, bevor er sie sah. Als sie auf den Bürgersteig trat, flammten wie auf Kommando die Straßenlaternen auf.

Da war sie.

Hannah.

*

Sie lief zügig, doch er hatte keine Schwierigkeiten, ihr zu folgen. Hendryk war zu perplex gewesen, um sie anzusprechen, und selbst, wenn er's versucht hätte, wäre es nicht dazu gekommen. Sie war schnurstracks losgegangen, ohne nach links oder rechts zu sehen.

Er lief ungefähr fünfzig Meter hinter ihr. Sie trug enge schwarze Jeans und die graue Seidenbluse, die sie neulich auf Kommissar Schröders Terrasse angehabt hatte. Eine Umhängetasche aus hellem Leinen hing quer über ihrer Schulter, die Gummisohlen ihrer Sneakers verursachten kaum ein Geräusch.

Hannah stoppte, sah sich kurz um und ging über die Straße. Unwillkürlich trat Hendryk in den Schatten einer der Ulmen.

Was mache ich hier eigentlich?, schoss es ihm durch den Kopf. Ich sollte nach Hause gehen, mir zwei Folgen *Black Mirror* ansehen und mich früh schlafen legen, schließlich muss ich zeitig aufstehen, um sechs ist Dienstbeginn.

Ein Pritschenwagen rollte vorbei, eine Ladung Eisenrohre klapperte auf der rostigen Ladefläche. Hendryk sah, wie Hannah schräg gegenüber in einer Nebenstraße verschwand und folgte ihr weiter.

Er war nicht müde. Und er hatte nicht die geringste Lust auf eine Netflix-Serie. Hannah lief in Richtung Innenstadt, vielleicht wollte sie in eine Bar oder Kneipe, dann würde Hendryk ein paar Minuten warten und (rein zufällig natürlich) dort auftauchen.

Die schmale, mit Kopfstein gepflasterte Straße führte bergab. Hendryk registrierte, dass er die Bierbüchse noch immer in der Hand hielt, warf sie im Laufen in einen Papierkorb und wischte sich die feuchten Finger am Hosenbein ab. Hannah verschwand vor ihm um eine Ecke, er beschleunigte und erreichte eine Hauptstraße, die links hinauf zum Platz mit dem alten Varieté führte. Er wandte sich wie Hannah nach rechts, schlenderte, die Hände in den Hosentaschen, im Schein der Natriumlampen dahin, vorbei an Pizzabuden, Bäckereien und leerstehenden Läden. Taxis rauschten neben ihm über die Straße, ein paar Menschen kamen ihm entgegen. Hannah lief, den Kopf gesenkt, zielstrebig dahin, stoppte an einer Ampel, ging weiter, ohne sich umzusehen. Er wartete, bis sie den Fußgängerweg überquert hatte, folgte ihr über den Zebrastreifen. Rechts von ihm reckte sich die eindrucksvoll angestrahlte Silhouette der Kirche am Hasenberg in den Abendhimmel, die ersten Sterne funkelten.

Eine Straßenbahn zischte über die Kreuzung, er sah Hannahs zierliche Gestalt, die leichtfüßig über die Hauptstraße lief und in einer Seitenstraße verschwand. Die Minuten vergingen, er folgte ihr in Richtung Fluss, die Gegend wurde ruhiger. Herrschaftliche Villen säumten die Straße, die polierten Messingschilder von Arztpraxen und Anwaltskanzleien funkelten im Licht der Laternen. Sie näherten sich der großen Wiese mit dem künstlichen See, doch Hannah bog ab (nun, dachte Hendryk, Enten füttern will sie jedenfalls nicht) in eine Straße, die in einem sanften Bogen parallel zum Fluss verlief. Kein Fußgänger war hier unterwegs, Hendryk ließ sich etwas zurückfallen, lief im Schatten einer hohen Mauer, die links von ihm aufragte. Gegenüber leuchtete der schlossähnliche Campus der Kunstakademie hinter einem schmiedeeisernen Zaun. Eine weitere Minute verging, bis Hannah plötzlich verschwunden war, als wäre sie vom Erdboden verschluckt.

Das war sie natürlich nicht, stellte Hendryk kurz darauf fest, als er die Tür in der Mauer erreichte, ein schmales, unscheinbares Ding aus verwittertem Holz.

Er drehte den Knauf. Die Tür war verschlossen.

Und jetzt?

Es gab weder einen Briefkasten noch ein Klingelschild. Die Mauer war über drei Meter hoch, die Tür wesentlich niedriger. Kein Problem für einen halbwegs sportlichen Mann, erst recht nicht, wenn er vor einem Dreivierteljahr Vizemeister bei den Bezirksmeisterschaften im Rudern geworden war.

Ein Moped knatterte vorbei, verschwand in der Kurve.

Und jetzt???

Hannah war da drin. Wen immer sie da besuchte, eine Freundin vielleicht oder einen …

Liebhaber?

… Bekannten, sie hatte einen Schlüssel. Sicherlich, es wäre peinlich, *unendlich* peinlich, dabei ertappt zu werden, wie Hendryk ihr nachschlich. Doch was sollte er tun? Netflix gucken?

Nee.

Ein Blick nach links, dann nach rechts. Hendryk stemmte sich hoch und schwang sich über die Tür. Das Schloss klapperte, Rost rieselte aus den Angeln, Kies knirschte unter seinen Turnschuhen.

Gebückt sah er sich um. Er stand in einem dunklen, verwilderten Garten. Fahles Laternenlicht fiel über die Mauerkrone. Ein schmaler Weg, gesäumt von mannshohen Büschen, führte bergauf. Hinter knorrigen Bäumen waren die Umrisse einer zweistöckigen Villa zu erkennen. Die hohen, geschwungenen Fenster waren dunkel, nur aus einem Zimmer im Erdgeschoss drang etwas Licht.

Er folgte dem Weg ein paar Schritte. Blieb stehen.

Ich bin Polizist, dachte er. Was ich hier mache, ist Hausfriedensbruch. Was ist mit mir los? Hab ich den Verstand verloren? Ich muss völlig verrückt …

»Ich möchte Ihre Hände sehen.« Die Stimme klang ruhig. »Alle beide.«

Hendryks Magen verkrampfte sich.

»Ich …«, krächzte er, »ich wollte …«

»Was Sie wollen, interessiert mich nicht.« Eine Gestalt trat aus dem Schatten. »Im Moment will ich ausschließlich Ihre Hände sehen. Und ich will, dass Sie sich nicht bewegen.«

Hendryk gehorchte augenblicklich. Zum einen, weil die Stimme zwar kühl, doch äußerst entschlossen klang. Zum anderen war da das matt schimmernde Metall in der Hand des Mannes. Undeutlich zu erkennen, doch zweifellos der Lauf einer Pistole.

Fünfzehn

Frieda lag im Bett, eine Hand unter dem Kopfkissen im Nacken, die Augen nach oben gerichtet. Diffuses Licht drang durch die Gardinen, warf spinnenwebartige Muster auf die stuckverzierte Decke. Zorn schnarchte leise neben ihr. Sie sah auf ihr Handy, das neben Zorns Brille auf dem Nachttisch lag. Zweiundzwanzig Uhr vier.

Na klasse, dachte sie. Gerade mal um zehn, und wir liegen schon im Bett wie ein altes Ehepaar.

Zorns Schnarchen wurde lauter, erinnerte an das Gurgeln eines verstopften Wasserrohrs.

»Pst, Claudius.« Sie streichelte sanft seinen Arm.

Er verstummte sofort, drehte sich ebenfalls auf den Rücken. Er schwitzte stark, seine Wange hatte dunkle Abdrücke auf dem Kissen hinterlassen.

Als sie nach Hause kam, hatte er sie am gedeckten Tisch erwartet. Er hatte Rotwein kredenzt und Lasagne serviert. Das Essen war ausgezeichnet gewesen, und nachdem er anfangs noch versucht hatte, sich mit seinen Kochkünsten zu brüsten, hatte er schließlich eingestehen müssen, dass er mit Edgar bei Schröder gegessen und dieser ihm eine Portion für Frieda mitgegeben hatte.

Sie strich ihm das nasse Haar aus dem Gesicht, betrachtete die Falten um die geschlossenen Augen, das feine Narbengeflecht auf der Wange. Speichel floss aus seinem halb geöffneten Mund. Seine Stirn war warm. Beim Essen hatte er abwesend gewirkt, seine Augen hatten geglänzt, und als sie ihn fragte, ob es ihm nicht gutgehe, hatte er abgewunken und erklärt, dass er sich beim Baden wohl ein wenig erkältet habe. In den letzten

Jahren hatte er sich deutlich verändert, nach und nach hatte der nörglerische Eigenbrötler unverhofft liebenswürdige Eigenschaften offenbart, doch eine Mimose war Claudius noch immer, und der kindische Drang, Frieda gegenüber den harten Hund zu spielen, war ebenfalls geblieben.

Er drehte sich auf die Seite, kratzte sich an der verstümmelten Hand und klemmte die Decke zwischen die Beine. Als sie nach dem Essen den Tisch abräumten, hatte er gesagt, dass er mit ihr frühstücken wolle, doch sie würde ihn morgen früh schlafen lassen und erst wecken, wenn sie das Haus verließ.

Eine Mücke sirrte durch das Zimmer. Frieda überlegte, das Fenster zu schließen, ließ es dann sein. Um sechs würde der Wecker klingeln. Der Prozess war bis Mittwoch unterbrochen worden, doch das bedeutete nicht, dass der nächste Tag ruhiger werden würde. Frieda konnte sich nicht die geringste Nachlässigkeit erlauben, sie stand ständig unter Strom. Es war, als würde sie mit zweihundert Stundenkilometern über eine Autobahn rasen.

Claudius hatte sich wortreich für das, wie er's ausgedrückt hatte, *verschissene Wochenende* entschuldigt und ausgiebig über den *durchgeknallten Schimpansen* lamentiert. Es stimmte, Frieda hatte sich darauf gefreut, ein paar Stunden mit Edgar und Schröder zu verbringen. Doch sie hatte die beiden Tage genossen, die meiste Zeit hatte sie auf dem Sofa verbracht, abwechselnd geschlafen und den neuesten Stephen King gelesen.

Zorn zuckte neben ihr im Schlaf. Sie streichelte seinen verschwitzten Rücken, er entspannte sich. Auf seinem Hinterkopf war eine kleine, kreisrunde Stelle zu erkennen, wo die Kopfhaut durch das Haar schimmerte.

Sie schloss die Augen. Lächelte.

Du bekommst 'ne Glatze, dachte sie. Das wird dir gar nicht gefallen. In manchen Dingen magst du dich geändert haben, aber eitel, mein Schatz, bist du nach wie vor.

Sechzehn

Das Zimmer, in das Hendryk geführt wurde, war groß, fast schon ein Saal. Die Wände waren bis auf Mannshöhe mit dunkler Eiche getäfelt, schwere Vorhänge hingen vor den beiden hohen Fenstern, die einen halbrunden Erker flankierten. Dort stand ein festlich gedeckter, ovaler Tisch, auf einer weißen Decke blitzten hochstielige Gläser, edles Geschirr, in der Mitte ein geschwungener Kerzenständer. Die Szenerie erinnerte an ein klassisches Candlelight-Dinner. Links saß Hannah, das Gesicht des Mannes gegenüber lag im Schatten. Der Stimme nach zu urteilen, war er deutlich älter.

»Danke, Karim.«

Die Worte waren an den Mann mit der Waffe gerichtet. Hendryk spürte eine Bewegung im Rücken, der andere verließ den Raum.

»Sie können die Hände herunternehmen.«

»Das …« Hendryk gehorchte. »Das muss ein Irrtum sein, ich …«

Was, verdammt nochmal, rede ich da?

»Kommen Sie doch näher.«

Das polierte Parkett ächzte unter Hendryks zögernden Schritten. Hannah sah ihn ausdruckslos an. Er wich ihrem Blick aus, blieb vor dem Tisch stehen.

»Bitte, nehmen Sie Platz.«

Der Mann (nein, eher ein *Männchen*, korrigierte sich Hendryk, mehr als fünfzig Kilo konnte er kaum wiegen) deutete auf einen Kaffeehausstuhl an der Stirnseite. Das graue Tweedjackett und die dezent gemusterte Krawatte mit passendem Einstecktuch erinnerten an einen Adligen in einer britischen

Seifenoper, ein Eindruck, der durch den Rubin am manikürten kleinen Finger der rechten Hand noch verstärkt wurde. Er saß im Rollstuhl, erkannte Hendryk, die Speichen blitzten im matten Schein eines gedimmten, zwei Meter hohen Deckenfluters aus poliertem Stahl am anderen Ende des Raumes.

»Sie sind also Hendryk.«

»Ich, äh …«

»Hannah hat mir schon viel von Ihnen erzählt.«

Hendryk hatte nicht den leisesten Schimmer, was hier vor sich ging. Klar war ihm nur, dass er sich noch nie in seinem Leben in einer dermaßen peinlichen Lage befunden hatte. Als er vierzehn war, hatte ihn seine Mutter beim Onanieren im Badezimmer erwischt, bis heute hatte er geglaubt, dass es nie schlimmer kommen würde. Nun, das war ein Irrtum gewesen.

»Ihr Besuch kommt ein wenig überraschend«, fuhr der Mann im Rollstuhl fort. »Entschuldigen Sie also den etwas ungewöhnlichen Empfang.«

Das *musste* sarkastisch gemeint sein, schließlich war Hendryk vor einer halben Minute mit vorgehaltener Waffe in diesen Raum geführt worden. Doch es klang, als wären sie sich zufällig bei einem Sektempfang oder bei der Premiere einer Oper über den Weg gelaufen.

Hendryk wand sich auf seinem Stuhl. Es fühlte sich an, als wäre die geflochtene Sitzfläche mit Nadeln gespickt. Fieberhaft suchte er nach Worten, fand – natürlich – keine. Hannah saß neben ihm, spielte mit einer Gabel, die sie schweigend betrachtete.

»Ich bin übrigens Natan.«

Hendryk ergriff die Hand, die ihm über den Tisch gereicht wurde. Die Finger waren kühl, der Händedruck schwach. Ihre Blicke trafen sich kurz. Hendryk betrachtete die hellblauen Augen hinter der randlosen Brille, das graue, wie mit dem Messer gescheiteltes Haar. Dieser dünne, wie aus der Zeit gefallene

Mann hatte die sechzig wahrscheinlich schon überschritten, doch das schmale Gesicht war glatt, abgesehen von einer Narbe, die in einem Bogen von der Schläfe über die rechte Wange verlief und im gestärkten Hemdkragen verschwand.

Ihr Freund, überlegte Hendryk, ist er jedenfalls nicht. Es sei denn, sie steht auf alte Männer im Rollstuhl, aber …

Scheiße, was denke ich da bloß???

Ein Schatten huschte über das weiße Tischtuch, die Kerzen flackerten. Wie aus dem Nichts tauchte ein Porzellanteller direkt vor Hendryks Nase auf. Er versteifte sich erschrocken, während der Mann, der ihm gerade noch einen Pistolenlauf in den Rücken gedrückt hatte, mit den geübten Bewegungen eines Oberkellners ein weiteres Gedeck vor ihm drapierte. Sein Name, erinnerte sich Hendryk, war Karim. Er schien ungefähr in Hendryks Alter zu sein, ein schlanker, sehniger junger Mann. Der perfekt sitzende Anzug wirkte wie eine Maßanfertigung, das schwarz glänzende Haar, die dunklen Augen und der olivfarbene Teint ließen darauf schließen, dass er südländischer Abstammung war.

»Danke, Karim.« Der Mann, der sich als Natan vorgestellt hatte, wandte sich an Hendryk. »Ich hoffe, Sie mögen orientalisches Essen.«

Klar doch, schoss es Hendryk durch den Kopf. Solange es kein lauwarmer Döner ist. Der liegt mir nämlich immer noch schwer im Magen.

Hannah und Natan wechselten einen kurzen Blick. Ein kaum merkliches Lächeln spielte um ihre Lippen. Egal, was die beiden verband, sie waren einander vertraut. *Sehr* vertraut.

»Etwas Champagner?« Natan deutete auf einen Edelstahlzylinder, aus dem der Hals einer Flasche ragte. »Bedienen Sie sich ruhig selbst. Ich würde Ihnen gern einschenken, aber Sie sehen ja«, seine gepflegten Finger trommelten auf den Lehnen des Rollstuhls, »ich bin etwas eingeschränkt.«

Der Mond schien durch die Fenster in den Erker. Den hinteren Teil des Grundstücks bildete eine Wiese, ebenfalls von einer hohen Mauer begrenzt. Dahinter erhoben sich die Baumwipfel des Botanischen Gartens in die Nacht, das Dach eines Gewächshauses schimmerte im bleichen Licht.

»Ich kann Ihnen natürlich auch etwas anderes anbieten«, sagte Natan. »Wir haben einen ausgezeichneten Rotwein im Keller, Karim bringt Ihnen gern …«

»Okay, ich hab Scheiße gebaut.« Hendryk wandte sich an Hannah, die noch immer in das Studium der Zinken ihrer Gabel vertieft schien. »Ich bin dir nachgeschlichen, das war bekloppt. Aber ich … ich wollte dir nicht nachspionieren, ich …« Er nahm eine gestärkte Serviette von seinem Teller und zerknüllte sie hilflos in den Fingern. »Ich wollte einfach …«

Hannah hob den Kopf.

»Ja?«

Natan griff nach seinem Champagner, drehte das Glas zwischen den Fingern und betrachtete die aufsteigenden Bläschen im Kerzenlicht, während Hendryk nach Worten rang.

»Ich wollte dich einfach sehen. Weil du mir 'ne Menge bedeutest.«

Sie sah ihn an, aus dunklen, unergründlichen Augen.

»So. Und jetzt«, Hendryk stand auf, »würde ich gern im Erdboden versinken.«

Er wandte sich zum Gehen, bemerkte die Serviette in seinen verschwitzten Händen und legte sie auf den Tisch.

»Danke für die Einladung«, sagte er zu Natan. »Ich finde selbst raus. Schöne Grüße an Karim. Ich hoffe, er schießt mich nicht über den Haufen.«

*

»Iss, Hannah.«

Der Mann im Rollstuhl deutete mit dem Messer auf Hannahs Teller. Sie hatte ihr Essen kaum angerührt. Hendryk war vor einer halben Stunde gegangen, seitdem hatten sie nicht miteinander gesprochen. Wie immer hatten sie schweigend zugesehen, wie Karim im Schein der flackernden Kerzen gebratenen Fisch, Couscous und gedämpftes Gemüse auf ihren Tellern verteilte und auch die Mahlzeit verlief still, abgesehen vom Klirren des Silberbestecks auf dem Meißner Porzellan.

Karim erschien, in der Hand eine Flasche Rotwein.

»Nein, danke«, lächelte Natan.

Er warf Hannah einen fragenden Blick zu. Diese schüttelte den Kopf, worauf Karim wieder im Schatten verschwand.

Ein paar Minuten vergingen. Hannah stocherte lustlos in ihrem Essen, bis Natan schließlich sein Besteck beiseitelegte.

»Du hattest recht«, sagte er, nahm die Serviette und tupfte die Mundwinkel ab. »Er scheint wirklich nett zu sein.«

Hannah spießte eine Kichererbse auf, kaute gründlich und schluckte sie hinunter.

»Ja«, seufzte sie. »Das ist ja das Problem.«

Siebzehn

Schröder saß am Schreibtisch, in das Studium einer dünnen Akte vertieft. Die Tür wurde geöffnet, er wünschte seinem *werten Herrn Vorgesetzten* höflich einen guten Morgen und widmete sich wieder seiner Lektüre. Zorn erwiderte die Begrüßung nicht, warf seine Lederjacke über den Garderobenständer und ging zum Fenster.

»Die Tabletten, die bei dem Opfer gefunden wurden, enthalten Telidin«, sagte Schröder, den Blick auf die Akte gerichtet. »Ein starkes Schmerzmittel. Pia Stoltz selbst hat nichts davon genommen, in ihrem Blut wurden keine Spuren gefunden.«

Zorn nahm Schröders Gießkanne vom Fensterbrett und sah schweigend hinaus auf den Parkplatz.

»Das Zeug ist rezeptpflichtig«, fuhr Schröder fort. »Aber als Tierärztin dürfte Pia Stoltz keine Probleme gehabt haben, sich etwas davon zu besorgen.«

Zorn betrachtete die Gießkanne, ein kleines, etwas verbeultes Blechding, das Schröder auf einem Trödelmarkt erstanden hatte. Dann kniff er ein Auge zusammen und starrte in die Tülle. Sein Haar war nass, er schien gerade geduscht zu haben. Auf seinem Rücken prangte ein verblasster *Star Wars*-Schriftzug, er hatte das verwaschene T-Shirt verkehrt herum angezogen.

»Laut Bericht sind die Nebenwirkungen erheblich«, las Schröder vor. »Schwindel, Halluzinationen und«, er blätterte um, »Aggressivität. Jetzt könnte man sich fragen …«

»Ist das nicht gefährlich?« Zorn hielt die Gießkanne in die Höhe, die Tülle wie eine Pistole auf Schröder gerichtet. »So was gehört doch in einen Safe, oder nicht?«

Schröder sah kurz auf.

»Sehr witzig«, brummte er und wandte sich wieder der Akte zu.

*

Die Sonne fiel schräg durch die hohen Fenster, tauchte den Erker in goldfarbenes Licht. Ein silbernes Kaffeekännchen funkelte zwischen Hannah und Natan auf dem weißen Tischtuch, daneben standen Porzellanschälchen mit Marmelade, Teller mit Aufschnitt und frischem Obst. Der Duft von frischem Kaffee und warmen Brötchen mischte sich mit dem leicht staubigen Geruch der Villa.

Natan entfaltete eine Serviette, breitete sie über den Schoß seines dunkelgrünen Morgenmantels und griff nach einem Löffel.

»Brauchst du Geld?« Er klopfte ein Ei auf.

»Nein.«

Schweigend sah Hannah zu, wie Natan sein Frühstück verzehrte. Karim kam herbei und fragte mit leiser Stimme, ob jemand noch einen Wunsch habe.

»Nein«, lächelte Natan. »Das Ei war wieder hervorragend.«

*

»Das verstehe ich nicht.« Schröder hatte die Ellbogen auf den Schreibtisch gestützt, massierte sich mit den Fingern die Schläfen und starrte auf den Bericht. »Die Fingerabdrücke auf der Nadel stammen eindeutig von Pia Stoltz. Das Labor hat Blutspuren gefunden, aber die«, er sank kopfschüttelnd zurück in die Lehne, »stammen von jemand anderem.«

Zorn starrte schweigend aus dem Fenster.

»Von einem Affen«, sagte Schröder.

»Gehört das Ihnen?« Zorn wandte sich ruckartig um und hielt Schröder die Gießkanne entgegen. »Sind Sie überhaupt befugt, so etwas zu besitzen?«

»Bitte, Chef«, seufzte Schröder. »Ich habe keine Lust auf Spielchen.«

»Also nicht«, knurrte Zorn. Graue Bartstoppeln sprossen auf seinen Wangen, im linken Mundwinkel klebte ein Rest Zahnpasta. »Laut Gesetz ist der Besitz von Schusswaffen ohne gültigen Waffenschein streng verboten. Ich frage Sie jetzt zum letzten Mal: Sind Sie in Besitz eines Dokumentes, das Ihnen gestattet, eine …«

»Es reicht.« Schröder klang gereizt. »Wir haben eine Menge zu tun und …«

»Verdammt nochmal!« Die Gießkanne landete mit einem Knall auf dem Schreibtisch. »Bin ich hier der Einzige, dem *Regeln noch etwas bedeuten*?«

»Falls das hier ein Filmquiz wird«, erwiderte Schröder, »hast du verloren. Das war ein Zitat aus *Big Lebowski*. So, und da wir das jetzt geklärt haben, würde ich gerne …«

»Sie sind verhaftet.« Zorn kam einen Schritt näher. »Sie haben das Recht zu schweigen. Und Sie haben das Recht auf einen …«

Er schwankte, stützte sich am Schreibtisch ab.

»Auf einen …«

»Chef?«

»Akkuschrauber.«

»Das …« Schröder wurde blass. »Das ist nicht mehr witzig.«

»Quatsch.« Zorn schüttelte gereizt den Kopf. »Keinen Akkuschrauber. Sie haben das Recht auf einen …«

»Hör auf.«

»Jaja, ich komm gleich drauf!«

Zorn starrte eine Weile ins Leere. Plötzlich hellte sich sein Gesicht auf. Die Augen glänzten fiebrig hinter den verschmierten Brillengläsern.

»Auf einen Architekten!«, rief er. »Genau, Sie haben das Recht auf einen *Architekten*!«

Ein Kichern, dann wurde Zorn wieder ernst. Er legte den Kopf schief, fixierte Schröder aus zusammengekniffenen Augen, stützte sich auf dem Schreibtisch ab und beugte sich vor.

»Ich kenne Sie nicht. Aber Sie sehen nett aus.«

Schröders Bleifstiftdose kippte um, landete klappernd auf dem Boden.

»Und …« Ein Schnüffeln. »Sie riechen gut.«

Ihre Blicke trafen sich, die Augen nur wenige Zentimeter voneinander entfernt.

»Nach … frischer Bettwäsche.« Ein weiteres Schnüffeln. »Ich verhafte ungern jemanden, der nach frischer Bettwäsche riecht, aber was soll ich machen?« Zorn richtete sich auf, zuckte bedauernd die Achseln. »Dienst ist Dienst.«

Vorsichtig schob Schröder den Stuhl zurück, stand langsam auf.

»Du brauchst einen Arzt«, sagte er leise. »Komm, wir …«

»Einen Arzt?« Zorn hob empört den Kopf. »*Ich*? Das ist die größte Frechheit, die mir jemals …«

Er kam nicht dazu, den Satz zu beenden. Seine Augen verdrehten sich, bis nur noch das Weiße zu sehen war, dann kippte er um und landete mit einem dumpfen Aufprall auf dem Teppich.

*

»Ich glaube, du musst los.«

Natan schob den Ärmel des Morgenmantels zurück, sah auf die Uhr. Die Breitling schimmerte auf seinem schmalen Handgelenk.

Hannah stand auf.

»Hat er mit dir zusammen Dienst?«, fragte Natan.

»Ja.«

Ein Griff in die Speichen, der Rollstuhl fuhr zurück, vollführte eine Vierteldrehung. Im hellen Sonnenlicht wirkte Natan noch gebrechlicher, der Morgenmantel schien viel zu groß für seinen mageren Körper, der dünne Hals zu schwach, um das Gewicht des Kopfes zu tragen.

»Er wird fragen, wer ich bin.«

»Hendryk wird gar nichts fragen.« Hannah griff nach ihrer Tasche.

»Warum?«

»Er wird sich nicht trauen, mich anzusprechen.«

»Weil's ihm peinlich ist?«

Sie nickte, schlang die Tasche über die Schulter.

»Aber *irgendwann* wird er fragen«, sagte Natan.

Sie überlegte einen Moment.

»Ja«, nickte sie dann.

»Er wird wissen wollen, was uns verbindet, Hannah.«

»Das wird er nie erfahren.«

»Natürlich nicht. Aber etwas *musst* du ihm sagen.«

»Ich werde sagen«, Hannah ordnete den Riemen vor der Brust, zog die Bluse straff, »dass du ein Freund bist.«

»Ein ... *Freund*?« Natan neigte den Kopf. Sein Lächeln entblößte eine Reihe kleiner, sorgfältig gepflegter Zähne. »Klingt das nicht ein wenig seltsam? Ein alter, gebrechlicher Mann im Rollstuhl ist der *Freund* einer wunderbaren jungen Frau?«

»Und wenn du mein Onkel bist?«, schlug Hannah vor.

Natans Augen weiteten sich.

»Ausgezeichnet«, strahlte er. »Dann bin ich dein Onkel.«

Achtzehn

Schröder.

Er kniet neben ihm. Zorn bewegt sich nicht, sein Gesicht ist bleich, wie mit Wachs überzogen. Schaum bedeckt die farblosen Lippen. Die Brille hängt schief auf dem Gesicht. Schröder nimmt sie mit zitternden Fingern ab, streicht ihm das Haar aus der Stirn. Die Haut ist heiß. Glüht regelrecht, wie ein Backofen.

Alles wird gut, murmelt er.

Er greift nach dem Handgelenk, fühlt den Puls. Nichts. Beugt sich vor, legt sein Ohr an Zorns Brust. Wieder nichts. Dann hört, nein, *ahnt* er den Herzschlag. Schwach, unglaublich schnell, wie ein panischer, gefangener Vogel.

Wo bleibt der Notarzt?

Das ist kein Spiel, es war von Anfang an keins. Schröder hat es zu spät bemerkt, erst, als er Zorns Augen gesehen hat. Fiebrig und leer. Jetzt sind sie kalt. Blicklos. Weiße Murmeln unter den halb geschlossenen Lidern.

Er hockt sich hin, nimmt Zorns Kopf in den Schoß.

Alles wird gut, wiederholt er.

Wo, verflucht nochmal, bleibt der …

Plötzlich verkrampft sich Zorn. Ein Zucken krümmt seinen Rücken, als würde in seiner Wirbelsäule eine Stahlfeder gespannt. Ein Krächzen

KRRRRRRCH

dringt aus seiner Kehle. Er tritt um sich, seine Fersen trommeln in rasender Geschwindigkeit auf den Boden. Schröders Sessel rollt zurück, prallt gegen die Wand. Aktenordner fallen vom Schreibtisch, die Gießkanne landet direkt neben Schröder auf dem Teppich. Verzweifelt presst er den wild um sich schlagenden Zorn zu Boden. Etwas explodiert in Schröders Kopf, als dessen Faust ihn mit voller Wucht im Gesicht trifft.

Bleib ruhig, murmelt er, während ihm die Tränen in die Augen schießen und Panik seinen Verstand flutet. Hilfe ist unterwegs. Bitte, du *musst* ruhig bleiben, du …

Zorn kann ihn unmöglich hören. Das, was sich da auf dem Teppich krümmt, ist nur eine Hülle, ein wachsbleiches, verkrampftes Etwas. Und doch erschlafft Zorn plötzlich, als würde er auf Schröders zitternd hervorgepresste Worte reagieren.

Komm schon.

Ein letztes Flattern der Lider, Zorns Muskeln entspannen

sich. Still, fast friedlich liegt er in Schröders Armen. Überflüssig, nach dem Puls zu tasten. Das Herz schlägt nicht mehr. Schröder blinzelt die Tränen beiseite.

Komm schon!

Er ballt die Faust. Ein Hieb auf den Brustkorb.

KOMM SCHON!

Noch einer.

Keine Reaktion.

Schröder beginnt zu schreien.

Neunzehn

Hendryk Vaatz war gern Polizist. Er mochte seine Arbeit (obwohl sie oft ziemlich stupide war), sie gab ihm das Gefühl, etwas Gutes, etwas *Nützliches* zu tun. An diesem Dienstag allerdings sehnte er den Dienstschluss regelrecht herbei. Punkt vierzehn Uhr ging er in den schmalen Umkleideraum, zog sich hastig um, verstaute die Uniform im Spind und verließ schnellstmöglich das Revier, eine etwas heruntergekommene Villa in der Nähe des Zoos.

Hannahs Dienst hatte zwei Stunden nach seinem eigenen begonnen (er kannte ihren Dienstplan ebenso gut wie den seinen), doch im Gegensatz zu sonst war er nicht sehr erpicht darauf gewesen, ihr zu begegnen. Das Glück war ihm hold, ein Kollege hatte sich krank gemeldet, und Hendryk war kurzfristig zum Streifendienst in der Neustadt eingeteilt worden. Er mochte weder die tristen Plattenbauten noch Polizeimeister Enkhardt, mit dem er stundenlang im Streifenwagen hatte herumfahren müssen. In Hendryks Augen war Enkhardt ein reaktionäres

Arschloch, doch er hatte dessen endlose Tiraden über Migranten, Fake-News und die *unfähige Merkel* kommentarlos über sich ergehen lassen. Dummes Geschwätz, doch besser, als Hannah über den Weg zu laufen. Nach allem, was gestern geschehen war.

Er ging zu Fuß nach Hause. Die Hoffnung, an der frischen Luft auf klare Gedanken zu kommen, erwies sich als trügerisch, denn als er zwanzig Minuten später seine Zweizimmerwohnung in einer Seitenstraße des alten Marktes betrat, fühlte er sich keinen Deut besser. Eine Weile lief er unruhig hin und her, kochte sich schließlich einen Tee, setzte sich an den Küchentisch und starrte verdrossen in den dampfenden Porzellanbecher.

Es war nicht nur peinlich, es war … schlimmer. Nie, nie wieder würde er Hannah halbwegs unbefangen unter die Augen treten können, allein der Gedanke ließ ihn bis unter die Haarspitzen erröten.

»Hirnverbrannter Vollidiot.«

Die Worte galten Hendryk selbst, und sie kamen aus vollem Herzen. Wie unendlich dumm musste man sein, über diese verdammte Gartentür zu klettern (nicht zu vergessen die alberne Verfolgungsjagd)? Was um alles in der Welt hatte ihn dazu getrieben?

Neugier.

Klar. Nun, *neugierig* war Hendryk noch immer.

Da war zunächst Karim. Dieser dunkeläugige Kerl im Maßanzug schien so etwas wie ein Leibwächter zu sein. Gleichzeitig auch Butler und Koch. Er wusste, wie man mit einer Waffe umgeht, bewegte sich wie ein Kampfsportler. Die Getränke hatte er serviert wie der Oberkellner eines Gourmet-Restaurants, der Geruch des Essens ließ darauf schließen, dass seine Kochkünste hervorragend waren. Wahrscheinlich, dachte Hendryk missmutig, kann er auch fliegen, zumindest hat er sich nahezu lautlos bewegt.

Vielleicht, überlegte er weiter, war Hannah wegen Karim in der Villa gewesen? Der Gedanke lag nahe, der Typ war verdammt attraktiv (soweit Hendryk das beurteilen konnte). Doch ihr Besuch hatte eindeutig dem anderen gegolten, dem dünnen Mann im Rollstuhl. Natan.

Warum? Warum dieses intime Rendezvous im Kerzenschein? Ging es um Sex?

Hendryks Finger krampften sich um den Becher.

Der Kerl war alt. Dreißig, vielleicht vierzig Jahre älter als Hannah. Doch er war reich, *richtig* reich. Die Villa musste Millionen wert sein, die Einrichtung ebenfalls. Hendryk hatte keine Ahnung von Innenarchitektur oder Design, doch die Möbel erinnerten an Bauhausklassiker, und es schienen Originale zu sein.

Ein wohlhabender, älterer Herr und ein blutjunges Mädchen.

Sex gegen Geld?

Hendryk schüttelte den Kopf.

Nein. Nicht Hannah.

Er nippte an seinem Tee. Das Gebräu schmeckte nach nichts, nur mit äußerster Konzentration ließ sich ein Hauch von Pfefferminz und Kamille erahnen. Die Packung lag seit Monaten im Hängeschrank über dem Herd.

Er stand auf, leerte den Becher in der Spüle.

Trotzdem. Es *gab* eine Verbindung zwischen den beiden. Die Art, wie sie im Kerzenschein beieinander gesessen hatten. Die Blicke, die sie gewechselt hatten. Vertraut. Intim.

Nein, mit Sex hatte das nichts zu tun, doch trotzdem fühlte Hendryk einen leisen Stich der Eifersucht. Wer war dieser Mann? Trotz seiner hinfälligen Erscheinung verströmte er eine Aura, die gleichzeitig beeindruckend und verwirrend war. Wie nannte man das? Charisma? Stil? Offensichtlich war er schwerkrank, auf medizinische Pflege angewiesen. Das, überlegte Hendryk, übernimmt Karim bestimmt ebenfalls. So, wie der aussieht, ist er wahrscheinlich auch noch Hirnchirurg.

Haha.

Er holte seinen Laptop vom Fensterbrett, setzte sich wieder an den Tisch und drückte den Startknopf. Der Bildschirm wurde hell, er startete Safari, rief Google auf.

Zwei Dinge wusste er über den Mann im Rollstuhl: Seinen Vornamen und seine Adresse. Er tippte beides in das Suchfeld.

Zunächst erschien ein kurzer Wikipedia-Eintrag über die Villa (*erbaut 1922 als Sitz einer einflussreichen Unternehmerfamilie*), darunter ein Immobilienportal (*Historisches Baudenkmal in exklusiver Stadtlage*). Es folgten Links zum Botanischen Garten, einem Kanuverleih und absurderweise die Webseite des *Ayurvedischen Kompetenzzentrums Heidelberg*. Hendryk klickte sich durch die Treffer, bis er schließlich auf die Überschrift einer Zeitungsmeldung stieß: *MILLIONENERBE KAUFT HISTORISCHE VILLA*

Der Artikel war vor fünf Jahren erschienen. Unter einem unscharfen Foto des Gebäudes wurde vermeldet, dass das Haus nach Jahrzehnten des Verfalls endlich einen neuen Besitzer gefunden habe. Nachdem diverse Spekulanten sich mit vorzeitig ausgezahlten Krediten und Fördergeldern aus dem Staub gemacht hatten, könne die Stadt diesmal unbesorgt sein, hieß es, schließlich handele es sich bei Natan Reyer um den Spross eines weltweit vernetzten Unternehmerclans.

»Bingo«, murmelte Hendryk und tippte den Namen in die Suchmaske.

Auch diesmal landete er zunächst bei Wikipedia, der Eintrag war allerdings wesentlich ausführlicher. Zuerst wurde über Emil Reyer, Natans Großvater, berichtet, einen gelernten Schuster, der Anfang des zwanzigsten Jahrhunderts durch den Handel mit Baumwolle zu einem Vermögen gekommen war. Nach einer

Reihe geschickter Investitionen in Stahl, Beton und Kautschuk war er zum Millionär geworden. Er hatte zwei Söhne, las Hendryk, beide hatten den unternehmerischen Instinkt ihres Vaters geerbt, denn nach Emils Tod bauten sie das Geschäft zu einem weltweit verzweigten Imperium aus. Die Beteiligungen an Handelskonzernen, Banken und Medienhäusern waren selbst für Experten kaum zu durchschauen. Über das Privatleben der Reyers war kaum etwas bekannt, auch die mittlerweile vierte Generation lebte zurückgezogen und von der Öffentlichkeit abgeschottet.

Am Ende des Artikels war ein Stammbaum skizziert. Natan gehörte zur dritten Generation, er war der jüngste von vier Brüdern. Er selbst hatte keine Kinder, doch Dutzende Neffen, Tanten und Cousinen.

Hendryk googelte weiter. Außer Spekulationen über das Familienvermögen (das von der *Financial Times Deutschland* auf zweieinhalb Milliarden Euro geschätzt wurde) war kaum etwas zu finden. Es gab so gut wie keine Fotos, abgesehen von vergilbten Porträts der Patriarchen und einem verwackelten Paparazzi-Bild, das zwei verschwommene Gestalten auf einer Yacht im Mittelmeer zeigte, darunter der übliche Boulevardtratsch: *ENTHÜLLT! HIER KÜSST DIE GEHEIMNISVOLLE MILLIARDÄRIN IHREN NEUEN LOVER!*

Hendryk klappte den Laptop zu.

Und was sagt uns das?

»Keine Ahnung«, murmelte er.

Immerhin, er kannte nun den vollen Namen des Mannes. Und er wusste jetzt, dass Natan Reyer nicht nur stinkreich, sondern *unermesslich* reich war.

Ist das irgendwie wichtig?

»Nee.«

Hendryk seufzte.

Irgendwelche Milliardäre kümmerten ihn einen Dreck.

Jemand anderes interessierte ihn.

Hannah.

Je mehr sie sich zurückzog, je weiter sie sich von ihm entfernte, desto stärker wurde Hendryk angezogen.

Etwas (Instinkt wahrscheinlich) warnte ihn. Er spürte, dass Hannah nicht nur … *anders*, sondern auch gefährlich war. Doch es stieß ihn nicht ab, dieses Rätsel. Im Gegenteil, es faszinierte ihn.

Kein Wunder.

Hendryk Vaatz war in dieses Rätsel verliebt.

Zwanzig

Sie warteten.

Schweigend saßen sie auf der Bank auf dem Flur. Die Glastür zur Notaufnahme öffnete sich zischend, Frieda straffte sich, ihre Finger schlossen sich um Schröders Hand, doch der Arzt im grünen Operationskittel eilte wortlos an ihnen vorbei und verschwand in den Weiten der Krankenhausflure.

»Willst du was trinken?« Schröder deutete auf einen Getränkeautomaten schräg gegenüber. »Einen Kakao?«

Frieda schüttelte den Kopf.

»Wie lange ist er jetzt da drin?«, fragte sie.

Schröder sah zur Uhr über dem Eingang zur Notaufnahme.

»Seit zwei Stunden.«

»Irgendjemand muss uns doch …« Frieda nestelte mit zitternden Fingern an ihrer Halskette. »Ich meine, die können uns doch nicht einfach hier sitzen lassen. Die … die müssen uns doch sagen, was mit ihm los ist, ob er …«

Ihre Stimme brach.

Schröder drückte schweigend ihre Hand.

»Was …« Sie sah ihn an. »Was ist mit deinem Auge?«

Er antwortete zunächst nicht.

»Ich wollte ihn beruhigen«, murmelte er dann. »Er … er hatte Krämpfe. Er hat …«, Schröder tastete nach der Platzwunde über der linken Augenbraue, »um sich geschlagen und dann … dann ist er kollabiert. Ich hab versucht, ihn wiederzubeleben, aber …« Schröder schluckte, räusperte sich. »Irgendwann kam der Notarzt. Die haben ihn reanimiert. Er hat gelebt, als sie ihn abtransportiert haben.« Er sah zum Eingang der Notaufnahme. *ZUGANG NUR FÜR RETTUNGSDIENST* stand in fetten Buchstaben auf dem milchigen Glas der Schiebetür. »Solange er da drin ist, stehen die Chancen gut.«

»Woher willst du das wissen?«

»Weil … ich *weiß* es einfach.«

Frieda begann zu weinen. Er griff in die Cordhose, reichte ihr ein Päckchen Taschentücher.

»Er war gestern Abend schon komisch.« Sie schniefte, öffnete das Päckchen. »Er hatte Fieber, er … er war fix und fertig. Ich hab gedacht, er wäre erkältet und heute Morgen hab ich ihn schlafen lassen. Ich …« Sie schnäuzte sich umständlich. Als sie Schröder ansah, war die Wimperntusche um ihre Augen verschmiert. »Ich konnte doch nicht ahnen, dass …«

»*Niemand* konnte das ahnen«, unterbrach Schröder. »Weder du noch ich. Ich dachte zuerst, er würde eins von den üblichen Spielchen spielen. Irgendwann hab ich gemerkt, dass er … völlig neben sich steht. Er hatte Wahnvorstellungen. Halluzinationen. Wahrscheinlich durch das Fieber.«

»Aber … *warum*?«

»Das wird man uns bald sagen.«

»Und wenn er …«

»Er wird wieder gesund!« Schröder sah Frieda an. Auch er kämpfte mit den Tränen, doch seine blauen Augen funkelten trotzig, beinahe wütend. »Ich *weiß*, dass er wieder gesund wird!«

Erneut glitt die Glastür auf. Eine Schwester erschien, streifte im Gehen einen Mundschutz ab und eilte vorbei, ohne sie eines Blickes zu würdigen. Frieda machte Anstalten, sie anzusprechen, doch Schröder griff ihren Arm.

»Sie werden uns sagen, wenn's was Neues gibt.«

Die Glastür schloss sich. An der Wand gegenüber bewegte sich ein Plakat im Luftzug, das mit Reißzwecken neben einem Feuerlöscher befestigt war. *DARMKREBS-VORSORGE RETTET LEBEN!* war über dem Foto eines Bauchnabels zu lesen.

Ein Klacken ertönte. Der Minutenzeiger der Wanduhr ruckte zitternd vor.

»Was ist mit deinem Prozess?«, fragte Schröder.

»Was?« Friedas Augen weiteten sich. »Glaubst du, ich habe Lust, jetzt über diesen verdammten *Prozess* zu reden? Im Moment habe ich ...«

»Das meine ich nicht, Frieda. Es bringt nichts, wenn wir beide hier warten. Wer weiß, wie lange das hier noch dauert. Ich rufe dich sofort an, wenn ich etwas erfahre. Du hast eine Menge um die Ohren und ...«

»Du auch.«

»Ja, aber du musst dich um diesen Prozess kümmern.«

»Und du dich um einen ungeklärten Todesfall.«

Sie sahen sich an.

»Ich gehe erst, wenn ich weiß, was mit ihm los ist«, sagte Frieda. »Und wenn ich bis zum jüngsten Tag hier sitzen muss. Ich kann nicht anders, verstehst du?«

»Ja«, seufzte Schröder. »Mir geht's genauso.«

Einundzwanzig

Ferdinand Stoltz stand am Fenster, in der einen Hand eine Kaffeetasse, in der anderen eine nicht angezündete Zigarette. Er hatte knapp vierzehn Stunden geschlafen, doch die Wut, die seit dem Tod seiner Frau in ihm brodelte, war noch immer nicht verraucht.

Er hatte Pia alles geboten, *alles*. Hatte ihre Macken akzeptiert (drei, manchmal viermaliges Duschen am Tag), er hatte toleriert, dass sie ihre Nase ständig in ein Buch stecken musste und dabei den Haushalt vernachlässigte. Selbst diesen (äußerst mies bezahlten) Job als Tierärztin im Zoo hatte er ihr gestattet. Und was war der Dank?

Pia war tot.

Lachen drang durch das gekippte Fenster. Zwei Jungen mit umgedreht aufgesetzten Basecaps spielten in einem Torbogen Fußball. Seit er mit Pia vor über zehn Jahren hier eingezogen war, hatte sich einiges geändert. Damals hatten ausschließlich wohlhabende, gesittete Leute in den schmucken, vierstöckigen Häusern gewohnt. Leute, die ihre Mülltonnen dienstags zur Leerung auf die Straße brachten und diese danach wieder an ihre Plätze zwischen den gestutzten Hecken rollten. Die ihre Autos vorschriftsmäßig auf den Anwohnerparkplätzen abstellten. Leute, die Weihnachten Schwippbögen in den Fenstern platzierten und zu Ostern Plastikeier in die Fliederbüsche hängten.

Dann waren in einigen Häusern Sozialwohnungen eingerichtet worden. Dort lebten jetzt Familien mit Kindern. Arbeitslose, die sich einen Dreck darum scherten, ob der Rasen im Vorgarten gemäht war. Ausländer, die mit ihren klapprigen Kisten die Straße zuparkten, ohrenbetäubende Musik hörten und abends auf ihren Balkons grillten.

Ein Krachen ertönte, als der Fußball gegen eine Mülltonne prallte und diese umkippte. Ferdinand Stoltz verzog das Gesicht. Normalerweise hätte er Pia jetzt auf die Straße geschickt, um die verdammten Bälger zur Ordnung zu rufen, doch das war schlecht möglich.

Er zündete die Zigarette an.

Pia hatte es nicht gemocht, wenn er in der Wohnung rauchte. Gesagt hatte sie natürlich nichts, schließlich war ihr genau bewusst gewesen, was ihr zustand. Widerworte gehörten nicht dazu. Es hatte Jahre gedauert, bis sie das verstanden hatte.

Er vermisste sie nicht. Fühlte keine Trauer. Es war einfach ungerecht.

Pia hatte ein sorgenfreies Leben geführt. Was hatte er schon von ihr verlangt? Dass sie ihre Pflichten erfüllte, mehr nicht. Sonderlich gut hatte sie das nicht getan, sie selbst hatte sich als *Akademikerin* gesehen, doch auch von einer verdammten Tierärztin konnte man wohl erwarten, dass sie den Fußboden ordentlich wischte und die Fenster streifenfrei putzte. Ganz zu schweigen von ihren Kochkünsten, die bereits an der Zubereitung eines halbwegs genießbaren Rühreis gescheitert waren. Ferdinand Stoltz war immer nachsichtig gewesen, aber niemand konnte erwarten, dass ein Mann in seiner Position mit ungebügeltem Hemd zum Meeting erschien. Seine Zurechtweisungen waren immer angemessen gewesen, doch er war ein kräftiger Mann, es war also kein Wunder, dass Pia des Öfteren mit einer Sonnenbrille aus dem Haus gegangen war, auch wenn es geregnet hatte.

Er stieß den Rauch durch die Nase aus.

Warum hatte sie ihm das angetan? Was hatte sie erwartet? *Liebe*? Das war lachhaft. Diese kleine, flachbrüstige Person war alles andere als eine Granate im Bett gewesen. Er, Ferdinand Stoltz, ein Mann in der Blüte seiner Jahre, hatte sich auf seinen Dienstreisen geholt, was ihm zustand. Pia hatte nie sonderliches Interesse an Sex gezeigt, das Einzige, was ihr wichtig war, waren diese verdammten Viecher gewesen.

Er ballte die Fäuste in der Hosentasche.

Dieser Affe zum Beispiel. Wieso hatte Pia …

Es klingelte.

Er ging zur Tür, öffnete.

»Ferdinand Stoltz?«

Das Gesicht der Polizistin lag im Schatten der Uniformmütze. Doch ihre Figur, das bemerkte Stoltz auf den ersten Blick, war umwerfend.

»Ja.«

»Es geht um den Tod Ihrer Frau. Wir haben noch ein paar Fragen.«

»Kommen Sie rein.« Er trat zur Seite, deutete einladend in den Flur. »Geradeaus ist das Wohnzimmer.«

Sie ging voraus. Ihr Hintern war perfekt, selbst unter der Uniformhose deutlich zu erkennen. Und sie war jung, hätte seine Tochter sein können. Das störte Ferdinand Stoltz nicht. Im Gegenteil.

»Kann ich Ihnen was anbieten?« Er setzte ein breites Lächeln auf. »Einen Kaffee vielleicht?«

»Gern.« Die junge Frau nahm die Mütze ab. Ein großer Ring funkelte an ihrem Finger. »Ich bin nicht in Eile.«

Zweiundzwanzig

Claudius Zorn.

Er hat ein Bild gemalt. Ein abstraktes Bild. Grauer, an den Rändern ausgefranster Hintergrund. In der Mitte ein rosa Luftballon. Ein Rechteck und ein Kreis. Zwei Farben, mehr nicht.

Das Bild ist gut. Klar, die feinen Herrn Kritiker werden sich wieder das Maul zerreißen, aber was verstehen die schon von wahrer Kunst? Nichts. Im Gegensatz zu Claudius Zorn.

Der ist Maler. Künstler. Expressionist.

Er ist müde. *Sehr* müde. Seine Kehle ist trocken. Die Augen schmerzen. Die Haut brennt, jeder Muskel, jeder einzelne Knochen tut weh. Natürlich, das ist das Los des Genies, Folge eines jeden kräftezehrenden schöpferischen Aktes.

Er hat sich völlig verausgabt. Ist so schwach, dass er sich hinlegen musste. Doch das Bild war es wert. Es füllt sein gesamtes Blickfeld aus, scheint über ihm in der Luft zu schweben.

Graues Rechteck. Roter Luftballon.

Farbgeruch kitzelt seine Nase. Es ist kalt, obwohl er bis zum Hals zugedeckt ist. Ein rhythmisches Piepsen ist zu hören, er kann es nicht zuordnen. Egal. Jetzt ist er müde, er wird ein bisschen schlafen, danach werden die Kopfschmerzen bestimmt weg sein, auch das Pochen in der rechten Hand sollte dann …

Moment.

Das Bild bewegt sich. Genauer gesagt, der Luftballon. Er schwebt langsam nach rechts. Das gefällt Claudius Zorn, dem Maler, überhaupt nicht. Schließlich hat er sein gesamtes Können in dieses exorbitante Kunstwerk gelegt, und jetzt verschieben sich die sorgfältig gewählten Proportionen.

Hä?

Der Luftballon scheint zu pulsieren. Drei verschwommene, dunkle Flecken tauchen auf. Zwei oben, einer unten. Das könnte natürlich eine Illusion sein, ausgelöst durch die Genialität seines Schöpfers. Doch Claudius Zorn, einzig würdiger Nachfolger Rembrandts, Dürers und van Goghs, runzelt missmutig die Stirn, denn das war nicht beabsichtigt.

Frechheit!

Er hat einen Luftballon gemalt, kein Gesicht!

Die beiden oberen Punkte, die

Augen?

sind von einem tiefen, intensiven Blau. Der untere Punkt bewegt sich:

»Bist du wach, Chef?«

Seit wann können Luftballons sprechen?

»Du bist …«

Dreiundzwanzig

»… im Krankenhaus.«

Schröder stand, über Zorn gebeugt, am Kopfende des Betts. Dieser sah aus leeren Augen zu ihm auf. Sein Gesicht war bleich, die Lippen trocken, rissig.

»Du hast es überstanden, Chef.«

Keine Reaktion.

Die Tür öffnete sich lautlos. Frieda erschien im Krankenzimmer, zwei Kaffeebecher in der Hand.

»Ist er wach?«

Hastig, auf Zehenspitzen kam sie näher, stellte die Becher

auf einem Tisch neben einem piepsenden Überwachungsmonitor ab.

»Claudius?«

Sie stand Schröder gegenüber auf der anderen Seite des Betts.

»Du hattest eine Blutvergiftung.«

Langsam, ganz langsam wandte Zorn den Kopf. Als er sie ansah, blieben seine geröteten Augen stumpf. Keinerlei Anzeichen des Erkennens.

»Die Wunde hat sich entzündet«, sagte Frieda. »Du weißt schon, als du dich mit dem Schraubenzieher verletzt hast.«

Zorns Hände lagen über dem Bauch auf der Bettdecke. Die rechte verschwand unter einem dicken Verband. Auf dem linken Unterarm klebte ein Pflaster, von dem aus sich ein durchsichtiger Schlauch zu einem Tropf schlängelte, der an einem verchromten Gestell über ihren Köpfen hing.

»Es war verdammt knapp.« Friedas Lächeln sollte aufmunternd sein, es gelang ihr nicht so recht. »Aber der Arzt sagt, du wirst wieder gesund.«

»Ja«, nickte Schröder. »Das wirst du.«

Zorns Blick wanderte zu Schröder, dann wieder zu Frieda.

»Ich habe nur einen gemalt.« Seine Stimme erinnerte an das Krächzen einer erkälteten Krähe. »Nicht zwei.«

»Was«, fragte Frieda leise, »hast du gemalt?«

»Was wohl?« Zorn schüttelte genervt den Kopf. »Einen Luftballon!«

Frieda warf Schröder einen besorgten Blick zu.

»Das geht so nicht!«, krächzte Zorn.

»Schon gut«, murmelte Frieda. »Du wirst wieder …«

»Was wissen *Sie* schon?« Zorn wollte sich empört aufrichten, doch er schaffte es nur, den Kopf ein wenig zu heben. »Farbgebung, Komposition, alles versaut! *Ihnen* kann das natürlich egal sein, aber ich, ich habe im Louvre ausgestellt! Außerdem habe ich«, sein Kopf sank in die Kissen, »Durst.«

Die Augen fielen ihm zu, während Schröder und Frieda einen weiteren Blick wechselten. Zorns Atemzüge wurden tiefer, er schien einzuschlafen.

»Er halluziniert immer noch«, sagte Schröder leise. »Aber das geht vorbei. In ein paar Stunden ist er wieder klar im Kopf.«

»Ich weiß. Und dann«, Frieda deutete auf den Verband, dessen Größe an einen Boxhandschuh erinnerte, »werden wir's ihm sagen müssen.«

Schweigend senkte Schröder den kahlen Kopf.

»Ich brauche meine Staffelei«, ächzte Zorn, ohne die Augen zu öffnen. »Und meine Pinsel.«

»Sicher doch, Schatz.« Frieda legte den Handrücken auf seine Stirn. »Das Fieber steigt wieder«, erklärte sie Schröder. »Ich hole den Arzt.«

»Schicken Sie ihn vorher unter die Dusche.« Zorns Augen blieben geschlossen. »Ich werde ihn nackt porträtieren. Und zwar als Zeus.«

*

»Hast du keinen Hunger?«

Natan richtete sich in seinem Rollstuhl auf, deutete mit der Gabel auf Hannahs unberührten Teller. Sie schüttelte stumm den Kopf, die Augen abwesend auf die Kerzen gerichtet, die zwischen ihnen in einem vergoldeten Leuchter flackerten.

»Der Fisch ist hervorragend, Hannah.«

»Ich habe keinen Appetit.«

»Probier wenigstens die Pilze.«

»Danke, aber ich bin satt.«

»Ach komm.« Natan spießte eine gedünstete Artischocke

auf, kniff ein Auge hinter der randlosen Brille zusammen, steckte die Gabel in den Mund. »Du *musst* was essen«, erklärte er kauend, »du hattest einen anstrengenden Tag. Oder willst du etwas anderes?«

»Nein.«

»Ein bisschen Käse vielleicht? Und ein paar Oliven? Karim hat frisches Brot gebacken, er …«

»Ich sagte«, Hannah hob nur unmerklich die Stimme, »ich bin satt!«

Bei der Nennung seines Namens war Karims schlanke Gestalt aus dem Schatten aufgetaucht. Eine Handbewegung Natans ließ ihn lautlos wieder verschwinden.

»Wie du meinst.«

Natan beugte sich wieder über seinen Teller. Konzentriert widmete er sich seiner Mahlzeit, während Hannah ihm zusah, die Ellbogen auf das gestärkte Tischtuch gestützt, die Hände unter dem Kinn gefaltet. Ein paar Minuten vergingen, dann ergriff Natan erneut das Wort.

»Gab es Probleme?«

»Nein.«

Natan, der offensichtlich mit dieser Antwort gerechnet hatte, nickte zufrieden, legte das Besteck auf den goldgeränderten Teller, griff nach einer Serviette und tupfte die Mundwinkel ab. Ein Signal für Karim, denn dieser erschien augenblicklich und begann, den Tisch abzuräumen.

»Ich denke, wir verzichten auf den Nachtisch«, wies ihn Natan mit einem kurzen Blick auf Hannah an. »Das Essen war wie immer hervorragend, Karim. Vor allem der Reis, wirklich erstklassig.«

Karim registrierte das Lob mit unbewegter Miene.

»Ich würde nachher gern ein Bad nehmen«, sagte Natan. »Bist du so nett, und bereitest alles vor?«

»Natürlich«, nickte Karim.

»Das übernehme ich«, sagte Hannah.

Natans Gesicht hellte sich auf. »Wirklich?«

Karim, der nach Hannahs vollem Teller gegriffen hatte, verharrte. Ihre Blicke trafen sich kurz, Hannahs braune Augen und die von Karim, tiefschwarze Pupillen unter langen, gebogenen Wimpern.

»Bist du sicher, Liebes?« Natan reichte Karim eine silberne Sauciere, die dieser mit Hannahs Teller auf einem Geschirrwagen verstaute. »Ich bin zwar mittlerweile ein Fliegengewicht, aber du weißt«, er klopfte mit einem traurigen Lächeln auf die Armlehnen des Rollstuhls, »dass du mich in die Badewanne hieven musst. Und meine Beine«, er schürzte die Lippen, »beziehungsweise das, was von ihnen übrig ist, müssen …«

»… massiert werden«, beendete Hannah den Satz. »Auf der Toilette werde ich dir ebenfalls helfen, es ist schließlich nicht das erste Mal.«

Karim schob den Geschirrwagen davon. Sie lauschten dem Klappern, bis es in den Weiten der dunklen Villa verklungen war.

»Du machst mir eine große Freude«, lächelte Natan. »Willst du hier schlafen? Dein Zimmer ist wie immer bereit, du kannst …«

»Danke«, unterbrach Hannah ihn knapp, »nicht nötig.«

Irgendwo ging eine Tür. Karim hatte die Küche erreicht, kümmerte sich um den Abwasch.

Natan räusperte sich. »Ich habe nachgedacht.«

»Worüber?«

»Über den jungen Mann, der uns gestern besucht hat.«

»Ich habe ihn heute nicht gesehen«, sagte Hannah. »Er war unterwegs, musste kurzfristig auf Streife.«

»Aber morgen wirst du ihn sehen?«

»Wahrscheinlich.«

»Er wird nach mir fragen.«

»Vielleicht.« Hannah hob die Schultern. »Vielleicht auch nicht.«

»Hannah.« Natan beugte sich über den Tisch, nahm ihre Hand. »Der junge Mann hat dich beobachtet, ist dir durch die halbe Stadt gefolgt. Er ist draußen über die Mauer geklettert, nur, um dir nah zu sein. Du weißt, was das heißt, Liebes.«

Hannah betrachtete schweigend die flackernden Kerzen.

»Du bedeutest ihm viel«, sagte Natan. »*Zu* viel womöglich. Und ich habe den Eindruck, dass er dir ebenfalls nicht völlig egal ist.«

»Quatsch.« Hannah entzog Natan ihre Hand. »Wir sind zufällig auf derselben Wache. Er ist ein Kollege, mehr nicht.«

Ein schmales Lächeln kräuselte Natans Lippen. »Wirklich?«

Hannah antwortete nicht.

»Ist er klug?«, fragte Natan.

Hannahs Brauen hoben sich. »Wie meinst du das?«

»Polizisten sind dumm. Das«, fügte Natan hinzu, als Hannah den Mund öffnete, »waren *deine* Worte, Liebes. Ich frage nur, weil ich nicht sicher bin, ob er dir diese Geschichte abkaufen würde. Dass ich dein …«, er lächelte, »*Onkel* bin.«

»Das wird er. Abgesehen davon ist das meine …«

»Nein«, widersprach Natan sanft, »es ist nicht nur deine, sondern auch *meine* Sache, Hannah. Es könnte zu einem Problem werden.«

Darüber dachte Hannah einen Moment nach.

»Du hast recht«, nickte sie. Ihre dunklen Augen funkelten im Kerzenlicht. »Aber es wird nicht dazu kommen.«

*

In dieser Nacht fand Hendryk Vaatz wenig Schlaf. Unruhig wälzte er sich hin und her, träumte von Hannah und diesem seltsamen Mann im Rollstuhl, erlebte das peinliche Zusammentreffen immer wieder aufs Neue: Wie er in dieser Villa gestanden hatte, vor ihm der festlich gedeckte Tisch, hinter ihm der Mann mit der geladenen Waffe. Kurz vor Morgengrauen wachte er schweißgebadet auf, stellte fest, dass an Schlaf nicht mehr zu denken war, und verbrachte die restlichen Stunden bis zum Dienstbeginn in der Küche, frustriert über eine Teetasse gebeugt, deren Inhalt nach altem Stroh und lauwarmem Spülwasser schmeckte.

Auch Schröder und Frieda schliefen kaum. Abwechselnd wachten sie an Zorns Krankenbett, der von alldem nichts mitbekam und als Einziger eine entspannte und äußerst ruhige Nacht verbrachte. Vollgepumpt mit Antibiotika und sedierenden Medikamenten schwebte er durch eine watteähnliche Kunstwelt, in der er als malendes Genie die staunende Menschheit mit seinen einzigartigen Werken beglückte, nicht ahnend, dass ihn bei seiner Rückkehr in die Realität eine äußerst deprimierende Überraschung erwartete.

Vierundzwanzig

Es war kurz vor sieben, als Hendryk die Wache betrat. Schlaftrunken zog er die Uniform an, schloss den Spind ab und ging in den Frühstücksraum. Seine Sorge, Hannah zu begegnen, erwies sich als unbegründet, abgesehen von zwei übernächtigten Kollegen, die müde in ihre fleckigen Kaffeebecher starrten, war der Raum leer. Er studierte den Dienstplan, der neben einer kümmerlichen Birkenfeige an die vergilbte Tapete gepinnt war und stellte fest, dass Hannah erst in zwei Stunden erscheinen würde – was ihm ein wenig Zeit verschaffte. Seine Erleichterung verflüchtigte sich schnell, als ihm bewusst wurde, dass dieser Aufschub völlig nutzlos war; alle Zeit der Welt würde nicht ausreichen, sich eine halbwegs plausible Erklärung für sein hirnrissiges Verhalten aus den Fingern zu saugen. Zumindest, wenn er ihr gegenüberstand, denn dann, soviel war klar, würde er keinen einzigen zusammenhängenden Satz zustande bringen. Also beschloss er, Hannah einen Brief zu schreiben, der Anfang (*ich hab Mist gebaut*) lag auf der Hand, alles andere, so hoffte Hendryk, würde sich finden. Nun, das war zumindest der Ansatz einer Strategie, er würde sich gleich nach Dienstschluss an die Arbeit machen, bis dahin musste er nur versuchen, ihr aus dem Weg zu gehen.

Doch, fand Hendryk, ein Brief war ein guter Plan, er würde ihr seine Gefühle erklären, gleichzeitig würde es ihm helfen, ein wenig Abstand zu gewinnen und den Wirrwarr in seinem Kopf zu ordnen. Doch Pläne sind oftmals zum Scheitern verurteilt, und so war es auch diesmal, als Hendryk in das Büro des Revierleiters bestellt wurde, einem vierschrötigen Polizeihauptkommissar, der ihm eröffnete, dass am Landgericht wieder einmal Personalmangel herrsche und zwei Kollegen zur Überwachung eines Prozesses abgestellt werden müssten. Es sei logisch, dass Hendryk diese Aufgabe übernahm, zusammen mit der Neuen, die beiden wüssten ja jetzt, wie die Sache lief. Für Hendryk, erklärte der Revierleiter, bedeutete dies ein paar Überstunden, was hoffentlich kein Problem sei. Keineswegs, erwiderte Hendryk, der wusste, dass die Frage sowieso rein rhetorisch war, Überstunden und kurzfristige Dienstplanänderungen gehörten schließlich zum Alltag.

Es *gab* natürlich ein Problem. Die Vorstellung, stundenlang neben Hannah auf einem leeren Gerichtsflur zu sitzen, war ein Albtraum. Doch Hendryk war (wenn auch erst seit wenigen Monaten) Beamter, der sich an die Anweisung seiner Vorgesetzten zu halten hatte, und so ergab er sich, äußerlich ungerührt, doch insgeheim verzweifelt die Haare raufend, in sein Schicksal.

*

»Ich hab Hunger.«

»Das ist gut, Chef«, nickte Schröder. »Sehr gut sogar.«

»Wie meinst du das? Ich …« Zorns Stimme versagte. Er räusperte sich, begann noch einmal. »Was ist gut daran, dass ich *Hunger* habe?«

»Wer Hunger hat, ist auf dem Wege der Besserung.« Schröder ordnete das Bettlaken und strich das Kopfkissen glatt. »Noch besser allerdings ist, dass du mich erkennst.«

»Wieso sollte ich dich *nicht* erkennen? Obwohl …« Zorn kniff ein Auge zusammen, sah zu Schröder auf. »Du hast auch schon besser ausgesehen.«

»Gracias.«

»Hast du im Straßengraben gepennt?«

»Nein, ausnahmsweise nicht.« Schröder unterdrückte ein Gähnen. »Eigentlich hab ich gar nicht geschlafen.«

»Und was ist damit?« Zorn hob die gesunde Hand, fasste sich an die Stirn. »Mit wem hast du dich wieder geprügelt?«

Schröder befühlte die Platzwunde über der linken Braue. »Ich würde eher sagen …«

»Ich hab immer geahnt, dass du nur so harmlos tust. Spielst das Sensibelchen, aber in Wahrheit bist du ’n total brutaler Schläger, gib’s ruhig zu.«

»Tja«, Schröder hob lächelnd die Arme, »du hast es wieder mal erkannt, Chef.«

»Jetzt mal im Ernst. Was ist …«

»Ein kleines Missgeschick, mehr nicht. Hauptsache, dir geht's wieder gut.« Schröder musterte Zorns bleiche, von Stoppeln übersäten Wangen. Die Augen lagen tief in den Höhlen, doch sie waren wach. »Hast du Schmerzen?«

»Nö.« Zorns Blick wanderte zu dem Tropf, der schräg über seinem Kopf baumelte. »Keine Ahnung, was da drin ist, aber das Zeug ist ziemlich geil.« Er deutete auf den durchsichtigen Schlauch, dessen Ende unter einem Pflaster auf seinem Unterarm verschwand. »Solltest du auch mal probieren, reicht bestimmt für uns beide.«

»Das ist lieb, Chef, danke. Später vielleicht.«

»Ich … ich kann mich überhaupt nicht erinnern«, murmelte Zorn. »Das mit deinem Auge, das war ich, oder?«

»Ich bin gegen einen Schrank gelaufen.«

»Erzähl keinen Quatsch, Blödmann.«

»Du hattest einen Aussetzer. Das gibt dir nicht das Recht, mich zu beschimpfen.«

»Sorry. Wo ist eigentlich Frieda? Weiß sie, was …«

»Sie war die ganze Nacht hier.«

»Ach.«

»Vor einer halben Stunde musste sie los. Ins Landgericht, die Verhandlung vorbereiten.«

»Und du?«, fragte Zorn.

»Was soll mit mir sein?«

»Du warst auch hier. Die ganze Nacht.«

»Natürlich.« Schröder hob die Schultern. »Wo hätte ich sonst sein sollen?«

*

»Guten Morgen, Frau Borck.«

Hendryk stand hastig auf, um die Staatsanwältin zu begrüßen. Diese nickte ihm kurz zu und verschwand im Gerichtssaal. Die schwere Tür fiel hinter ihr ins Schloss, der Knall verhallte zwischen den hohen Wänden und Hendryk war wieder allein mit Hannah auf dem langen Flur.

»Sie sah ganz schön fertig aus.« Er nahm wieder neben Hannah Platz. »Findest du nicht?«

Hannah hob die Schultern. »Kann sein.«

Bisher hatte sie kaum etwas gesagt, weder auf der Fahrt im Streifenwagen noch während der halben Stunde (für Hendryks Empfinden eine Ewigkeit), die sie bisher hier saßen. Eigentlich hatte sich ihr Verhalten ihm gegenüber nicht geändert, sie war kühl und distanziert wie immer. Doch was sie über ihn *dachte*, nun, darüber gab es keinen Zweifel. Sie musste ihn für einen Idioten halten, soviel war klar.

Er musterte sie aus den Augenwinkeln. Stumm, den Rücken gestrafft, die Uniformmütze tief in die Stirn gezogen, saß sie neben ihm, die Augen auf irgendeinen Punkt hinter dem Heizkörper an der Wand gegenüber gerichtet. Kurz spielte er mit dem Gedanken, ihr alles zu erklären, verwarf ihn sofort wieder. Nein, nicht hier, im Landgericht. Wohl kaum der richtige Ort, an dem ein uniformierter Beamter dem anderen erklären sollte, warum er ihm heimlich gefolgt war wie ein verklemmter Stalker. Die Idee mit dem Brief war definitiv besser, doch Hannahs Schweigen war zermürbend.

»Ich hoffe«, Hendryk deutete neben sich zu der verzierten Eichentür, »diese Typen werden ’ne Weile verknackt. Kinder.« Er schüttelte den Kopf. »Wie kaputt muss man sein, um sich an *Kindern* zu vergehen?«

Eine junge Frau schob einen mit Akten beladenen Rollwagen vorbei. Die Räder rumpelten über die Steinfliesen.

»Aber Frau Borck kriegt das hin«, sagte Hendryk.

»*Was* kriegt sie hin?«

Hendryk errötete bis unter den Schirm seiner Mütze. Zum einen, weil er nicht mit einer Gegenfrage gerechnet hatte. Zum anderen, weil Hannah ihn direkt ansah. Aus großen, rehbraunen Augen, die Hendryk so wunderschön fand. Und so verwirrend.

»Na ja.« Er nestelte am Kragen des Uniformhemds. »Dass die Schweine aus dem Verkehr gezogen werden.«

»Wie lange?«

»Bis … bis sie ihre Strafe abgesessen haben.«

»Und dann?«, fragte Hannah. »Was wird dann?«

Das zu entscheiden, erwiderte Hendryk, sei Aufgabe des Gerichts. Schließlich gäbe es Gutachter und Psychologen, die genau einschätzen konnten, ob ein Täter gefährlich sei oder nicht.

»Die Arschlöcher kriegen ihre Strafe«, sagte er. »Ich hoffe nicht, dass die jemals wieder auf die Menschheit losgelassen werden, aber falls das passiert, werden sie sich jedenfalls nicht mehr an kleinen Kindern vergreifen.«

Hannahs Mund verzog sich zu einem winzigen, spöttischen Lächeln. Als habe Hendryk soeben behauptet, der Weihnachtsmann existiere tatsächlich.

Er fragte, ob Hannah anderer Meinung sei, doch diese antwortete nicht, sondern vertiefte sich wieder in das Studium des Heizkörpers an der Wand gegenüber.

*

»Krass«, murmelte Zorn. »Da will man 'ne Lampe anschließen und geht fast dabei drauf. Aber nicht etwa durch 'nen Stromschlag, sondern weil man sich 'nen dämlichen Schraubenzieher in die Pfote rammt. Das muss man erst mal hinkriegen.«

Er hob mühsam den Kopf, um die verbundene Hand in

Augenschein zu nehmen, doch Schröder drückte ihn sanft zurück in das Kissen.

»Eine Blutvergiftung«, sagte er und zog das Laken über Zorns Brust, »ist in deinem Fall nicht ungewöhnlich. Selbst Jahre nach einer Amputation ist das verbliebene Gewebe empfindlich, jede noch so kleine Verletzung kann zu Komplikationen führen. Einer akuten Sepsis zum Beispiel.«

»Einer *was*?«

»Blutvergiftung.«

»Sagt *wer*?«

»Ich.«

»Ach. Bist du jetzt auch noch Orthopäde?«

»*Chirurg*«, korrigierte Schröder und ging zum Fenster. Seine Sandalen quietschten auf dem glänzenden Linoleum. »Aber ich muss dich enttäuschen, ich habe lediglich mit einem gesprochen.« Er zog die Jalousien hoch. »Und zwar mit dem, der dich behandelt hat.«

Die Morgensonne schien in das Krankenzimmer. Zorn schloss geblendet die Augen, wandte den Kopf ab.

»Ich will eine rauchen.« Er klang gereizt.

»Das«, erwiderte Schröder, »ist im Moment schlecht möglich. Du wirst noch eine Weile hier verbringen. Das wäre vielleicht eine gute Gelegenheit …«

»… aufzuhören?«

»Yes.«

»Vergiss es.«

»Es ist deine Sache.« Schröder zuckte die Achseln. »Meiner bescheidenen Meinung nach …«

»Interessiert mich nicht.«

»… sollte eine Sucht …«

»Sucht?« Erneut hob Zorn den Kopf, sank wieder zurück. »Ich bin doch nicht *süchtig*! Ich bin ein … Genussmensch!«

»Sicher doch.« Jetzt war es an Schröder, gereizt zu klingen. »Vielleicht genießt du es ja, dir die Lunge zu ruinieren.«

»Pff!«, machte Zorn.

Etwas anderes viel ihm nicht ein.

*

Die Zeit kroch dahin. Nervös rutschte Hendryk auf dem harten Stuhl hin und her, während Hannah keinerlei Regung zeigte. Immer wieder sah er sich um, doch die verschnörkelten Zeiger der großen Jugendstil-Uhr über dem Gerichtssaal schienen festgefroren.

Dieses Schweigen. Es war zermürbend.

Er versuchte es mit einer Bemerkung über das Wetter (*ganz schön heiß*). Hannah reagierte – natürlich – nicht, also beschwerte er sich über den Streifenwagen (*Klapperkiste*), die neuen Funkgeräte (*Plastikschrott*) und die Sanierung der städtischen Ausfallstraße nach Süden (*keine Verkehrsplaner, sondern Idioten*). Dann kam er auf die Kollegen zu sprechen, erst auf Wachow, den Revierleiter (*eigentlich ganz okay*), danach auf Enkhardt, mit dem er neulich Streife gefahren war. Seine Einschätzung (*reaktionäres Arschloch*) wurde von Hannah mit einem knappen Nicken quittiert. Ein kleiner Lichtblick, fand Hendryk, also suchte er verzweifelt nach anderen Themen.

»Hast du eigentlich gewusst«, fragte er, nachdem er sich eine weitere quälende Minute das Hirn zermartert hatte, »dass es bei uns 'ne Sprungschanze gibt? Also nicht direkt in der Stadt, ein paar Kilometer im Norden. Direkt am Fluss, richtig mit Berg und Sprungturm und so. Die haben Matten, damit können sie sogar im Sommer ...«

»Was«, unterbrach Hannah ruhig, »willst du mir eigentlich sagen?«

»Äh … Sprungschanzen gibt's doch nur im Gebirge. In den Alpen, von mir aus auch noch im Thüringer Wald. Dass ausgerechnet im Flachland …«

»Du willst mit mir essen gehen.«

Der Schweiß brach Hendryk aus allen Poren.

»Also«, krächzte er, »von mir aus können wir gern mal …«

»Um acht.«

»H-heute?«

»Du suchst aus, wo«, erwiderte Hannah. »Ich esse vegetarisch. Das bedeutet kein Fleisch.« Ein kurzer Blick. »Vor allem kein Döner.«

»Okay. Und wegen vorgestern Abend, da wollte ich …«

»Um acht«, wiederholte Hannah. »Bis dahin halt einfach die Klappe.«

*

»Irgendwas«, murmelte Zorn, »ist komisch.«

»Was«, fragte Schröder, »ist komisch?«

»Meine Hand.«

»Tut's weh, Chef?«

»Nee. Ich hab das Gefühl«, Zorns Arm bewegte sich unter dem Laken, »als ob was fehlt.«

»Ach.« Schröder schien ein wenig nervös. »Der Arzt müsste bald zur Visite kommen. Der wird dir alles erklären und …«

»Hör gefälligst auf, an mir rumzufummeln!«

Schröder hatte begonnen, das Laken unter Zorn festzustopfen, als wolle er verhindern, dass dieser die Hand näher in Augenschein nahm.

»Was«, knurrte Zorn, »wird mir der Arzt erklären?«

»Nun ja.« Schröder fuhr mit einer fahrigen Bewegung über die Glatze. »Dein Zustand war ernst. Und du warst nicht ansprechbar. Angesichts der Sachlage«, er schluckte, der Adamsapfel hüpfte unter dem Doppelkinn, »sah man sich gezwungen … ich meine … Hauptsache ist doch, dass du außer Gefahr bist, oder?«

»Schröder.« Zorn senkte die Stimme. *»Was ist hier los?«*

Er zog den Arm unter dem Laken hervor. Winkelte ihn an und betrachtete das dick verbundene Ende.

»Der ist …«

»Du solltest dich jetzt nicht aufregen, Chef.«

»… zu kurz.«

»Wie gesagt, du …«

Schröders Handy klingelte. Hastig – und offensichtlich erleichtert über die Ablenkung – langte er in die Manteltasche. Das Telefonat dauerte nur ein paar Sekunden.

»Bin sofort da.« Er beendete das Gespräch und wandte sich an Zorn. »Ich muss los.«

»Die haben mir …« Zorn verstummte, die Augen kurzsichtig auf den Verband gerichtet. »Die haben meine …«

»… Hand amputiert, richtig.« Schröder stand bereits an der Tür. »Ich wollte es dir schonend beibringen. Beziehungsweise hatte ich gehofft, ein Arzt würde es tun, schließlich kenne ich deine Neigung, dem Überbringer der Botschaft die Schuld zu geben, die eindeutig *nicht* bei mir liegt.«

»Aber …« Zorns Blick löste sich von dem Verband, flackerte zu Schröder. »Die können mir … doch nicht einfach so die Hand abschnippeln!«

»Es ging um dein Leben«, beschied Schröder knapp. »Sei froh, andere hatten weniger Glück. Zum Beispiel der, wegen dem ich gerade angerufen wurde.«

»Aber«, jammerte Zorn, der offensichtlich kein Wort verstanden hatte, »du kannst mich doch jetzt nicht allein lassen!«

»Doch, denn ich muss los.« Schröder öffnete die Tür. »Zu einer Leiche.«

Fünfundzwanzig

»Ich kapier nicht, was dieser Aufriss soll.« Potthof, der stellvertretende Leiter der Spurensicherung, klang gereizt. Ein Mann wie ein Schrank, einen Kopf größer als Schröder und mindestens doppelt so schwer. »Nur wegen 'nem dämlichen Dackel, der …«

»Nein, nicht wegen ein*es* Dackel*s*«, erwiderte Schröder freundlich, kaum merklich den Genitiv betonend, »sondern deswegen.«

Er deutete auf die angewinkelten Beine des Toten. Die Leiche lag auf der Schwelle zum Wohnzimmer, der Oberkörper wurde durch die angelehnte Tür verdeckt.

»Obwohl wir dem Tier durchaus dankbar sein sollten«, fuhr Schröder fort. »Wer weiß, wann die Leiche sonst gefunden worden wäre.«

Eine Nachbarin hatte die Polizei alarmiert, nachdem ihr Hund vor der Wohnungstür angeschlagen hatte. Irgendwas, hatte die resolute alte Dame den skeptischen Streifenbeamten erklärt, stimme nicht mit Herrn Stoltz. Bruno (so der Name des Rauhaardackels), sei zwar alt, doch seine Instinkte noch immer hervorragend. Nun, die alte Frau hatte recht behalten.

Der Kriminaltechniker beschwerte sich weiter über den seiner Meinung nach unverhältnismäßig hohen Aufwand, schließlich gäbe es nichts, was auf ein Verbrechen deute.

»Diese Entscheidung«, lächelte Schröder, »sollten Sie besser mir überlassen.«

Er trat zur Seite, um zwei Männern in den weißen Anzügen der Spurensicherung Platz zu machen, die sich schwer atmend mit ihren Aluminiumkoffern durch den engen Flur drängten.

»Gibt's Einbruchsspuren?« Er deutete auf die geöffnete Wohnungstür.

Potthoff schüttelte den massigen Schädel. »Nicht auf den ersten Blick.«

»Ich schlage vor, Sie riskieren einen zweiten.«

Es klang wie eine Bitte, vorgetragen von einem kleinen Mann in zerbeulter Hose und kariertem Hemd, der den kahlen Kopf in den Nacken legen musste, um seinem Gegenüber in die Augen zu sehen. Doch der bullige Kriminaltechniker stellte keine weiteren Fragen, sondern nickte, widerwillig zwar, doch ohne die Anweisung ernsthaft in Zweifel zu ziehen.

»Ich möchte, dass die Fenster auf gewaltsames Eindringen untersucht werden«, sagte Schröder. »Und suchen Sie bitte nach eventuellen Kampfspuren.«

Potthoff verdrehte die Augen. »Das volle Programm also.«

»Sie sagen es«, lächelte Schröder. »Das volle Programm.«

*

»Der ist einfach abgehauen!«, beschwerte sich Zorn.

»Es ging nicht anders.« Frieda streifte den Mantel ab, setzte sich auf den Stuhl neben dem Bett. »Es gab einen Toten.«

»Das hätte doch Brettschneider übernehmen können!«

»Schröder wollte selbst hin«, sagte Frieda. »Er hat mich eben angerufen. Es sieht wohl alles nach einem natürlichen Tod aus, aber er hat«, sie tippte sich an die Schläfe, »da so ein Gefühl.«

»Ich«, schnaubte Zorn, »habe auch … Gefühle! Ich habe grad erfahren, dass die mir die *Hand* abgeschnitten haben! Ich brauche Beistand! Aber nein, der feine Herr muss ja …«

»Der Tote heißt Ferdinand Stoltz«, unterbrach Frieda. »Der Witwer von Pia Stoltz«, fügte sie auf Zorns verständnislosen

Blick hinzu. »Die Tierärztin, die neulich von dem Schimpansen getötet wurde.«

Zorn sah zum Fenster und brummte, dass das keine Ausrede sei, schließlich habe er gerade die niederschmetterndste Nachricht seines Lebens erhalten, es sei eine verdammte Frechheit, ihn in diesem schweren Moment einfach im Stich zu lassen.

»Ach komm.« Frieda tätschelte Zorns unrasierte Wange. »Jetzt bin *ich* ja da.«

Allerdings, fügte sie hinzu, müsse sie in einer halben Stunde wieder zum Prozess ins Landgericht, dann sei die Mittagspause vorbei.

»Und was«, knurrte Zorn, zog den Arm unter dem Laken hervor und präsentierte Frieda mit einem anklagenden Blick den verbundenen Stumpf, »machen wir so lange? *Händchen halten* ist ja wohl schlecht möglich!«

*

»Schön, dass Sie sich persönlich herbemüht haben, Doktor Silberstein.«

Der alte Rechtsmediziner hielt es nicht für nötig, Schröders Lächeln zu erwidern. Er sah ihn ausdruckslos an, die grauen Augen hinter der randlosen Brille verengt, die ohnehin schmalen Lippen zu einem farblosen Strich verkniffen.

»Mir ist nicht ganz klar, was das hier soll.«

»Nun, mir ist durchaus bewusst, dass alles auf einen natürlichen Tod …«

»Herzinfarkt«, verkündete Silberstein barsch. »Der Mann war übergewichtig, außerdem«, er verzog das hagere Gesicht, »Raucher.«

»Ich muss Sie trotzdem um eine Autopsie bitten.«

»Natürlich«, blaffte Silberstein. »Sobald mir das offizielle Schreiben der Ermittlungsbehörde vorliegt.«

»Das bekommen Sie. Bei dem Toten«, Schröder deutete auf die Leiche, die gerade von einem Kriminaltechniker vorsichtig auf den Rücken gedreht wurde, »handelt es sich um den Witwer …«

»Meine Aufgabe ist, die Todesursache zu finden, der Rest interessiert mich nicht. Gibt es konkrete Hinweise auf ein Verbrechen?«

»Im Moment nicht.«

»Sie hören von mir.«

Der Rechtsmediziner wandte sich zum Gehen.

»Eine Bitte noch, Doktor Silberstein.«

»Falls Sie mir wieder mitteilen wollen, dass die Zeit drängt«, Silberstein bedachte Schröder mit einem gereizten Blick, »können Sie sich die Bemerkung sparen. Ich habe das oft genug gehört, schließlich mache ich meine Arbeit seit ein paar Jahrzehnten.«

»Natürlich. Ich wollte Sie nur …«, Schröder ließ eine Pause einfließen, wählte die nächsten Worte mit Bedacht, »um äußerste Sorgfalt bitten.«

Silbersteins weiße Augenbrauen hoben sich.

»Ich verstehe nicht, was Sie mir sagen wollen.«

»Nur ein Hinweis«, lächelte Schröder. »Mehr nicht.«

*

»Ich frage mich, was die mit der Hand gemacht haben.« Zorn musterte noch immer den verbundenen Stumpf. »Schmeißt man die weg? Dürfen die das? Ich meine, es haben sowieso schon zwei Finger gefehlt, aber dass die jetzt einfach im Müll gelandet ist …«

Frieda beugte sich über ihn, gab ihm schweigend einen Kuss. Sie war etwas stärker geschminkt als sonst, trotzdem waren die Schatten unter ihren Augen kaum zu übersehen. Außer für Claudius Zorn, der in einem Meer aus Selbstmitleid schwamm und nicht einen einzigen Gedanken daran verschwendete, dass die blasse Frau an seinem Bett in zwanzig Minuten wieder im Landgericht sein musste, um dem Gericht ein Video zu präsentieren, auf dem einer der Hauptangeklagten einen siebenjährigen Jungen vergewaltigte.

»Ich schraube nie wieder 'ne Deckenlampe an«, murmelte Zorn. »Nie, nie wieder.«

»Edgar wird sie gefallen.«

Frieda versuchte, Zorn aufzumuntern, doch ihr müdes Lächeln wirkte in etwa so echt wie eine Vier-Euromünze. Auch das entging Zorn, der schon seit frühester Kindheit zur Larmoyanz neigte und allmählich begann, sein Unglück zu genießen. Selbst die härtesten Kerle der Welt (von John Wayne bis Bruce Willis) hatten Schwierigkeiten, den Verlust eines Körperteils zu verkraften, wer also sollte es einem Claudius Zorn also verdenken, dass er zumindest ein wenig … nun ja, weinerlich wurde?

Die Tür öffnete sich, eine Krankenschwester streckte den Kopf herein und fragte, ob alles in Ordnung sei. Klar, nickte Zorn und schnitt eine Grimasse, die er für ein tapferes Grinsen hielt.

»Du kriegst das hin«, sagte Frieda, als sie wieder allein waren. »*Wir* kriegen das hin.« Sie nahm sein Gesicht in die Hände. »Ich liebe dich.«

»Echt?«, murmelte er. »Ist ja kaum noch was von mir übrig.«

»Blödmann.«

»Ist doch wahr. Guck mich doch an, Frieda. Ich komme mir vor wie 'n … einarmiger Bandit.«

»Falsch, mein Schatz. Du *jagst* die Banditen.«

»Hm.«
»Weil du ...«
»Weil ich ’n Bulle bin.«
»Genau.«
»Einarmiger Bulle.«
»Ich liebe dich trotzdem.«
»Ich dich auch.«
»Na bitte, geht doch. Und jetzt muss ich los.«

*

Es war früher Nachmittag, als Schröder sich anschickte, die Wohnung des Ehepaars Stoltz zu verlassen, um im Präsidium die obligatorische Schreibarbeit zu erledigen. Er beschloss, vorher im Krankenhaus anzuhalten, wo er Zorn einen kurzen Besuch abstatten wollte. Dazu allerdings sollte es nicht kommen, denn ein junger Kriminaltechniker führte ihn ins Arbeitszimmer des Toten, wo er im Schreibtisch einen Umschlag entdeckt hatte, dessen Inhalt seiner Meinung nach nicht unwichtig war. Mit dieser Vermutung lag der junge Mann richtig, denn Ferdinand Stoltz’ Behauptung, seine Frau habe keinen Abschiedsbrief hinterlassen, war eine Lüge gewesen.

Sechsundzwanzig

Ferdinand,

ich weiß, dass Du jetzt wütend bist, denn ich bin tot und das passt Dir nicht in den Kram, stimmt’s? Du hast nicht damit gerechnet, es durchkreuzt Deine Pläne, und die Tatsache, dass ich

Dich nicht um Erlaubnis gefragt habe, treibt Dich in den Wahnsinn, hab ich nicht recht? Ich weiß auch, was du denkst: Wie kann sie es WAGEN, sie ist meine EHEFRAU, sie hat mir zu GEHORCHEN!

Das ist vorbei.

Du würdest mich jetzt gern in die Nieren schlagen. Das kannst Du am besten, schließlich weißt Du nach all den Jahren genau, wie man mit dem geringsten Aufwand die größtmöglichen Schmerzen verursacht, ohne äußerliche Spuren zu hinterlassen. Ich glaube nicht, dass Du es nachvollziehen kannst (vielleicht ja doch?), aber der Gedanke, endlich, endlich vor Dir in Sicherheit zu sein, nimmt mir die Angst vor dem Tod.

Es ist MEINE Entscheidung, die letzte, die ich treffen konnte nach all den Jahren. Man wird mich für dumm halten, für naiv, schwach. Ja, es war dumm, einen Sadisten zu heiraten, es war naiv zu glauben, dass sich womöglich etwas ändern würde, und ich war jahrelang zu schwach, diese Hölle zu verlassen.

Jetzt tu ich's.

Mein Tod wird schmerzhaft sein, aber nichts im Vergleich zu dem, was Du wohl als unsere »Ehe« bezeichnen würdest. Ich danke Gott, dass wir keine Kinder haben.

Bei der Arbeit war ich sicher vor dir. Dort werde ich's zu Ende bringen. Der, der es tun wird, ist ein Tier, doch er ist tausendfach empathischer als Du. Im Gegensatz zu Dir wird er nicht wissen, was er tut. Du hast es immer genossen, mich zu quälen, nicht wahr?

Ich habe es nie jemandem erzählt (mit Ausnahme einer einzigen Person). Man wird über meinen Tod rätseln, und die Tatsache, dass Du so ziemlich der Einzige bist, der die Wahrheit kennt, bereitet mir eine gewisse Freude, schließlich wirst Du wohl kaum öffentlich zugeben, dass Du ein sadistisches Arschloch bist.

Ich weiß nicht, wo ich hinkomme. Ich glaube nicht an den

Himmel, aber falls ich dort sein werde, werde ich Dich von dort oben beobachten, Ferdinand. Und wenn es regnet, dann wird es kein Regen sein. ICH werde es sein, Deine tote Ehefrau, die über dir in den Wolken sitzt und auf dich spuckt.

Verlass dich drauf.

Pia

PS: Dein irdisches Dasein ist begrenzt, vergiss das nicht. Du wirst in der Hölle schmoren, Ferdinand. Bald, sehr bald.

Siebenundzwanzig

Hannah.

Sie liegt im Bett. Lauscht in die Dunkelheit. Es ist still. Nur Hendryks Atemzüge, tief und gleichmäßig, sind zu hören. Ein fahles Dreieck aus Licht dringt durch die angelehnte Tür. Und das Tropfen des Wasserhahns aus der Küche.

Er bewegt sich im Schlaf. Murmelt ihren Namen und legt einen Arm auf ihre nackte Brust. Hannah versteift sich. Als sie mit ihm geschlafen hat, war er vorsichtig, ein wenig ungelenk. Es hat ihr gefallen, von ihm berührt zu werden. Sie hatte es so geplant. Jetzt ist ihr die Nähe unangenehm. Er schwitzt. Sie spürt seinen Atem am Hals. Riecht Rotwein. Und den Parmesan, den er beim Italiener zu seinen Nudeln gegessen hat.

Sie schiebt ihn sanft von sich. Hendryk dreht sich zur Seite.

Besser.

Beim Essen hat er die ganze Zeit geredet. Irgendwann kam er auf die Frau im gelben Kleid zu sprechen. Es ist schon verrückt, hat er gesagt, da liegt eine Tote tagelang auf dem Klo im Landgericht, und niemand kriegt was mit.

Ja, hat Hannah genickt. Verrückt.

Wahrscheinlich, hat Hendryk gesagt, sind wir beide die letzten, die sie lebend gesehen haben.

Nicht *wir*, hat Hannah gedacht. Sondern *ich*.

Er hat sie über den Rand seines Weinglases angesehen, und als sie diese absolute, kindliche Ahnungslosigkeit in seinen Augen bemerkte, hat sie beschlossen, mit ihm zu schlafen. Er selbst hätte niemals gewagt, die Initiative zu ergreifen, also hat sie ihm gestattet, die Rechnung zu übernehmen, hat im Gegenzug ein Taxi bestellt und ist mit ihm in die Wohnung gefahren.

Sie haben in ihrer winzigen Küche gesessen. Es hat lange gedauert, bis er darauf zu sprechen kam. Umständlich hat er sich entschuldigt und erklärt, warum er ihr gefolgt ist. Hannah wusste natürlich, dass er bis über beide Ohren verliebt ist, doch als er es aussprach, hat sie es genossen. Er ist rot geworden wie ein Schuljunge.

Auch das hat ihr gefallen.

Es war ihm peinlich. Kein Wunder, niemand will dabei erwischt werden, wie er nachts in fremde Grundstücke steigt. Schon gar nicht von Karim. Noch dazu mit vorgehaltener Waffe. Hendryk ist stark, doch gegen Karim hätte er nicht den Hauch einer Chance.

Natürlich hat er auch nach Natan gefragt. Er hat ihr die Geschichte mit dem Onkel abgekauft. Und er wollte mehr über Natan wissen (aus Neugierde, nicht aus Misstrauen, dazu ist Hendryk zu naiv), doch dann kam die Katze.

Als sie auf Hendryks Schoß sprang, hätte Hannah ihn warnen können, schließlich wusste sie, was passieren würde. Hendryk ist harmlos, gutmütig, auch die Katze hat das gespürt. Aus diesem Grund hat sie seine Nähe gesucht, doch ebenso wie Hannah erträgt sie diese Nähe nur kurz. Es hat allerdings länger gedauert, als Hannah erwartet hat. Die Katze hat sich eine Weile streicheln lassen, bevor sie zubiss.

Wieder bewegt sich Hendryk. Die Matratze ächzt unter seinem Gewicht. Hannah rutscht so weit wie möglich nach außen, doch das Bett ist schmal. Ein größeres passt nicht ins Zimmer. Morgen früh, wenn er gegangen ist, wird sie sofort die Laken wechseln. Er hat nicht nur Schweiß und sein Sperma hinterlassen, sondern auch Blut.

Die Wunde ist ziemlich tief. Es muss weh getan haben, und Hannah war einen Moment neidisch, schließlich hat sie keine Ahnung, wie Schmerzen sich anfühlen. Hendryk hat sich nichts anmerken lassen, und als die Katze auf dem Balkon verschwand, hat er gelacht.

Hannah hat nicht gelacht.

Das tut sie nie.

Wie auch?

Tote lachen nicht.

VIERTER TEIL

Ein (fast) perfekter Mord

Achtundzwanzig

»Ich hab dir was mitgebracht.«

Schröder setzte sich neben Zorn auf die Bank, hievte die abgewetzte Aktentasche auf den Schoß, öffnete sie und reichte ihm eine Glasflasche.

»Oh.« Zorn warf einen flüchtigen Blick auf das Etikett. »Vitamine.«

»Cranberrysaft. Wird dir gut tun, Chef.«

»Sicher doch.«

Sie saßen im Innenhof des Krankenhauses. Ein gekiester Weg führte zwischen Blumenrabatten zum Hintereingang, bildete vor ihnen einen Kreis um einen steinernen Springbrunnen im Zentrum des Hofs.

»Und?«, fragte Zorn. »Wie läuft's auf Arbeit?«

»Interessiert dich das?«

»Nö.« Zorn verschränkte die Arme vor dem Bademantel, darauf bedacht, dass der Armstumpf unter seiner linken Achsel verschwand. »Ich dachte, ich frag einfach mal.«

Zwei Tage waren seit Schröders letztem Besuch vergangen. Zorn wusste von Frieda, dass Schröder eine Menge zu tun hatte, doch er war trotzdem beleidigt. Und das ließ er sich auch deutlich anmerken.

Schröder erzählte von dem Brief, den Pia Stoltz hinterlassen hatte. »Es war Selbstmord. Ihr Mann hat sie jahrelang gequält. Du erinnerst dich an die Nadel, die wir im Schimpansengehege gefunden haben?«

Zorn nickte, zog an seiner Zigarette.

»Sag mal, muss das sein?« Schröder deutete auf ein paar Gestalten, die, ähnlich wie Zorn in Schlafanzüge und gestreifte Bademäntel gekleidet, neben dem Hintereingang gebückt um einen Aschenbecher standen. »Der Raucherbereich ist da drüben.«

»Ich rauche, wo ich will.« Zorn spitzte die Lippen, pustete den Qualm in die laue Abendluft. »Was war mit der Nadel?«

Schröder musterte ihn kopfschüttelnd, dann fuhr er fort.

»Das Labor hatte Blutspuren an der Nadel gefunden, Affenblut. Ich habe den Schimpansen untersuchen lassen, er hat Einstichspuren an Armen und Händen. Pia Stoltz hat alles geplant, am Abend zuvor hat sie ihm Tilidin ins Futter gemischt. Ein Schmerzmittel, das einige Nebenwirkungen hat. Unter anderem Aggressivität. Sie war Tierärztin, hat das genau gewusst. Erst hat sie das Tier unter Drogen gesetzt und dann solange gereizt, bis es über sie hergefallen ist.«

Kies knirschte, als Zorn die Zigarette unter dem Pantoffel zertrat.

»Das erklärt auch«, fuhr Schröder fort, »warum sie knapp ein Promille Alkohol im Blut hatte. Sie hat sich Mut angetrunken.«

»Und was«, fragte Zorn, »ist mit ihrem Mann?«

»Ferdinand Stoltz? Tja …«, seufzte Schröder. »Der dürfte wohl kaum ein Interesse daran gehabt haben, dass der Grund für ihren Selbstmord publik wird. Deshalb hat er den Brief versteckt. Ich habe die Nachbarschaft befragen lassen, niemand will bemerkt haben, dass er seine Frau gequält hat. Aber das hat nichts zu bedeuten. Deutsche Häuser haben dicke Wände. Und selbst, *wenn* jemand etwas mitbekommt, heißt das nicht, dass er etwas unternimmt. Man dreht lieber den Fernseher lauter. Das ist bequemer.«

Zorn war entschlossen, weiterhin die beleidigte Leberwurst

zu spielen. Eine Frage formte sich in seinem Kopf, sie passte nicht zu seiner Rolle (es war eine *dienstliche* Frage), er stellte sie dennoch: »Es ist schon komisch, dass der Typ ein paar Tage nach dem Tod seiner Frau ebenfalls hopsgeht.«

Schröder, unangenehm berührt wegen Zorns flapsiger Wortwahl, hob die rötlichen Brauen.

»Allerdings«, nickte er dann. »Aber ich warte erstmal auf Silbersteins Autopsiebericht.«

»Du kannst den nicht leiden.«

»Nicht im Geringsten.«

»Das kapier ich nicht.« Zorn sah Schröder erstaunt an. »Klar, Silberstein ist ein blasierter Arsch, aber seit wann interessiert dich so was? Das ist *mein* Part, Schröder, *ich* bin hier der Oberflächliche. Du sagst immer, man soll die Menschen nicht nach Äußerlichkeiten beurteilen.«

»Richtig.«

»Silberstein ist 'n selbstverliebter Schnösel. Aber alle sagen, er wär 'ne … du weißt schon, 'ne absolute, äh …«

»Koryphäe«, half Schröder.

»Genau.«

»Früher vielleicht.«

»Wie jetzt?« Nun war es an Zorn, erstaunt die Brauen zu heben. »Warum …«

»Es ist eine Vermutung«, unterbrach Schröder. »Und solange es das ist, will ich nicht drüber sprechen.«

»Dann lass es doch.«

Zorn stieß geräuschvoll die Luft aus. Er war Schröders Geheimniskrämerei seit Jahren gewohnt, doch jetzt nutzte er die Gelegenheit, umgehend wieder den Beleidigten zu spielen. Er griff in die Tasche des zerschlissenen Bademantels nach seinen Zigaretten, holte stattdessen eine Legofigur hervor.

»Von Edgar?«, fragte Schröder.

»Der grüne Ninja«, erklärte Zorn schnippisch. »Den hat er mir dagelassen, damit ich was zum Spielen hab. Er war übrigens schon zweimal hier. Gestern auch.«

Der Blick, mit dem er Schröder bedachte, war eindeutig: *Im Gegensatz zu dir.*

»Wie lange bist du noch krankgeschrieben?«, fragte Schröder.

»Ich denke«, Zorn lehnte sich zurück, »noch 'ne ganze Weile. Die haben mir 'ne Hand abgesägt, falls du das vergessen hast.«

»Hab ich nicht.« Schröder lehnte sich ebenfalls zurück. »Aber ich glaube, du solltest bald wieder einsatzfähig sein.«

»Das«, widersprach Zorn mit einem hämischen Grinsen, »kann ich mir kaum vorstellen. Ich weiß, dass du keinen Bock hast, aber du solltest dich damit abfinden. Jetzt bist *du* wieder der Chef.«

»Aber nur kurz. Die Qualität eines Polizisten hat nichts mit der Anzahl seiner Finger zu tun. Du warst ein hervorragender Vorgesetzter, als du noch acht Finger hattest. Jetzt sind's nur noch fünf, aber ich bin sicher, an deinen Fähigkeiten hat sich nichts geändert.«

»Arschloch«, knurrte Zorn.

Schröder lächelte still in sich hinein.

Eine Weile lauschten sie dem Plätschern des Brunnens und dem Verkehrslärm, der von der Hochstraße in den Hof drang. Die Sonne stand tief über den Giebeln, spiegelte sich in der verglasten Fassade des Hinterhauses.

»Ich muss gleich rein«, sagte Zorn. »Zum Abendbrot.«

»Was gibt's denn?«

»Die haben mich auf Diät gesetzt. Weißbrot, Leberwurst, 'ne halbe Gurke und lauwarmer Pfefferminztee.«

»Du guckst, als würdest du mir die Schuld geben.«

Zorn zündete schweigend die nächste Zigarette an.

»Das ist jetzt die dritte«, stellte Schröder fest. »In fünfundzwanzig Minuten.«

»Ich muss die Zeit nutzen.« Zorn stieß den Rauch durch die Nase aus. »Das ist die letzte für heute, ich kann erst morgen wieder rauchen. Schmeckt beschissen, aber manchmal«, er inhalierte tief, hustete, zog hastig ein weiteres Mal, »muss man sich eben zwingen.«

Neunundzwanzig

»Und ich bin dir wirklich nicht zu schwer?«, fragte Natan.

Hannah trug ihn auf den Armen wie ein Kind. Sie hatte ihn gerade aus dem Rollstuhl gehoben und legte ihn behutsam in das große Bett. Schweigend knöpfte sie Natans Schlafanzugjacke zu, strich den weinroten Samtstoff über dem schmalen Brustkorb glatt. Er schloss die Augen, seufzte erleichtert.

»Brauchst du noch was?«

»Nein.« Ein erschöpftes Lächeln. »Danke.«

Das Schlafzimmer lag im Obergeschoss der Villa, ein großer Raum mit holzgetäfelter Decke, dicken Teppichen und schweren Gardinen vor den Fenstern. Hannah schaltete den Kronleuchter aus, ging zum Nachttisch und knipste eine Tiffanylampe aus bernsteinfarbenem Bleiglas an.

»Bleibst du noch ein bisschen?«

Natans Finger klopften auf die Matratze. Hannah setzte sich zu ihm.

»Elisabeth hat angerufen«, begann er, nachdem er einen Moment nachgedacht hatte.

»Deine Schwester?«

»Sie will mich besuchen«, nickte Natan. »Und sie will Bertold und Gereon mitbringen. Sie meint, es wäre an der Zeit, dass ich meine Neffen kennenlerne.«

Hannah sah schweigend auf ihn hinab. Wie immer beschränkte sie sich bei einer Konversation auf das Nötigste.

»Ich habe abgelehnt«, fuhr Natan fort. »Ich wette, es war nicht ihre Idee. Die wollen mich kontrollieren.«

»Wer? Deine Familie?«

»Sie haben nie verstanden, warum ich mich nicht dafür interessiere. Das Geld. Die Aktien. Die Immobilien. Sie sitzen in ihren Aufsichtsräten, verwalten ihre Stiftungen. Mir war das immer egal. Ausgenommen die Kunst.« Er hob den Kopf, betrachtete ein großes Feininger-Gemälde an der Wand gegenüber. »Ich war immer anders als sie. Obwohl«, er sank wieder zurück, »eigentlich sind wir alle gleich. Wir sind Nichtstuer, deren einziges Verdienst darin besteht, Unmengen an Geld geerbt zu haben und nicht zu wissen, wie man es ausgibt. Nun ja.« Er lächelte matt. »Im Gegensatz zu meiner Verwandtschaft stehe ich wenigstens dazu.«

Seine Wangen glänzten frisch rasiert. Das schüttere Haar schimmerte feucht, Hannah hatte es gewaschen, bevor sie ihn zu Bett gebracht hatte.

»Ich brauche diese ... *Familie* nicht.« Natans Finger schlossen sich um Hannahs Hand. »Ich wusste immer, dass ich dich irgendwann finden würde. Du und Karim, ihr seid meine Familie. Entschuldige, das klingt ein wenig schwülstig.«

»Stimmt«, nickte Hannah, ohne Natans Lächeln zu erwidern.

»Hier.« Er wandte den Kopf zur Seite. Die wulstige Narbe, die sich vom Ohr bis zum Hals zog, wurde sichtbar. »Habe ich dir erzählt, wo die her ist?«

»Schon oft. Ich kenne deine Narben. Jede einzelne.«

»So, wie ich deine kenne.«

»Ja.«

»Es ist unser Schicksal, Hannah.« Natan drückte ihre Hand. »Was uns verbindet, ist mehr als Blut. Es ist mehr. Viel mehr. Es ist ein Geschenk.«

*

»Er schläft.«

Hannah schloss vorsichtig die Schlafzimmertür.

»Ich habe dein Zimmer vorbereitet«, sagte Karim, der im Flur gewartet hatte. »Er meinte, dass du bestimmt hier …«

»Ich schlafe zu Hause.«

Sie nickte ihm zu, wollte weitergehen.

»Warte«. Karim zog einen braunen Umschlag aus der Innentasche seines Jacketts. »Es gibt ein neues Ziel. Im Moment sollst du dich im Hintergrund halten, ich bin noch dabei, Informationen zu sammeln.«

Hannah öffnete den Umschlag. Karim verschränkte die Arme vor dem sehnigen Brustkorb und beobachtete, wie Hannah zunächst ein Foto betrachtete, dann einen eng beschriebenen Computerausdruck überflog.

»Okay.« Sie reichte ihm die Papiere. »Du kannst es verbrennen.«

»Willst du's dir nicht …«

»Ich *hab's* mir eingeprägt.« Hannah klang gereizt. »Sonst noch was?«

»Nein.« Karims Lächeln entblößte eine Reihe gleichmäßiger, blitzender Zähne. »Es sei denn, du brauchst noch etwas.«

»Wenn ja, sag ich dir Bescheid.«

Aus den Tiefen der Villa wehte leise Klaviermusik in den Flur. Wieder schickte Hannah sich an weiterzugehen. Karim hielt sie erneut zurück.

»Hast du mit ihm geschlafen?«

Die Antwort kam prompt. Hannah wusste sofort, wen Karim meinte.

»Ja.«

»Es ist gefährlich«, sagte er. »Du solltest vorsichtig sein.«

»Ich hab alles im Griff.«

»Es geht nicht nur um dich.« Karim deutete auf die verzierte Schlafzimmertür. »Sondern auch um ihn.«

Hannah schürzte die Lippen. »Und um dich, oder?«

»Das auch. Wenn du versagst, sind wir alle dran.«

»Das werde ich nicht.«

Ihre Blicke trafen sich.

»Ich habe dir alles beigebracht«, sagte Karim ruhig. »Ich war immer nett zu dir. Warum kannst du mich nicht leiden?«

Sie schüttelte den Kopf. »Dazu müsstest du mir was bedeuten. Du bist mir einfach nur egal, das ist alles.«

»Das«, lächelte Karim, »nehme ich dir nicht ab. Allein wegen ihm.« Wieder sah er zur Schlafzimmertür. »Er bedeutet dir genauso viel wie mir.«

Sie dachte kurz nach.

»Wahrscheinlich«, nickte sie dann. »Natan braucht dich.«

»Allerdings.«

»Du beschützt ihn.«

»Mit meinem Leben.« Er sah sie an, aus dunklen Augen unter langen Wimpern. »Ich verdanke ihm alles. *Wir* verdanken ihm alles, Hannah. Ich würde jeden töten, der Natan bedroht. Er liebt dich. Natan würde es nicht ertragen, wenn dir was passiert. Also schütze ich nicht nur ihn, sondern auch dich. Egal, ob dir das gefällt oder nicht.«

»Dann bin ich ja beruhigt.«

Das war sarkastisch gemeint, doch als Hannah über den Flur ging, um ihre Tasche zu holen, spürte sie Karims Blick im

Rücken und ihr wurde bewusst, dass es tatsächlich beruhigend war, ihn in der Nähe zu wissen. Sie kannte ihn seit ihrer Kindheit, und es stimmte, er *hatte* ihr alles beigebracht, und *nett* war er ebenfalls immer gewesen (ein wenig distanziert, aber freundlich), doch über ihre Gefühle ihm gegenüber hatte sie nie nachgedacht. Jetzt, da sie's tat, war sie unsicher, schließlich gab es kaum jemanden, dem sie so etwas wie *Gefühle* entgegenbrachte. Bei Natan war die Sache klar, er war der wichtigste Mensch in ihrem Leben. Was Hendryk betraf, wurde es schon komplizierter. Sie mochte ihn, spürte eine diffuse Anziehung, die sie (wenn sie dazu in der Lage gewesen wäre), mit der Zuneigung eines Kindes zu seinem Wellensittich verglichen hätte.

Doch Karim?

Es war ungewohnt, über all diese Dinge nachzudenken, anstrengend und verwirrend. So war es auch logisch, dass Hannah zu keinem konkreten Ergebnis kam, nur eines war klar: *Egal* war Karim ihr jedenfalls nicht.

Dreißig

Es dämmerte, als Schröder endlich nach Hause kam. Er holte die Post aus dem Briefkasten, öffnete das Gartentor und lehnte sein Rennrad an das Brennholz, das er unter einem selbstgezimmerten Vordach gestapelt hatte. Dann ging er ins Haus, nahm den Fahrradhelm ab, schlüpfte in seine Pantoffeln und sank mit einem erleichterten Ächzen auf das Sofa.

Dort saß er eine Weile, den Blick durch die Fensterfront auf den See gerichtet. Kurz spielte er mit dem Gedanken, sich einen Salat zu machen (im Kühlschrank war alles, was er brauchte), schließlich hatte er – abgesehen von einem klebrigen Camembert-Brötchen in der Kantine – kaum etwas gegessen. Doch er entschied sich dagegen.

Schröder war zu erschöpft, um an Essen zu denken. Einerseits. Andererseits gab es andere, *wichtigere* Dinge, über die er nachdenken musste.

Da war zunächst der merkwürdige Selbstmord von Pia Stoltz. Wer, um alles in der Welt, kam auf die Idee, sich von einem Schimpansen zerfleischen zu lassen? Freiwillig? Der Abschiedsbrief wurde noch im Labor untersucht, doch Schröder bezweifelte nicht, dass er echt war. Die Ehe dieser armen Frau musste die Hölle gewesen sein. Und der, der sie in den Selbstmord getrieben hatte, war kurz darauf ebenfalls gestorben.

Zufall?

Nein. Oder doch?

Ursache und Wirkung, alles hing miteinander zusammen. Erst, wenn sämtliche Möglichkeiten ausgeschlossen waren, würde Schröder etwas wie *Zufall* in Erwägung ziehen. Bis dahin ging er davon aus, dass es einen Zusammenhang zwischen den beiden Todesfällen gab.

Aber welchen?

Die Sonne war hinter den Bäumen am anderen Ufer verschwunden. Schröder betrachtete den blutroten Streifen über den Wipfeln.

Los, denk nach. Weiter.

Ferdinand Stoltz hatte seine Frau gequält. Pia Stoltz hatte keinen Ausweg gesehen, ihr Tod war eine Flucht gewesen, und dass ihr Mann jetzt ebenfalls tot war, konnte man durchaus als ausgleichende Gerechtigkeit betrachten. Ja, sein Tod war … *gerecht*.

Ging es darum? War *das* der Zusammenhang?

Gerechtigkeit?

Ich habe es nie jemandem erzählt, hatte Pia Stoltz in ihrem letzten Brief geschrieben. *Mit Ausnahme einer einzigen Person.*

Sie hatten mit allen gesprochen, zu denen Pia Stoltz Kontakt gehabt hatte. Es gab keine näheren Verwandten, doch sowohl die Nachbarn als auch ihre Arbeitskollegen hatten sie als zurückhaltende, schüchterne Frau beschrieben, die anderen Menschen aus dem Weg ging und ihre Zeit offensichtlich lieber mit ihren Tieren verbracht hatte (etwas, das Schröder durchaus nachvollziehen konnte). Niemand schien sie näher gekannt zu haben, und doch war da jemand, dem sie sich anvertraut hatte.

Wem?

Nun, überlegte Schröder und ignorierte das Knurren, mit dem sich sein leerer Magen zu Wort meldete, sie würden das Umfeld von Pia Stoltz wohl noch einmal unter die Lupe nehmen müssen. Er verzog das Gesicht, schließlich hatte er keine Ahnung, wo genau er mit der Suche beginnen sollte, und beschloss, später darüber nachzudenken. Und ja, vielleicht war es tatsächlich sinnlos, sich weiter den Kopf zu zerbrechen, womöglich würde sich alles erübrigen, schließlich *war* sie denkbar, diese vermaledeite Sache mit dem Zufall. Dann nämlich, wenn Ferdinand Stoltz eines natürlichen Todes gestorben war. In diesem Fall, überlegte Schröder weiter, konnte man allenfalls noch von *göttlicher Gerechtigkeit* sprechen. Eine nette Floskel, mehr nicht, schließlich war es Aufgabe eines Polizisten, sich auf die irdischen Dinge zu konzentrieren.

Wenn Gott beschlossen hat, Ferdinand Stoltz für seine Sünden zu bestrafen, soll's mir recht sein, dachte Schröder. Allerdings glaube ich nicht so recht daran. Ich glaube an Fakten. Zum Beispiel an einen Autopsiebericht. Wenn ich morgen dort lese, dass Ferdinand Stoltz an einem Herzinfarkt oder etwas ähnlichem gestorben ist, kann ich den Fall zu den Akten legen. Weil dann kein menschliches Wesen nachgeholfen hat, und ob der liebe Herrgott seine Finger im Spiel hatte, kann mir egal sein. Erstens überschreitet das meine dienstlichen Kompetenzen, und zweitens hege ich ernsthafte Zweifel an seiner Existenz.

Zu dieser Erkenntnis war Schröder vor über zwanzig Jahren gelangt, als er als Teenager erlebt hatte, wie sein älterer Bruder in der Adria ertrunken war. Diese Zweifel waren also nicht neu (*weiß Gott nicht*, dachte er mit einem traurigen Lächeln), doch das Problem war, dass er fürchtete, jetzt auch an den Fakten zweifeln zu müssen.

Zum Beispiel am Autopsiebericht.

Beziehungsweise an dessen Verfasser, Doktor Silberstein. Zweifel, wie gesagt, keine Gewissheit. Wie Schröder diese erlangen würde, wusste er nicht. Doch auch darüber würde er später nachdenken. Morgen, wenn er den Bericht in den Händen hielt.

Draußen verblasste das Abendrot, die Baumwipfel verschmolzen mit der Dunkelheit. Die Lichterketten, die Schröder für Edgar in den Zweigen der Kiefern aufgehängt hatte, flackerten auf.

Es ist schon komisch, hatte Zorn vorhin gesagt, *dass der Typ ein paar Tage nach dem Tod seiner Frau ebenfalls hopsgeht.*

Schröder sah ihn vor sich, wie er da auf der Bank gesessen hatte, in seinem alten Bademantel, die nackten Füße in ausgetretenen Pantoffeln, missmutig eine Zigarette nach der anderen rauchend. Ein Mann, der auf die fünfzig zuging und sich trotzdem verhielt wie ein beleidigtes Kind, weil Schröder ihn nicht oft genug im Krankenhaus besuchte. Ja, Zorn *war* ein Kind, er hatte getröstet werden wollen, nicht ohne Grund, schließlich hatte er eine Hand verloren. Doch ebenso wie Frieda war Schröder fest entschlossen, ihn nicht in seinem Selbstmitleid zu bestärken, und so behandelten sie Zorn wie verantwortungsbewusste Eltern ihren Nachwuchs: Liebevoll, doch wenn es angebracht schien, mit einer gewissen Strenge. Zorns Reaktion war absehbar gewesen, also hatte Schröder seine infantilen Sprüche (*jetzt bist DU wieder der Chef, obwohl du keinen Bock hast, haha!*) gleichmütig über sich ergehen lassen. Zum einen, weil es zeigte, dass Zorn bald wieder auf die Beine kommen würde (je mehr er schimpfte, desto besser fühlte er sich). Zum anderen ging es Schröder ausschließlich um seine Arbeit, und in welcher Position er diese erledigte, war ihm herzlich egal.

Der Mond tauchte über den Bäumen auf, spiegelte sich in silbrigen Streifen auf dem pechschwarzen See. Schröder stand auf, um Malina anzurufen und Edgar gute Nacht zu sagen, doch nach einem Blick auf die Uhr neben dem Kühlschrank verwarf er die Idee, der Kleine schlief schon längst.

Wieder knurrte sein Magen. Er wandte sich zum Küchentresen, um sich ein Brot zu schmieren. Im Vorbeigehen fiel sein Blick auf die Post, die er vorhin auf den Esstisch gelegt hatte. Seufzend blätterte er durch die üblichen Werbebriefchen, eine Stromrechnung, einen Brief seiner Bank. Beim letzten hielt er inne. Er erkannte den Absender an der Handschrift, kleine, akkurat gesetzte Buchstaben, leicht nach links geneigt.

»Lass mich in Ruhe«, murmelte er.

Schröders Familie war lange tot. Zuerst war sein Bruder, später sein Vater, danach seine Mutter gestorben. Die Menschen, die ihm jetzt wichtig waren, konnte man an einer Hand abzählen: Zorn. Frieda. Malina. Rufus. Und Edgar natürlich. *Das* war Schröders neue Familie gewesen, bis vor ein paar Monaten ein weiterer Mensch in sein Leben getreten war. Schröder hatte mit niemandem (auch nicht mit Frieda) über seine Beziehung zu Albert Meta gesprochen, doch alle, die ihm nahestanden, hatten gewusst, wie wichtig dieser Musiker für Schröder gewesen war.

Jetzt saß dieser Mann im Gefängnis. Und schrieb Briefe.

Nach ihrem letzten Gespräch war etwas in Schröder zerrissen, so laut, dass er geglaubt hatte, das Geräusch zu hören. Was genau das war, hatte er nicht sagen können. Er wusste nur, dass er nie, nie wieder jemanden in seine Nähe lassen würde.

Ausgenommen Edgar natürlich.

Schröder wog den Umschlag in der Hand. Betrachtete die Rückseite. *Routinemäßig geöffnet*, stand unter dem Absender, daneben ein Stempel der Justizanstalt und eine krakelige Unterschrift.

Der Brief landete im Mülleimer neben dem Geschirrspüler.

Es war der siebzehnte.

Schröder hatte keinen einzigen geöffnet.

Einunddreißig

Hannah.

Sie mag ihr neues Fahrrad. Es ist ein bisschen zu groß, sie erreicht die Pedale nur mit den Zehenspitzen. Aber es gefällt ihr. Der Rahmen ist pinkfarben, mit kleinen Sonnenblumen auf der Querstange. Am Lenker flattern bunte Bänder.

Sie hat das Rad zum Geburtstag bekommen, es ist ihr vierter. Jetzt bist du ein großes Mädchen, hat heute Morgen der Mann gesagt, den sie Papa nennt. Du brauchst keine Stützräder mehr.

Es ist Sommer. Die Straße führt leicht bergab. Der Wind zerrt an Hannahs Haaren, bauscht ihr hellblaues Kleid.

Es wird keine Party geben. Da ist niemand, den sie einladen würde. Im Kindergarten spielt sie allein. Hannah hat keine Freunde. Sie braucht keine. Der Mann, zu dem sie Papa sagt, steht hinter ihr am Zaun und sieht zu.

Hannah fährt schnell. Sie mag den Wind. Niedrige Häuser

ziehen vorbei. Gepflegte Hecken. Autos parken auf dem Bürgersteig. Die Sonne spiegelt sich in den Frontscheiben. Eine alte Frau gießt Blumen. Hannah hört die Stimme des Mannes, zu dem sie Papa sagt.

Sei vorsichtig, ruft er, *du musst bremsen!*

Er klingt besorgt.

Hannah tritt in die Pedale.

Ein Eimer liegt auf der Straße.

Als Hannah zu sich kommt, liegt sie halb auf dem Gehweg. Neben ihr das Fahrrad. Das Vorderrad ist zerbeult, das hintere dreht sich noch. Die Speichen blitzen in der Sonne. Hannah will weiterfahren, es macht ihr Spaß. Als sie sich aufrichten will, gelingt es ihr nicht ganz. Etwas hindert sie. Ihre Beine sind nass, das Kleid auch. Es hat tagelang nicht geregnet, trotzdem sitzt Hannah in einer Pfütze.

Sie hört Schreie. Schritte. Der Mann, den sie Papa nennt, kommt angerannt. Die Schreie stammen von ihm. Wahrscheinlich ist er wütend, weil das Rad kaputt ist. Auch Hannah ärgert sich. Sie glaubt nicht, dass man es reparieren kann. Und ein neues wird er ihr bestimmt nicht kaufen.

Fenster werden geöffnet. Menschen sehen auf die Straße, aus großen, neugierigen Augen.

HOLT EINEN ARZT!, schreit der Mann, den sie Papa nennt. *LOS! HOLT EINEN VERDAMMTEN ARZT!*

Hannah versteht die Aufregung nicht. Es gelingt ihr, jetzt doch aufzustehen. Metall klappert, als sie sich aufrichtet. Sie sieht nach unten und erkennt, dass sie in einer Blutlache steht. *Ihrem* Blut. Und sie sieht ihr zerrissenes Kleid, durchnässt von Blut (*ihrem* Blut) und den Lenker, der sich neben ihrem Nabel in den Bauch gebohrt hat und …

*

BUMM!

Sie schreckt hoch. Die Bettdecke fällt zu Boden. Fröstelnd schlingt sie die Arme um den schweißnassen Körper. Ein weiterer Windstoß fegt gegen das Haus, wieder klappt das Fenster zu.

BUMM!

Die Gardine bläht sich über der Heizung, ein Regenschwall wird ins Schlafzimmer geweht. Sie schließt das Fenster, geht ins Bad. Knipst das Licht an. Ihre Kehle ist wie ausgedörrt, sie öffnet den Wasserhahn, trinkt lange, gierig.

Hannah geht zum Spiegel. Hebt das T-Shirt und betrachtet die Narbe. Ein hässlicher Krater, direkt neben dem Bauchnabel. Es war nicht ihre erste Verletzung. Auch nicht die letzte. Es ist eine von vielen.

Sie legt sich wieder ins Bett. Der Traum verblasst allmählich, sie träumt ihn oft. Das zuschlagende Fenster hat ihn unterbrochen, doch Hannah weiß, wie es weitergeht. Wie der Mann, den sie ihren Vater nannte, sie ansah. Die Sorge in seinen Augen, die erst der Verwirrung wich, dann nackter Angst. Vor ihr, Hannah, blutbesudelt, schwer verletzt, weder weinend noch schreiend, sondern wütend. Weil sie nicht mehr mit ihrem Fahrrad fahren konnte.

Der Wind heult ums Haus. Die alten Dachfenster klappern in den Rahmen. Die Zeiger des Weckers phosphoreszieren grünlich in der Dunkelheit. Kurz vor drei Uhr morgens.

Sie dreht sich auf die Seite. Das Bett ist klamm, von Schweiß durchnässt. Hannah überlegt, das Laken zu wechseln, entscheidet sich dagegen. Es ist *ihr* Schweiß, damit kann sie umgehen. Bei Fremden verhält es sich anders. Auch bei Hendryk, nach der Nacht mit ihm hat sie die Bettwäsche zweimal gekocht, um sicher zu gehen, dass sie sauber ist.

Sie denkt an Natan.

Was hat Karim vorhin gesagt?

Wir verdanken ihm alles, Hannah. Vergiss das nie.

Nun, das wird Hannah nicht. Auch nicht den Auftrag. Das neue Ziel.

Sie schließt die Augen, ruft sich die Einzelheiten ins Gedächtnis.

Es wird ihr Leben nicht verändern.

Aber es ist besser als nichts.

Zweiunddreißig

»Guten Morgen, Doktor Silberstein. Ich bin …«

»Der Autopsiebericht, ich weiß«, unterbrach Silberstein. »Sie sind wohl kaum hier, um mir einen schönen Tag zu wünschen.«

Er saß hinter seinem eindrucksvollen Schreibtisch, ohne Schröder eines Blickes zu würdigen. Auch einen Platz bot er seinem Besucher nicht an. Also ging Schröder zum Fenster, zog einen der beiden Besucherstühle heran und nahm vor dem Schreibtisch Platz.

Der Rechtsmediziner schrieb weiter in eine Akte.

Schröder wartete gelassen.

»Sie haben meinen Bericht gelesen?« Noch immer sah Silberstein nicht auf.

»Natürlich.«

»Falls es noch Fragen geben sollte«, Silberstein legte seinen silbernen Kugelschreiber beiseite, »fasse ich noch einmal zusammen: Ferdinand Stoltz ist eines natürlichen Todes gestorben. Wenn ich mich recht entsinne, hatte ich dies bereits nach meiner ersten Begutachtung der Leiche geäußert.«

»Das hatten Sie.«

»Nun, und nach eingehender Untersuchung hat sich diese Vermutung bestätigt, wie in meinem Bericht zu lesen ist.«

Silberstein faltete die manikürten Hände über der Akte und sah Schröder an. Seine Augen waren hinter der Brille nicht zu erkennen. Das Licht einer Neonröhre über ihren Köpfen spiegelte sich in den runden Gläsern und gab ihm das Aussehen eines alten, missmutigen Insektes.

»Ist noch irgendetwas unklar, Herr Kommissar?«

»Nein.« Schröder schüttelte den Kopf. »Jedenfalls nicht in Ihrem«, er senkte die Stimme ein wenig, *»Bericht.«*

»Hören Sie«, seufzte Silberstein. »Nach allem, was man hört, sind Sie ein hervorragender Ermittler.«

»Merci«, lächelte Schröder.

»Aber wie Sie sehen, bin ich beschäftigt. Stellen Sie Ihre Fragen, aber fassen Sie sich bitte kurz.«

»Keine Fragen«, sagte Schröder, höflich wie immer.

»Was dann?«

»Ich bin nicht sicher, wie ich's formulieren soll.« Schröder schien einen Moment zu überlegen. »Nennen wir's eine Bitte.«

*

»Hallo?«

»Ich rufe an, um dir einen guten Morgen zu wünschen, mein Schatz. Hab ich dich geweckt?«

»Nee, Frieda, hast du nicht. Die haben mich schon vor 'ner Stunde hochgescheucht. Und gefrühstückt hab ich auch schon, falls man diesen Krankenhausfraß so bezeichnen will. Ich hab nicht mal 'nen Kaffee gekriegt und …«

»Hör auf zu jammern, Claudius.«

»Ich jammere nicht!«

»In ein paar Tagen wirst du entlassen, dann …«

»Ich bleibe keine Sekunde länger in diesem Saftladen!«

»Apropos Saftladen. Hast du deinen Cranberrysaft getrunken?«

»Woher weißt du, dass Schröder mir …«

»Ich weiß 'ne Menge, mein Schatz. Und? Hast du ihn getrunken?«

»Nee.«

»Du brauchst Vitamine.«

»Ich brauch 'ne neue *Hand*!«

»Du jammerst. Schon wieder.«

»Ich jammere n…«

»Du könntest Rufus mal besuchen.«

»Ich will ja nicht klugscheißen, Frieda, aber das dürfte ein bisschen kompliziert werden. Vielleicht hast du's ja vergessen, ich liege im Krankenhaus.«

»Rufus auch. Malina hat ihn vorhin gebracht. Routineuntersuchung. Wie's aussieht, muss er über Nacht bleiben. Falls dir also langweilig sein sollte …«

»Mir *ist* langweilig! Außerdem hab ich Schmerzen! Die haben mir den Tropf abgenommen, und die blöden Schmerztabletten helfen kaum, ich …«

»Claudius, bitte.«

»Jaja. Ich hör ja schon auf.«

»Ich muss jetzt Schluss machen, in einer halben Stunde beginnt die Verhandlung.«

»Okay.«

»Willst du mir nicht Glück wünschen?«

»Viel Glück, Frieda.«

»Ich liebe dich, Claudius.«

»Ja.«

»Und?«

»Und *was*?

»Ich höre.«

»Ich liebe dich auch.«

»Geht doch. Bis später, Liebling.«

*

»Sie haben die Obduktion persönlich durchgeführt?«, fragte Schröder.

»Natürlich.« Die Falten auf Silbersteins Stirn vertieften sich.

»Ich möchte, dass die Obduktion wiederholt wird.«

»Wie bitte?«

»Nicht von Ihnen. Sondern von einem Ihrer Mitarbeiter.«

»Jetzt hören Sie mal zu.« Silberstein beugte sich über den Schreibtisch. Hektische Röte überzog seine eingefallenen Wangen. »Ich leite diese Abteilung seit über zwanzig Jahren. Niemand erklärt mir, ob ich selbst oder einer meiner Assistenten eine Obduktion durchführt. Diese Entscheidung liegt einzig und allein bei mir, ist das klar?«

»Sicher doch.« Schröder schlug die kurzen Beine übereinander. »Und es ist natürlich *Ihre* Entscheidung, ob Sie die Chance ergreifen.«

»Ich verstehe nicht, was das …«

»Ich nehme an, ich bin der Einzige, der Ihren Bericht bisher gelesen hat«, fuhr Schröder ruhig fort. »Ich schlage lediglich eine weitere Untersuchung vor. Und einen zweiten Obduktionsbericht. Vom ersten muss niemand erfahren.«

»Und was«, zischte Silberstein, »sollte Ihrer Meinung nach in diesem … *zweiten Bericht* stehen?«

»Das weiß ich nicht«, gestand Schröder. »Es stimmt, alles deutet darauf hin, dass Ferdinand Stoltz eines natürlichen Todes gestorben ist. Keinerlei Einbruchsspuren, keine Anzeichen auf Fremdeinwirkung. Trotzdem habe ich Zweifel. Vielleicht irre ich mich, aber ich brauche Sicherheit. Und die bekomme ich nur, wenn ich mich auf den Obduktionsbericht verlassen kann.«

»Ach!« Silberstein straffte sich. »Und das können Sie nicht?«

»Nein«, sagte Schröder. »Nicht, wenn er von Ihnen kommt.«

»Ich …« Der Rechtsmediziner räusperte sich, schlug mit zitternden Händen eine weitere Akte auf. »Sie sollten jetzt gehen. Wie Sie sehen, habe ich eine Menge zu tun, ich …«

»Es ist jetzt«, Schröder sah auf eine Uhr, die an der Wand hinter Silberstein neben einem gerahmten Kunstdruck von Gustav Klimt hing, »kurz nach neun. Um fünfzehn Uhr komme ich wieder, einverstanden?«

Silberstein blätterte hektisch durch die Akte.

»Doktor Silberstein?«

Keine Antwort.

»Ich gebe Ihnen die Chance, Ihr Gesicht zu wahren.« Schröder stand auf. »Sie sollten diese Gelegenheit nutzen.«

Dreiunddreißig

»Schön, dass Sie meiner Einladung doch noch gefolgt sind.«

Rechtsanwalt Kadelberg schob Frieda den Stuhl zurecht, wartete, bis sie sich gesetzt hatte, und nahm dann gegenüber Platz. Das Café am Markt war gut gefüllt, er hatte den kleinen Ecktisch im hinteren Teil offensichtlich reservieren lassen.

»Möchten Sie etwas essen?« Kadelberg deutete auf eine ledergebundene Speisekarte. »Die Rigatoni sind hervorragend.«

»Danke. Ich nehme ein Wasser.«

Äußerlich wirkte Frieda kühl und gelassen, doch ihr Verstand arbeitete auf Hochtouren. Kadelberg hatte sie in der Verhandlungspause angesprochen und erneut ein Treffen vorgeschlagen. Nein, hatte er auf Friedas sofortige Frage geantwortet, sein Mandant würde nicht aussagen, doch es gebe da etwas, das er mit ihr besprechen müsse. Persönlich, unter vier Augen.

Sie nestelte an ihrer Halskette. Den Sinn hinter diesem Treffen außerhalb des Gerichtssaals konnte sie im Moment nicht einmal erahnen. Klar war nur, dass es einen gab. Geben *musste*. Alles, was dieser Anwalt tat, hatte einen Grund.

Fragte sich nur, welchen.

»Ich muss Ihnen ein Geständnis machen«, begann Kadelberg. »Ich habe Sie unterschätzt, Frau Kollegin. Auf Grund Ihrer Jugend und Ihrer«, er ordnete seinen Schlips, »Attraktivität. Doch ich habe schnell erkannt, dass Sie ein ernst zu nehmender Gegner sind.«

»Sind wir deshalb hier? Weil Sie mir Komplimente machen wollen?«

»Nicht nur, Frau Oberstaatsanwältin.«

Frieda erwiderte Kadelbergs Lächeln nicht.

Ich mag ihn nicht, dachte sie. Nein, ich mag ihn kein bisschen, diesen alten, eingebildeten Pfau. Er geht ins Solarium. Manikürt sich die Fingernägel. Wahrscheinlich lässt er sich die Augenbrauen zupfen. Sein Rasierwasser ist furchtbar.

Was will er?

Ein Kellner erschien. Der Anwalt bestellte in fließendem Italienisch ein Mineralwasser und einen Caffè lungo, wandte sich dann wieder an Frieda: »Falls Sie jemals mit dem Gedanken spielen sollten, die Seiten zu wechseln, sind Sie in meiner Kanzlei immer willkommen.«

Frieda lachte auf. »Das ist nicht Ihr Ernst.«

»Sehe ich aus, als würde ich scherzen?« Kadelberg schüttelte den sorgsam frisierten Kopf. »Bei Ihren Fähigkeiten werden Sie in ein paar Jahren als Richterin arbeiten. Wir beide wissen, wie der Staat seine Beamten bezahlt. Die Besoldung ist nicht gerade üppig, und ich kann Ihnen versichern, dass Ihr Einstiegsgehalt in meiner Kanzlei um ein Vielfaches höher wäre als …«

»Herr Kadelberg.« Frieda klang eisig. »Ich bin nicht hier, um mit Ihnen über meine Karriere zu diskutieren. Sie wären der Letzte, mit dem ich das tun würde. Ich denke, wir können das Gespräch an dieser Stelle …«

»Warten Sie«. Der Anwalt hob entschuldigend die Hände. »Ich wollte Ihnen nicht zu nahe treten. Im Übrigen habe ich mit Ihrer Absage gerechnet, aber einen Versuch«, lächelte er, »wollte ich zumindest wagen. Doch das ist nicht der Grund, weswegen ich Sie sprechen wollte.«

Frieda sah zum dem Fenster. Auf dem Markt herrschte Hochbetrieb, die Menschen drängten sich zwischen den Verkaufsständen im Schatten der Kirchtürme.

Sie wandte sich wieder an Kadelberg. »Ich höre.«

»Sie fordern für beide Angeklagten die Höchststrafe.«

»Richtig. Mit anschließender Sicherungsverwahrung.«

»Was den jüngeren der beiden betrifft, schließe ich mich Ihrer Meinung an.«

»Schön.« Frieda nickte spöttisch. »Er ist ja auch nicht Ihr Mandant.«

»Er ist pädophil und laut Gutachten nicht therapierbar«, fuhr Kadelberg unbeirrt fort. »Er wird immer eine Gefahr für die Öffentlichkeit darstellen und gehört bis zu seinem Lebensende in Verwahrung. Seine intellektuellen Fähigkeiten liegen unterhalb der Normalwerte, er ist sich seiner Schuld nicht bewusst. Es ist also in seinem Interesse, nie wieder in die Nähe eines Kindes zu gelangen. Was den älteren der beiden Brüder betrifft …«

»*Ihren* Mandanten.«

»… sieht die Sache anders aus. Der Mann ist geistig gesund.«

Der Kellner brachte die Getränke.

»Was die Sache noch schlimmer macht.« Frieda nippte an ihrem Mineralwasser. »Er hat das Treiben seines Bruders unterstützt. Hat es nicht nur zugelassen, sondern gefördert. Er hat aus den gequälten Kindern ein Geschäft gemacht. Ein äußerst florierendes Geschäft, das ihm knapp zweihunderttausend Euro eingebracht hat.«

»Hundertsechsundachtzigtausend, um genau zu sein.«

»Sie kennen die Akten sehr gut.«

»Ebenso wie Sie, Frau Oberstaatsanwältin.«

»Der Mann hat aus Gier gehandelt.«

»Menschen *sind* gierig.«

»Verschonen Sie mich mit Ihren Binsenweisheiten.«

»Ich könnte ein psychiatrisches Gutachten vorlegen.« Kadelberg tat Zucker in seinen Kaffee. »Danach bestünden begründete Aussichten, dass mein Mandant nach Verbüßung seiner Haftstrafe keine Gefahr mehr für die Öffentlichkeit darstellt. Somit würde sich eine Sicherungsverwahrung erübrigen.«

»Ich bin sicher«, Frieda beugte sich über den Tisch, »dass ein Gegengutachten zu einer anderen Empfehlung kommen würde. Und zwar, dass …«

… dieser Bastard solange im Knast bleibt, bis er verreckt.

Sie biss sich auf die Lippen.

Keine Emotionen. Nicht im Gerichtssaal und auch nicht hier, vor Kadelberg.

»Nämlich?«, fragte dieser.

»Sicherungsverwahrung.«

»Ich bin anderer Meinung.« Kadelberg rührte bedächtig in seinem Kaffee, klopfte den Löffel am Tassenrand ab und legte ihn auf eine Serviette. »Sonst hätte ich das Mandat auch nicht übernommen.«

Verkauf mich nicht für blöd, dachte Frieda. Du tust das, weil du die Öffentlichkeit genießt. Es gefällt dir, dein Gesicht in die

Kameras zu halten, deinen Namen in den Zeitungen zu lesen. Am Geld liegt's jedenfalls nicht, das Honorar, das du als Pflichtverteidiger bekommst, reicht wahrscheinlich nicht mal aus, um einen deiner Anzüge zu bezahlen.

»Angenommen«, Kadelberg trank von seinem Kaffee, leckte sich etwas Milchschaum von der Oberlippe, »mein Mandant würde seine Meinung ändern.«

Frieda hob den Kopf. »Er würde aussagen?«

»Nicht über die Hintermänner. Das wäre sein Todesurteil.«

»Worüber dann?«

»Nennen wir's … ein paar Informationen. Und im Gegenzug …«

»… keine Sicherungsverwahrung.«

Kadelberg senkte den frisierten Kopf. Kaum merklich, doch das Nicken war nicht zu übersehen.

Wieder sah Frieda aus dem Fenster. Vor dem barocken Portal des Stadthauses hatte sich eine Hochzeitsgesellschaft versammelt. Beifall brandete über den Marktplatz, als die weiß gekleidete Braut lachend ihren Blumenstrauß in die Menge warf.

»Nein.« Sie sah Kadelberg an. »Kein Deal.«

Er schien nicht überrascht.

»Wie Sie meinen, Frau Kollegin.«

Sie winkte den Keller heran, bat um die Rechnung.

»Getrennt bitte.«

Der Anwalt quittierte die Bemerkung mit einem feinen Lächeln.

»Dürfte ich Ihnen noch etwas sagen?«

»Ich höre.«

Kadelberg dachte kurz nach.

»Ich habe mit allen Mitteln versucht, Sie aus dem Konzept zu bringen«, sagte er dann. »Die Befangenheitsanträge, all die juristischen Spitzfindigkeiten sind nun mal Teil des Spiels. Man erwartet das von mir, schließlich bin ich dafür bekannt. Dieser Prozess ist ungemein wichtig für Sie. Ich weiß, dass Sie Angst haben zu versagen, schließlich haben Sie kaum Erfahrung. Aber Sie machen das hervorragend.«

Das, stellte Frieda verwundert fest, war ehrlich gemeint. Überheblich, *sehr* überheblich sogar, aber ehrlich.

»Es steht einem alten Mann wie mir eigentlich nicht zu«, fuhr Kadelberg fort. »Aber dürfte ich Ihnen einen Rat geben?«

Frieda sah ihn abwartend an.

»Wenn ich nervös bin«, sagte Kadelberg und strich die Tischdecke glatt, »zupfe ich mir immer am Ohrläppchen. Das habe ich mir abgewöhnt, schließlich sollte die Gegenseite niemals merken, dass man unsicher ist, vor allem im Gerichtssaal. Ihre Halskette ist sehr schön, aber leider auch«, er legte den Kopf ein wenig schief, »*verräterisch*, Frau Kollegin.«

Frieda, der erst jetzt bewusst wurde, dass ihre Finger mit den vergoldeten Kettengliedern spielten, ließ ertappt die Hand sinken.

»Ich wollte Sie nicht in Verlegenheit bringen«, lächelte Kadelberg.

Das hast du aber, dachte Frieda und spürte, wie sie bis unter die Haarspitzen errötete. Zum Glück erschien in diesem Moment der Kellner und brachte die Rechnungen.

Vierunddreißig

»Setzen Sie sich doch, Doktor Silberstein.«

Schröder deutete auf Zorns leeren Platz.

»Nicht nötig.«

Der Rechtsmediziner stand vor dem Schreibtisch, in der Hand eine dünne Akte. Schröder hatte am Morgen angekündigt, Silberstein am Nachmittag wieder aufsuchen zu wollen. Dass dieser nun selbst im Büro erschien, war erstaunlich, doch Schröder ließ sich nichts anmerken.

»Ich sehe«, er streckte die Hand aus, »Sie haben etwas für mich.«

Silberstein reichte ihm die Akte.

»Seite drei.«

Papier raschelte, Schröder vertiefte sich in das eng beschriebene Formular. Er ließ sich Zeit, während Silberstein wartete. Sein hageres Gesicht war aschfahl, Schweiß glänzte auf der hohen Stirn. Nach einer Weile schloss Schröder die Akte, faltete die Hände über dem Einband und sah den Rechtsmediziner ruhig an.

»Fremdeinwirkung.«

»Ein Einstich. Ins …«, Silberstein räusperte sich, »hirnstammnahe Rückenmark. Unter dem Haaransatz«, er griff sich in den Nacken, »mit bloßem Auge nicht zu erkennen.«

»Ferdinand Stoltz wurde ermordet.«

»Der … der Täter muss äußerst professionell vorgegangen sein.« Silberstein rang um Fassung. »Wahrscheinlich mit einer langen Nadel. Es … es ist schwierig und erfordert einen hohen Kraftaufwand, die … die richtige Stelle zu treffen. Die Verletzung ist sofort tödlich. Kammerflimmern und …«

Silbersteins Stimme versagte. Schröder wartete gelassen, während der Rechtsmediziner mühsam nach Worten rang.

»Hören Sie. Ich … ich muss mich bei Ihnen entschuldigen, aber ich möchte darauf hinweisen, dass auch mein Mitarbeiter die Wunde beinahe übersehen hätte. Wie gesagt, der Einstich liegt unter dem Haaransatz, selbst mit der Lupe ist er kaum zu …«

»Wie lange haben Sie das schon?«, unterbrach ihn Schröder.

»Ich … ich verstehe nicht.«

»Ihre Hände. Das Zittern.«

Silberstein schloss die Augen. Die restliche Farbe wich aus seinem Gesicht.

»Seit … seit einem Jahr.«

»Parkinson, nicht wahr?«

Ein stummes Nicken.

»Sie sind nicht zum Arzt gegangen, weil Sie selbst Mediziner sind«, sagte Schröder. »Ich habe mit einem Freund gesprochen. Er ist ebenfalls Arzt, war es zumindest. Er sagt, dass es Monate dauert, einen Parkinsonkranken auf die Medikamente einzustellen. Die Nebenwirkungen sind beträchtlich, Schwindel, Halluzinationen, Verwirrtheit. Trotzdem haben Sie sich selbst behandelt, schließlich haben Sie einen Arztausweis und keine Probleme, an die Medikamente zu kommen. Warum?«

»Es … es war meine Pflicht. Meine Arbeit …«

»Pflichtgefühl? Nein.« Schröder schüttelte den Kopf. »Sie hätten es nicht ertragen, Ihren Posten zu räumen, Herr Doktor. Eitelkeit trifft es besser.«

»Das muss ich mir nicht sagen lassen.« Silberstein straffte sich. »Ich habe einen Fehler gemacht, sicherlich, aber …«

»Dieser … *Fehler* hätte um ein Haar dazu geführt, dass ein Mord unentdeckt bleibt.« Schröders Stimme bekam einen leisen, metallischen Unterton. »Wie viele dieser *Fehler* sind Ihnen wohl noch unterlaufen? Wie viele Mörder laufen jetzt frei herum, weil wir glaubten, ihre Opfer seien eines natürlichen Todes gestorben?«

Silberstein schwieg.

»Ich hatte gesagt, dass ich Ihnen eine Chance geben würde«, sagte Schröder. »Wann gehen Sie in Pension?«

»In … zwei Jahren«, erwiderte Silberstein, der nicht mit dieser Frage gerechnet hatte. »Was hat das mit …«

»Sie werden Ihren vorzeitigen Ruhestand beantragen. Und Sie werden nicht eine einzige Obduktion mehr vornehmen, haben wir uns verstanden?«

Der Rechtsmediziner nickte stumm.

»Ihren ersten Bericht habe ich vernichtet«, fuhr Schröder fort. »Das bleibt also unter uns. Wie Sie das in Ihrer Abteilung regeln, ist Ihre Sache. Wenn ich Ihnen einen Rat geben darf«, er stand auf, »lassen Sie sich von einem Spezialisten behandeln. Sie tun mir leid, Herr Doktor, das müssen Sie mir glauben. Ich habe kein Interesse daran, Sie bloßzustellen, und falls Sie als ehrenhafter Mann in den Ruhestand gehen, soll es mir recht sein. Aber falls sich herausstellen sollte, dass wir durch Ihr Verschulden auch nur einen einzigen Fall fälschlicherweise zu den Akten gelegt haben, werde ich keine Rücksicht auf Sie nehmen. Im Moment tue ich das, doch ich kann es Ihnen nicht versprechen. Und jetzt«, er öffnete die Tür, deutete hinaus in den Flur »wünsche ich Ihnen noch einen schönen Tag.«

Silberstein zögerte. Es schien, als wolle er noch etwas sagen. Schließlich entschied er sich dagegen und verließ das Büro, ohne Schröders Abschiedsgruß zu erwidern.

Fünfunddreißig

Kadelberg saß auf dem Rücksitz eines Taxis, als sein Handy klingelte.

»Und?«, fragte der Anrufer.

»Kein Deal«, erwiderte der Anwalt.

»Das ist nicht gut.«

»Es war abzusehen.«

»Es ist trotzdem nicht gut.« Der Anrufer klang ruhig. Die Stimme eines Mannes um die fünfzig, akzentfrei, ohne besondere Kennzeichen. »Und jetzt?«

»Es sieht schlecht aus.« Kadelberg lockerte die Krawatte. »Die Beweislage ist erdrückend. Es wird zu einer Verurteilung kommen.«

»Lebenslänglich?«

»Nein«, korrigierte Kadelberg gereizt. »Zwölf bis vierzehn Jahre Haft, danach Sicherungsverwahrung.«

»Das ist dasselbe.«

»Juristisch nicht. Prinzipiell allerdings schon.«

Ein unterdrückter Fluch drang aus dem Hörer.

»Ich habe von Beginn an keinen Hehl daraus gemacht, dass die Chancen schlecht stehen.« Kadelberg sank in die weichen Polster. »Es war absehbar, dass …«

»Er rechnet damit, irgendwann wieder auf freien Fuß zu kommen.«

»Warum?«

»Weil ich es ihm zugesichert habe.«

»Das ist Ihr Problem, nicht meins.«

»Irrtum, Herr … *Anwalt.*«

»Ich bin ausschließlich meinem Mandanten verpflichtet. Eigentlich dürfte ich nicht mit Ihnen sprechen. Ich weiß nicht einmal, wer Sie sind.«

»Ach.« Der Anrufer klang belustigt. »Stellen Sie sich nicht blöder, als Sie sind, Kadelberg! Sie wissen genau, mit wem Sie reden. Und Sie wissen, woher das Geld stammt, mit dem ich Sie bezahle.«

»Das weiß ich nicht.«

»Sie *wollen's* nicht wissen.«

»Ich bin Anwalt, ich habe ein Mandat übernommen.« Kadelberg räusperte sich. »Ich habe Ihnen keinerlei Versprechungen gemacht. Sie wissen, dass ich mich an die Gesetze zu halten habe und …«

»Jetzt hör mal zu, du Pfeife.«

Kadelberg runzelte die Stirn. Zum einen, weil er geduzt wurde. Zum anderen natürlich wegen der vulgären Anrede.

»Ich bezahle dich«, zischte der Anrufer. »Also tu deinen verdammten Job. Ansonsten reiße ich dir deinen faltigen Arsch auf.«

Kadelberg wollte protestieren, doch der Anrufer hatte bereits aufgelegt.

Sechsunddreißig

»Hi«, sagte Zorn. »Ich dachte, ich komme mal vorbei.«

Er raffte den Bademantel vor der Brust und setzte sich auf einen Stuhl neben Rufus' Bett. Es hatte eine Weile gedauert, bis er die Station in den labyrinthischen Gängen des Krankenhauses gefunden hatte.

»Wie geht's dir?«, fragte Rufus.

»Na ja.«

Zorn setzte zu einer neuerlichen Tirade über das furchtbare Essen, schlecht gelaunte Krankenschwestern und zu gering dosierte Schmerzmittel an, verkniff es sich dann. Der Mann, der da vor ihm im Bett lag, war seit Jahren vom Hals abwärts gelähmt, und selbst der naturgemäß zur Wehleidigkeit neigende Claudius Zorn musste einsehen, dass im Vergleich dazu der Verlust einer Hand eine Lappalie darstellte.

»Ganz gut«, sagte er. »Und selbst? Was machen die eigentlich mit dir?«

Er deutete auf die Monitore, die sich auf mehreren Tischen neben dem Krankenbett stapelten. Kabel bildeten ein Gewirr auf dem Boden, schlängelten sich über das Laken, verschwanden unter der Bettdecke.

»Der Atemschrittmacher«, krächzte Rufus. »Das Ding … muss regelmäßig kontrolliert werden.«

Zorn hatte keine Ahnung, wie genau das Gerät funktionierte. Er wusste nur, dass Rufus damit selbständig atmen konnte. Es hatte mit elektrischen Impulsen zu tun, die sein Zwerchfell reizten. Rufus selbst hatte keinen Einfluss darauf, das erklärte seine abgehackte Sprechweise, da er den Rhythmus seiner Atemzüge nicht kontrollieren konnte. Dass er in die Operation eingewilligt hatte, war jedenfalls ein gutes Zeichen, schließlich zeigte es, dass er seinen Lebensmut (ein komisches Wort, doch ein anderes fiel Zorn nicht ein) wiedererlangt hatte.

»Wann wirst du entlassen?«, fragte er.

»Die behalten mich über Nacht hier. Morgen früh, denke ich.«

»Du hast's gut«, entfuhr es Zorn.

Er biss sich auf die Lippen. *Gut* hatte es Rufus definitiv nicht. Und im Gegensatz zu Zorn würde sich seine Lage auch nicht bessern. Aus dem breitschultrigen Kinderarzt war ein abgemagerter, bleicher Mann geworden, dessen Lächeln an eine zähnefletschende Mumie erinnerte. Und das würde so bleiben.

Sie unterhielten sich eine Weile. Zorn berichtete von seiner verunglückten Aktion mit dem Schraubenzieher, der nicht erkannten Blutvergiftung und seinem Zusammenbruch im Büro.

»Schröder hat den Notarzt gerufen. Vorher hab ich ihm eine reingehauen.«

»Halluzinationen«, nickte Rufus, der ehemalige Arzt. »Ich hoffe, du hast dich bei ihm entschuldigt. Obwohl … wie ich dich kenne, hast du's nicht.«

Zorn betastete schweigend den Armstumpf.

»Es wird noch ’ne Weile weh tun.« Rufus war die Geste nicht entgangen. »Sie müssen die Dosis der Schmerzmittel senken, sonst wirst du abhängig, bevor die Wunde verheilt.«

»Ist nicht so schlimm«, brummte Zorn.

»Weißt du, worum ich dich am meisten beneide?«

»Sag’s mir.«

»Um die Schmerzen. Ich würde sonst was geben, wieder …«, Rufus stockte, als der Atemschrittmacher seine Lunge mit Luft füllte, »… wieder was zu spüren.«

Die Tür wurde geöffnet.

»Da seid ihr ja.« Schröder kam herein. »Ich wollte mal schauen, wie’s euch geht.«

»Beschissen ist geprahlt«, knurrte Zorn.

Rufus bedachte ihn mit einem vorwurfsvollen Blick. »Du solltest netter zu ihm sein. Schröder hat dir das Leben gerettet.«

Ich weiß, dachte Zorn. Das hat er schon oft.

Er sprach es nicht aus. Sondern behielt es wie immer für sich.

*

»Er hat Parkinson?«

»*Yes*«, nickte Schröder.

Die Fahrstuhltür glitt auf. Er deutete einladend in die Kabine, ließ Zorn höflich den Vortritt und folgte ihm dann. Sie waren noch ein paar Minuten bei Rufus geblieben, bis eine resolute Krankenschwester sie mit der Bemerkung weggeschickt hatte, dass der Patient für die Untersuchungen vorbereitet werden müsse.

»Woher wusstest du das?«, fragte Zorn.

»Ich wusste es nicht.« Schröder drückte auf den Knopf für die erste Etage. »*Geahnt* habe ich’s, das ja. Ich habe Silberstein beobachtet. Und ich habe Rufus erzählt, was ich gesehen habe. Er war nicht sicher, aber als ich Silberstein damit konfrontiert habe, konnte er's nicht abstreiten.«

Der Fahrstuhl schloss sich, ruckelte und fuhr nach unten. Zorns Blick fiel auf die polierte Rückwand, und obwohl er sein Spiegelbild nur verschwommen wahrnahm, sah er sofort wieder weg. Dieser ungekämmte, ältere Herr in Bademantel und ausgetretenen Schlappen bot keinen erbaulichen Anblick.

Nein, nicht im Geringsten. *Erschreckend* traf es am besten.

»Ferdinand Stoltz kannte seinen Mörder«, sagte Schröder. »Wahrscheinlich hat er ihm sogar die Wohnungstür geöffnet.«

Der Fahrstuhl hielt, sie betraten den Flur. Zorn hatte längst die Orientierung verloren, doch Schröder wandte sich zielsicher nach rechts. Ihre Schritte hallten auf dem glänzenden Linoleum, sie liefen vorbei an endlosen, grün gestrichenen Wänden, während Schröder weiter berichtete.

»Ich habe Brettschneider angewiesen, noch einmal nach Zeugen zu suchen. Es war heller Tag, jemand muss den Mörder gesehen haben. Er muss kräftig sein, sehr geschickt und äußerst schnell. Es ist kaum vorstellbar, den richtigen Punkt zu treffen, die Stelle liegt zwischen zwei Nackenwirbeln, und die Nadel muss ziemlich tief eindringen, um das Rückenmark zu erreichen. Das Opfer ist sofort tot. Im ersten Moment«, er blieb stehen, um einer Krankenschwester Platz zu machen, die einen klappernden Rollwagen vorbeischob, »hätte ich's nicht für möglich gehalten, aber die Tatsachen haben mich eines Besseren belehrt. Der perfekte Mord, könnte man meinen. Kein Gift, keine Anzeichen von Gewalt, abgesehen von einem winzigen Einstich. Insofern also doch nicht perfekt, aber fast.«

Sie näherten sich dem Eingangsbereich.

»Wie gesagt, unmöglich ist es nicht.« Schröder tippelte mit kurzen Schritten neben Zorn her. »Schwierig, das ja. Aber wenn man sich lange genug mit der menschlichen Anatomie befasst und genau weiß, welche Stelle man treffen muss … abgesehen davon dürfte das Opfer absolut ahnungslos gewesen sein, also …«

»Sag mal«, Zorn blieb stehen, griff nach Schröders Arm, »wo willst du eigentlich hin?«

»An die frische Luft.« Schröder deutete auf eine Drehtür, die neben der Cafeteria in den Innenhof führte. »Ich dachte, du willst rauchen.«

»Klar, ich …« Zorn klopfte auf die Taschen des Bademantels. »Aber ich hab keine Zigaretten dabei.«

»Tja.« Schröder hob bedauernd die Schultern. »Dann muss es wohl auch mal so gehen.«

*

»Es gibt noch andere Merkwürdigkeiten«, sagte Schröder. »Abgesehen von der Tatsache, dass Pia und Ferdinand Stoltz scheinbar zusammenhanglos innerhalb kürzester Zeit gestorben sind.«

Der Abend brach an. Sie saßen auf der Bank vor dem kleinen Brunnen, schräg gegenüber drängte sich eine Handvoll müder Gestalten unter dem Vordach rauchend um einen Aschenbecher.

»Ferdinand Stoltz wurde mit einer Nadel ermordet«, führte Schröder seinen Monolog fort. »Oder zumindest mit etwas ähnlichem. Bei Pia Stoltz wurde ebenfalls eine Nadel gefunden, die hat sie benutzt, um den Schimpansen zu reizen.«

Ein Husten drang herüber. Ein weißhaariger Greis zündete sich mit zitternden Fingern die nächste Zigarette an, eine Hand auf einen Rollator gestützt. Zorn rutschte nervös auf der Bank hin und her.

»Das *könnte* eine Verbindung sein. Andererseits …« Schröder kratzte sich nachdenklich am Ohr. »Die Nadel bei Pia Stoltz war viel zu kurz. Und stabil genug war sie wahrscheinlich auch nicht. Man kann sie nur mit zwei Fingern halten, da ist es kaum denkbar, sie so tief in den Körper zu rammen. Nein, sie muss so etwas wie einen Griff haben, wie ein Messer, nur dass keine Klinge, sondern … bitte Chef, hör mit der Zappelei auf, ja?« Ein kurzer Seitenblick. »Ich muss mich konzentrieren.«

»Ach. Musst du das?«

»Warum bist du auf einmal so gereizt? Ich wollte mit dir über den Fall sprechen und …«

»Mit *mir*?«, blaffte Zorn. »*Du* bist es doch, der hier die ganze Zeit quatscht! Und nur mal so zur Info: Ich hab nicht mal die Hälfte verstanden. Wenn überhaupt.«

»Das weiß ich doch«, lächelte Schröder.

»Ach.« Zorn schob das unrasierte Kinn vor. »Der feine Herr hält mich also für blöd!«

»Nicht doch«, wehrte Schröder ab. »Du bist einfach nur … abgelenkt. Das ist auch verständlich, schließlich bist du gerade erst knapp dem sicheren Tode entronnen.«

»Allerdings!«

»Also, noch mal zurück.« Schröder sammelte sich kurz. »Über die Sache mit den Nadeln denke ich später nach, zunächst …«

»Jetzt wird mir einiges klar«, zischte Zorn.

»Wie meinen?«

Schröder sah ihn irritiert an, gleichzeitig etwas ungehalten wegen der neuerlichen Unterbrechung.

»Meine Meinung hat dich noch nie interessiert«, knurrte Zorn. »Noch nie. Ich bin für dich 'ne … Betonwand, an der deine Gedanken abprallen, damit du dir selbst besser zuhören kannst! Echt, das ist … was gibt's da verdammt nochmal zu lachen?«

»Entschuldige, aber …« Schröder schüttelte kichernd den Kopf. »Die Vorstellung, dass ich mit einer Betonwand rede«, ein Glucksen schüttelte seinen rundlichen Körper, »noch dazu mit einer *einarmigen* Betonwand …«

»Jetzt reicht's aber! Nimm mich gefälligst ernst!«

»Aber das tue ich doch.« Schröder tätschelte Zorns Knie.

»Du hast mich jahrelang benutzt!«

»Nicht doch, Chef.«

»Jedes Mal, wenn wir über einen Fall geredet haben, hast du nicht mir, sondern *dir* zugehört!«

»Hm«, überlegte Schröder. »Da ist was dran. Andererseits solltest du deine eigenen Worte nicht vergessen. Erst neulich hast du's wieder zu mir gesagt: Du arbeitest, ich rauche.«

»Wie denn?! Ohne Zigaretten?«

Zorns wütende Stimme hallte über den Innenhof. Irgendwo hinter ihnen wurde ein Fenster geschlossen.

»Das«, erwiderte Schröder gleichmütig, »ist nicht mein Problem. Zu unserer Arbeit gehört das Denken, und diesen Part übernehme ich, deinen Anweisungen folgend. Um das Rauchen musst du dich schon selbst kümmern.«

»Keine Sorge«, knurrte Zorn, »das krieg ich schon hin. Vielleicht solltest *du* langsam anfangen, alleine nachzudenken.«

»Oh, das mache ich, oft sogar. Aber in deiner Gegenwart geht's irgendwie besser. Abgesehen davon«, Schröder senkte tröstend die Stimme, »hast selbst du ab und an einen nützlichen Einfall.«

»Du bist 'n Doofkopp.«

»Dito, Chef. Darf ich jetzt weiter nachdenken?«

Das gestattete Claudius Zorn, allerdings erst, nachdem er unter dem Vordach von einem tätowierten Krankenpfleger eine Zigarette geschnorrt hatte. So saßen sie denn beisammen, und während die Schatten länger wurden, dachte Schröder über

Doktor Silberstein und die Folgen seiner geheim gehaltenen Erkrankung nach. Zorn, vom lange entbehrten Nikotin zu unverhoffter Geistesstärke getrieben, schlug vor, Silbersteins Autopsien noch einmal überprüfen zu lassen, beginnend mit der Frau, deren Leiche kürzlich auf einer Damentoilette im Landgericht aufgefunden worden war. Das, erwiderte Schröder, sei eine hervorragende Idee.

»Wie ich schon sagte.« Er klopfte Zorn anerkennend auf die Schulter. »Auch du hast manchmal einen nützlichen Einfall, Chef. Wir haben allerdings ein kleines Problem.«

Nun, *klein* war das Problem nicht. *Unlösbar* traf es wohl besser, wenn man bedachte, dass die bedauernswerte Frau im gelben Kleid drei Tage zuvor eingeäschert worden war.

FÜNFTER TEIL

Der Mann im zerknitterten Anzug

Siebenunddreißig

Rügen, Januar 2011.

Der Mann, der Hannah abholt, heißt Karim. Er ist nur ein paar Jahre älter als sie (so kommt es ihr jedenfalls vor), doch er muss volljährig sein, sonst dürfte er die dunkle Limousine nicht fahren. Als er fragt, ob sie lieber vorn oder hinten sitzen wolle, antwortet Hannah nicht (es ist ihr egal), also öffnet er höflich die Hintertür. Beim Einsteigen sieht sie, wie sich die anderen Mädchen kichernd die Nasen an den Fenstern platt drücken. Hannah weiß, wie sie jetzt tuscheln werden, sie sind neidisch, auf das glänzende Auto und auf diesen Typen, den sie garantiert *schnuckelig* finden (was nicht ganz unrichtig ist, in seinem dunklen Anzug sieht er ein bisschen aus wie Keanu Reeves in den *Matrix*-Filmen).

Der Wagen rollt vom Hof. Die Heimleiterin steht am Tor und winkt Hannah zu. Der Mann, den Hannah besuchen wird, ist ein wichtiger Unterstützer des Heims, hat sie ihr vorhin erklärt. Natürlich könne Hannah die Einladung ablehnen, doch seine Motive seien über jeden Zweifel erhaben.

Hannah hat achselzuckend zugestimmt.

Die anderen halten sie für verrückt. Das war schon so, als sie vor zehn Jahren ins Kinderheim gekommen ist. Da war sie vier, jetzt, mit vierzehn, hat sich nichts daran geändert. Sie lacht nicht. Weint nicht. Schreit nicht. Am liebsten ist sie allein. Die Mädchen in ihrem Alter gehen ihr aus dem Weg. Das ist gut. Ihr Getuschel, das alberne Gekicher, die sinnlosen Gespräche, all das geht Hannah auf die Nerven. Die anderen lachen Hannah aus, weil sie aussieht wie ein mageres, zerrupftes Huhn, kaum Brüste hat und sich nie schminkt, doch auch das interessiert sie nicht.

Sie fahren über einen holprigen Schotterweg, links und rechts gefrorene Äcker. Im Sommer blüht hier der Raps. Hannah mag die endlosen gelb wogenden Felder, den weiten Himmel. Was sie nicht mag, sind die Touristen, die dann über die Insel strömen. Doch jetzt herrscht hier Leere, nicht einmal ein Traktor ist zu sehen. Nur riesige Krähenschwärme und ein paar Möwen, die sich über die Dünen ins kahle Hinterland verirrt haben.

Der junge Mann (er heißt Karim, erinnert sich Hannah) redet nicht viel; auch das gefällt ihr. Er sagt, dass die Fahrt ungefähr zwei Stunden dauere und dass Hannah sich melden solle, wenn sie etwas brauche.

Die Limousine biegt auf eine Landstraße ein. Uralte Alleebäume säumen den Weg, die Kronen verzweigen sich über der Fahrbahn zu einem Tunnel. Kleine Dörfer ziehen an den getönten Scheiben vorbei, Kühe weiden auf den Wiesen. Sie überqueren die Brücke zum Festland, Karim hält auf einem Parkplatz, fragt, ob Hannah ebenfalls auf die Toilette müsse. Dass sie auch jetzt nicht reagiert, scheint ihn nicht zu stören. Als sie weiterfahren, fragt er, ob Hannah Musik hören wolle. Er wertet ihr Schweigen als Zustimmung und legt eine CD der *Black Eyed Peas* ein. Hannah mag die Band.

Sie erreichen Heiligendamm, und als sie von der Strandpromenade abbiegen und auf einem kiesbedeckten Parkplatz halten, scheint es, als folge die Fahrt einer Inszenierung, denn im selben Augenblick, in dem Karim den Motor ausschaltet, ist die CD zu Ende.

Du musst dir keine Sorgen machen, lächelt Karim (nun, das ist sowieso nicht der Fall). Sie stehen vor einem beeindruckenden, klassizistischen Hotelkomplex. Hannah kneift die Augen zusammen, geblendet von der Wintersonne, die von den strahlend weißen Fassaden reflektiert wird. Karim führt sie zum Eingang, legt einen Arm um ihre Schultern und als Hannah sich versteift, spürt er sofort, dass ihr die Berührung unangenehm ist und geht auf Distanz. Sie betreten das blitzende Foyer, livrierte Diener laufen umher, weiß gekleidete Kellner. Karim führt sie zum Aufzug, sie fahren nach oben, laufen über dicke, flauschige Teppiche. Dann klopft Karim an eine zweiflügelige Tür und sagt, dass er Hannah jetzt allein lasse.

»Du musst keine Angst haben.«

Angst?

Nun, die hat Hannah nicht.

Sie weiß nicht einmal, was das ist.

*

»Wir haben uns schon mal gesehen«, sagt der Mann im Rollstuhl. »Aber wahrscheinlich wirst du dich nicht an mich erinnern.«

Doch, das tut Hannah. Es war vor zwei Wochen, am vierten Advent. Die Heimleitung hat einen Weihnachtsempfang für die Unterstützer gegeben, um neue Spenden zu sammeln. Selbstgebackene Kekse wurden verteilt, die Kinder haben ein Programm aufgeführt. Die Kleinen rezitierten Gedichte, Weihnachtslieder wurden gesungen. Die Älteren führten einen Tanz auf, auch Hannah hat auf die kleine Bühne gemusst. Reglos hat sie unter dem großen Weihnachtsbaum gestanden, während die anderen albern umhergehopst sind. Alle haben gewusst, dass Hannah sich nicht beteiligen würde (das tat sie nie), doch ihre Erzieherin hat darauf bestanden, dass sie mit auf die Bühne ging. Auch das Ballettkleid musste sie anziehen. Rosafarbener Tüll. Furchtbar. Alle haben gesehen, dass sie keinen Busen hat.

Und ihre Narben, die haben auch alle gesehen. Das war schlimmer.

Später hat die Heimleiterin eine Rede gehalten. Der Bürgermeister des Nachbardorfes war unter den Gästen und ein Dutzend weitere, darunter der Mann im Rollstuhl.

»Ich hoffe, der ganze Protz schüchtert dich nicht allzu sehr ein.« Der Mann im Rollstuhl deutet auf die weißen Möbel, den Marmorkamin, die Blumensträuße in den hohen Porzellanvasen. »Ich hätte dich gern in einem meiner Häuser getroffen, aber ich musste kurzfristig herkommen. Wir haben das Hotel vor ein paar Wochen übernommen, es gibt ein paar Dinge, die ich klären muss.«

Es klingt nicht, als wolle er sich damit brüsten.

»Ich bin Natan. Natan Reyer.«

Das weiß Hannah. Auf dem Fest hat ihm die Heimleiterin persönlich gedankt, sogar einen Blumenstrauß hat sie ihm überreicht, schließlich zählt die Stiftung seiner Familie zu den wichtigsten Wohltätern des Heims.

»Schön, dich kennenzulernen, Hannah.«

Sie ignoriert die Hand, die ihr entgegengestreckt wird. Die Narbe auf dem Handgelenk entgeht ihr nicht, ebenso wie die, die sich in einem Bogen vom linken Ohr über die Wange bis zum Hals zieht und im Jackettkragen verschwindet.

»Darf ich dich was fragen?« Natan Reyer lässt die Hand wieder sinken. Hannahs Unhöflichkeit scheint ihn nicht zu verletzen. »Auf dem Fest, da haben alle Kinder getanzt und gesungen. Nur du nicht. Warum?«

»Ich tanze nicht. Ich singe nicht.«

Der Mann im Rollstuhl lächelt. Er fragt, ob Hannah etwas trinken oder essen wolle. Sie schüttelt den Kopf.

»Du möchtest bestimmt wissen, warum ich dich hergebeten habe. Nun.« Natan Reyer verschränkt die Finger über der Decke, die auf seinen Schoß gebreitet ist. »Ich will dich fragen, ob du bei mir leben willst.« Mit der Heimleitung, fährt er fort, habe er schon gesprochen, die Formalien seien kein Problem, und um die bürokratischen Hürden würden sich seine Anwälte kümmern. »Vorausgesetzt, du willigst ein, Hannah.«

Sie antwortet nicht.

»Das Haus ist ein paar Kilometer entfernt, etwas abseits, direkt an der Düne. Du hättest ein eigenes Zimmer.«

Gut.

»Wenn du aus dem Fenster schaust, siehst du das Meer.«

Auch gut.

Hannah mag die Ostsee. Das Kinderheim steht am Rand eines Kiefernwäldchens, von dort sind es nur hundert Meter bis zum Strand. Der Bau ist ein wenig heruntergekommen, ein ehemaliges FDGB-Hotel, doch das stört Hannah nicht. *Was* sie stört ist die Tatsache, dass sie ihr Zimmer mit fünf anderen Mädchen teilen muss.

»Bisher war ich viel unterwegs«, fährt Natan Reyer fort. »Aber ich werde mich aus den Familiengeschäften zurückziehen. Ich wäre also immer für dich da. Karim natürlich ebenfalls, und wenn du deine Freunde besuchen willst, kannst du das jederzeit tun.«

Freunde?

Die hat Hannah nicht.

»Ich könnte dir jetzt erzählen, dass ich in der Lage bin, dir jeden Wunsch zu erfüllen. Aber ich glaube, dass materielle Dinge dich nicht im Geringsten interessieren.«

Stimmt.

»Mir ist bewusst, dass du dich jetzt überrumpelt fühlst. Aber glaub mir, meine Absichten sind«, Natan Reyer sieht lächelnd zu ihr auf, »absolut ehrenhaft, wenn du die geschwollene Ausdrucksweise verzeihst. Du kennst mich nicht, also denk in Ruhe über mein Angebot nach. Lass dir Zeit, und wenn du dich entschieden hast, reden wir weiter.«

Nachdenken?

Nicht nötig.

»Okay«, sagt Hannah.

Mehr nicht.

Achtunddreißig

»Tja«, sagte Zorn. »Da sind wir also.«

Frieda gab ihm einen Kuss. »Willkommen zu Hause.«

Er schob die Wohnungstür mit der Schulter hinter sich ins Schloss, ließ die schwere Reisetasche neben dem Garderobenständer auf den Boden fallen. Als sie aus dem Taxi stiegen, hatte Frieda die Tasche tragen wollen, Zorn hatte sie selbst genommen mit der Bemerkung, dass er seine Klamotten allein schleppen könne, eine Hand habe er ja noch übrig.

»Riecht gut.« Er schnupperte.

»Ich hab gekocht«, sagte Frieda. »Gulasch.«

Er streifte die Jacke ab, ging ins Wohnzimmer. »Und aufgeräumt hast du auch.«

»Waren ja nur noch ein paar Kisten.«

Frieda hatte ein paar Bilder aufgehängt. Die Decke auf dem Sofa war neu. Auf dem Couchtisch stand ein Blumenstrauß, daneben lag ein aufgeklapptes Taschenbuch. Ansonsten hatte sich nichts verändert. Und doch war alles … anders. Fremd. Wie lange war er weggewesen? Anderthalb Wochen? Zwei? Länger nicht, und doch kam Zorn sich vor wie ein Besucher. Nein, wie ein Eindringling.

»Was stehen wir hier eigentlich rum?« Friedas Lachen klang verlegen. »Setz dich doch.«

Das tat Zorn.

»Willst du ’n Bier?«

»O ja.«

Sie verschwand in der Küche.

Komisch, dachte Zorn. Das ist also mein Zuhause.

Ist es das? Mein *Zuhause*?

*

»Ist ein bisschen verbrannt«, entschuldigte sich Frieda.

Sie saßen beim Essen. Die weiße Decke, die Frieda über den Tisch gebreitet hatte, kannte Zorn noch nicht.

»Nee«, log er mit vollem Mund. »Schmeckt super, wirklich.«

»Den Kartoffelbrei«, sagte Frieda kauend, »hab ich nach einem Rezept von Schröder gemacht. Er tut immer ein paar Möhren dazu, und mindestens ein halbes Stück Butter.«

Salz, schoss es Zorn durch den Kopf, gehört bestimmt auch dazu. Aber er hütete sich, es auszusprechen. Frieda war eine phantastische Frau. Klug. Witzig. Wunderschön. Kochen konnte sie nicht. Das war nicht wichtig. Selbst, *wenn* es wichtig gewesen wäre, gab es ja noch Schröder.

Frieda schob mit dem Messer ein paar Bohnen auf die Gabel. Für Zorn hatte sie nur eine Gabel auf den Tisch gelegt. Ach, dachte er, sie ist *wirklich* klug. Und vorausschauend. Was soll jemand wie ich mit einem Messer?

Sie hob ihr Weinglas. »Auf dich.«

Er nahm sein Bier. »Auf uns.«

Sie stießen an.

»Ich bin froh, dass du wieder hier bist, Claudius.«

»Ich auch.« Er lächelte.

Ein Glück, dachte er und schob die Gabel in den Mund, dass sie kein Steak gebraten hat. Wie, verdammt nochmal, isst ein Einarmiger ein Steak? Ich muss im Internet gucken, auf YouTube gibt es bestimmt ein … wie nennt man das? Tutorial?

»Morgen ist prozessfreier Tag«, sagte Frieda. »Ich bleib zu Hause, wir können's uns gemütlich machen.«

»Gute Idee«, nickte Zorn. »Aber ich muss ins Büro.«

»Wirklich? Ich dachte, du wärst krankgeschrieben.«

»Schröder braucht mich.« Zorn ging nicht darauf ein. »Ich muss ihm helfen.«

»Wobei?«

»Beim Nachdenken. Das geht besser, wenn ich dabei bin. Ich muss also nur rumsitzen. Ob ich das hier oder im Büro mache, ist eigentlich egal.«

Das, fand Frieda, war eine durchaus einleuchtende Erklärung.

*

Er stand rauchend auf dem Balkon, versuchte, das Pochen im Arm zu ignorieren. Von unten drang das Plätschern des Flusses herauf. Die Nacht war hereingebrochen, Laternenlicht tanzte auf den schlammigen Fluten. Es roch nach Algen und feuchtem Holz. Mücken schwirrten umher. Weit hinter den Baumwipfeln am anderen Ufer ragten die wuchtigen Umrisse der maroden Wohntürme in die Dunkelheit.

Er beugte sich über das Geländer, rückte die Brille auf der Nase zurecht und suchte die Fassaden nach seiner früheren Wohnung ab. Fand sie und stellte fest, dass die Fenster erleuchtet waren. Sein Magen verkrampfte sich, denn nun, wurde ihm klar, lebte jemand anderes dort oben, dort, wo er … nun ja, nicht unbedingt glücklich, aber zufrieden gewesen war. Es war albern, irrational, doch der Gedanke versetzte ihm einen Stich, jetzt gab es definitiv kein Zurück mehr, die Sache war endgültig, er …

»Alles okay?«

Frieda war hinter ihn getreten, ihre Arme schlangen sich um seinen Bauch.

»Ja.« Er seufzte. »Ich … ich muss mich noch ein bisschen dran gewöhnen.«

»Ich auch.« Ihr Atem kitzelte in seinem Nacken. »Wir kriegen das hin.«

»Klar.«

Eine Weile sahen sie schweigend in die Nacht. Frieda schmiegte sich an ihn, Zorn betrachtete die in der Ferne flimmernden Lichter, hinter denen er früher sein Leben verbracht hatte und spürte, wie etwas von ihm abfiel. Nein, das war vorbei. Endgültig. Sicherlich, es würde Tage geben, an denen er etwas vermissen würde, die Ruhe, die … *Einsamkeit*, doch so, wie es war, war es gut. Er war hier. *Hier* war sein Zuhause. Bei Frieda.

»Claudius?«

»Hm?«

»Lass uns ins Bett gehen.«

»Okay.«

»Das mit deiner Hand«, murmelte sie, »ist schlimm. Aber es gibt Schlimmeres. Ich liebe dich, solange du«, ihre Finger strichen über seinen Gürtel, »immer noch funktionierst.«

»Wie … wie meinst du das?«

»Untenrum.«

»Ich, äh …«

Claudius Zorn, verklemmt, wie er nun einmal war, errötete. Das Blut schoss ihm ins Gesicht. Nicht nur dorthin, musste er irritiert feststellen, während Friedas Hände sacht über die Wölbung unter seinem Hosenstall glitten.

»Das …«, er räusperte sich, »das ist unfair. Ich lasse mich nicht auf …«

»Ja?«

»… auf, äh, das Sexuelle reduzieren.«

»Natürlich nicht.« Sie knabberte an seinem Ohr.

»Ich … ich habe andere Qualitäten.«

»Sicher doch.«

»Es geht auch … um innere Werte. Ich als Mann habe das Recht …«

»Willst du hier eigentlich die ganze Nacht rumquatschen?«

Das wollte Claudius Zorn natürlich nicht. Sie gingen zu Bett, und obwohl sie kaum redeten (jedenfalls nicht viel), dauerte es bis weit nach Mitternacht, bis sie endlich einschliefen.

Neununddreißig

Schröder kam ins Büro, stutzte kurz, nahm den Fahrradhelm ab und öffnete den Reißverschluss seiner Windjacke.

»Guten Morgen«, sagte er, hängte die Jacke an die Garderobe und nahm hinter dem Schreibtisch Platz.

Zorn, dessen Oberkörper hinter einer Zeitung verborgen war, antwortete nicht.

»Ich dachte, du wärst noch krankgeschrieben«, stellte Schröder beiläufig fest, nahm sein Handy und tippte eine Nachricht ein.

»Bin privat hier«, erscholl Zorns Stimme hinter der Zeitung.

»Aha.«

Schröders Handy vibrierte, er las die Antwort, öffnete eine Schublade und holte sein Notizbuch hervor. Schloss die Schublade, öffnete eine andere und legte eine Akte daneben. Schob das Notizbuch nach links, die Akte nach rechts, nahm einen Bleistift aus der Dose mit seinen Schreibgeräten und legte ihn in die Mitte.

Eine halbe Minute verging.

»Du kannst jetzt anfangen«, teilte Zorn mit, noch immer hinter der Zeitung verborgen.

»Womit?«

»Nachdenken.«

Schröder zupfte eine Fussel vom karierten Hemdsärmel. »Natürlich.«

Zorn ließ die Zeitung sinken, blätterte um, faltete sie auf (was einen Moment dauerte, da er nur eine Hand benutzen konnte) und hob sie seelenruhig wieder vor sein Gesicht.

»Seit wann«, fragte Schröder, »liest du den Sportteil?«

»Geht dich nix an«, beschied Zorn knapp. »Ich lese, du denkst. *Was* ich lese, kann dir egal sein.«

Eine weitere Minute verging.

»Ich weiß, warum du hier bist«, sagte Schröder leise.

Keine Antwort.

»Wir wissen, dass es einen Mord gegeben hat. Du tust immer so, als wär dir die Arbeit egal, aber zu Hause fällt dir die Decke auf den Kopf. Du willst den Mörder fangen.«

»Du sollst nachdenken, Schröder.« Zorns Stimme klang gelangweilt. »Und kein dummes Zeug labern.«

»Gib's ruhig zu, Chef.«

»Was?«

»Du bist ein guter Polizist.«

Langsam, ganz langsam, ließ Zorn die Zeitung sinken.

»Bullshit.«

»Ich weiß, die Erkenntnis ist furchtbar für dich, aber …«

»Bullshit!«

»*Kein Bullshit!*«

»Doch, Mister Superhirn, du redest Bullshit! *Riesengroßen* Bullshit!«

Sie beugten sich kampfeslustig vor.

»Ich kann's dir beweisen.« Zorn senkte triumphierend die Stimme. »Ich hab nämlich gar nicht den Sportteil gelesen, sondern den«, er klopfte mit der verbliebenen Hand auf die Zeitung, ließ eine bedeutungsvolle Pause verstreichen, »*Lokalteil*!«

»Ach.« Schröder sank in die Lehne. »Und was steht drin?«

Der Sprungturm im Nordbad, sagte Zorn, müsse dringend saniert werden. Dazu fehle das Geld, weshalb eine Bürgerinitiative gegründet worden sei, um Spenden zu sammeln. »Und der Bürgermeister«, erklärte er mit wichtiger Miene, »hat seine volle Unterstützung zugesagt.«

»Tatsächlich? Hat er das?«

»Hat er.«

Sie diskutierten noch eine Weile, bis Schröder schließlich feststellte, dass es an der Zeit sei, sich wieder der Arbeit zu widmen. Da Zorns Lektüre nun beendet sei, fügte er vorsichtig hinzu, habe dieser ja nichts mehr zu tun, und so wäre es womöglich denkbar, gemeinsam über den Mörder nachzudenken.

»Na gut«, brummte Zorn. »Aber nur kurz.«

*

»Hier sind sämtliche Obduktionen, die Silberstein in den letzten zwölf Monaten persönlich vorgenommen hat.« Schröder hievte einen Aktenordner auf den Schreibtisch. »Die meisten dürften kein Problem darstellen, die Todesursachen bestätigen die Ermittlungsergebnisse. Er hat ja nicht vorsätzlich gehandelt, es geht nur um die Fälle, bei denen er etwas übersehen haben könnte und ein Gewaltverbrechen ausgeschlossen hat.«

»Wie viele sind das?«, fragte Zorn.

»Vier. Darunter ein ertrunkener Hobbyangler, laut Silberstein ein Badeunfall. Außerdem eine junge Frau, die vor zwei Monaten von einer Straßenbahn erfasst wurde, und ein zwölfjähriger Junge, der im Frühjahr beim Klettern von den Felsen an der Flusspromenade gestürzt ist. Ebenfalls Unfälle. Ich habe mir die Akten angesehen und sehe nichts, was dagegen spricht.«

»Aber es wäre denkbar, dass Silberstein etwas übersehen hat.«

»*Sí, Señor.*«

»Zum Beispiel«, Zorn griff sich in den Nacken, »winzige Einstiche.«

Schröder nickte seufzend.

»Was bedeuten würde«, fuhr Zorn fort, »dass wir's mit 'nem Serienmörder zu tun haben.«

»*Hätten*«, korrigierte Schröder. »Ich halte das für eine äußerst hypothetische und ziemlich weit hergeholte Vermutung.«

»Die wir aber nicht außer Acht lassen dürfen, Schröder.«

»Trotzdem dürfen wir uns nicht …«

»… verzetteln.«

»Genau.«

»Wir konzentrieren uns vorerst auf den Mörder von Ferdinand Stoltz.«

»Und wenn wir ihn haben«, sagte Zorn, »fragen wir ihn einfach, ob er die anderen auch umgebracht hat.«

»Guter Plan.«

»Und der vierte Fall«, Zorn deutete über den Schreibtisch auf den Ordner, »ist die Tote im Landgericht?«

»*Yes.*«

»Die eingeäschert wurde.«

»*Yes.*«

»In einem Haufen Asche lässt sich wohl kaum ein übersehener Einstich feststellen.«

»Das«, stimmte Schröder zu, »dürfte schwer möglich sein.«

»Was wäre, wenn Silberstein etwas anderes übersehen hätte?«

»Zum Beispiel?«

»Gift?«

»Hm«, brummte Schröder.

»Was heißt das? *Hm*?«

»Das heißt, dass die Frage nicht unberechtigt ist. Schließlich war die Frau Zeugin in einem Prozess, und die Tatsache, dass sie kurz vor ihrer Aussage gestorben ist …«

»Auf einer Toilette.«

»… ist zumindest … skurril.« Schröder nahm seinen Bleistift, drehte ihn zwischen den Fingern. »Vielleicht sollte man tatsächlich eine Exhumierung in Erwägung ziehen.«

Sie schwiegen eine Weile.

Schröder deutete zum Wasserkocher auf dem Fensterbrett und fragte, ob er einen Tee machen solle, was Zorn mit der Bemerkung quittierte, Schröder könne sich seinen *fermentierten Mist* in die nicht mehr vorhandenen Haare schmieren.

Schröder stieß pikiert die Luft aus und schickte sich an, den Ordner im Regal zu verstauen, doch Zorn hielt ihn zurück.

»Vier Fälle, sagst du?«

»So sagte ich.«

»Laut Silberstein natürliche Todesursachen?«

»Allerdings.« Schröder runzelte die Stirn. »Worauf willst du hinaus?«

»Was ist mit Selbstmord?«

Schröder stutzte. »Du meinst …«

»… Pia Stoltz«, nickte Zorn. »Womöglich«, er griff sich in den Nacken, »hatte sie ebenfalls einen Einstich.«

»Scheiße«, murmelte Schröder.

»Ich muss doch sehr bitten.«

»Da … da hab ich noch gar nicht drüber nachgedacht.«

»Willst du?« Zorn deutete auf seine Zeitung. »Ich lese solange ein bisschen.«

Schröder stand auf, ging zum Regal. Sein Blick wanderte über die aufgereihten Ordner, er fand den richtigen, schlug ihn auf und blätterte eine Weile vor und zurück. »Pia Stoltz ist vorgestern beerdigt worden.«

»Urne?«

»Erdbegräbnis.«

Schröder schloss den Ordner, schob ihn zurück.

»Es gab keinerlei Hinweise auf eine zweite Person«, murmelte er. »Das bedeutet nicht, dass sie allein im Schimpansenhaus war.«

»Sie hat einen Abschiedsbrief geschrieben.«

»Trotzdem, wir müssen sichergehen.« Schröder nahm wieder Platz. »Ich habe Silberstein versprochen, Rücksicht zu nehmen. Aber das geht nicht. Die Leiche muss noch einmal untersucht werden. Am besten«, er griff zum Festnetztelefon, »ich kümmere mich gleich drum.«

»Das ist deine Entscheidung«, sagte Zorn. »*Du* bist hier der Chef.«

»Ach!« Schröder hob den Kopf.

»Ich bin krank.« Zorn hievte die Füße auf den Schreibtisch. »Wenn ich gesundgeschrieben werde, hab ich erst mal Innendienst, und ich kann mir nicht vorstellen, dass ich in dieser Zeit mit der Leitung dieser Abteilung betraut werde.«

»Ich habe keine Lust«, sagte Schröder, den Telefonhörer am Ohr, »über diesen Unsinn zu diskutieren.«

»Das solltest du aber. Vielleicht bleib ich ja bis zur Pensionierung im Innendienst, und das würde bedeuten, dass *du* für den Rest deines Lebens den Chef geben müsstest und …«

»Das«, Schröder knallte den Hörer auf die Gabel, »ist noch lange nicht entschieden!«

»Abwarten«, grinste Zorn. »Und jetzt ruf an, du musst eine Exhumierung beantragen.« Pause. »*Chef.*«

Schröder funkelte ihn wütend an, griff wieder zum Telefon.

»Finde dich damit ab«, stichelte Zorn weiter. »Du wirst in den sauren Apfel beißen müssen.«

»Oder du!«

»Unwahrscheinlich.« Zorns Grinsen wurde breiter. »Ich hasse Obst.«

Vierzig

Mecklenburg, Juli 2001.

Sie steht im Flur. Aus der Küche dringt die Stimme des Mannes, den sie Papa nennt. Er ist wütend. Die Frau, die Hannahs Mama ist, sitzt schweigend am Tisch, während er aufgeregt umherläuft.

Der Mann sagt, dass er es nicht mehr aushalte. Dass er alles versucht habe, aber keine Kraft mehr habe. Dass er Hannah *wie sein eigenes Kind angenommen* habe, aber irgendwann, sagt er, gehe es einfach nicht mehr.

Sie macht mir Angst, sagt er. *Und du, du machst mir ebenfalls Angst.*

Seine Stimme bricht. Er weint.

Hannah geht in ihr Zimmer. Die Sonne scheint schräg durch die winzigen Fenster. Auf der Dorfstraße knattert ein Moped vorbei. Ihr Malzeug liegt auf dem Schreibtisch. Sie schlägt den Block auf, nimmt einen Buntstift aus der Packung. Es ist der schwarze. Der einzige, den sie benutzt.

Die Stimme des Mannes dringt aus der Küche.

Ich halte es nicht mehr aus.

Hannah malt.

Bitte, rede mit mir!

Das tut die Frau, die Hannahs Mama ist, nie. Mit dem Mann, den Hannah Papa nennt, kommuniziert sie nur über Zettel. Früher, erinnert sich Hannah dunkel, war das anders. Damals hat sie auch mit Hannah noch gesprochen, nicht oft, aber manchmal. Und gesungen hat sie, wenn sie Hannah ins Bett gebracht hat. Traurige Lieder. Sie hat eine schöne Stimme. *Hatte* eine schöne Stimme, denn jetzt ist sie stumm. Aber traurig ist sie immer noch, das sieht man an ihrem Gesicht. Ein bisschen erinnert sie an ein Gespenst, aber Angst hat Hannah nicht vor ihr. Hannah fürchtet sich vor niemandem.

Sie kennt dieses Gefühl nicht.

Der Stift kratzt über das Papier. Im Kindergarten malen die anderen Sonnen und Blumen, Wolken und krakelige Gesichter. Hannah malt nichts davon. Sie benutzt nur eine Farbe. Schwarz. Und sie hört erst auf, wenn das gesamte Blatt schwarz ist. Vollständig. Kein Weiß. Keine anderen Farben. Nur schwarz. Hannah hat viele solcher Bilder gemalt. Sehr viele.

Bitte!, fleht der Mann in der Küche. *REDE MIT MIR!*

Die Spitze des Stifts bricht ab. Hannah nimmt einen neuen. Sie hat viele schwarze Stifte. Vorsichtig prüft sie die Spitze mit der Fingerkuppe. Mustert den Abdruck auf der Haut.

Etwas stimmt nicht mit ihr!, ruft der Mann. *Verstehst du nicht?*

Hannah betrachtet ihre Hand. Die blauen Linien unter der Haut sind Adern, hat die Erzieherin im Kindergarten gesagt. Da drin ist Blut. Es fließt durch deinen ganzen Körper.

SIE MACHT MIR ANGST!

Hannah bewegt die Finger. Die Haut spannt sich über den

Sehnen, den zuckenden Muskeln. Sie nimmt den Stift, setzt die Spitze auf den Handrücken.

IHR BEIDE MACHT MIR ANGST!

Zunächst passiert nichts. Nur die Haut dellt sich nach innen. Hannah verstärkt den Druck. Aus der Küche ist ein Scheppern zu hören, als habe jemand einen Teller an die Wand geworfen.

REDE MIT MIR, VERDAMMT!

Hannah beugt sich über den Stift. Die Delle füllt sich mit Blut. Ihre Zungenspitze erscheint zwischen den zusammengepressten Lippen. Die Spitze bohrt sich in die Haut. Blut läuft über den Handrücken.

In der Küche fällt etwas polternd zu Boden. Hannah steht auf, die Hand liegt flach vor ihr auf dem Tisch. Sie beugt sich keuchend über den Stift, hilft mit ihrem Gewicht nach. Das ist nicht viel, Hannah ist ein mageres, knapp vierjähriges Kind, doch es reicht aus, den Stift immer tiefer in den Handrücken zu treiben.

Ein Knirschen, gefolgt von einem trockenen Knacken. Leise nur, als würde ein dünner Zweig brechen. Ein pulsierender Strom schießt aus der Wunde. Die Hand liegt in einer Blutlache. Nebenan ruft der Mann, den Hannah Papa nennt, dass er nicht mehr könne.

IHR SEID VERRÜCKT! KRANK! ALLE BEIDE!

Hannah beißt sich auf die Unterlippe. Drückt mit aller Kraft. Etwas zerreißt, der Widerstand lässt nach. Der Stift bohrt sich tiefer in den Handrücken.

Draußen Schritte im Flur.

Wenn du jetzt gehst, sagt der Mann, den Hannah Papa nennt, *brauchst du nicht wiederzukommen!*

Die Haustür wird geöffnet. Wieder zugeschlagen.

Der schwarze Stift steckt halb im Handrücken. Langsam dreht Hannah die durchbohrte Hand und sieht die andere

Hälfte aus der Innenseite der Handfläche ragen. Die Spitze ist abgebrochen, dunkel vom Blut, das ihren Unterarm färbt und vom Ellbogen zu Boden tropft. Fasziniert bewegt Hannah die Finger und beobachtet, wie der Stift den Bewegungen folgt.

Ein Quietschen dringt durch das halb geöffnete Fenster. Eine junge Frau öffnet das rostige Gartentor und verschwindet hinter der Hecke, die das kleine Grundstück von der Dorfstraße abgrenzt.

»Mama«, murmelt Hannah. »Mama.«

Sie wird ihre Mutter nie wiedersehen.

Hannah hebt die durchbohrte Hand, winkt ihr nach. Sie hört ein ersticktes Keuchen. Als sie sich umdreht, steht der Mann, den sie Papa nennt, im Zimmer. Aschfahl, mit flackernden Augen starrt er sie an.

Komm, sagt er dann. *Wir müssen die Blutung stoppen.*

Der Mann, den Hannah Papa nennt, ist Rettungssanitäter. Er kümmert sich um die Wunde, und auch um Hannah kümmert er sich in den nächsten Wochen. Zu ihrem vierten Geburtstag schenkt er ihr sogar ein Fahrrad, und nach dem Unfall besucht er sie noch ein paarmal im Krankenhaus. Dann verschwindet er aus ihrem Leben, wie ihre Mutter, ohne Abschied zu nehmen.

Anderthalb Monate später wird Hannah aus dem Krankenhaus entlassen, eine freundliche Dame vom Jugendamt fährt mit ihr an die Ostsee, und als Hannah das Kinderheim zum ersten Mal betritt, sind beide – die Frau, die ihre Mama war, und der Mann, den sie Papa nannte – nur noch verblassende Erinnerungen.

Einundvierzig

Hendryk lauschte in die Stille. Das Geräusch, das ihn geweckt hatte (wenn es denn überhaupt eines gewesen war), war verklungen. Hannah lag neben ihm, ihr Atem ging tief und gleichmäßig. Er setzte sich auf, ging auf Zehenspitzen zum Fenster. Etwas Laternenlicht drang herauf, oben wölbte sich die Nacht. Laken raschelten, Hannah bewegte sich hinter ihm.

In den vergangenen Tagen hatte sie nicht erkennen lassen, ob ihr die erste Nacht mit Hendryk etwas bedeutete. Im Dienst war sie kühl und distanziert wie immer gewesen, er selbst hatte nicht gewagt, sie darauf anzusprechen. Am gestrigen Nachmittag dann hatte sie ihn kurz vor Dienstschluss wie nebenbei gefragt, ob er abends schon etwas vorhabe, was Hendryk – vergebens bemüht, ebenso beiläufig zu klingen – natürlich verneint hatte, worauf Hannah ihn zu einem Glas Wein eingeladen hatte. Um acht, bei ihr in der Wohnung.

Und da war er nun. Zum zweiten Mal. Noch immer bis über beide Ohren verliebt. Und ratlos wie zuvor.

Er ging ins Bad. Pinkelte. Wusch die Hände und beugte sich über den Wasserhahn, um zu trinken. Er stieß sich die Stirn am Spiegelschrank, die linke Tür öffnete sich, ein Teil des Inhalts purzelte heraus. Lautlos verfluchte er seine Ungeschicklichkeit, klaubte eine silberne Haarspange, eine Schachtel Tampons und eine eingeschweißte Zahnbürste aus dem Waschbecken, verstaute sie wieder im Schrank. Sein Blick fiel auf eine blau-weiß gestreifte Metalldose, er betrachtete den roten *Fisherman's Friend*-Schriftzug, zögerte. Öffnete die Dose. Ein schmaler goldener Ring fiel in seine geöffnete Hand. Neugierig besah er sich die Gravur auf der Innenseite: *IM*

HERZEN EINS, stand dort, außerdem die Initialen *FS* und *PS*.

Ein Ehering. Vielleicht auch ein Verlobungsring. Ein Andenken an eine frühere Beziehung? Nein, dazu passten die Initialen nicht, womöglich …

Zum weiteren Nachdenken kam Hendryk nicht, er spürte eine Bewegung im Rücken, wirbelte herum, hochrot bis über beide Ohren in der furchtbaren Gewissheit, von Hannah ertappt worden zu sein, wie er in ihren Sachen herumwühlte.

»Ach«, murmelte er, »*du* bist es.«

Die Katze stand in der angelehnten Tür, sah aus leuchtenden Augen zu ihm auf.

»Ich kann dich nicht leiden«, erklärte Hendryk flüsternd. Noch immer schlug sein Herz bis zum Hals. »Los, zisch ab.«

Er verstaute den Ring in der Dose, legte beides wieder in den Spiegelschrank. Als er sich umwandte, war die Katze verschwunden, ebenso lautlos, wie sie aufgetaucht war.

Hendryk schlich zurück ins Schlafzimmer, schlüpfte zu Hannah unter die Decke. Hauchte einen Kuss auf ihre Schulter, doch sie reagierte nicht. Lange lag er neben ihr in der Dunkelheit, seine Gedanken kreisten um diese verwirrende junge Frau, und erst, als das erste zarte Rosa den Horizont färbte, schlief er ein.

*

Als er aufwachte, war sie unter der Dusche. Er schlurfte in die Küche, setzte sich an den Tisch. Dort saß er eine Weile und starrte schlaftrunken ins Leere. Irgendwann ging eine Tür und Hannah erschien.

»Kaffee?«

»Klar.«

Die Weingläser vom Vorabend standen noch auf dem Tisch. Sie griff danach, er richtete sich auf, um ihr einen Kuss zu geben, ließ es dann bleiben. Hannah machte nicht den Eindruck, seine Nähe zu suchen. Im Gegensatz zu Hendryk, der mit zerzausten Haaren in T-Shirt und Boxershirts am Tisch saß, hatte sie sich nach dem Duschen angezogen, trug eine hochgeschlossene Bluse und Jeans, roch nach frischer Seife und einem Hauch Parfum. Hendryk fiel ein, dass er sie noch nie nackt gesehen hatte; wenn sie sich liebten, geschah dies in vollständiger Dunkelheit, doch er nahm es als eine ihrer Eigenheiten in Kauf, glücklich, überhaupt in ihrer Nähe sein zu dürfen.

Er sah zur Digitaluhr am Geschirrspüler, es war kurz nach sieben.

»Gehen wir zusammen zur Arbeit?«

»Warum nicht?« Sie stellte die Gläser in die Spüle. »Wir fangen beide um acht an.«

Er hob grinsend die Hände. »Nicht, dass die Kollegen anfangen zu … *tuscheln*.«

Hannah warf ihm einen kurzen Blick zu, öffnete den Wasserhahn. Hendryk war nicht sicher, ob sie verstanden hatte, dass die Bemerkung witzig gemeint war. Wahrscheinlich nicht, überlegte er, während Hannah einen verchromten Wasserkessel auf den Herd stellte. Nein, mit Humor konnte sie wenig anfangen, er konnte sich nicht erinnern, sie jemals lächeln gesehen, geschweige denn ein Lachen von ihr gehört zu haben. Es musste wundervoll klingen, dieses Lachen, aber etwas sagte ihm, dass er es wohl nie erfahren würde.

Er sah zu, wie Hannah einen Hängeschrank öffnete, zwei Porzellanbecher herausholte und Kaffeepulver hineingab.

Ich weiß nichts über sie, überlegte er. Außer, dass sie ungern spricht, nie lacht und vor dem Sex die Vorhänge schließt und das Licht ausmacht. Ich kenne weder ihre Freunde (hat sie überhaupt welche?) noch ihre Verwandtschaft, abgesehen von ihrem Onkel natürlich, von dem ich nur weiß, dass er im Rollstuhl sitzt und eine Menge Kohle hat. Andererseits …

Nun, andererseits verhielt es sich umgekehrt ähnlich.

Hendryk hatte ihr nie von seinen Eltern erzählt. Auch nicht, wie sie gestorben waren. Damals hatte er die Ausbildung abbrechen wollen, auch aus Furcht, die barbarischen Gene seiner Eltern geerbt zu haben. Kommissar Schröder hatte ihn schließlich vom Gegenteil überzeugt, und jetzt, eine lange Zeit später, war Hendryk zumindest sicher, ein normaler, mitfühlender Mensch zu sein.

Der Kessel begann zu brodeln.

Vielleicht, überlegte er, hat sie ähnliches erlebt. Vielleicht reden wir irgendwann darüber. Vielleicht bringt uns das näher. Irgendwann.

»Sag mal …«

Hendryk verstummte. Er hatte vorschlagen wollen, sich am Abend wieder zu treffen, zu einem Kinobesuch vielleicht. Doch das, fiel ihm ein, war keine gute Idee. Er musste Geduld haben. Abwarten und Hannah die Initiative überlassen.

»Ja?«

Sie wandte ihm den Rücken zu, brühte den Kaffee auf.

Hendryk schwieg einen Moment, auf der Suche nach einem anderen, unverfänglichen Gesprächsthema.

Er überlege, sich bei der Mordkommission zu bewerben, sagte er dann. »Kommissar Schröder würde bestimmt ein gutes Wort für mich einlegen. Und für dich auch, wenn du's wolltest.«

Hannah zuckte schweigend die Achseln.

»Das wäre jedenfalls was anderes, als den ganzen Tag im Streifenwagen durch die Gegend zu kurven oder Strafzettel zu verteilen.«

»Zucker?«

»Nee, danke.«

Sie stellte den Kaffee vor Hendryk auf den Tisch, lehnte sich an den Herd, ihren eigenen Becher in der Hand.

»Jeder Tag ist anders.« Er blies in seinen dampfenden Kaffee. »Man weiß nie, was passiert. Erst neulich wieder. Der Mann, der angeblich einen Herzinfarkt hatte. Du weißt schon, der Witwer dieser Tierärztin, die im Schimpansenhaus Selbstmord begangen hat.« Er nippte an seinem Becher, verzog das Gesicht. »Ganz schön heiß«, entschuldigte er sich lächelnd. »Na ja, *kalt* kochen kann man das Wasser ja auch nicht.«

Hannah erwiderte sein Lächeln nicht. Wie immer.

»Was«, fragte sie, »ist mit dem Mann?«

»Alle meinten, es wäre Herzinfarkt«, sagte Hendryk, froh, Hannahs Interesse geweckt zu haben. »Aber das war's nicht. So'n Gerücht macht ja schnell die Runde, also hab ich Kommissar Schröder gefragt. Er hat nicht viel gesagt, darf er ja auch nicht. Aber die ermitteln jetzt. Wegen *Mordes*.«

Hannah stellte ihren Becher auf die Arbeitsplatte, stützte sich mit den Händen seitlich hinter dem Rücken ab. Die Katze erschien in der Küche, lief an ihnen vorbei und verschwand durch die angelehnte Balkontür.

»Krass, oder?«

Hannah nickte stumm, den Blick auf ein Regal mit Küchenutensilien gerichtet, das hinter Hendryk an der Wand hing. Hinter ihrem Rücken war ein Knistern zu hören, ein dünner Rauchfaden stieg auf.

»Jemand muss was übersehen haben«, fuhr Hendryk fort. »Was genau, weiß ich nicht, aber … sag mal«, er schnupperte, »kann es sein, dass hier grad irgendwas anbrennt?«

Hannah wandte sich ruckartig um. Versteifte sich, öffnete hastig den Hahn und ließ Wasser über ihre rechte Hand laufen. Hendryk glaubte, ein Zischen zu hören, während Hannah einen

Lappen nahm und mit der linken Hand die rot glühende Herdplatte abwischte.

»Ein Krümel«, murmelte sie, »ich hab vergessen, das Ding auszuschalten.«

»Eigentlich«, grinste Hendryk, »riecht's lecker. Wie 'n frisch gebratenes Steak.«

»Willst du duschen?« Hannah nickte in Richtung Tür, in der einen Hand den dampfenden Lappen, die andere hinter dem Rücken verborgen. Hendryk folgte ihrem Blick, und so entging ihm, dass der Abdruck auf der noch immer glühenden Herdplatte exakt dem Umriss einer menschlichen Hand entsprach.

»Klar«, sagte er, »gerne.«

»Ich muss noch mal kurz ins Bad.«

Hannah verschwand. Ein paar Minuten später kam sie zurück und erklärte Hendryk, dass er allein losgehen solle.

»Mir geht's nicht so gut.«

»Was ist?«, fragte er besorgt.

»Nichts weiter.«

»Kann ich irgendwas tun? Ich meine …«

»Nein«, unterbrach sie gereizt, »du kannst nichts tun. Ich brauche einfach ein bisschen Ruhe, okay?«

Eine Viertelstunde später verließ Hendryk die kleine Dachwohnung, verwirrt und gefangen in der irrigen Gewissheit, etwas falsch gemacht zu haben. An diesem Tag erschien Hannah nicht auf der Wache, auch am folgenden nicht, und als sie am übernächsten wieder ihren Dienst antrat, legte sie einen Krankenschein wegen vorübergehender Kreislaufbeschwerden vor. Dass ihre rechte Hand bandagiert war, erklärte sie durch ein Missgeschick mit dem Wasserkocher.

Und Hendryk?

Der glaubte ihr.

Ahnungslos, wie er war.

Zweiundvierzig

»Und das ist sicher?«, fragte Zorn.

»Natürlich.« Schröder klopfte auf den Aktendeckel. »Steht schließlich hier drin. Felix Caraman, arbeitslos, laut Silberstein beim Angeln ertrunken. Doch das ist er nicht. Er war schon tot, als er im See abgelegt wurde. Getötet durch einen winzigen Stich in den Nacken.«

»Den der gute Doktor Silberstein übersehen hat.«

Schröder hatte die Obduktionen, die Silberstein in den letzten Monaten durchgeführt hatte, überprüfen lassen. Bei dem Angler, dessen Tod Silberstein als Badeunfall attestiert hatte, war man nach der Exhumierung fündig geworden. Ein Glücksfall, wie Schröder meinte, schließlich war die Leiche bereits stark verwest gewesen.

»Die wussten, wonach sie suchten.« Schröder stand auf, nahm die Gießkanne vom Fensterbrett und widmete sich seinen Topfpflanzen. »Ansonsten hätten sie den Einstich wahrscheinlich übersehen.«

»Dieselbe Stelle?«

»*Yes.* Im Nacken.«

»Zwei Leichen«, brummte Zorn. »Auf dieselbe Weise getötet.«

»Serienmord.«

»Fuck.«

»Na, na, na.«

Schröder beugte sich über eine Begonie, musterte die kümmerlichen Blätter mit fachmännischem Blick und goss etwas Wasser in den Topf.

»Und was«, fragte Zorn, »ist mit der Toten vom Landgericht?«

»*Niente.* Sie haben die Asche im Labor untersucht. Kein Gift.«

»Was nichts zu bedeuten hat. Egal, ob zwei Leichen oder drei, wir …«

»Wer weiß?« Schröder stellte die Kanne ab. »Vielleicht sind's auch vier.«

»Oder mehr. Fakt ist, wir haben 'nen Serienmörder an der Backe. Genauer gesagt«, verbesserte sich Zorn, »*du* hast 'nen Serienmörder an der …«

»Nicht jetzt«, unterbrach Schröder gelangweilt. »Bitte, Chef.«

Es war der erste Tag, an dem Zorn wieder im Dienst war. Im Innendienst, um genau zu sein. Wer von ihnen beiden momentan offiziell als Chef fungierte, war unklar, doch Schröder hatte offensichtlich nicht die geringste Lust, darüber zu diskutieren.

»Das alles«, knurrte Zorn, »haben wir nur diesem Silberstein zu verdanken. Man müsste dem mal ordentlich in den …«

»Der Mann ist genug gestraft.« Schröder nahm einen Lappen, wischte das Fensterbrett ab. »Er hat seinen vorzeitigen Ruhestand beantragt und wird sich für den Rest seines Lebens Vorwürfe machen. Abgesehen davon können wir ihn nicht mehr schützen.«

»Das«, blaffte Zorn, »wäre ja *noch* schöner!«

»Der Fall wird Wellen schlagen. Die Presse wird Silberstein in der Luft zerfetzen.« Schröder klaubte etwas zwischen den Blumentöpfen hervor. »Der Mann tut mir leid.« Er hielt eine tote Fliege zwischen Daumen und Zeigefinger in die Höhe, betrachtete sie mit schiefgelegtem Kopf. »Apropos, was ist eigentlich mit dir?«

»Was soll mit mir sein?«

»Deine Wunde.« Schröder warf die Fliege in den Papierkorb. Wischte die Hand an der Cordhose ab und nahm wieder hinter dem Schreibtisch Platz. »Geht's besser?«

»Geht so.«

Zorn betrachtete seinen Arm. Der Stumpf endete in einer Ledermanschette, die bei der letzten Untersuchung über den Verband gestülpt worden war. An den Anblick, soviel war klar, würde er sich niemals gewöhnen, auch an das Pochen nicht. Wenn er den Arm in die Höhe hielt, wurde es besser, doch dann hatte er das Gefühl, den Stumpf wie eine Trophäe auf einem Präsentierteller vor sich herzutragen, also vermied er es, sooft er konnte. Die Schmerzmittel halfen natürlich, doch die Dosis wurde nach und nach gesenkt, und jetzt, da er nur noch alle sechs Stunden zwei Tabletten nehmen durfte, ließ die Wirkung merklich nach. Die Wunde verheilte gut und die Schmerzen, hatte man ihm versichert, würden bald abklingen; was Zorn inständig hoffte, denn die Tabletten wirkten nur drei, vielleicht vier Stunden, dann setzte das Pochen wieder ein und das enervierende Warten auf die nächste *Fütterung* (wie Zorn es insgeheim bezeichnete) begann von vorn.

»Ich will wissen, wenn's dir schlechter geht«, sagte Schröder. »Und versuch bitte nicht, den harten Hund zu spielen. Das klappt sowieso nicht.«

»Ist das eine Anweisung?«, fragte Zorn gedehnt. *»Chef?«*

Schröders Telefon klingelte. Das Gespräch dauerte nicht lange, und nachdem es beendet war starrte Schröder eine Weile vor sich hin.

»War's wichtig?«, fragte Zorn.

»Das war Kollege Brettschneider.« Schröder öffnete den oberen Hemdknopf. »Ich hatte ihn gebeten, noch einmal nach Zeugen im Fall Ferdinand Stoltz zu suchen.«

»Und?«

»Er hat einen gefunden.«

»Der Gute.«

»Eine junge Armenierin, ihre Familie wohnt schräg gegenüber. Bei der ersten Befragung hat es wohl Probleme mit dem Dolmetscher gegeben, ihre Aussage wurde falsch übersetzt.«

Zorn schob die Brille auf der Nase zurecht. »Und?«

»Die junge Frau hat beobachtet, wie jemand das Haus verlassen hat. Der Zeitpunkt passt, es dürfte kurz nach dem Tod von Ferdinand Stoltz gewesen sein. Und nein«, unterbrach Schröder, als Zorn den Mund öffnete, »es war kein Anwohner, sondern ein Fremder.«

»Konnte sie ihn beschreiben?«

»Aber ja. Sehr genau sogar.«

»Dann haben wir ihn also? Den Mörder?«

»Tja«, seufzte Schröder. »*Wenn* er's denn war, haben wir vor allem ein Problem.«

»Also *mich*«, Zorn setzte eine wichtige Miene auf, »kann sie nicht gesehen haben. Ich lag im Krankenhaus, ich hab ein wasserdichtes Alibi.«

»Bitte, Chef. Ich mein's ernst.«

Das merkte Claudius Zorn dann auch.

»Okay.« Er räusperte sich. »Also, wen hat sie gesehen? Einen Mann oder eine Frau?«

»Darum geht's nicht. Sie hat …«

»Ach! Seit wann ist es unwichtig, ob ein Mörder …«

»Darf ich jetzt *bitte ausreden*?«

Zorn schnaubte beleidigt.

»Also«, begann Schröder. »Falls die Zeugin recht hat – und davon dürfen wir ausgehen –, und falls die Person, die ihrer Beobachtung nach aus dem Haus kam, der Mörder ist, dann müssen wir diesen Mörder in unseren eigenen Reihen suchen.«

»Wie jetzt? Du meinst, es ist ein …«

»Genau«, nickte Schröder. »Ein Polizist.«

*

»Hallo?«

»Frau Borck, Kadelberg hier. Ich hoffe, ich störe nicht.«

»Was gibt's?«

»Der Grund für meinen Anruf ist … nun ja, ein wenig delikat. Sie erinnern sich an unser Treffen im Café?«

»Sicherlich.«

»Ich hatte Ihnen …

»… einen Deal angeboten, auch daran erinnere ich mich. Und ich erinnere mich ebenfalls, Ihnen eine Absage erteilt zu haben, Herr Anwalt. Falls ich mich missverständlich ausgedrückt haben sollte, wiederhole ich's gern noch mal.«

»Nicht nötig, Frau Kollegin, ich habe Sie durchaus verstanden.«

»Gut.«

»Die Informationen, die ich …«

»*Kein Deal*, Herr Anwalt.«

»Ich erwarte keine Gegenleistung.«

»Sondern?«

»Nur, dass Sie mir eine Minute Ihrer Zeit opfern. Wären Sie so freundlich?«

»Ich höre.«

Dreiundvierzig

Das Taxi bog um die Ecke, fuhr ein paar Meter und hielt direkt vor dem Hotel, einem wuchtigen Klotz aus Glas und Beton. Der Himmel war wolkenlos, schräg gegenüber flimmerte das Sonnenlicht auf der gläsernen Fassade des Multiplexkinos. Die Beifahrertür wurde geöffnet, ein korpulenter Mann in einem hellgrauen, zerknitterten Anzug stieg aus, verstaute ein ledernes Portemonnaie in der Innentasche seines Jacketts, öffnete die hintere Tür, holte einen Aktenkoffer von der Rückbank und wischte sich mit einem Taschentuch den verschwitzten Nacken, während das Taxi im Schritttempo davonfuhr.

Lärm drang herüber, eine Schulklasse saß Eis essend auf den Stufen des Kinos unter einem riesigen *Star Wars*-Plakat in der Sonne. Weiter hinten parkte ein Lkw auf dem Gehweg, ein glatzköpfiger Mann lud Bierkästen auf eine Palette. Eine Hupe gellte auf, der bärtige Fahrer eines Lieferwagens forderte den Mann im zerknitterten Anzug gestikulierend auf, gefälligst Platz zu machen, was dieser auch umgehend tat, die Hände entschuldigend erhoben. Der Lieferwagen brauste mit aufheulendem Motor vorbei, der Mann im zerknitterten Anzug ordnete den Schlips und betrat das Hotel.

Die Lobby verströmte den leicht abgegriffenen Charme eines Tagungshotels aus weinrotem Plüsch, Samt und angelaufenem Messing. Die junge Frau an der Rezeption erwartete den Mann mit einem professionellen Lächeln, dieser nannte seinen Namen und erklärte höflich, ein Zimmer reserviert zu haben.

»Natürlich«, lächelte die junge Frau und sah in ihren Computer. *ICH HELFE GERN*, stand auf einem Schild am Revers ihres dunkelblauen Jacketts, darunter ihr Name (*FRAU KNOBEL*) und ihre Position (*AUSZUBILDENDE*).

»Herzlich willkommen, Herr Groenitz.«

Der Mann im zerknitterten Anzug bedankte sich mit einem strahlenden Lächeln. Sie legte ein Formular auf den Tresen, er trug seine Adresse ein und unterschrieb, während die Rezeptionistin die Frühstückszeiten herunterleierte, eine Schlüsselkarte über den Tisch schob und einen angenehmen Aufenthalt wünschte.

»Ihr Zimmer ist im vierten Stock.«

»Wunderbar!«

Es klang, als habe der Mann im zerknitterten Anzug soeben den Jackpot der Fernsehlotterie geknackt. Draußen donnerte ein Müllwagen vorbei. Die Flügel der Eingangstür glitten auf, ein Streifenpolizist erschien und verschwand auf der Toilette.

»Ich hätte eine Bitte.« Der Mann senkte die Stimme und sah sich um, als wäre ihm die Sache peinlich. Sein feistes Gesicht war gerötet, die Kopfhaut schimmerte unter dem dünnen, nach hinten gekämmten Haar. »Ich muss mich in den nächsten Tagen auf eine wichtige Präsentation vorbereiten, es wäre mir lieb, nicht gestört zu werden.« Auch eine Reinigung des Zimmers sei nicht nötig, sagte er und fügte mit einem jovialen Lächeln hinzu, dass er dies selbst übernehmen werde.

»Natürlich«, nickte Frau Knobel, die Rezeptionistin.

Der Wunsch war nicht ungewöhnlich, ebenso dieser Hotelgast. Er war über vierzig, roch nach Schweiß, war ziemlich schleimig (glücklicherweise nicht zudringlich) und trug fadenscheinige Klamotten in der vergeblichen Hoffnung, seriös zu wirken. Doch er konnte sich weder einen ordentlichen Anzug noch ein besseres Zimmer leisten und unterschied sich somit nicht im Geringsten von all den Vertretern, Messebesuchern und Tagungsteilnehmern, die das Hotel tagtäglich in anonymen Heerscharen überschwemmten.

Das Telefon klingelte, sie nahm eine Reservierung entgegen, und als sie auflegte, hatte sie den Mann im zerknitterten Anzug wieder vergessen.

Was diesem nur recht war.

Helmuth Groenitz, wie er sich genannt hatte, stand neben einem Snackautomaten und wartete auf den Aufzug. Der Name war falsch, ebenso die Adresse, die er im Anmeldeformular angegeben hatte. Der Aktenkoffer mit den zerkratzten Messingbeschlägen enthielt weder Hochglanzprospekte noch Werbebroschüren, sondern ein Bündel Bargeld, vier (hervorragend) gefälschte Reisepässe, mehrere Kreditkarten und einen Laptop, über den er seine Kontakte im Darknet pflegte. Mehr war nicht nötig – mit Ausnahme des russischen Präzisionsgewehrs natürlich, dessen Einzelteile in einem mit Samt ausgeschlagenen Koffer lagen, den er bei seiner Ankunft in einem Schließfach am Bahnhof deponiert hatte.

Die Toilettentür am anderen Ende der Lobby wurde geöffnet, der Streifenpolizist trat heraus. Ein älteres Ehepaar verließ die Rezeption und kam herbei. Der Mann im zerknitterten Anzug wünschte den beiden einen schönen Tag, und als die Fahrstuhltüren sich öffneten, ließ er ihnen den Vortritt, half, die Koffer in die Kabine zu tragen, und erklärte, den nächsten Aufzug zu nehmen, er habe alle Zeit der Welt.

»Ach«, bedankte sich die alte Dame, »Sie sind wirklich sehr höflich.«

Nun, das war der Mann, der sich im Moment Helmuth Groenitz nannte.

Die Türen des Fahrstuhls schlossen sich.

Der Streifenpolizist stand neben einer künstlichen Palme, den Blick unter dem Schirm der tief ins Gesicht gezogenen Uniformmütze auf den Fahrstuhl gerichtet. Niemand in der Lobby achtete weiter auf den uniformierten Beamten, und erst auf den zweiten Blick wurde klar, dass es sich um eine junge Polizistin handelte, die kurz nach dem Mann im zerknitterten Anzug in die Lobby gekommen war und diesen in den letzten Minuten nicht aus den Augen gelassen hatte. Nein, niemand schenkte ihr weitere Beachtung, schließlich gab es nichts Außergewöhnliches zu entdecken.

Abgesehen von ihren Händen vielleicht.

Die rechte war bandagiert. Und an der linken funkelte ein großer, auffälliger Ring, den Hannah nur trug, wenn sie einem Auftrag nachging.

Vierundvierzig

In der Nähe von Heiligendamm, August 2011.

Sie sind am Strand. Hannah liegt dösend auf einer karierten Decke, Natan sitzt in einem Klappstuhl unter einem Sonnenschirm. Der Rollstuhl steht ein paar Meter hinter ihnen auf einem Betonweg, der zwischen den Dünen hoch zum Haus führt.

»Willst du nicht ins Wasser?«, fragt Natan.

Hannah schüttelt den Kopf. Die Sonne brennt vom stahlblauen Himmel, doch sie trägt schwarze Shorts und das langärmelige *Lady Gaga*-T-Shirt, das Karim ihr neulich an der Strandpromenade gekauft hat. Einen Bikini wollte er ihr ebenfalls besorgen (*sieht bestimmt super bei dir aus*, hat er gesagt), doch Hannah hat abgelehnt. Niemals würde sie sich halbnackt in der Öffentlichkeit zeigen, also geht sie auch nicht ins Wasser.

»Magst du einen Apfel?«, fragt Natan. »Oder einen Keks?«

Er trägt ein Hawaiihemd und Bermudashorts. Seine Arme, die dünnen Beine und das Gesicht unter dem breiten Strohhut sind dick mit Sonnencreme eingeschmiert.

Sie schirmt die Augen mit dem Unterarm ab. »Nee.«

Die letzten Monate sind schnell vergangen. Hannah fühlt sich wohl, dass strohgedeckte Haus in den Dünen gefällt ihr, und von ihrem Zimmer im Obergeschoss kann sie das Meer sehen. Natan ist nett, Karim auch. Sie würden ihr jeden Wunsch von den Augen ablesen, wenn Hannah denn welche hätte. Aber die hat sie nicht. Nur einen. Ihre Ruhe. Und das akzeptieren die beiden.

»Morgen soll's regnen«, sagt Natan und steckt sich ein Stück Apfel in den Mund. Die Fransen des Sonnenschirms flattern über seinem Kopf. »Wir könnten ins Kino gehen. Der letzte Harry Potter-Film läuft, was meinst du?«

»Von mir aus.«

Hannah richtet sich auf. Der Wind weht ihr feinen Sand ins Gesicht. Ein paar Kitesurfer flitzen über die Wellen, am Horizont ziehen Frachtschiffe vorbei. Möwen kreisen über der Brandung.

In drei Wochen sind die Ferien vorbei. Hannah wird in eine neue Schule gehen, eine Privatschule. Natan hat vorgeschlagen, vorher dort vorbeizufahren, damit Hannah die neuen Lehrer kennenlernt. Sie hat abgelehnt. Es ist nicht wichtig.

»Es ist schön hier, findest du nicht?«, sagt Natan.

»Ja«, sagt Hannah.

Karim erscheint in den Dünen und erklärt, dass das Abendessen fertig sei.

*

Es gibt gegrillten Dorsch. Dazu frisch gebackenes Brot, Salat und Käsespieße. Sie essen auf der Veranda hinter dem Haus. Karim steht unter dem Vordach neben einem Stapel Brennholz und kümmert sich um den Grill. Wie immer trägt er einen Anzug, aufgrund der Hitze aus hellem Leinen. Auf den Schlips hat er verzichtet.

»Geht's dir gut?« Natan nimmt eine Scheibe Brot aus dem Korb, greift nach dem Buttermesser.

»Klar«, sagt Hannah.

»Ich weiß, dass du nicht gern redest.« Er streicht Butter auf das Brot. »Aber du wirst mir sagen, wenn du etwas brauchst. Oder wenn dir etwas nicht gefällt. Ich will …, wir *beide*«, er zeigt mit dem Messer auf Karim, der gerade die Glut unter dem Grill anfacht, »wollen, dass es dir gut geht.«

Hannah nippt an ihrer Apfelschorle. »Okay.«

»Auch eins?« Natan deutet auf das Butterbrot.

Sie schüttelt den Kopf.

»Du hast nie gefragt, warum ich dich aus dem Heim geholt habe«, sagt Natan und streut frische Petersilie auf sein Brot.

Es stimmt. Das *warum* hat Hannah nicht interessiert. Wichtig war nur, dass sie das Heim verlassen hat. Sie vertraut Natan. Pädophil ist er jedenfalls nicht. Anfangs hat sie vermutet, dass er und Karim ein Verhältnis hätten, aber das ist ebenfalls nicht der Fall.

Sie stochert in ihrem Salat. Das Rauschen der Brandung dringt über die Düne, dahinter färbt sich der Himmel im Schein der untergehenden Sonne in flammendes Rot.

»Ich war knapp anderthalb Jahre alt«, sagt Natan. »Die Familie hat Winterurlaub gemacht, in einem unserer Hotels in den Schweizer Alpen. Ich bin aus dem Kinderwagen geklettert und heruntergefallen. Gina, das Kindermädchen, hat sich um meine Geschwister gekümmert. Sie dachte, ich würde draußen schlafen. Es hat zwei Stunden gedauert, bis sie mich gefunden hat. Ich hatte mich beim Sturz an einem Ast verletzt.«

Er neigt den Kopf, deutet auf die Narbe, die sich von seiner Augenbraue über die Wange bis zum Hals zieht.

»Als Gina kam, habe ich im Schnee gesessen und mit einem Tannenzapfen gespielt, halb verblutet und beinahe erfroren. Ich wusste nicht, was mit mir geschehen war, erst als ich Hunger bekam, habe ich nach ihr gerufen. Später sind mir zwei Zehen amputiert worden und … ah, das sieht aber lecker aus.«

Er sieht lächelnd zu Karim auf, der den Fisch auf einem silbernen Tablett auf den Tisch gestellt hat.

»Komm«, sagt Natan. »Setz dich zu uns.«

Karim lehnt dankend ab, erklärt, dass er den Nachtisch noch vorbereiten müsse, und verschwindet im Haus. Natan verteilt den Fisch auf den Tellern und setzt seine Erzählung fort.

»Wir Kinder haben unsere Eltern nur im Urlaub gesehen,

Gina hat uns praktisch großgezogen. Sie war ein einfaches, liebes Mädchen aus einem winzigen Bergdorf. Sie muss von Anfang an so etwas wie …«, er überlegt einen Moment, »*Angst* vor mir gehabt haben, schließlich habe ich schon als Säugling niemals geschrien. Natürlich hat mein Vater ihr die Schuld gegeben, und als er sie rausgeworfen hat, war sie wahrscheinlich erleichtert, nicht mehr in meiner Nähe sein zu müssen.«

Natan spießt ein Stück Fisch auf.

»Verstehst du, was ich dir sagen will?«

Nicht ganz, *noch* nicht. Aber Hannah ahnt es.

»Ein paar Jahre später«, fährt Natan fort, »bin ich beim Spielen von einem Baum gestürzt. Vielleicht wäre mir der Rollstuhl erspart geblieben, wenn man mich früher gefunden hätte.«

»Aber das ist nicht passiert«, murmelt Hannah.

»Nein, ist es nicht.«

»Weil du nicht geweint hast.«

»So ist es.«

Natan legt das Besteck beiseite.

»Ich habe es von Anfang an gespürt«, sagt er. »Von dem Moment an, als ich dich zum ersten Mal mit den anderen Kindern auf der Bühne sah. Danach habe ich dich noch eine Weile beobachtet, aber das war nicht nötig. Ich wusste es sofort.«

Er greift in eine Porzellanschale, nimmt einen der Käsespieße, streift den gewürfelten Käse ab und hält den stählernen Spieß in der Hand.

»Wir beide sind gleich, Hannah.«

Der Spieß ist länger als eine Rouladennadel, doch ebenso spitz. Natan hebt die Hand, ein verschwörerisches Lächeln auf den Lippen, wie ein Zauberkünstler, der einen besonders verblüffenden Trick vorführt.

»Siehst du?«

Die Nadel bohrt sich in die Handfläche. Auf der anderen

Seite wölbt sich die Haut auf dem Handrücken, dann dringt die Spitze hindurch, langsam, immer weiter, bis die andere Hälfte der Nadel herausragt. Etwas Blut läuft in dünnen Fäden über die Haut.

»Das«, murmelt Hannah, »hab ich auch schon gemacht.«

»Warum?«, lächelt Natan.

»Ich war neugierig.«

»Oh, das war ich auch.« Er zieht die Nadel heraus, wischt sie an einer Serviette ab und säubert die blutende Hand. »Sie haben mich damals von einem Arzt zum anderen geschleppt, ich habe Monate in den teuersten Krankenhäusern der Welt verbracht. Niemand hatte eine Erklärung, bis irgendwann jemand von einem«, er hebt die dünnen Arme *»seltenen Gendefekt* faselte. Aber es ist kein Defekt, Hannah. Lass dir das niemals einreden. Niemals, hörst du? Das Gegenteil ist der Fall. Du und ich, wir haben eine Gabe.«

Hannah sieht ihn gebannt an. Sie ist vierzehn Jahre alt. Seit sie denken kann, hat sie sich für einen Freak gehalten, einen Außenseiter. Der Mann im Rollstuhl erklärt ihr gerade das Gegenteil.

»Du bist hier, weil ich dich schützen will«, sagt Natan. »Und ich werde dir zeigen, wie diese Gabe zu nutzen ist. Dazu musst du eine Menge lernen. Und du musst mir vertrauen. Tust du das?«

»Ja.«

»Voll und ganz?«

»Ja.«

»Gut.«

Hinter der Düne schreit eine Möwe.

»Die anderen Menschen«, sagt Natan, »haben Angst vor uns.«

»Ich weiß.«

»Weißt du auch, warum?«

»Weil wir anders sind.«

»Weil sie uns nicht *verstehen*. Und das macht ihre Angst nur noch größer. Dabei ist die Erklärung ganz einfach.« Natan beugt sich über den Tisch. »Was weißt du über Schmerz, Hannah?«

»Nichts.« Sie hebt die Augenbrauen. »Woher auch?«

»Aus Büchern zum Beispiel.«

»Es hat irgendwas mit den Nerven zu tun. Und es ist ein Warnsignal, wenn der Körper …«

»Genau«, lächelt Natan. »Ein Warnsignal. Für wen?«

»Für den Körper.«

»*Welchen* Körper?«

»Na für …« Hannah runzelt die Stirn. »Was wird das hier? Du musst hier jetzt nicht den Lehrer spielen, ich hab keinen Bock auf …«

»Entschuldige, du hast recht. Gib mir noch einen Moment, dann sind wir fertig. Das hier«, Natan nimmt die Gabel, bohrt sie in einen der Fische auf der Servierplatte, »ist ein Körper. Richtig?«

Hannah nickt.

»Aber er fühlt keinen Schmerz«, sagt Natan und bewegt die Gabel zwischen den Gräten. »Warum?«

»Weil er gebraten ist.«

»Stimmt«, lächelt Natan nachsichtig. »Aber das meine ich nicht ganz. Wenn er am Leben wäre, würde er zucken. Das tut er nicht, weil er …«

Hannahs Augen werden groß.

»… weil er tot ist.«

»Ich wusste, dass du allein darauf kommen würdest.« Natan nickt zufrieden. »Der Schmerz unterscheidet das Leben vom Tod. Deshalb fürchten sich die Menschen vor uns.«

»Weil wir tot sind«, wiederholt Hannah leise.

»Macht dir das Angst?«

Sie denkt kurz nach.

»Nein«, sagt sie dann.

»Gut, denn das sollte es auch nicht.« Natan hebt sein Weinglas. »Lass uns anstoßen.«

Auch Hannah greift nach ihrem Saft. »Worauf?«

»Auf die Toten«, sagt Natan.

»Also auf uns.«

Die Gläser klirren. Eine Böe fegt salzigen Wind über die Düne. Karim erscheint und bringt geeiste Himbeeren zum Nachtisch.

Fünfundvierzig

»Und?«, fragte Zorn. »Ziemlich cool, oder?«

Er stand mit Schröder in der Tür, während Edgar sein neues Zimmer begutachtete. Sie hatten den Jungen nach Dienstschluss gemeinsam aus dem Kindergarten abgeholt, an der Flusspromenade ein Eis gegessen und waren dann hierhergefahren.

Edgar sah sich um, die kurzen Arme vor dem T-Shirt verschränkt. Musterte das *Minions*-Poster, das neue Hochbett und das Regal, in dem seine Lego-Fahrzeuge aufgereiht waren.

»Ist doch cool, oder?«, hakte Zorn nach.

Er war aufgeregt, obwohl er wusste, wie albern das war. Doch es war nun mal so, und dass Schröder dabei war, entspannte die Situation. Ein bisschen nur, denn Edgar ließ sich Zeit, sein Urteil zu verkünden.

»Die Lampe«, Zorn deutete zur Decke, »hab ich bei Ebay gekriegt. Das ist ’ne echte Spiderman-Lampe.«

»Hat Papa selbst angebaut«, ergänzte Schröder lächelnd.

Die Tatsache, dass Zorn diese Aktion um ein Haar mit dem Leben bezahlt hätte, unterschlug er dankenswerterweise.

»Na?« Zorn versuchte, seine Nervosität mit einem Lachen zu überspielen. »Was sagst du?«

Der Kleine ließ sich ein paar Sekunden Zeit, bis er sich zu einer ersten Reaktion bequemte: »Hm.«

»Hm?« Zorn runzelte die Stirn. »Was heißt das?«

»Hm«, wiederholte Edgar lapidar.

»Ach komm«, sagte Zorn. »Dein eigenes Zimmer! Das ist doch cool!«

Edgar zuckte die Achseln. »Klar.«

»Also … ein bisschen mehr Begeisterung hätte ich schon erwartet.«

»Jaja«, seufzte Edgar. »Es ist ganz cool.«

»Aber?«

»Na ja.« Edgar strich sich eine blonde Haarsträhne aus der Stirn. »Du hast gesagt, es wäre *ober*cool.«

»Und warum«, fragte Zorn, »ist es nicht … *ober*cool?«

Ein weiteres Achselzucken.

»Nun sag schon.«

»Ist egal«, murmelte der Kleine. »Ich krieg sowieso keinen.«

»*Was* kriegst du nicht?«

Anstelle einer Antwort sah Edgar kurz zu Schröder, der lächelnd am Türrahmen lehnte.

»Also, wenn du mir nicht sagst, was du doof findest«, Zorn klang beleidigt, »dann kann ich auch nicht …«

»Einen Fernseher«, unterbrach Schröder.

»Hä?!«

»Ede hätte gern einen Fernseher«, wiederholte Schröder ruhig.

Zorns Miene verfinsterte sich. Zum einen aus Neid, weil Schröder wieder einmal gewusst hatte, was sich im Kopf seines kleinen Sohnes abspielte. Zum anderen natürlich aus Enttäuschung. Es war schwer, doch es gelang ihm, den Impuls zu unterdrücken, türenschlagend das Zimmer zu verlassen.

»Bei Mama«, er holte tief Luft, »hast du auch keinen eigenen Fernseher.«

»Klar«, nickte Edgar.

»Und dein Zimmer bei Mama ist cool«, sagte Zorn. »Oder?«

»Ja. Aber nicht …«

»… *ober*cool«, ergänzte Schröder.

»*Du*«, zischte Zorn, »hältst gefälligst die Klappe! Seit wann braucht 'n Fünfjähriger 'ne eigene Glotze?!«

»Ich bin fast sechs!« Edgar warf sich in die schmale Brust.

»In sieben Wochen«, fügte Schröder trocken hinzu.

Wieder wechselten die beiden einen Blick.

»Bei ihm«, Zorn deutete auf Schröder, »bist du doch auch gern, Edgar.«

»Klar. Bei Ögi ist's cool.«

»Obercool«, grinste Schröder.

Zorn ignorierte die Bemerkung.

»Aber du hast dort keinen Fernseher«, stellte er fest. »Da gibt's nämlich keinen, keinen einzigen!«

»Aber 'ne Schaukel hab ich!«

»Klar, draußen im Garten!«, rief Zorn. »Wie, verdammt nochmal, soll ich hier 'ne *Schaukel* aufhängen? Soll ich 'nen Baum pflanzen, oder wie?«

Draußen wurde die Wohnungstür geöffnet.

»Ich hab Pizza mitgebracht!«, erscholl Friedas Stimme aus dem Flur. »Hat jemand Hunger?«

»Ich!«, rief Edgar und flitzte aus dem Zimmer.

»Ich auch!«, rief Schröder und folgte ihm.

Zorn hörte, wie die beiden Frieda begrüßten.

»Die verarschen mich hier«, murmelte er kopfschüttelnd. »Und ich Trottel krieg's nicht mal mit.«

*

»Wir wollten dich nur ein bisschen ärgern«, sagte Schröder.

»Hat ja auch geklappt«, knurrte Zorn.

Sie standen auf dem Balkon. Aus dem Wohnzimmer drangen Friedas und Edgars Stimmen, die gemeinsam den Tisch abräumten. Sie hatten beschlossen, nach dem Essen eine Runde Uno zu spielen. Vorher, hatte Zorn festgelegt, würde Edgar in die Badewanne gehen. Zum einen, weil er dies als verantwortungsvoller Vater für seine Pflicht hielt, zum anderen, um in Ruhe eine Zigarette rauchen zu können.

»Edgar ist glücklich hier«, sagte Schröder.

»Ich weiß.« Zorn schnippte die Zigarette über das Geländer, beugte sich vor und beobachtete, wie die Kippe im schlammigen Fluss davontrieb. »Ich bin ja nicht blöd.«

Schröder räusperte sich. »Kann ich ihn nachher ins Bett bringen?«

»Vergiss es. *Ich* mach das. Es ist seine erste Nacht hier.«

»Aber … er will bestimmt, dass ihm jemand was vorliest und …«

»Klar, und dieser jemand bin *ich*«, beschied Zorn. »*O wie schön ist Panama*, das kennt er noch nicht.«

»Und wenn wir zusammen vorlesen?«, schlug Schröder vorsichtig vor.

»Vergiss es.«

»Mit verteilten Rollen? Du bist der Tiger und ich der Bär?«

»Nee«, blaffte Zorn. »Wenn, dann bist du die Tigerente.«

»Aber die hat keinen Text.«

»Eben, Schröder. Deshalb ja.«

Es dauerte eine Weile, bis sie einen Kompromiss fanden, indem sie sich darauf einigten, Edgar nicht eine, sondern zwei Geschichten vorzulesen.

Jeder von ihnen eine.

Was sie dann auch taten.

*

»Ein Polizist?«

Frieda sah Schröder ungläubig an. Sie saßen zu dritt im Wohnzimmer, eine Kerze brannte zwischen ihnen auf dem Couchtisch. Die Tür zu Edgars Zimmer war angelehnt, leise Musik drang heraus. Nach dem Vorlesen hatten sie wie immer eine CD eingelegt, jetzt schlief der Kleine seit einer halben Stunde. Frieda hatte eine Flasche Rotwein geöffnet, während Zorn und Schröder sich mit Mineralwasser beziehungsweise alkoholfreiem Bier begnügten (Schröder aus Prinzip, Zorn aus Vernunftgründen, schließlich war ihm empfohlen worden, zusammen mit den Schmerztabletten keinerlei Alkohol zu konsumieren). Nachdem sie eine Weile über dies und das geredet hatten, war das Gespräch (zwangsläufig, wie es Zorn erschien) auf die Arbeit gekommen.

»Einiges deutet darauf hin«, nickte Schröder. »Die Zeugin ist glaubwürdig. Und der zeitliche Ablauf stimmt auch.«

»Wir gehen davon aus«, sagte Zorn, »dass Ferdinand Stoltz seinen Mörder in die Wohnung gelassen hat. Deshalb dachten wir, dass er ihn kannte. Das muss aber nicht sein. So ziemlich jeder würde einem Bullen, ich meine, einem *Polizisten*«, verbesserte er sich auf Friedas strafenden Blick hin, »die Tür aufmachen.«

»Weil der brave Normalbürger dem Staatsdiener vertraut«, sagte Frieda.

»Das erklärt unser Problem.« Schröder nippte an seinem Mineralwasser. »Wir haben eine genaue Beschreibung der Uniform, aber wie der *Mensch* aussah, konnte die Zeugin nicht sagen. Ob jung, ob alt, besonders dick oder dünn, Haarfarbe, Gang. Absolut *nothing*. Kein Wunder, die Person verschwindet hinter der Uniform, wird gesichtslos. Teil einer Institution. Anonym.«

»Die perfekte Tarnung«, sagte Frieda.

»Vielleicht war's auch ganz anders.« Zorn trank einen Schluck Bier. Eine lauwarme Brühe, die auch eiskalt nicht besser als abgestandenes Spülwasser schmecken würde. »Vielleicht hatte tatsächlich 'ne Streife in dem Haus zu tun. Offiziell, meine ich.«

»Das lässt sich leicht herausfinden«, sagte Schröder.

»Aber wo fangen wir da an?« Zorn hob die Arme. »Allein in der Stadt gibt es über ein halbes Dutzend Dienststellen, und wenn wir das Umland …«

»Wir fangen in der Stadt an«, unterbrach Schröder. »Wir brauchen die Dienstpläne aller Beamten. Urlaubspläne, Krankschreibungen. Wir müssen wissen, wo jeder einzelne Uniformträger zum Tatzeitpunkt war.«

»Das wird 'ne Menge Staub aufwirbeln«, seufzte Frieda.

»Nee.« Zorn schüttelte den Kopf. »Genau das darf nicht passieren. Wenn's wirklich ein Bull…, äh, Streifenpolizist war, würde er gewarnt werden.«

»Wir klären das über die Dienststellenleiter«, sagte Schröder. »Und bitten, das Ganze vertraulich zu behandeln.«

Sie schwiegen einen Moment. Die Musik aus Edgars Zimmer verstummte.

»Trotzdem«, sagte Zorn. »Ich meine … wir können doch nicht jedes einzelne Alibi überprüfen?«

»Darauf«, erwiderte Schröder, »läuft's hinaus.«

»Und was ist«, fragte Zorn, »wenn er von ganz woanders herkommt? Aus Buxtehude zum Beispiel oder …«

Er verstummte. Ein anderes Beispiel fiel ihm nicht ein.

»Wir fangen in der Stadt an«, wiederholte Schröder. »Es ist ein Ansatz, und dem müssen wir nachgehen.«

Frieda hob ihr Glas, betrachtete den im Kerzenlicht funkelnden Wein.

»Er muss nicht echt sein.«

Zorn verstand nicht. »Wer?«

»Der Polizist. Was wiederum bedeutet, dass auch die Uniform nicht echt ist. Sondern ein Kostüm.«

Ach, dachte Zorn, sie ist so klug.

»Das hab ich auch überlegt«, sagte Schröder.

Klar, dachte Zorn, wahrscheinlich schon von Anfang an. Tja, ich bin eben ein bisschen langsamer. Irgendwann, tröstete er sich, wäre ich bestimmt auch drauf gekommen. Im nächsten Winter vielleicht. Oder bei Edgars Einschulung. Oder überhaupt nicht?

Er pulte am Etikett seiner Flasche.

Doch, entschied er dann. Irgendwann wäre es mir eingefallen. Ich lasse mich zwar von meinem Sohn nach Belieben an der Nase herumführen, aber *so* blöd bin ich dann doch nicht.

*

»Ihr könntet ihm die Hölle heiß machen«, sagte Frieda. »Ihr hättet allen Grund dazu.«

Sie sprachen über Silberstein, den Rechtsmediziner.

»Ach«, verkündete Zorn generös, »das müssen wir nicht. Der ist genug gestraft. Und ändern lässt sich's sowieso nicht.«

Das sagte er nicht aus Großmut, sondern, weil Schröder es so beschlossen hatte.

»Und …«, Frieda kaute an der Innenseite ihrer Wange, »die Tote im Landgericht, die hat Silberstein auch obduziert?«

»*Yep*«, nickte Zorn. »Warum fragst du?«

Er leerte sein Bier, während diese kluge, *äußerst* kluge Frau, die er liebte, von Kadelbergs Anruf berichtete.

»Er hatte mich vor einer Weile zum Italiener am Markt eingeladen. Zuerst hat er mir einen Job angeboten.«

»Was?«, entfuhr es Zorn.

»Er wollte mir Honig ums Maul schmieren«, wehrte Frieda ab. »Es ging ihm um einen Deal. Er hatte Informationen, im Gegenzug sollte ich auf die Forderung nach Sicherungsverwahrung für seinen Mandanten verzichten. Ich habe abgelehnt. Tja, und heute hat er angerufen und trotzdem geredet.«

»Worüber?«, fragte Schröder.

»Meine Zeugin, die Tote im Landgericht. Ich hatte sie vorgeladen, weil sie aus dem Umfeld der Angeklagten stammte. Im Vorgespräch hatte sie geklungen, als würde sie die beiden nicht näher kennen. Sie sollte lediglich ein paar Fakten bestätigen. Sie hat allerdings verschwiegen, dass sie mit dem jüngeren der Brüder jahrelang liiert war.«

»Und das«, Zorn richtete sich auf, »hat dir Kadelberg erzählt?«

»Er weiß es vom älteren der beiden, seinem Mandanten. Der hätte vor Gericht ausgesagt, allerdings nur, wenn das sich auf seine Haftzeit auswirkt.«

»Du hast abgelehnt«, sagte Zorn. »Warum hat dir Kadelberg trotzdem …«

»Das ist noch nicht alles«, unterbrach Frieda. »Keine halbwegs normale Frau führt eine Beziehung mit einem Pädophilen, noch dazu über Jahre. Versteht ihr, was ich meine?«

Sie sah die beiden an.

»Die hat mitgemacht«, murmelte Zorn.

»Es war immer klar, dass es eine dritte Person geben musste, abgesehen von den Hintermännern. Einer hat das Equipment besorgt. Einer war der …«, Frieda verkniff den Mund, »*Akteur*. Und diese Frau hat die Kinder besorgt.«

Sie verstummten. Schließlich ergriff Schröder das Wort.

»Du musst das BKA informieren, Frieda.«

»Hab ich. Die suchen noch immer nach den Hintermännern, vielleicht hilft ihnen das weiter.«

»Aber warum«, fragte Zorn, »sollte man diesem Kadelberg überhaupt glauben? Er ist 'n Arschloch. Das waren *ihre* Worte.« Er deutete auf Frieda, als Schröder ihn mit einem empörten Blick bedachte. »Nicht meine.«

»Kadelberg unterliegt der Schweigepflicht«, sagte Frieda. »Er hat's mir trotzdem erzählt. Zum einen, weil er weder seinem Mandanten noch der Frau schadet, die ist schließlich tot. Zum anderen«, sie überlegte einen Moment, »scheint er trotz seiner verdammten Arroganz so was wie ein Gewissen zu haben.«

»Die Frau wurde eingeäschert.« Schröder klang nachdenklich. »Über ihre Todesursache können wir nur spekulieren. Aber falls ihr Tod nicht natürlich war, falls sie ebenfalls durch einen Stich in den Nacken ermordet wurde, hätten wir eine Verbindung.«

»Zum Prozess«, sagte Zorn.

»*Yes.*«

Es ist kompliziert, dachte Zorn und unterdrückte ein Gähnen. Wahnsinnig kompliziert, um genau zu sein.

Er war müde, sehr müde, sein Arm tat weh und er hatte keine Lust mehr, über all diese verzwickten Dinge nachzudenken. Das musste er zum Glück auch nicht mehr, denn plötzlich stand

Edgar mit verstrubbeltem Haar vor ihnen und erklärte nuschelnd, nicht einschlafen zu können.

Schröder wollte sofort aufspringen, doch Zorn reagierte schneller.

»Komm.« Er hob seinen Sohn hoch. »Ich trag dich rüber.«

Edgar schlang die Arme um Zorns Hals und murmelte, dass sein Zimmer absolut nicht im Geringsten obercool sei.

»Sondern?«, flüsterte Zorn und legte den Jungen vorsichtig ins Bett.

»Es ist *super*cool.«,

Edgar, bereits wieder unterwegs ins Reich der Träume, nuschelte noch, dass supercool viel cooler als obercool sei, sozusagen das Coolste, was man sich überhaupt an coolen Sachen vorstellen könne, drehte sich zur Seite und kuschelte sich in die Kissen.

Das, dachte Claudius Zorn, ist mit Abstand das schönste Kompliment, das ich jemals gehört habe.

*

Nachdem Schröder gegangen war, saß Frieda noch eine Weile auf dem Sofa. Aus dem Kinderzimmer war Zorns Schnarchen zu hören, er war bei Edgar eingeschlafen. Es war weit nach Mitternacht, doch obwohl Frieda einen harten Tag gehabt hatte, war sie nicht müde.

Sie hatte nicht alles über Kadelbergs Anruf erzählt. In letzter Zeit hatte sie im Gerichtssaal den Eindruck gehabt, der alte Anwalt würde unter Druck stehen. Er wusste natürlich, dass er den Prozess wohl verlieren würde, doch da war noch etwas anderes. Es schien, als hätte er Angst. Das hatte Frieda Zorn und Schröder verschwiegen, auch das Zittern in Kadelbergs Stimme, als er sie am Telefon um absolute Vertraulichkeit gebeten hatte. Die Worte, die er zum Abschied gesagt hatte, fielen ihr wieder ein:

Passen Sie auf sich auf, Frau Kollegin.

Jetzt, da sie darüber nachdachte, überlegte sie, ob das womöglich mehr als eine Floskel gewesen war.

War es eine Warnung?

Sechsundvierzig

Der Mann, der sich zurzeit Helmuth Groenitz nannte, kam aus dem Fahrstuhl, ging durch die Lobby, bedachte die Dame an der Rezeption mit einem jovialen Lächeln und trat blinzelnd in die Sonne. Dort blieb er kurz stehen, dann lief er gemächlich Richtung Innenstadt.

Anstelle des zerknitterten Anzugs trug er heute eine verbeulte Leinenhose und ein etwas fleckiges Polohemd, auf dem Kopf einen kleinen Strohhut mit ausgefransten Rändern, der keck auf die Seite geschoben war. Mit dem Spazierstock und dem ledernen Brustbeutel wirkte er wie ein harmloser Tourist, ein übergewichtiger, etwas in die Jahre gekommener Herr, der auf einem Tagesausflug neugierig durch die Stadt schlendert.

Genau das war sein Ziel.

Er lief über den Boulevard, betrachtete die Auslagen der Geschäfte, während die Menschen an ihm vorbeiströmten. Vor der Konzerthalle blieb er stehen, betrachtete die Fassade der alten Kirche und studierte die Vitrine mit den Veranstaltungshinweisen. Als er sich umwandte, entdeckte er ein kleines Mädchen, das mit wehendem Kleidchen auf dem Rand eines verwitterten Steinbrunnens balancierte.

Er stieß einen besorgten Warnruf aus. Tatsächlich verlor die Kleine das Gleichgewicht und hockte im nächsten Moment jammernd am Boden, mit den Händen das aufgeschürfte Knie umklammernd. Schwerfällig eilte er hinzu, doch bevor er dem Mädchen aufhelfen konnte, zerrte eine junge Frau mit strähnigem Haar und Zigarette im Mundwinkel die Kleine am Ärmel in die Höhe und herrschte das weinende Kind an, gefälligst besser aufzupassen.

»Mama hat recht«, lächelte der Mann.

Die beiden verschwanden in der Menge. Er sah ihnen nach. Das Lächeln, nachsichtig, fast großväterlich, wurde breiter. Als er den Mund öffnete, geschah dies fast unmerklich, die Worte waren selbst für Umstehende nicht zu verstehen. Was gut war, denn sie passten nicht im Geringsten zu seinem gutmütigen Gesichtsausdruck.

»Verfluchte Rotzgöre.«

Er schlenderte weiter. Als er den Markt erreichte, ertönte wie auf Kommando das Glockenspiel des mittelalterlichen Turms. Lauschend blieb er stehen, sein Blick wanderte bewundernd in die Höhe. Er betrachtete das riesige, golden schimmernde Ziffernblatt, verglich die Uhrzeit mit seiner Armbanduhr und nickte zufrieden. So stand er eine Weile im Schatten der schlanken Kirchtürme, wandte sich dann dem Portal des alten Stadthauses zu, das sich schräg gegenüber in den Fenstern des Kaufhauses spiegelte. Schließlich kaufte er an einer der Marktbuden ein Eis und drängte sich zwischen den Verkaufsständen zu einer Gasse, die parallel zu seinem Hinweg in Richtung Bahnhof führte.

Wenig später saß er auf einer Bank unter hohen Bäumen, ein schwitzender Herr, der nach einem langen Spaziergang im Schatten ein wenig Ruhe sucht und genüsslich ein Eis verzehrt.

Ein Taxi brauste vorbei. Seine Aufmerksamkeit galt allerdings nicht der Straße, sondern dem Gebäude direkt gegenüber. Schläfrig wanderte sein Blick unter gesenkten Augenlidern über die reich verzierte Fassade des Landgerichts auf der anderen Straßenseite, die hohen Fenster, die vergoldeten Adler und verschnörkelten Säulen, während die Menschen durch die schmiedeeisernen Tore hinein und hinausströmten.

Etwas Eis tropfte auf seine Hose. Missmutig wischte er den Fleck mit dem Unterarm ab, warf die Tüte in einen Papierkorb, und als er wieder hinübersah, erschien der Mann, auf den er gewartet hatte.

Rechtsanwalt Kadelberg stand unter dem bunt bemalten Eingangsportal, schirmte die Augen mit der Hand gegen die Sonne ab und sah sich offensichtlich nach einem Taxi um.

Der Mann, der sich zurzeit Helmuth Groenitz nannte, lehnte sich entspannt zurück, während der grauhaarige Anwalt ein Handy aus der Innentasche seines Jacketts fischte, um ein Taxi zu rufen. Er stand direkt gegenüber, kaum zwanzig Meter entfernt, doch das war kein Problem.

Warum auch?

Woher sollte er ahnen, dass der schwitzende Herr auf der Bank derjenige war, der erst kürzlich am Telefon gedroht hatte, er werde ihm den *faltigen Arsch aufreißen*?

Er kannte nur seine Stimme. Zu Gesicht bekommen hatte er ihn noch nie.

Ein Taxi näherte sich, Kadelberg hob ungeduldig den Arm, riss schwungvoll die Tür auf und stieg ein. Gähnend beobachtete der Mann auf der Bank, wie sich der Wagen in den Verkehr einreihte und schließlich verschwand. Ein paar Minuten blieb er noch sitzen, dann erhob er sich schnaufend und schlenderte zurück zum Hotel.

Bisher hatte er sich immer im Hintergrund gehalten. Auch jetzt sondierte er nur die Lage, doch es wurde allmählich Zeit, die Dinge selbst in die Hand zu nehmen.

Siebenundvierzig

»Was ist?«, lächelte Karim. »Willst du mich nicht reinbitten?«

Hannah musterte ihn schweigend durch die halb geöffnete Wohnungstür.

»Entschuldige den Überfall.« Er wurde ernst. »Es ist wichtig.«

Sie zog die Tür auf, ging voraus in die Küche. Karim bückte sich unter einen Deckenbalken, öffnete den obersten Knopf seines Jacketts und setzte sich an den kleinen Tisch. Hannah lehnte an der Spüle und sah ihn abwartend an.

»Es geht ihm nicht gut«, begann er.

Sie straffte sich.

»Nichts ernstes«, fügte er hinzu. »Eine Erkältung, aber Natan ist schwach, man darf das nicht auf die leichte …«

»Du hättest ihn nicht allein lassen dürfen!«

»Er hat mich hergeschickt. Im Moment schläft er. Wenn er aufwacht, bin ich längst wieder in der Villa.«

»Okay.« Hannah entspannte sich. »Was ist los?«

»Natan will, dass du dir Zeit lässt. Du sollst das Ziel beobachten, aber weiter im Hintergrund bleiben.«

»Das tue ich«, sagte Hannah. »Heute Nachmittag ist er zum Landgericht gelaufen, danach wieder zurück ins Hotel.«

»Du sollst auf dich aufpassen. Der Mann ist gefährlich.«

»Natan hat ihn ausgewählt. Also verdient er den Tod.«

»Trotzdem, ich glaube …«

»Was du *glaubst*, Karim, interessiert mich nicht.« Hannah senkte die Stimme. »Natan bestimmt, was zu tun ist. Ich habe nie Fragen gestellt. Und werde es auch jetzt nicht tun.«

»Darum geht's nicht«, wehrte Karim ab.

»Worum dann?«

»Dass du nicht leichtsinnig werden darfst.«

»Sagt *wer*? Natan?«

»*Ich* sage das.«

»Das steht dir nicht zu.«

»Natürlich nicht«, lächelte Karim. »Ich sag's trotzdem.«

Die Balkontür schwang knarrend ein Stück nach innen, die Katze erschien, bedachte Karim mit einem Blick aus funkelnden Augen und verschwand wieder in der Abenddämmerung.

»Sie mag mich noch immer nicht«, stellte Karim lapidar fest.

»Sie mag niemanden«, erwiderte Hannah ebenso gleichmütig.

Karim bat um etwas zu trinken. Hannah öffnete den Wasserhahn, füllte ein Glas und stellte es auf den Tisch.

Karim bedankte sich. »Wenn dein Freund recht hatte …«

»Er ist nicht mein … *Freund*!«

»… kannst du den Ring nicht mehr einsetzen«, fuhr Karim ungerührt fort und griff nach dem Glas.

»Sie haben den Einstich gefunden. Von dem Ring wissen sie nichts.«

»Sie wissen, dass es ein Mord war.« Karim leerte das Wasser in einem Zug. »Ab jetzt werden sie nach den Einstichen suchen. Du brauchst einen neuen Plan. Es sei denn …«

»Ja?«

»*Ich* übernehme für dich.«

»Bist du deswegen hier?« Hannah neigte den Kopf. »Um mich abzulösen?«

»Es ist ein Vorschlag.«

»Von Natan?«

»Von mir.«

»Abgelehnt.«

Ihre Blicke kreuzten sich.

»Wie du meinst«, nickte Karim dann.

»Natan entscheidet«, sagte Hannah. »Du kümmerst dich um die Informationen. Den Rest erledige ich.«

Hannah sah ungeduldig zur Tür. Karim deutete das stumme Zeichen sofort und stand auf.

»Der Mann hat einen Plan«, sagte er und strich die Krawatte glatt. »Er hat ein Präzisionsgewehr in einem Schließfach am Bahnhof deponiert. Was genau er vorhat, wissen wir noch nicht. Bis dahin sollst du abwarten.«

»Das sagst du jetzt zum zweiten Mal.«

Karim ging zur Tür, wandte sich noch einmal um. »Bitte, Hannah«, wiederholte er leise. »Du kannst den Ring nicht mehr benutzen.«

»Ich lasse mir was einfallen.«

»Du darfst nicht leichtsinnig werden. Denk an den Angler. Ich habe keine Lust, dich noch einmal mit gebrochenen Rippen zum Arzt zu bringen.«

»Das ist anderthalb Monate her«, wehrte Hannah ab.

»Du hattest das Ziel unterschätzt.«

»Wird nicht wieder vorkommen.«

»Gut.« Er nickte ihr zum Abschied zu.

»Karim?«

»Ja?«

»Pass auf ihn auf, ja?«

»Natürlich«, lächelte er. »Das tu ich doch immer.«

Achtundvierzig

Heiligendamm, März 2014.

»Ist dir nicht kalt?«, fragt Natan über die Schulter.

Die Nacht ist kühl, trotzdem verneint Hannah. Sie schiebt den Rollstuhl über den asphaltierten Weg auf der Kuppe der Düne. Der Wind weht in salzigen Böen vom Strand herauf, die Luft schmeckt nach Tang, Dünengras und trotz des nahenden Frühlings nach Frost.

»Da vorn«, sagt Natan, »können wir Pause machen.«

Sie stoppen an einer Bank, die flankiert ist von schiefen, durch den stetigen Wind geformten Krüppelkiefern. Hannah stopft die Decke über Natans dünnen Beinen zurecht und nimmt neben dem Rollstuhl Platz. Er knöpft den Wollmantel auf, greift in die Innentasche und bietet Hannah einen Flachmann aus Edelstahl an.

»Rum«, sagt er, »aus Puerto Rico. Wird dich aufwärmen. Nun komm«, fügt er hinzu, als Hannah zögert, »du bist siebzehn, also alt genug.«

Der Schnaps brennt in ihrer Kehle. Als sie sich schüttelt, quittiert Natan das mit einem leisen Lächeln. Er trinkt selbst einen Schluck, verstaut den Flachmann wieder im Mantel, ordnet den Schal und schlägt den Kragen hoch.

»Ich hoffe, Karim scheucht dich nicht allzu sehr herum«, sagt er, nachdem sie eine Weile geschwiegen haben. »Wenn es dir zu viel wird, sag Bescheid, ja?«

»Ist schon okay.«

Hannah hat sich längst daran gewöhnt: Die morgendlichen Läufe am Strand, bevor sie in die Schule muss. Das abendliche Training im Fitnessraum im Keller des reetgedeckten Hauses,

Dehnübungen, stundenlanges Strampeln auf dem Hometrainer, bewacht von Karims dunklen Argusaugen, der sie nicht eine Sekunde allein lässt und erst zufrieden ist, wenn sie ihr tägliches Pensum erfüllt hat.

»Du weißt, warum ich im Rollstuhl sitze«, sagt Natan.

Hannah holt tief Luft. Sie sitzen oft auf dieser Bank und das Gespräch, das jetzt folgen wird, haben sie ebenfalls oft geführt.

»Du warst vier.« Sie klingt ein wenig gelangweilt. »Du bist von einem Baum gefallen, und weil du keinen Laut von dir gegeben hast, bist du erst nach ein paar Stunden gefunden worden.«

»Niemand hatte Schuld.« Natan vergräbt das Kinn in den Maschen des Schals. »Selbst wenn, wäre er nicht bestraft worden. Angenommen, jemand hätte mich von dem Baum gestoßen. Kein Mensch war dabei, niemand hätte mir geglaubt, einem vierjährigen Kind, das nie weint oder andere Regungen zeigt.«

Die Nacht ist sternenklar. Der Mond steht schräg über ihnen, funkelt auf den schwarzen Fluten der Ostsee, als würden Millionen Spiegelscherben auf den Wellen treiben.

»Die schlimmsten Dinge«, sagt Natan, »geschehen im Verborgenen. Männer prügeln ihre Frauen. Missbrauchen ihre Kinder. Quälen andere Menschen. Manche werden belangt, doch viele kommen davon. Entweder, weil niemand davon erfährt, oder, weil sie zu mild bestraft werden. Es geht nicht um Rache, Hannah. Auch nicht um Strafe. Es geht darum, die anderen zu schützen. Denn diese Menschen hören nicht auf. Die Welt ist schlecht, und wir …«

»… werden sie besser machen.«

»Langweile ich dich?«

Das tut Natan, ein bisschen jedenfalls. Mittlerweile kennt Hannah seine Worte auswendig. Sie zuckt die Achseln.

»Ich bin alt, aber nicht senil.« Natans Lächeln ist traurig. »Mir ist klar, dass ich dir das alles schon tausendmal erzählt habe, aber ich muss absolut sicher sein, dass du mich verstehst. Wir strafen nicht. Wir *schützen* die Menschen.«

Er streift die Wildlederhandschuhe ab, nimmt ihre Hand.

»Wir haben das Recht dazu. Weil wir …«

»… tot sind.«

»Ach, Hannah«, seufzt Natan. »Du weißt, dass das nicht stimmt.«

Sie hebt den Kopf.

»Du warst vierzehn, noch ein Kind.« Natans Atem bildet weiße Wölkchen vor dem Mund, die hinter ihm in die Nacht geweht werden. »Ich habe dir das erzählt, um dir … das Besondere unserer Verbindung klarzumachen. Wir beide, du und ich, wir müssen essen. Brauchen Schlaf. Wir«, er hebt fröstelnd die Schultern, »frieren. Nein, wir sind nicht … tot. Wir sind …«

»… irgendwo dazwischen«, schlägt Hannah vor.

»Wie meinst du das?«

»Keines von beidem.«

»Ja.« Natans hageres Gesicht hellt sich auf. »*Dazwischen* trifft es gut. Nicht lebendig, aber auch nicht tot. Kein Anfang, aber auch kein Ende. Wie unsere Namen.«

»Was ist mit unseren Namen?«

»Hannah und Natan.« Er tätschelt ihre kalte Hand. »Vorwärts und rückwärts, dasselbe Wort. Weder Anfang noch Ende.«

Sie lauschen dem Rauschen der Brandung, die sich unter ihnen als heller Streifen auf dem nächtlichen Strand abzeichnet.

»Krieg ich noch was von dem Schnaps?«, fragt Hannah.

*

»Karim meint, dass du manchmal noch Probleme mit dem Ring hast«, sagt Natan und schraubt den Flachmann zu.

»Hab ich nicht!«, protestiert Hannah. Ihr Gesicht ist unter der Wollmütze gerötet, sowohl vom Alkohol als auch von Natans Kritik. Beides ist ungewohnt.

»Ich weiß«, beschwichtigt Natan sanft. »Es ist schwer, Karim zufrieden zu stellen. Er kann manchmal anstrengend sein.«

Nervend trifft es besser. Der tägliche Sport stört Hannah nicht, anders sieht es mit den eintönigen Übungen aus. Karim hat ein halbes Dutzend lebensgroßer Puppen besorgt, stundenlang muss Hannah trainieren, die richtige Stelle im Nacken zu treffen. Karim denkt sich immer neue Situationen aus, drapiert die Puppen in allen erdenklichen Positionen, zehn, zwanzig, hundertfach muss Hannah auf den Millimeter genau treffen, und wenn sie auch nur ein einziges Mal verfehlt, beginnt das öde Spiel wieder von vorn.

»Der Ring muss dir in Fleisch und Blut übergehen«, mahnt Natan. »Du musst hundertprozentig sicher sein.«

»Das«, brummt Hannah missmutig, »sagt Karim auch immer.«

Der Ring stammt aus Russland, Natan hat ihn von einer seiner Tanten geerbt. Angeblich soll er angefertigt worden sein, um eine Zarentochter zu ermorden. Anfangs hat sich Karim gegen den Ring ausgesprochen. Die Waffe müsse tadellos funktionieren und das, hat er angeführt, könne man von einem knapp zweihundert Jahre alten Schmuckstück wohl kaum erwarten. Also hat er vorgeschlagen, etwas anderes zu benutzen, etwas, das besser zu handhaben ist, ein hauchdünn geschliffenes Stilett zum Beispiel.

Doch Hannah wollte den Ring.

Schon beim ersten Überstreifen fühlte er sich gut an. Irgendwie … *richtig*. Die großen Steine wirken wie billiger Modeschmuck und der Gedanke, unerkannt mit einer Kostbarkeit am Finger herumzulaufen, reizte Hannah. Allein die beiden Smaragde sind ein Vermögen wert. Der Mechanismus ist einfach, ein Druck auf einen winzigen Knopf, und die zwischen den Smaragden verborgene Nadel klappt auf.

Je skeptischer Karim ist, desto verbissener übt Hannah. Die Bewegung ist kompliziert, sie muss von schräg oben nach unten schlagen. Die Nadel ragt zwischen den Fingern ihrer geballten Faust hervor und muss exakt zwischen den Wirbeln in das Rückenmark dringen.

Für das Training hat Karim einen einfachen Stahlring mit senkrecht aufgeschweißter Nadel anfertigen lassen. Hannah muss aufpassen, dass sie sich nicht selbst verletzt. Aber das ist ihr noch nie passiert.

Der Wind zerrt an den Ästen der Krüppelkiefern über ihren Köpfen. Hannahs Zunge fährt über die Lippen. Sie schmeckt Salz, Tang und feinkörnigen Sand.

»Karim war vierzehn, als ich ihn zu mir genommen habe«, sagt Natan. »Damals war er auf dem besten Weg, ein Killer zu werden.«

Hannah horcht auf. Dieser Teil der Geschichte ist neu.

Karims Familie, erfährt Hannah, ist vor einem halben Jahrhundert aus Beirut eingewandert. Als er geboren wurde, kontrollierte der Clan fast die gesamte Bremer Unterwelt.

»Er ist in diesem Milieu aufgewachsen, kannte es nicht anders. Sie haben ihm beigebracht, wie man tötet. Und ihn gelehrt, keinerlei Skrupel zu haben. Karim hat Schutzgelder eingetrieben, mit Drogen gedealt. Als er erwischt wurde, war er zu jung, um ins Gefängnis zu müssen. Das Haus, in dem er seine Jugendstrafe absitzen musste, gehörte einer unserer Stiftungen. Ich wusste sofort, dass er besonders ist. Anders als du, aber ebenso einzigartig. Ich habe lange mit ihm geredet. Ebenso, wie ich's mit dir tue.«

Hannah öffnet den Mund, doch Natan kommt ihrer Frage zuvor.

»Natürlich, Karim *könnte* deine Aufgabe übernehmen. Niemand wäre dazu besser geeignet als er. Doch Karim würde auffallen. Außerdem ist er polizeilich erfasst. Auch darüber habe ich ausführlich mit ihm gesprochen, und es hat lange gedauert, bis er meine Entscheidung akzeptiert hat. Jeder von uns hat eine Aufgabe, Hannah. Du, Karim und ich. Wir alle sind wichtig. Wir sind Teil eines Ganzen. Ich bitte dich also, Karim mit dem nötigen Respekt zu behandeln.«

»Okay.« Der Wind weht ihr eine Haarsträhne ins Gesicht, sie schiebt die Mütze aus der Stirn, streicht die Strähne hinter das Ohr.

»Wir werden eine Tarnung für dich brauchen«, sagt Natan. »Eine Fassade, hinter der du nicht auffällst. Was hältst du davon, Polizistin zu werden?«

*

»Du wirst Menschen töten. Nimm das nicht auf die leichte Schulter.«

Natan ist wieder in diesen schulmeisterlichen Ton verfallen. Hannah verdreht die Augen. Sie weiß, was jetzt folgen wird.

»Warum«, fragt Natan dann auch, »wirst du diese Menschen töten?«

Er klingt wie ein Lehrer, der mit einer Schülerin eine mathematische Formel paukt.

»Um andere zu schützen«, erwidert Hannah, wie sie es immer tut.

»Vergiss das nie. Du wirst noch lange trainieren. Sehr lange. Abgesehen davon wird es eine Weile dauern, bis ich das erste«, Natans Stimme senkt sich ein wenig, »*Ziel* ausgewählt habe.«

»Was ist«, sie wirft ihm einen kurzen Blick zu, »wenn du dich irrst?«

»Du meinst, dass du einen Unschuldigen tötest?« Natan lacht leise auf. »Keine Sorge, Liebes. Das wird nicht passieren.« Er wird ernst. »Ich schwimme im Geld, Hannah. Es wird Zeit, diesen Reichtum für etwas Sinnvolles einzusetzen, verstehst du?«

Nein, das tut Hannah nicht, jedenfalls nicht ganz. Aber sie weiß, dass Natan Verbindungen hat, in alle Welt, in die höchsten Kreise. Und dass er sie nutzen wird.

Der Mond verschwindet hinter einer Wolke. Am Horizont blinken die Positionslichter der Frachtschiffe in der Nacht.

»Ich werde dich immer beschützen«, sagt Natan. »Und niemals, ich wiederhole, *niemals* wirst du etwas gegen deinen Willen tun. Falls du Angst hast …«

»Ich habe keine Angst.«

Er sieht sie an.

»Nein«, lächelt er dann, »hast du nicht. Du weißt gar nicht, was das ist.«

Aber ich wüsste es gern, denkt Hannah.

Ich wüsste so gern, wie es ist, wenn man etwas fühlt.

*

Auf dem Rückweg reden sie nicht miteinander. Der Wind fegt über die Düne, zerrt an ihren Mützen, pfeift in den Speichen des Rollstuhls. Hannah denkt an Natans Worte, daran, dass sie die Welt, wie er es in seiner geschwollenen Art ausgedrückt hat, *zu einem besseren Ort* machen würden. Er hat Millionen an wohltätige Organisationen gespendet, das wird er auch weiter tun, doch es reicht ihm nicht mehr. Er hat oft gesagt, dass er endlich etwas Konkretes tun wolle, doch Hannah ahnt, dass es noch einen anderen Grund geben muss.

Sie stemmt sich gegen die Böen, umklammert die Griffe des Rollstuhls. Natan will, dass sie geduldig ist. Damit hat Hannah kein Problem, sie ist nicht sonderlich scharf darauf, einen Menschen zu töten. Doch wenn es so weit ist, wird sie nicht zögern. Vor allem wegen Natan, dem einzigen Menschen, der ihr etwas bedeutet. Sie vertraut ihm, und das *Ziel* (wie er's genannt hat) wird den Tod mehr als verdient haben.

Als sie zum Haus kommen, erwartet sie Karim mit heißem Tee und belegten Broten. Hannah lehnt ab, geht unter die Dusche und später, als sie im Bademantel am Fenster ihres Zimmers im Dachgeschoss steht und auf die dunkel wogende Ostsee sieht, kommt ihr ein neuer Gedanke.

Sie ist … *dazwischen*. Weder tot noch lebendig. Das erklärt diese Leere, diese Abwesenheit jeglicher Gefühle. Als wäre ihr Inneres mit weißen Fliesen gekachelt, ein kühler, keimfreier Raum.

Wer keinen Schmerz kennt, der kennt auch keine Angst. Und wer keine Angst hat, fürchtet sich nicht vor dem Tod. Deshalb wird Hannah kein Problem damit haben, jemanden zu töten.

Schließlich, überlegt sie, tue ich etwas Gutes.

Zum Wohl der Gemeinschaft.

Vielleicht auch für mich?

Ich werde einem Menschen das Leben nehmen. Vielleicht empfinde ich ja etwas dabei? Irgendwas? Wer weiß, womöglich fühle ich mich dann sogar … *lebendig*?

Eine gute Frage, findet Hannah.

Auf eine Antwort wird sie noch zwei Jahre warten müssen.

Bis zu ihrem ersten Mord.

Neunundvierzig

»Wie viele sind das?« Zorn blies frustriert die Backen auf und betrachtete den Papierstapel mit den Namenslisten auf seinem Schreibtisch. »Hunderte?«

»Ich hab nicht nachgezählt.« Schröder zuckte die Achseln.

»Jeder von denen«, sagte Zorn, »ist Bulle. Jeder trägt ’ne Uniform. Das bedeutet, dass jeder von denen der Mörder von Ferdinand Stoltz sein könnte. Vorausgesetzt, die Uniform war überhaupt echt und nicht aus irgendeinem Kostümladen. Was willst du machen? Jeden einzelnen vernehmen?«

Schröder setzte zu einer Erwiderung an, doch Zorn redete sich immer mehr in Rage.

»Das wird ’ne Riesenaktion. Abgesehen davon würden wir den Mörder warnen, das hast du selbst gesagt. Und wer, bitteschön, soll das übernehmen? Brettschneider?«

»Der steht auch auf der Liste«, erklärte Schröder lapidar. »Vielleicht ist es dir ja entgangen, aber Kollege Brettschneider trägt eine Uniform.«

»Na dann«, brummte Zorn, »sollten wir ihn als ersten verhaften. Apropos. Wenn jeder, der ’ne Uniform besitzt, jetzt verdächtig sein soll, was ist dann eigentlich mit dir?«

»Meine Uniform hängt seit Jahrzehnten daheim im Kleiderschrank. Abgesehen davon«, Schröder strich sich über den Bauch, »dürfte sie mir kaum noch passen. Ich nehme an, das entlastet mich.«

»Ach. Du warst früher mal … *dünn*?«

»Ich war Leistungssportler. Unter anderem Landesjugendmeister im Ringen.«

»Im Zwergenringen, oder wie?«

»Nein.« Schröder versuchte die Provokation zu ignorieren, doch seine Glatze überzog sich mit einer leichten Röte. »Ich kann durchaus behaupten, dass ich in meiner damaligen Gewichtsklasse …«

»Also ich«, spreizte sich Zorn, »hab mein Gewicht gehalten. Ich würde locker in meine Uniform passen, wenn ich sie nicht schon vor Jahren weggeschmissen hätte.«

»Das kann jeder behaupten.«

»Dann nimm mich doch fest! Los, versuch's doch!« Zorn reckte Schröder die Arme über den Schreibtisch entgegen. »Leg mir Handschellen an!«

Schröder stieß ein gereiztes Prusten aus.

»Siehste?« Zorn klopfte mit den Knöcheln der gesunden Hand gegen die Ledermanschette über dem Stumpf. »Das kriegst du nämlich gar nicht hin! Nee, mein Freund.« Er raffte die Papiere zusammen, stopfte sie in eine Schublade und schloss sie mit einem Knall. »Das können wir vergessen.«

»Können wir nicht.«

»Warum, wenn man fragen darf?«

»Es ist klar, dass wir nicht gegen jeden einzelnen auf der Liste ermitteln können«, begann Schröder. »Aber vielleicht hilft sie uns weiter.«

»Und wie?«

»Es ist«, Schröder rieb sich den Nacken, »ein wenig kompliziert.«

»Ich weiß, dass du mich für geistig unterbelichtet hältst.« Zorn machte eine Pause, um Schröder Gelegenheit zum Widerspruch zu geben. »Erklär's mir trotzdem«, fuhr er fort, als dies unterblieb. »Vielleicht krieg ich's ja hin, deinen … *wichtigen Gedankengängen* zu folgen.«

Er sah Schröder abwartend an.

»Wir haben zwei Morde«, begann dieser nach einer Weile.

»Einen an Ferdinand Stoltz und einen an Felix Caraman, einem Angler, über den wir zurzeit so gut wie nichts wissen. Beide wurden durch einen Stich in den Nacken getötet, ansonsten haben wir keine Verbindung. Nicht zwischen diesen beiden, aber zum dritten Opfer, der Ehefrau von Ferdinand Stoltz, gibt es natürlich eine, obwohl sie nicht ermordet wurde, sondern Selbstmord begangen hat. In ihrem Abschiedsbrief steht, dass sie sich jemandem anvertraut hat. Dieser … *jemand* wusste also, dass sie von ihrem Mann gequält wurde. Und das wiederum ergibt ein …«

»… Motiv«, beendete Zorn. »Rache.«

»*Exactamente*. Wir gehen davon aus, dass der Mörder von Ferdinand Stoltz eine Uniform getragen hat. Falls wir damit richtig liegen …«

»Was nicht sicher ist.«

»… und falls der Mörder derjenige ist, den Pia Stoltz in ihrem Brief erwähnt …«

»Was ebenfalls nicht sicher ist.«

»… müssten wir rausfinden, wen Pia Stoltz so gut kannte, dass sie ihn ins Vertrauen gezogen haben könnte. Dann hätten wir ein erstes Indiz. Einen Namen.«

Zorn bedachte Schröder mit einem skeptischen Blick über den Brillenrand. »Und dann?«

»Dann vergleichen wir diesen Namen mit der Liste in deiner Schublade. Vielleicht steht er dort drauf. Wenn ja, sind wir ein ganzes Stück weiter. Wenn nicht …«

»Sehen wir genauso blöd aus wie jetzt.«

Das, erwiderte Schröder, sei absolut korrekt. Natürlich, fügte er hinzu, seien die Erfolgsaussichten minimal, doch es sei ein Ansatzpunkt. Er lasse sich gern eines Besseren belehren, falls sein *werter Herr Vorgesetzter* eine andere, zündendere Idee habe.

Nun, die hatte Claudius Zorn nicht.

Fünfzig

Mecklenburg, Juni 2016.

Die Limousine rollt über die Autobahn. Karim sitzt am Steuer, Hannah und Natan auf dem Rücksitz. Seit sie vor einer Stunde losgefahren sind, haben sie kaum ein Wort gewechselt. Warum auch? Es ist alles gesagt. Was Hannah betrifft jedenfalls. Bei Natan, das weiß sie, sieht es anders aus.

»Bist du sicher?«, fragt er dann auch. »*Absolut* sicher?«

»Ja.«

»Du musst das nicht tun.« Er beugt sich zu ihr. Sie riecht sein Rasierwasser, ein guter, vertrauter Geruch. »Wir können sofort umkehren, Hannah. Wenn du …«

»Alles okay.«

Sie hätte mit dem Zug fahren können. Oder mit dem Polo, den Natan ihr zum achtzehnten Geburtstag geschenkt hat. Ein größeres Auto würde auffallen, schließlich kann sich eine frisch gebackene Polizeischülerin kaum ein besseres leisten. Doch Natan hat darauf bestanden, sie so lange wie möglich zu begleiten.

Zu ihrem ersten Mord.

»Willst du«, Natan greift in die Innentasche seines sandfarbenen Jacketts, »das Foto noch mal sehen? Es ist wichtig, dass du …«

»Nicht nötig.«

Hannah hat sich den Mann genau eingeprägt. Dünnes, nach hinten gekämmtes Haar. Leberfleck über dem linken Mundwinkel. Weißes Hemd, gepunktete Fliege. Übergewichtig.

Ihr erstes Opfer scheint Akademiker zu sein.

Er stirbt nicht für das, was er getan hat, hat Natan gesagt. *Son-*

dern weil verhindert werden muss, dass er es weiter tut. Mehr darfst du nicht wissen. Du tötest einen Fremden. Je weniger du weißt, desto schwerer wird es, eine Verbindung zu dir zu finden.

Karim setzt den Blinker, überholt einen Lastwagen. *HAVE A BREAK, HAVE A KITKAT!* steht in metergroßen Lettern auf der flatternden Plane. Es ist Freitagnachmittag, der Verkehr ist dicht. Natan sieht auf die Uhr.

»Wir werden pünktlich sein«, sagt Karim, ohne den Blick von der Fahrbahn zu wenden.

»Gut«, nickt Natan. Dann fällt ihm etwas ein. »Hast du den Ring?«

Er sieht Hannah nervös an.

»Klar.«

Die Uniform liegt in Folie eingeschweißt auf dem Beifahrersitz. Der Ring ist in der Brusttasche des Hemds.

»Wir setzen dich an der Bushaltestelle ab.« Natan lockert den Sicherheitsgurt über dem Jackett. »Dort warten wir auf dich. Du fährst zwei Stationen und … du hast die Adresse im Kopf?«

»Hab ich.«

»Wiederhole sie.«

Das tut Hannah. Sichtlich genervt.

»Du wirst einen *Menschen töten*, Hannah.« Natans Augen funkeln hinter der randlosen Brille. »Ich will, dass du dir dieser Tatsache bewusst bist!«

»Bin ich.«

»Und ich will, dass du dich sofort, ich wiederhole, *sofort* zurückziehst, wenn etwas nicht nach Plan laufen sollte. Du wirst dich nicht selbst in Gefahr bringen!«

»Ja doch«, seufzt Hannah.

»Der Mann ist Arzt«, meldet sich Karim plötzlich zu Wort. »Er fährt über die Dörfer, behandelt vor allem alte Menschen.

Erschleicht sich ihr Vertrauen. Wir wissen nicht genau, wie er sie tötet. Die Totenscheine stellt er selbst aus. Allein in den letzten zwei Jahren hat er vier Häuser geerbt. Er ist verklagt worden«, Karim sieht stur geradeaus, »aber aufgrund mangelnder Beweise hat man ihn freigesprochen.«

Hannah runzelt die Stirn. »Ihr habt immer gesagt, dass …«

»Stimmt«, unterbricht Karim gleichmütig und bremst hinter einem Kleintransporter, »es ist besser, wenn du die Einzelheiten nicht kennst. Dabei wird es ab sofort auch bleiben. Aber dir muss klar sein, dass du hier nicht auf einem Schulausflug bist. Du bist unterwegs zu einem Mörder. Es geht auch um *dein* Leben. Wenn du versagst, bist du tot.«

*

Es ist Nacht, als Hannah auf dem Parkplatz neben der Bushaltestelle wieder in die Limousine steigt. Natans besorgte Frage, ob alles in Ordnung sei, beantwortet sie mit einem knappen Nicken. Eine halbe Stunde später erreichen sie die Autobahn, und als Natan wissen will, wie Hannah sich fühle, erwidert sie, alles sei wie immer.

Und das stimmt.

Hannah, die frischgebackene Mörderin, sitzt neben Natan auf dem Rücksitz, lauscht in sich hinein auf der Suche nach einem Echo, dem Anzeichen einer Regung oder eines Gefühls. Doch da ist nichts. Nur dieser kalte, weiß geflieste Raum. Leer, steril und nach Desinfektionsmittel riechend wie ein verlassener Operationssaal, und Hannah erkennt, dass die Tatsache, einem anderen Menschen das Leben genommen zu haben, sie selbst nicht lebendig macht. Nicht im Geringsten.

Im Gegenteil. Hannah ist müde. *Todmüde.*

Schlafen, überlegt Hannah, ist etwas Schönes. Ich muss nicht denken. Ich habe Ruhe. Bin allein. Allerdings nur kurz, denn in ein paar Stunden wache ich auf.

Und dann?

Geht alles von vorn los.

Das … *Leben.*

Karim steuert den schweren Wagen durch die sternenklare Nacht. Natan hält schweigend ihre Hand.

Irgendwann, tröstet sich Hannah und kuschelt sich in die weichen Lederpolster, wird es vorbei sein. Dann werde ich nicht mehr aufwachen. Ich muss nur Geduld haben. Es ist nur eine Frage der Zeit.

Bis ich tot bin, denkt sie noch. *Richtig* tot.

Dann schläft sie ein.

Einundfünfzig

»Aber natürlich, mein Schatz. Du fehlst mir auch.«

Der Mann im zerknitterten Anzug saß telefonierend auf einer Bank vor einem betonierten Bootsanlegesteg unterhalb der Flusspromenade. In der einen Hand hielt er einen Pappbecher mit Kaffee, den er an dem kleinen Imbiss oben an der Straße erstanden hatte, in der anderen ein altertümliches, aufklappbares Handy.

»Wie geht's den Kindern?«

Lächelnd lauschte er der dünnen Frauenstimme.

»Gib den beiden einen Kuss.« Er nippte an seinem Becher. »Saskia muss sich keine Sorgen wegen der Klausur machen, sie ist ein kluges Mädchen.«

Er plauderte noch ein wenig mit seiner Frau, erklärte, dass er ein paar Tage bleiben müsse, die Verhandlungen seien zäh, doch er sei sicher, dass der Vertrag bis Ende der Woche unterschrieben werde. Dann beendete er das Gespräch.

Seine Frau und die beiden halbwüchsigen Töchter kannten ihn als Gunnar Lamar. Dies war sein richtiger Name, unter dem er mit seiner Familie in einem Reihenhaus am Ufer des Bodensees wohnte und als Inhaber einer mittelständischen Firma, die sich auf den Handel mit gebrauchten Computern spezialisiert hatte, ein ruhiges, etwas spießiges Leben führte. Weder seine Familie noch seine sechs Angestellten wussten etwas von dem Lagerhaus, das der stets gut gelaunte Gunnar Lamar in einem Gewerbegebiet am Stadtrand gemietet hatte, erst recht ahnte niemand, welche Geschäfte er von dort aus betrieb.

Er faltete die Hände vor dem Bauch, hielt das Gesicht in die Sonne. Ein Ruderboot brummte vorbei, Wellen schwappten gegen den Steg. Schnatternd stoben ein paar Enten auf. Gunnar Lamar leerte seinen Kaffee, warf den Becher in einen Papierkorb, öffnete seine Aktentasche und holte eine Zeitung hervor.

Den Artikel hatte er bereits zweimal gelesen, er überflog ihn erneut. Es ging um den Prozess, der Gerichtsreporter schrieb über die demnächst anstehende Urteilsverkündung. Sämtliche Beobachter, wurde berichtet, seien sich einig, dass die beiden Angeklagten angesichts ihrer *monströsen Taten* nie wieder auf freien Fuß gelangen würden. Es sei davon auszugehen, dass das Gericht der Forderung der *äußerst engagiert agierenden* Oberstaatsanwältin nach anschließender Sicherungsverwahrung folgen werde.

Lamar schob den speckigen Hut in den Nacken.

Der jüngere der beiden stellte kein Problem dar, der perverse Idiot wusste nicht einmal, dass Lamar existierte. Anders sah es mit dem älteren aus.

Der war ein wichtiger, mehr noch, einer seiner *Premiumpart-*

ner gewesen. Lamar war im Darknet auf ihn gestoßen, hatte ihm angeboten, die Filme über sein Netzwerk weiter zu vertreiben. Die Kundschaft war gierig, lechzte, *sabberte* regelrecht nach neuem Material, doch es hatte gedauert, bis der andere zugestimmt hatte. Unter einer Bedingung: einem persönlichen Treffen.

Lamar hatte zugestimmt. Ein Fehler.

Kurz vor seiner Verhaftung hatte der andere sich noch einmal gemeldet:

Wenn ich in den Knast muss, dann soll es so sein. Aber nicht für den Rest meines Lebens. KÜMMERE DICH! Wenn nicht, landest du neben mir in der Zelle.

Lamar hatte versprochen, sich zu kümmern. Zunächst hatte alles gut ausgesehen, der Anwalt, der als Pflichtverteidiger bestellt worden war, schien mit allen Wassern gewaschen zu sein. Doch dann hatte Kadelberg gedroht, sein Mandat niederzulegen, also hatte Lamar sein Honorar ein wenig aufgestockt.

Um mehr als das Zehnfache. Inoffiziell natürlich.

Eine Kindergruppe kam lärmend die Treppe herab, gefolgt von einer Erzieherin, die Brot verteilte und die Kleinen ermahnte, nicht zu nah ans Wasser zu gehen. Mit einem nachsichtigen Lächeln faltete Lamar die Zeitung zusammen, während die Kinder mit leuchtenden Augen über den Steg tobten, die kleinen Gesichter vor Aufregung gerötet.

Gunnar Lamar liebte seine Töchter. Nie im Leben wäre er auf den Gedanken gekommen, ihnen ein Leid anzutun, und auch die Kinder, die vor ihm die herbeiströmenden Enten fütterten, reizten ihn nicht im Geringsten.

Jedenfalls nicht körperlich. Er sah sich die Filme nicht einmal an. *Was* ihn reizte, war das Geld, das er mit dem Vertrieb verdiente. Unmengen, die er auch in Jahrhunderten nicht mit dem Verkauf von gebrauchten Laptops erwirtschaftet hätte.

Ein Pfeifen gellte über den Fluss, hinter den Bäumen am anderen Ufer schepperte die Parkeisenbahn vorbei. Lamar verstaute die Zeitung in der Aktentasche.

Es gab Probleme. Sowohl das Telefonat mit Kadelberg als auch der Zeitungsartikel deuteten darauf hin, dass es große, *sehr* große Probleme gab.

Sein ehemaliger *Partner*, soviel war klar, würde reden. Es gab keine Möglichkeit, ihn zu hindern. Er saß in Untersuchungshaft, und Lamars Hoffnung, ihn vor dem Landgericht auszuschalten, hatte sich zerschlagen, er wurde abgeschirmt und durch einen Hintereingang zu den Verhandlungen gebracht.

Allmählich wurde die Zeit knapp.

Doch bisher hatte Gunnar Lamar immer eine Lösung gefunden.

Das würde er auch diesmal.

Zweiundfünfzig

Karim schaltete das Licht aus, fragte, ob Natan noch etwas brauche. Nein, erwiderte dieser, aber es wäre nett, wenn er noch etwas Musik hören könne, die Appassionata vielleicht. Karim ging zur Stereoanlage, die ersten Töne der Klaviersonate perlten aus den Boxen.

»Schlaf gut.«

»Du auch, Karim.«

Im fahlen Licht der Nachttischlampe wirkte Natan zerbrechlicher denn je in dem großen, mit Schnitzereien verzierten Bett. Er nahm die Brille ab, legte sie auf den Nachttisch. Eine kleine Bewegung nur, doch sie bereitete ihm Mühe.

»Du hast noch einmal mit Hannah gesprochen?«

»Natürlich«, nickte Karim, der sich bereits zum Gehen gewandt hatte. »Sie wird vorerst nichts unternehmen.«

»Gib mir bitte Bescheid, wenn es Neuigkeiten gibt. Wir dürfen den Mann auf keinen Fall unterschätzen.«

»Das weiß Hannah. Ruh dich jetzt aus. Ich bin im Kabinett, falls du mich brauchst.«

Karim verließ das Schlafzimmer, ließ die Tür einen Spalt offen. Er lief über den Flur, seine Schritte wurden durch den schweren Teppich gedämpft. Als er die breite Treppe zum Erdgeschoss erreichte, verharrte er kurz, lauschte der Musik, die aus Natans Schlafzimmer am anderen Ende des Flurs drang und öffnete eine Tür schräg gegenüber.

Bei dem, was er soeben als *Kabinett* bezeichnet hatte, handelte es sich um einen fensterlosen Raum mit gepolsterten Wänden, dessen Stirnseite von einem langen Schreibtisch eingenommen wurde, der ausreichend Platz für zwei 40 Zoll-Monitore und eine Computertastatur bot. Ein armdicker Kabelstrang verschwand in der Wand und verband die Bildschirme mit einem Hochleistungsrechner im Nebenraum.

Karim streifte das Jackett ab, hängte es über die Lehne eines ledernen Bürosessels, nahm Platz und rief eine Webseite auf. Mit geübten Fingern tippte er einen komplizierten Code ein. Zahlenreihen flimmerten über die Monitore, Fenster öffneten und schlossen sich in Windeseile, das Bild wurde schwarz, flackerte wieder auf. Eine blecherne Stimme ertönte aus den Lautsprechern:

Aber natürlich, mein Schatz. Du fehlst mir auch.

Mit unbewegter Miene lauschte Karim dem Telefonat, das vor ein paar Stunden abgehört und auf einem geheimen Server irgendwo am anderen Ende der Welt gespeichert worden war.

Saskia muss sich keine Sorgen wegen der Klausur machen.

Im Hintergrund war Kinderlachen zu hören. Und noch etwas. Vögel. Gackernde Enten vielleicht.

Sie ist ein kluges Mädchen.

Karim verzog das Gesicht, als ein Schlürfen ertönte, mit dem Gunnar Lamar genüsslich an einem Getränk nippte. Wahrscheinlich Kaffee.

Gib den beiden einen Kuss.

Das fahle Licht der Monitore glänzte auf Karims olivfarbener Haut. Nachdem die Aufzeichnung beendet war, blieb er noch einen Moment sitzen, dann loggte er sich mit einem komplizierten Tastaturbefehl wieder aus, fuhr den Rechner herunter und verließ den Raum. Als er die gepolsterte Tür schloss, drang ein gedämpftes Husten aus dem Schlafzimmer. Ein paar Sekunden später stand er bei Natan am Bett.

»Alles in Ordnung?«

»Ja.« Natans Augen waren geschlossen. »Ich hab nur … ein wenig Durst.«

Karim ging zu einer Kommode unter dem Feininger-Gemälde, füllte ein Glas mit Wasser aus einer Kristallkaraffe. Er legte eine Hand in Natans Nacken, half ihm, den Kopf zu heben und hielt ihm das Glas an die Lippen.

»Danke«, seufzte Natan und sank kraftlos zurück in die Kissen. Seine schmale Brust hob und senkte sich unter dem seidenen Laken. Karim musterte ihn prüfend, während Beethovens Klavierläufe leise aus den Lautsprechern drangen.

»Natan?«

»Ja?«

»Was hat der Arzt gesagt?«

»Das weißt du doch«, wehrte Natan ab. »Ich brauche nur ein wenig Ruhe, mehr nicht.«

»Wie oft habe ich dich schon zum Arzt gefahren?«, fragte Karim ruhig. »Hundertmal? Tausendmal?«

»Ich hab's nicht gezählt.« Natan lächelte schwach.

»Warum wolltest du, dass ich draußen warte?«

»Nennen wir's … Privatsphäre?«

Karim, der dem gelähmten Natan seit Jahren das Essen kochte, ihn zu Bett brachte, badete und auf die Toilette half, antwortete nicht.

»Bitte, Karim. Sei nicht … böse auf mich.«

»Das bin ich nicht. Aber du erwartest von Hannah und mir, dass wir dir vertrauen. Das tun wir. Du solltest ehrlich zu uns sein.«

»Ihr beide, Hannah und du … ihr seid alles, was ich habe«, sagte Natan. »Ich habe euch niemals belogen. Und ich werde es auch nie tun.«

Seine Augen fielen zu, er hörte, wie Karim leise das Zimmer verließ. Natan liebte Karim und Hannah wie seine eigenen Kinder, und es stimmte, er hatte ihnen immer die Wahrheit gesagt. Immer.

Allerdings nicht die ganze.

Dreiundfünfzig

»Ein Möhrchen, Chef?«

Zorn bequemte sich nicht zu einer Antwort, doch sein angewiderter Gesichtsausdruck sprach Bände. Also bediente sich Schröder selbst aus der Tupperdose und legte sie wieder auf die gestreifte Decke. Sie lagen unterhalb von Schröders Haus auf einer kleinen Landzunge am See in der Sonne, Edgar stand ein paar Meter entfernt am Ufer und ließ ein ferngesteuertes Boot über das Wasser flitzen.

»Ich habe den Kollegen Brettschneider gebeten, sich noch einmal die Akte Pia Stoltz vorzunehmen«, erklärte Schröder kauend.

»Und?« Zorn klang nicht sonderlich interessiert.

»Im Moment sieht er niemanden, den sie ins Vertrauen hätte ziehen können.« Schröder rückte die Krempe des Strohhuts zurecht, der seine empfindliche Glatze vor der Sonne schützte. »Alle ihre Kollegen im Zoo haben sie als zurückhaltend beschrieben, keiner hat geahnt, dass sie von ihrem Mann misshandelt wurde. Sie hat viel für wohltätige Organisationen gespendet, war Mitglied in mehreren Vereinen, aber weder in der Verwandtschaft noch in ihrem Umfeld gibt es jemanden, den man als so etwas wie einen *Freund* bezeichnen könnte.«

»Den muss es aber geben. Irgendjemandem hat sie's erzählt. Wenn du recht hast, steht der Name auf der Liste und … Vorsicht!«

Zorns Ruf galt Edgar, der einen Meter vom Ufer entfernt auf einen glitschigen Stein geklettert war, um sein in wilden Kurven umhersirrendes Boot besser im Blick zu haben.

»Lass ihn doch.« Schröder hielt Zorn die Dose unter die Nase. »Apfelschnitz?«

Zorn hatte sich auf die Ellbogen gestützt, musterte seinen Sohn besorgt und knurrte, dass Schröder sich seinen *beknackten Apfelschnitz* zusammen mit den Möhrchen *in den Allerwertesten schieben* könne.

»Selbst, wenn wir jemanden finden«, fuhr er dann fort, »heißt das noch lange nicht, dass er Ferdinand Stoltz umgebracht hat, um Pia Stoltz zu rächen. Und dass es dazu noch ein Bulle …«

»Polizist.«

»… gewesen sein soll, dafür würde ich meine Hand nicht ins Feuer legen. Geht auch schlecht, jedenfalls …«

»… nur mit einer, weil du ja nur noch eine hast«, winkte

Schröder ab. »Es ist ja sympathisch, dass du versuchst, selbstironisch zu erscheinen. Aber zum einen«, er biss in den Apfel, »war das noch nie deine Stärke, und zum anderen werden auch Behindertenwitze irgendwann ermüdend, wenn man sie andauernd hören muss.«

Zorn dachte kurz nach.

»Hab ich den mit dem einarmigen Banditen schon gemacht?«

»Oft«, seufzte Schröder. »Sehr oft.«

»Und das mit dem Däumchen drehen?«

»Also das«, stöhnte Schröder, »kann ich nun wirklich nicht mehr hören. Dass man zwei dazu braucht, erzählst du schon seit damals, als du die beiden Finger verloren hast.«

Edgar stieß einen leisen Schrei aus, beugte sich über die Fernsteuerung und ließ das kleine Boot auf einen Schwan zurasen, der fauchend im Schilf verschwand.

»Jedenfalls«, Schröder streckte die kurzen Beine auf der Decke aus, »was Pia Stoltz betrifft, sollten wir …«

»Besser arm dran als Arm ab!« Zorn richtete sich triumphierend auf. »*Den* hab ich noch nicht gemacht!«

Und das, erwiderte Schröder gequält, sei auch gut so, schließlich habe Zorn keinen Arm, sondern nur eine Hand verloren.

»Aber vielleicht«, fügte er tröstend hinzu, »wird's ja noch. Man soll die Hoffnung nie aufgeben.«

Eine Böe fegte über den See heran. Das Schilf schwankte im Wind, Blätter rieselten von den Büschen. Schröder griff nach dem Strohhut, während Zorn angestrengt weiter überlegte.

»Und wie wär's mit …«

»Bitte, Chef, es reicht. Wirklich, ich …«

»Pass auf, Edgar!«

Der Kleine hatte ein neues Ziel gefunden, einen einsamen Standup-Paddler im schwarzen Neoprenanzug, der fünfzig Meter vom Ufer entfernt mit rudernden Armen auf seinem schwankenden Brett stand, attackiert von dem brummenden Plastikboot, das ihn in immer enger werdenden Kurven umkreiste.

Die Fernsteuerung gab ein schrilles Piepsen von sich. Zorn wies seinen Sohn streng an, das Boot umgehend ans Ufer zu bringen.

»Nun lass ihm doch den Spaß«, sagte Schröder.

»Der Akku ist gleich alle. Wenn der Motor ausgeht, muss einer ins Wasser.«

»Also *ich*«, Schröder erbleichte unter der dicken Schicht Sonnencreme, »definitiv nicht. Du hast das Boot schließlich gekauft.«

»Aber *du*«, grinste Zorn hämisch, »hast es ausgesucht. Also musst du's auch …«, er ließ eine Pause einfließen, »*ausbaden*.«

»Lieber Gott«, stöhnte Schröder, »rette mich aus der Wortspielhölle.«

Beide saßen angespannt auf der Decke und beobachteten, wie das Boot an der Spitze eines weiß schäumenden Dreiecks über das spiegelglatte Wasser auf das Ufer zuraste.

»Noch zwanzig Meter«, murmelte Zorn.

»Ich gehe nicht ins Wasser«, presste Schröder hervor.

»Ich auch nicht.«

»Ich habe eine Phobie.«

»Na und?«, zischte Zorn. »*Ich* bin behindert!«

»Du hast eine Hand verloren. Das bedeutet nicht, dass …«

»Nach rechts, Edgar!«, rief Zorn. »Nach *rechts*!«

»Mach ich doch!«, rief Edgar über die Schulter, hektisch auf die Fernsteuerung drückend.

Das Boot zischte zwischen einer aufstiebenden Entenschar heran, vollzog eine elegante Kurve und verschwand links von ihnen im Schilf.

»Rückwärtsgang!«, befahl Zorn.

Ein Brummen drang aus dem Schilf, gefolgt von einem Gurgeln. Dann wurde es still. Edgar fuchtelte an der Steuerung herum, kam achselzuckend herbei.

»Akku alle.«

»Und jetzt?«, fragte Zorn.

»Müssen wir's holen«, erklärte der Kleine.

»Wer?«

»Na du.«

»Wieso?«

»Weil …« Edgar hockte sich im Schneidersitz auf die Decke. »Du hast gesagt nach rechts.«

»Klar, aber … ich meinte das andere rechts«, widersprach Zorn lahm. »Außerdem hab ich gar keine Badehose.«

»Die brauchst du nicht«, lächelte Schröder. »Es reicht, wenn du die Hosenbeine hochkrempelst. Sind doch nur ein paar Meter.«

»*Du*«, zischte Zorn, »hältst mal schön den Schnabel, mit deiner … *Phobie*!«

»Was ist 'ne Phobie?«, fragte Edgar.

»Nix weiter«, wehrte Schröder ab.

»Na gut, dann holt ihr's eben beide.«

»Wie jetzt?«, fragten Zorn und Schröder wie aus einem Mund.

Edgar griff in die Plastikdose.

»Du«, er sah Zorn an, »hast gesagt, ich soll nach rechts steuern. Und Ögi«, er stopfte sich ein Stück Kohlrabi in den Mund, »wollte, dass ich's fahren lasse. Also seid ihr beide schuld.«

»Aber es ist *dein* Boot«, gab Schröder zu bedenken. »Du hast's ins Schilf gesteuert.«

»Weil's Papa gesagt hat.«

»Trotzdem, du könntest mitkommen.«

»Geht nicht«, schmatzte Edgar. »Ich muss essen.«

*

»Wir sollten uns nicht so rumkommandieren lassen.«

Zorn stand neben Schröder im knietiefen Wasser, starrte suchend ins Schilf.

»Es ist Edgars Boot«, fuhr er mit unterdrückter Stimme fort und schob ein paar Halme beiseite. »Pädagogisch gesehen muss er auch … Scheiße!« Er rieb sich den von scharfkantigen Blättern zerkratzten Unterarm, watete ein Stück vor. »Der Junge muss lernen, Verantwortung zu übernehmen. Wir können ihm nicht alles … sag mal, würdest du vielleicht mal *mitmachen*?«

Schröder wandte ihm den Rücken zu, sah hinaus auf den See.

»Hallo?!«

Keine Antwort.

Kopfschüttelnd drehte Zorn sich wieder um, brummte, dass *der feine Herr* es offensichtlich mal wieder nicht nötig habe, und setzte seine Suche fort. Seine nackten Füße rutschten über den Schlick, die Hosenbeine der Jeans wurden nass, und als er endlich fündig wurde, hatte sich seine Laune dem Nullpunkt genähert.

»Hier.« Er watete zu Schröder, um ihm das tropfende Boot in die Hand zu drücken. »Du trägst es gefälligst zurück, schließlich …«

Auch jetzt reagierte Schröder nicht. Er hatte die Hände auf dem Rücken gefaltet, den Strohhut ins Genick geschoben und stand, von Mücken umflirrt, im Licht der tiefstehenden Sonne bis zu den Waden im Wasser.

»Würdest du vielleicht …«

»Da drüben«, Schröder deutete zum gegenüberliegenden Ufer, »lag seine Leiche.«

»Wessen Leiche?«

»Die von Felix Caraman, dem Angler. Man hat ihn ungefähr zehn Meter neben dem Steg im Schilf gefunden, direkt bei den Birken. Wahrscheinlich ist er … oh, du hast es ja gefunden!«

Zorn hielt das nasse Boot in der gesunden Hand.

»Was«, fragte er, »willst du mir eigentlich sagen?«

»Dass wir Glück haben.« Schröder kam breitbeinig durch das gurgelnde Wasser herbeigewatschelt. »Das Boot hätte sonst wo im Schilf sein können. Und …«

»Ich meinte den *Angler*!«

»Ach so, der.« Schröder kratzte sich im Nacken. »Wir haben nicht die geringste Ahnung, warum er ermordet wurde. Er hatte keine Familie, keine Vorstrafen, nicht mal einen unbezahlten Parkzettel. Mehr hat Kollege Brettschneider bisher nicht herausgefunden, aber er sucht weiter.«

Edgar meldete sich hinter ihnen zu Wort und erklärte, dass er Durst habe.

»Gleich, Ede!«, rief Schröder ihm zu und wandte sich wieder an Zorn. »Auch die Spurensicherung«, er deutete über das Wasser zum anderen Ufer, »hat nichts gefunden. Kein Wunder, schließlich waren ein paar Wochen vergangen, aber ich hab mir eben gedacht …«

»Ja?«

»Dass man vielleicht nicht nur am Ufer suchen sollte.«

»Sondern?«

»Im Wasser. *Unter* Wasser, um genauer zu sein.«

»Du meinst … Taucher?«

»*Sí, Señor.*«

»Und was«, fragte Zorn, »sollten die deiner Meinung nach finden?«

»Woher soll ich denn das wissen?« Schröder hob plötzlich die Stimme. »Irgendwas, das uns weiterbringt! Ist das zu viel verlangt?«

Er nahm Zorn das Boot aus der Hand und watete davon. Die nächsten Worte stieß er gepresst hervor, schließlich wartete Edgar ungeduldig am Ufer, doch trotz des plätschernden Wassers verstand Zorn, dass Schröder allmählich genug habe von diesem *dämlichen, gottverdammten Mistfall*, wer bitteschön, sollte eine halbwegs normale Ermittlung durchführen in all diesem Chaos, das tagtäglich schlimmer wurde?

Schröder hatte sich nach wenigen Sekunden wieder unter Kontrolle, und als er mit Edgar lachend durch das aufspritzende Wasser tobte, wurde Zorn klar, dass die Sache ernst war.

Der hat tatsächlich *geflucht*, dachte er.

Das macht er nur, wenn er nicht weiter weiß. Und wenn Schröder nicht weiter weiß, ist die Sache nicht nur ernst, sondern *verdammt* ernst.

Vierundfünfzig

Sechs Wochen zuvor.

Eigentlich ist alles perfekt.

Die Nacht ist mild, nahezu windstill. Kein Mond, Wolken verdecken die Sterne. Am Nachmittag hat es geregnet, Nebelschwaden treiben über den glatten, tiefschwarzen See. Es riecht nach vermodertem Holz und feuchter, fettiger Erde. Kein Laut ist zu hören, nur das entfernte Verkehrsrauschen auf dem Autobahnzubringer und der gelegentliche Ruf eines einsamen Kuckucks.

Ja, wiederholt der Mann auf dem Steg in Gedanken, eigentlich ist alles perfekt.

Trotzdem beißen die Aale nicht.

Er schließt den Reißverschluss seiner Weste und legt die Angel vorsichtig in einen dreibeinigen Rutenhalter neben der verwitterten Bank. Trinkt einen Schluck aus der Thermoskanne und betrachtet das phosphoreszierende Licht zwischen den Seerosen, das er an der Pose befestigt hat. Letzte Woche hat er ein halbes Dutzend Aale rausgeholt. Bisher keinen einzigen, obwohl er seit anderthalb Stunden hier sitzt.

Vom anderen Ufer dringt blecherne Musik herüber. Entferntes Lachen hallt über den See, ein Lagerfeuer flackert hinter den Büschen an einer der Badebuchten auf.

Der Mann presst missmutig die Lippen aufeinander. Er ist hier, um die Natur zu genießen, und nicht, um sich irgendwelche Musik anzuhören, erst recht nicht dieses atonale, orientalische Geplärre. Diesen Kanakenkram. Nicht nach diesem anstrengenden Tag, stundenlang hat er konzentriert gearbeitet, wie in den letzten Wochen auch. Es muss doch wohl möglich sein, ein wenig Ruhe zu finden.

Die Musik wird lauter. Gejohle dringt herüber. Türken wahrscheinlich. Oder Araber. Tagsüber kann man denen aus dem Weg gehen, aber müssen die auch noch nachts unterwegs sein? Hier? An *seinem* See?

Der Angler vergräbt die Hände in den Taschen der Weste.

Seine Arbeit ist anstrengend. Er ist hier, um aufzutanken. Beim Angeln.

Egal, denkt er. Sollen sie ihren Lärm machen. Solange sie's da drüben tun, vertreiben sie die Aale nicht.

Er hat mit frischen Tauwürmern geködert. Die Nacht ist dunkel, es hat geregnet. Ideale Bedingungen.

Nur die verdammten Viecher, die beißen nicht.

Geduld, ein Angler braucht Geduld.

Und die hat der Mann auf dem Steg. Er hat sich Zeit gelassen, monatelang geplant. Jetzt ist er beinahe am Ziel. Endlich. Alles ist vorbereitet.

Er konzentriert sich auf das grünlich schimmernde Knicklicht, das zehn Meter vom Steg entfernt zwischen den Seerosen treibt. Beim geringsten Zucken wird er reagieren, nicht sofort natürlich, erst, wenn sich der Aal im Köder verbissen hat, die Viecher sind schlau, doch …

Ein Pochen.

Nicht vom anderen Ufer, sondern hinter ihm. Jemand steht draußen am Tor. Das sind keine Ausländer, auch nicht irgendwelche Jugendliche, die schleichen sich zwar manchmal über den Zaun auf das Grundstück, um ihre Partys zu feiern, aber anklopfen würden die wohl kaum.

Ein weiteres Pochen. Lauter, fordernd.

Der Mann auf dem Steg flucht leise. Wirft einen letzten Blick auf die Angel, schaltet die Kopflampe ein und verlässt den Steg.

*

Das Tor öffnet sich knarrend. Eine Lampe scheint Hannah direkt ins Gesicht. Sie blinzelt, sagt ihren Spruch auf: Ein Einbruch, drüben im Supermarkt hinter dem Reiterhof. Die Täter flüchtig, laut Zeugenaussagen in Richtung See verschwunden.

Sie fragt, ob der Mann etwas beobachtet habe.

»Nein.«

»Würden Sie bitte die Lampe ausmachen?«

Das tut der Angler. Hannah schaltet ihrerseits eine Taschenlampe ein. Sie erkennt das Ziel auf den ersten Blick. Wässrige Augen hinter dicken Brillengläsern. Dünner, rotblonder Schnauzbart. Ein Hänfling, kaum größer als Hannah, sechzig, vielleicht fünfundsechzig Kilo schwer. Sie erkundigt sich trotzdem nach seinem Namen. Sicher ist sicher.

»Felix Caraman.«

»Sie sind allein hier?«

»Allerdings.«

Auch das weiß Hannah, schließlich hat Karim sie ausgiebig

instruiert. Das Grundstück gehört einem Anglerverein. Am Wochenende trifft man sich hier in unregelmäßigen Abständen, nur das Ziel kommt unter der Woche her.

»Dürfte ich mich kurz umsehen?«

Das, erwidert das Ziel, sei kein Problem.

»Vorausgesetzt, Sie können sich ausweisen.«

*

Die Polizistin ist jung, blutjung. Soweit Felix Caraman es einschätzen kann, ist der Ausweis echt. Als sie ihn wieder in der Brusttasche des Uniformhemdes verstaut, schimmert ein auffälliger Ring an ihrer rechten Hand.

Sie folgt ihm über den rissigen Betonweg. Der Strahl ihrer Taschenlampe huscht über die bemoosten Platten, die sich über den Wurzeln der Kiefern heben. Zweige brechen unter ihren schweren Schuhen.

»Wo sind eigentlich Ihre Kollegen?«, fragt er über die Schulter.

*

»Die suchen das andere Ufer ab«, sagt Hannah.

Das Ziel watschelt eilig vor ihr her, als folge es seinem grotesk verzerrten Schatten. Die dünnen, kalkfarbenen Beine stecken in weißen Frotteestrümpfen und schwarzen Flipflops. Sie betrachtet die halblangen, tarnfleckigen Shorts, die alberne, ebenso gemusterte Weste, das kurz geschorene Haar über dem Kragen. Eigentlich ist die Gelegenheit günstig, nahezu perfekt. Die Stelle im Nacken ist nicht zu übersehen. Zwei schnelle Schritte, ein kurzer Stich, mehr nicht.

Doch Hannah wartet ab. Sie hat keine Lust, die Leiche zum

Wasser zu schleppen, wo man sie irgendwann finden wird. Prinzipiell wäre das kein Problem, das Ziel wiegt nicht sonderlich viel, und weder Natan noch Karim glaubt, dass jemand ernsthaft nach Spuren suchen wird. Doch das Ziel wird unten am Ufer sterben, und es wird den Weg dorthin auf eigenen Füßen gehen.

Ein Bewegungsmelder springt an, zwei Scheinwerfer, die über ihren Köpfen in den Kiefern befestigt sind, flammen auf.

Hannah sieht sich um: rechts eine aus rohen Brettern gezimmerte Baracke, daneben ein großer Holztisch, flankiert von ebenso grob gearbeiteten Bänken. Darüber baumelt eine ausgeschaltete Lichterkette zwischen den Ästen. Ein Fahrrad (laut Karim gehört es dem Ziel), lehnt neben einem leeren Bierkasten an einem windschiefen Schuppen. Durch die halb geöffnete Tür ist ein Gewirr aus Schippen, Besen, rostigen Eimern und ausgedientem Anglerzubehör zu erkennen.

»Wie gesagt«, erklärt das Ziel, »ich habe nichts bemerkt. Aber tun Sie Ihre Pflicht, sehen Sie sich in aller Ruhe um.«

Hannah wendet sich nach links. Durch flaches, niedergetretenes Gras führt ein Weg leicht bergab zum Ufer und endet an einem hölzernen Steg, der in einer Lücke im mannshohen Schilf im Boden verankert ist.

»Vielleicht sehen Sie zuerst im Bungalow nach?«

Das Ziel deutet auf die Baracke.

Hannah zögert. Dort drin wird sie es garantiert nicht zu Ende bringen. Doch sie darf keinen Verdacht erregen. Und sie hat Zeit.

Die Scheinwerfer erlöschen über ihnen. Eine Sekunde herrscht völlige, abgrundtiefe Dunkelheit. Als Hannah vortritt, reagieren die Bewegungsmelder, die Lichter flammen wieder auf.

»Es ist nicht abgeschlossen«, sagt das Ziel.

Hannah geht zur Tür, diese schwingt knarrend nach innen. Im Strahl der Taschenlampe erkennt sie ein durchgesessenes Sofa, einen Tisch, darauf einen halbvollen Teller mit Suppe. An den Wänden gerahmte Schwarzweiß-Fotos, auf denen Angler ihre Trophäen präsentieren. Dazwischen verschnörkelte Bretter mit den Köpfen ausgestopfter Fische.

Sie tut, als würde sie angestrengt lauschen.

»Hier ist niemand«, sagt sie dann.

»Gut.« Das Ziel klingt erleichtert. Als es näher kommt, schlurfen die Flipflops hinter ihr über den Boden. »Entschuldigen Sie die Unordnung, aber letztes Wochenende war Vereinssitzung. Die sind manchmal ziemlich schlampig.«

Eine unpassende Bemerkung, doch Hannah, in Gedanken mit ihrem Plan beschäftigt, achtet nicht darauf.

»Die sind wahrscheinlich längst über alle Berge«, sagt sie und versucht, resigniert zu klingen. »Ich sehe mich noch kurz unten am Steg um. Wenn Sie vorausgehen, dann …«

Ein Sausen, direkt hinter ihr.

Sie taumelt nach vorn.

*

»Für wie blöd hältst du mich eigentlich?« Caraman steht in der Tür, den Spaten wieder erhoben, um noch einmal zuschlagen zu können. Seine Augen flackern hinter den Brillengläsern. »Glaubst du wirklich, ich wäre dermaßen … *bescheuert*?«

Die Polizistin liegt reglos auf dem Boden. Der Spaten hat sie mit der flachen Seite am Hinterkopf getroffen. Blut sickert auf den Kragen des Uniformhemds, der Fleck wird allmählich größer.

»Hast du wirklich gedacht, ich würde dir diese Geschichte abkaufen?« Er lacht auf. »Einbrecher, was für ein Schwachsinn!

Ich weiß, hinter wem ihr her seid«, zischt er. »Hinter mir. Wenn's tatsächlich Einbrecher wären, würde man kaum ein blutjunges Ding wie dich losschicken, und dann noch allein!«

Etwas stimmt nicht an seiner Argumentation, schießt ihm kurz durch den Kopf. Er, Felix Caraman, hat wesentlich größere Pläne als einen dämlichen Einbruch, er wird die Welt verändern, und angesichts dieser Tatsache ist es natürlich *noch* unwahrscheinlicher, dass die Polizei jemanden wie dieses magere Mädchen losschicken wird. Doch seine Wut darüber, dass man jemanden wie ihn für *dermaßen bekloppt* halten kann, ist größer und überlagert jedes logische Denken.

»Wo sind denn deine … *Kollegen*?« Er hebt lauschend den Kopf. Vom See dringt immer noch diese nervende Musik heran. »Die verdammten Kanaken sind noch fröhlich am Feiern. Das würden die wohl kaum tun, wenn …«

Die Polizistin richtet sich auf.

»Bleib unten!«

Für ein so zierliches Ding ist die ziemlich zäh, denkt Felix Caraman.

Wieder saust der Spaten hinab, landet mit einem fettigen Klatschen zwischen ihren Schulterblättern.

*

Hannah spürt den Schlag. Keinen Schmerz, natürlich nicht, doch sie registriert die Erschütterung. Ihre Arme geben nach, sie sackt wieder zu Boden, während das Ziel mit überschlagender Stimme erklärt, wütend zu sein.

Sehr wütend.

»Nicht mal in Ruhe angeln kann man! Ist das denn zu viel verlangt?«

Auch Hannah ist wütend. Allerdings auf sich selbst. Wie oft

hat Karim gesagt, sie solle vorsichtig sein? So oft, dass es ihr auf die Nerven ging. Trotzdem hat sie sich überrumpeln lassen.

Egal, es ist noch nicht zu spät. Als sie sich aufrichtet, prasseln die Schläge auf ihren Rücken, die Schultern, einer trifft ihren Kopf. Das Ziel keift, sie solle gefälligst *unten bleiben*, sonst mache er *Hackfleisch* aus ihr, *der verdammten Schlampe.* Hannah dreht sich langsam um, mit einem einzigen Gedanken beschäftigt:

Keine Spuren. Nur den Ring. Ich darf das Ziel nicht verletzen.

*

»Hast du immer noch nicht genug?«

Felix Caraman umklammert den Spaten mit schweißnassen Händen. Die Polizistin müsste sich winselnd am Boden krümmen, doch sie sieht ihn ruhig, fast gelangweilt an. Aus einer Platzwunde am Kopf strömt Blut über ihr Gesicht.

»Wie«, seine Augen verengen sich hinter der Brille, »seid ihr mir eigentlich auf die Schliche gekommen?«

Sie antwortet nicht, kommt näher. Caraman weicht zurück, den Spaten wie eine Lanze auf ihren Bauch gerichtet.

»Tu das weg«, sagt sie ruhig. »Du verletzt dich noch.«

Was? *Ich* verletze *mich*?

»Das werden wir ja sehen«, knurrt er.

Der Spaten schießt vor, mit der Spitze nach vorn. Caraman zielt direkt auf ihren Magen, die Gürtelschnalle der Uniformhose schwächt den Hieb ab, doch er hat mit aller Kraft zugestoßen. Jetzt, ist er sicher, habe ich ihr den Rest gegeben, dieser verdammten Fotze und tatsächlich, die Wucht lässt sie einen Schritt zurücktaumeln und dann …

Das ist nicht möglich.

Langsam senkt sie den Kopf, betrachtet den dunklen Fleck, der sich über dem Gürtel auf ihrem Hemd bildet.

Ich … ich bin in einem verfluchten Horrorfilm.

Sie sieht ihn an. Ihr Gesicht ist blutüberströmt, läuft in dunklen Fäden den Hals entlang und färbt das Hemd schwarz.

»Es wird schnell gehen«, sagt sie. Auch ihre Zähne sind dunkel von Blut. »Du wirst nichts spüren.«

Der Stiel entgleitet seinen Fingern. Caraman bemerkt es nicht, doch das Scheppern, mit dem der Spaten auf den Dielen landet, lässt ihn zusammenzucken.

»Oh!«

Ihre Augen weiten sich überrascht, als habe sie hinter Caraman etwas entdeckt. Ein uralter, alberner Trick, mit dem Kinder sich seit Jahrhunderten gegenseitig hinter das Licht führen, und auch Felix Caraman fällt darauf herein, er wendet sich reflexartig um.

Das Letzte, was er in seinem Leben sieht, ist sein Fahrrad, das schräg gegenüber am baufälligen Schuppen lehnt. Er hört zwei schnelle Schritte, dann ist es vorbei.

Hannah hat recht gehabt, Caraman hat keine Schmerzen.

Er stirbt, bevor er etwas spüren kann.

*

Die Spuren sind rasch beseitigt. Hannah räumt die Baracke auf, reinigt den blutverschmierten Spaten und verstaut ihn wieder im Schuppen. Schleift die Leiche zum Steg, entkleidet sie und wirft sie ins Wasser. Faltet die Sachen zusammen, legt sie neben der Angel auf die Bank. Wäscht sich das Gesicht, ruft Karim an, um sich am Waldrand abholen zu lassen. Ein Risiko, das sie eingehen muss, sie kann sich nicht umziehen, und mit der blutigen Uniform kann sie kaum durch die halbe Stadt laufen.

Als sie in die Limousine steigt, beginnt es zu regnen. Schweigend lässt sie Karims Vorwürfe über sich ergehen. Am nächsten Morgen besteht Natan darauf, dass Karim sie ins Krankenhaus bringt. Der Arzt diagnostiziert zwei gebrochene Rippen, diverse Prellungen und den Verdacht einer Gehirnerschütterung. Als er misstrauisch wird, zeigt Hannah ihren Dienstausweis und erklärt, sich die Verletzungen bei einem Einsatz zugezogen zu haben.

Es dauert drei Tage, bis Felix Caraman gefunden wird, die Leiche liegt verborgen im Schilf. Die Polizei geht von einem Unfall aus, ein Angler, der bei einem nächtlichen Bad einen Herzinfarkt erlitten hat.

Doktor Silberstein, der an Parkinson erkrankte Rechtsmediziner, übersieht zwar den Einstich im Nacken der Leiche, doch die fehlenden Augen und teilweise angefressenen Gliedmaßen, die er in seinem Bericht als *deutliche Anzeichen von Fischfraß* vermerkt, entgehen ihm nicht. Ob es sich um Aale handelt, wird nicht erwähnt, doch die Vermutung, dass ein passionierter Angler (wenn auch nur teilweise) selbst im Magen seiner Lieblingsspeise endet, erscheint aus philosophischer Betrachtung einer ausgleichenden Gerechtigkeit nicht ganz abwegig.

Hannah erfährt von alldem nichts. Selbst wenn, es hätte sie nicht interessiert. Sie ärgert sich über ihren Leichtsinn, und als sie am Tag nach dem Mord das blutige Uniformhemd in einem Müllsack verstauen will, bemerkt sie, dass ihr eine weitere Unachtsamkeit unterlaufen ist.

Sie war überzeugt gewesen, alle Spuren beseitigt zu haben. Doch der Knopf, der irgendwann von ihrem Hemd abgerissen sein muss, war ihr entgangen.

Fünfundfünfzig

»Guten Abend, Herr Anwalt«, meldete sich Gunnar Lamar höflich. »Ich hoffe, Sie haben kurz Zeit für mich?«

Er hatte es sich auf dem Hotelbett bequem gemacht. Als Kadelberg nicht antwortete, nahm er das Telefon in die andere Hand, schob das Kissen im Rücken zurecht und entschuldigte sich für die Störung.

»Es dauert nicht lange«, versprach er.

»Was ist?«, fragte der Anwalt barsch.

Lamars Blick war auf den kleinen Fernseher gerichtet, der über dem schäbigen Schreibtisch an der Wand gegenüber befestigt war. Der Ton war ausgeschaltet, eine Reporterin stand vor dem bunten Portal des Landgerichts und sprach aufgeregt in ein Mikrophon.

»Nur ein paar Fragen, Herr Anwalt.«

Lamar kniff die Augen zusammen, um ein Schriftband zu entziffern, das am oberen Bildrand unter dem Logo des örtlichen Fernsehsenders über den Bildschirm wanderte: *ZWEI TAGE VOR URTEILSVERKÜNDUNG IM MAMMUTPROZESS – HÖCHSTSTRAFE GILT ALS SICHER*

»Um Ihrer ersten Frage zuvorzukommen«, Kadelberg klang gereizt, »ich habe sämtliche Mittel im Interesse meines Mandanten ausgeschöpft. Das Gericht wird sich der Forderung der Staatsanwaltschaft anschließen.«

»Sicherungsverwahrung?«

»Für beide.«

»Das ist nicht gut.« Lamar langte in eine Tüte Erdnüsse, die griffbereit neben ihm auf dem Nachttisch stand. »Gar nicht gut.«

»Sie sollten sich damit abfinden.«

»Womit ich mich abfinde«, eine Nuss zerbarst zwischen Lamars gelblichen Zähnen, »ist meine Sache, Herr … *Anwalt.*«

»Ich betrachte das Gespräch als beendet.«

»Warten Sie.« Lamar atmete tief durch. »Es liegt mir fern, Ihre fachliche Kompetenz in Frage zu stellen. Und mir ist klar, dass Sie Ihr Bestes getan haben.«

»Sparen Sie sich Ihren Sarkasmus.«

Lamar streckte die Beine auf dem Bett aus. Entdeckte ein Loch über dem großen Zeh in der linken Socke und verzog missmutig das Gesicht.

»Wenn der Urteilsspruch nicht zu verhindern ist«, er wackelte mit dem nackten Zeh, »sollte man ihn zumindest … verzögern können, oder?«

»Ich habe sämtliche Möglichkeiten ausgeschöpft. Befangenheitsantrag gegen die Richterin, neue Beweisanträge, alles, was im Rahmen der Gesetze möglich war.«

»Und was«, fragte Lamar, »ist mit dem Rahmen *außerhalb* der Gesetze?«

»Es reicht.« Kadelbergs Stimme bebte vor Empörung. »Ich wünsche, dass Sie mich nie wieder …«

»Stopp.« Lamar richtete sich auf, den Blick auf den Fernseher gerichtet. »Einen Moment, wir sind gleich fertig.«

Eine junge Frau mit dunklem, kurzgeschnittenem Haar war vor dem schmiedeeisernen Tor des Landgerichts erschienen. Die Reporterin hielt ihr aufgeregt das Mikrophon vor die Nase. *BREAKING NEWS!,* verkündete das Laufband am oberen Bildrand. *OBERSTAATSANWÄLTIN BORCK IM EXKLUSIVINTERVIEW!*

Lamar langte nach der Fernbedienung, schaltete den Ton ein und lauschte der Reporterin, die mit piepsender Stimme fragte, ob die Oberstaatsanwältin einen härteren Umgang mit Kinderschändern fordere. Diese beschied knapp, sich im Moment nicht öffentlich zu äußern.

»Ihre Fragen können Sie mir morgen nach meinem Schlussplädoyer auf der Pressekonferenz stellen. Bis dahin werde ich …«

Lamar schaltete den Fernseher stumm, griff wieder nach dem Handy.

»Sind Sie noch dran?«

»Ja.«

»Ihr Mandant dürfte über das Urteil kaum erfreut sein.«

Kadelberg antwortete nicht.

»Er wird reden.« Lamar nahm sich eine Handvoll Erdnüsse. »Über mich.«

»Das ist *Ihr* Problem, nicht meins.«

»Oh«, lächelte Lamar, »aber es könnte zu Ihrem werden.«

»Wollen Sie …«, Kadelberg räusperte sich, »mir drohen?«

»Nicht doch. Ich hatte mir mehr von Ihnen erhofft, das gebe ich zu. Aber ich denke, das war nicht zu erreichen. Wenn ich mit Ihrer Arbeit unzufrieden wäre, dann wären Sie längst tot.«

»Hören Sie, ich …«

»Ich brauche Zeit.« Lamar legte den Kopf in den Nacken, warf eine Nuss in die Luft. Diese verfehlte seinen geöffneten Mund und landete auf dem fleckigen Hemd. »Ich muss untertauchen, doch dazu muss ich Einiges vorbereiten.«

»Das ist Ihr …«

»Wage es nicht!«, zischte Lamar. »Wage es nicht, mir noch mal zu sagen, das wäre *mein* Problem. Denn wenn du das tust, schneide ich dir deine parfümierten Eier ab, verstanden?«

Keine Antwort.

»Verstanden?«

»Ja.«

»Fein.« Lamar, von einer Sekunde auf die andere wieder höflich wie zuvor, klaubte die Erdnuss zwischen den Hemdknöpfen hervor. »Ich brauche also Zeit. Hätten Sie eine Idee, Herr Anwalt?«

»Ich … nein.«

»Hm.« Lamar drehte die Nuss zwischen den Fingern. »Und was wäre, wenn das Schlussplädoyer nicht gehalten werden würde?«

»Ich verstehe nicht, was … was Sie meinen.«

»Angenommen, die Frau Oberstaatsanwältin wäre morgen … verhindert. Würde *das* die Urteilsverkündung verzögern?« Wieder warf Lamar die Erdnuss in die Höhe, fing sie diesmal mit weit aufgerissenem Mund auf. »Ich werte Ihr Schweigen als Zustimmung«, erklärte er schmatzend. »Apropos Schweigen. Ein Wort, und ich schneide Ihnen die Eier nicht nur ab, sondern stopfe sie Ihnen auch noch in den Mund, und zwar erst das linke und dann das rechte. Das ist Ihnen doch klar, oder?«

Ein Keuchen drang aus dem Hörer. »Sie sind verrückt.«

»Nicht doch, ich vertrete nur meine Interessen.« Genüsslich leckte Lamar etwas Salz von der Unterlippe. »Ich habe die junge Frau eben im Fernsehen gesehen. Ein attraktives Persönchen. Leider steht sie mir im Weg. Und wer mir im Weg steht … sind Sie noch da?«

»Ja«, krächzte Kadelberg.

»Gut, denn das gilt auch für Sie, Herr Anwalt.« Lamar senkte die Stimme. »Wer mir im Weg steht«, wiederholte er, »wird beseitigt.«

SECHSTER TEIL

Der weiß geflieste Raum

Sechsundfünfzig

Meine liebe Hannah, mein lieber Karim,

ich weiß nicht genau, wie ich diesen Brief beginnen soll, also fange ich einfach an, ohne weiter nachzudenken.

Zunächst will ich Euch danken. Dafür, dass Ihr in mein Leben gekommen seid. Dass Ihr zu den Kindern wurdet, die ich nie hatte (verzeiht die schwülstige Formulierung, doch Ihr wisst um meinen Hang zu einer gewissen Pathetik). Ich danke Euch für die Zeit, die Ihr mit einem alten, gelähmten Mann verbracht habt. Ich habe jede einzelne Sekunde genossen.

So viel dazu.

Karim, Du hast mir neulich gesagt, dass wir einander vertrauen müssen. Das haben wir getan. Ich habe Euch immer die Wahrheit gesagt. In diesem Punkt mache ich mir keine Vorwürfe. Nein, belogen habe ich Euch nie. Dass ich Euch etwas verschweigen musste, war keine Lüge. Doch es hat mich immer belastet. Es ließ sich leider nicht umgehen.

Lange, sehr lange habe ich einfach nur in den Tag gelebt. Habe das Geld, das mir ohne mein Zutun in den Schoß gefallen ist, verprasst. Bis ich irgendwann beschlossen habe, diesem Reichtum einen Sinn zu geben. All die Spenden, die wohltätigen Organisationen mögen etwas bewirkt haben, doch ich war unzufrieden, wollte mehr, viel mehr tun. Es war eher ein diffuses Unbehagen, doch die Erkenntnis, endlich etwas Greifbares, etwas Konkretes zu tun, reifte nicht in einem schleichenden Prozess. Ich habe die Entscheidung an einem bestimmten Tag getroffen.

Womit wir an dem Punkt sind, den ich Euch verschwiegen habe.

Verzeiht mir. Verzeiht mir, dass ich es Euch nicht gesagt habe. Doch was hätte es geändert? Es hätte Euch nur belastet.

Liebste Hannah, ich werde nie vergessen, wie ich Dich das erste Mal sah. Auf dieser Bühne, zwischen all diesen Kindern, die um Dich herum tanzten und ihre Weihnachtslieder sangen. Und Du? Du standest einfach da. Ich war so froh, Dich endlich gefunden zu haben!

Zwei Tage zuvor war ich beim Arzt. Du wirst Dich nicht mehr daran erinnern, mein lieber Karim, schließlich hast Du mich unzählige Male dorthin gefahren. Neulich wolltest Du wissen, warum Du so oft vor dem Behandlungszimmer warten musstest. Ich habe dies mit meiner »Privatsphäre« begründet, was – ich kann es nicht oft genug wiederholen – keine Lüge war.

Liebste Hannah, liebster Karim, ich habe einen Hirntumor.

Damals gab mir der Arzt noch ein paar Jahre. Es sind fast zehn geworden, zehn Jahre, mit denen ich nicht gerechnet habe. Es waren die schönsten meines Lebens, denn ich durfte sie mit Euch verbringen.

Als ich die Diagnose erhielt, beschloss ich, die verbleibende Zeit zu nutzen. Ich entschied, endlich aktiv zu werden. Mehr zu tun, als Geld von einem Konto auf ein anderes zu überweisen. Geld, von dem ich oft nicht wusste, ob es an den richtigen Stellen landete.

Dann traf ich auf Dich, Hannah. Und mir wurde klar, dass wir alle gemeinsam etwas erreichen würden. Du, Karim und ich.

Ich weiß, wie sehr Du Dich mir verpflichtet fühlst, Karim. Du sagtest einmal, ich hätte Deinem Leben einen Sinn gegeben. Das mag stimmen. Doch es ist unwichtig. Das, was du für mich getan hast, ist tausendfach wertvoller. Du hättest nicht gezögert, Hannahs Aufgabe zu übernehmen. Und doch hast Du den Platz, den ich Dir zugewiesen habe, widerspruchslos eingenommen.

Ich war immer überzeugt, dass wir das Richtige tun. Wir haben die Menschen beschützt (ich weiß, meine liebste Hannah, dass ich das oft, sehr oft gesagt habe, und ich sehe Dich vor mir, wie Du jetzt die Augen verdrehst).

Ja, wir haben getötet. Doch jeder Tod war verdient (ja, auch jetzt wiederhole ich mich). Es ging nicht um Strafe für das, was diese Menschen getan hatten. Nicht um die Vergangenheit, sondern um die Zukunft. Darum, zu verhindern, was sie noch alles tun würden. Mit jedem Leben, das wir genommen haben, wurden viele, sehr viele gerettet. Eine einfache Rechnung.

Ich habe mir die Entscheidung nie leicht gemacht. Jeder einzelne Fall wurde genau geprüft. Es gibt nichts, was wir uns vorzuwerfen hätten. Mit einer Ausnahme, die allerdings nur mich betrifft:

Pia Stoltz, sie könnte noch am Leben sein.

Ich kannte sie lange, bevor Ihr in mein Leben tratet, eine Zufallsbegegnung im Urlaub, am Strand von Biarritz. Pia war siebzehn, und obwohl ich im Rollstuhl saß und über zehn Jahre älter war, hatte sie sich wohl ein wenig in mich verliebt. Ich mochte sie ebenfalls, fühlte mich natürlich auch geschmeichelt, denn ich erkannte schon damals sofort, wenn mir jemand wegen meines Geldes schöne Augen machte (was in dieser Zeit häufig geschah). Bei Pia war das nicht der Fall, eine knappe Woche waren wir unzertrennlich, doch näher kamen wir uns nicht, ein harmloser Flirt, der schnell beendet war.

Ich merke gerade, ich schweife ab. Ich will Euch nicht mit den Erinnerungen eines geschwätzigen alten Mannes langweilen, also fasse ich mich kurz:

Knapp dreißig Jahre später sind wir uns wiederbegegnet, auf einer Spendengala im Zoo, es ging um Gelder für ein neues Elefantenhaus. Ich hätte Pia wohl kaum erkannt, doch sie erkannte mich sofort (was wohl am Rollstuhl lag). Danach haben wir uns ein paarmal getroffen (du, Karim, hast uns in die Oper gefahren, du erinnerst dich bestimmt). Als Pia sich mir dann anvertraute, hätte ich sofort reagieren müssen. Das hatte ich auch vor, und natürlich konnte ich nicht ahnen, dass sie zwei Tage später Selbstmord begehen würde.

Trotzdem mache ich mir Vorwürfe. Pias Fall war der erste, den ich schnell entschieden habe. Es war auch der einzige, in den ich emotional verstrickt war, und nachdem wir ihren Mann (kann man dieses Monster eigentlich so bezeichnen?) vom Antlitz der Erde getilgt hatten (ich werde wieder pathetisch, verzeiht mir), fühlte ich so etwas wie Befriedigung. Aber nach allem, was ich von Pia wusste, hätte dieser Mensch niemals aufgehört, Frauen zu quälen. Wir haben also richtig gehandelt.

Und doch kommen mir allmählich Zweifel.

Es begann vor anderthalb Monaten, mit Felix Caraman. Sicherlich, die Entscheidung war mehr als gerechtfertigt, er hätte wahrscheinlich Dutzende Menschen in den Tod gerissen. Wir haben es verhindert.

Doch Hannah war in Gefahr. Sie ist schwer verletzt worden, und nur um Haaresbreite einer Entdeckung oder gar dem Tod entgangen. Ich weiß, dass Du das anders siehst, Liebes, schließlich haben wir lange genug darüber diskutiert. Doch ich bleibe bei meiner Meinung.

Ich glaube, es war eine Warnung. Ein Signal, das Ihr nicht unterschätzen dürft.

Vor allem im Hinblick auf das nächste Ziel.

Der Mann ist gefährlich. Auch das habe ich oft genug betont, und Du hast natürlich recht, Hannah, dass ich bei jedem Ziel darauf hingewiesen habe. Womöglich war meine Vorsicht in manchen Fällen tatsächlich übertrieben, doch in diesem speziellen Fall ist sie mehr als angebracht.

Wir wissen noch nicht genau, was er vorhat. Doch dieser

Mensch ist ein Raubtier, je mehr es in die Enge getrieben wird, desto gefährlicher wird es.

Er hat ein Präzisionsgewehr. Also wird er jemanden töten. Danach wird er untertauchen. Ob er dann weiter tötet, wissen wir nicht. Doch das halte ich für unwichtig, denn wir wissen, dass er seine »Geschäfte« fortführen wird. Er wird Kinder quälen lassen, Dutzende, Hunderte in aller Welt. Nichts wird ihn aufhalten, und der einzige Weg, diese Kinder zu schützen, besteht darin, diesen Mann zu töten.

Das sind die Fakten, nach denen wir uns bisher gerichtet haben.

Jetzt allerdings hat sich etwas geändert.

Doch dazu später mehr.

Wenn Ihr diese Zeilen lest, bin ich tot. Ich sehe vor mir, wie Ihr beide an meinem Bett steht. Ich hoffe, ich biete keinen allzu unerfreulichen Anblick.

Du weißt, Karim, vor zwei Wochen kam ein Päckchen aus der Schweiz. Als ich darauf bestand, es persönlich zu öffnen, hast Du Dir Deine Verwunderung nicht anmerken lassen. Doch ich hatte meine Gründe, schließlich hättest Du niemals zugelassen, dass ich meinen Plan in die Tat umsetze.

Die »Medikamente«, versichern die Sterbehelfer, würden absolut schmerzfrei sein. Das interessiert mich natürlich herzlich wenig (obwohl ich wie Du, liebste Hannah, durchaus neugierig auf dieses unbekannte, nie erlebte Gefühl des Schmerzes bin). Wichtig war nur, dass der Inhalt des Päckchens zuverlässig wirkt. Und schnell.

Liebste Hannah, liebster Karim,

verzeiht mir. Jahrelang hat sich der Krebs ruhig verhalten. Ich wusste immer, dass er nur auf der Lauer liegt, und vor drei Wochen hat er dann auch wieder begonnen zu fressen, gieriger als zuvor. Der Tumor sitzt in meinem Kopf, es ist nur eine Frage der Zeit, bis sich mein Verstand eintrüben wird, ich werde eine Weile vor mich hindämmern und schließlich ins Koma fallen.

Und das, finde ich, sollte ich Euch ersparen. Ihr habt Euch lange genug um mich gekümmert. Es war schwer genug, als ich bei klarem Verstand war.

Ich habe keine Angst. Nur eine Sorge bewegt mich. Dass Ihr mir böse seid. Aber ich hoffe sehr, dass Ihr meinen Tod akzeptieren könnt. Ich habe über das Leben anderer Menschen entschieden, ich denke, es steht mir zu, auch über mein eigenes zu bestimmen.

Wenn Ihr das lest, bin ich tot – herrje, ich wiederhole mich, schon wieder! Seht es mir nach, ich bin gleich fertig. Ich will Euch noch über die Zweifel aufklären, von denen ich sprach.

Alles, was wir getan haben, geschah auf mein Betreiben. Ich war der Motor. Ich war es, der Euch ermuntert hat. Weder Du, Hannah, noch Du, Karim, wärst auf den Gedanken gekommen, so zu handeln. Ihr seid mir gefolgt, weil Ihr mir vertraut. Und weil Ihr mich liebt (was Du, kleine Hannah, natürlich niemals zugeben würdest). Ihr habt es für mich getan, habe ich nicht recht?

Ihr müsst das nicht tun. Jetzt, wo ich nicht mehr da bin.

Ihr fühlt Euch verpflichtet, doch ich gebe Euch hiermit frei (eine besonders abgegriffene Redewendung, doch angesichts der Sachlage verzeihlich, findet Ihr nicht?).

Um konkret zu werden: Vergesst das nächste Ziel. Lasst diesen Mann gehen, er ist nicht das einzige Monster auf der Welt. Wir können nicht alle beseitigen, doch ein paar haben wir zumindest aus dem Weg geräumt.

Wir schützen andere Menschen, habe ich immer gesagt.

Jetzt bitte ich Euch um etwas anderes: Schützt Euch selbst.

Bringt Euch nicht weiter in Gefahr.

Das, würde ich sagen, ist mein letzter Wille. Nicht materiell ge-

sehen, was das betrifft, werdet Ihr demnächst Post von meinem Anwalt bekommen. Ihr beide habt Euch nie für finanzielle Dinge interessiert, doch ich habe mir erlaubt, Euch in dieser Hinsicht abzusichern.

So. Es wird Zeit. Ich trinke jetzt meinen Orangensaft, den Du, Karim, mir vorhin wie immer ans Bett gebracht hast, zusammen mit den Vitaminpillen und dem Schreibzeug, um das ich Dich gebeten habe.

Ach, Karim, mein Karim, mach Dir keine Vorwürfe. Wie solltest Du ahnen, dass ich die Pillen vertauscht habe? Die Tabletten mit dem Gift aus der Schweiz sehen genauso aus.

Die Polizei wird Fragen stellen, doch das dürfte kein Problem werden. In der unteren Schublade des Nachtschränkchens findet Ihr einen weiteren Brief, in dem ich erkläre, wie genau ich das Gift besorgt habe und dass ich freiwillig aus dem Leben scheide.

Ich liebe Euch. Vergesst das nie.

Ihr wart immer für mich da.

Jetzt lebt Euer eigenes Leben.

Natan.

PS: Hannah, dieser Hendryk scheint ein wirklich sympathischer junger Mann zu sein. Vielleicht gibst Du ihm eine Chance?

PPS: Ich weiß, wie sehr Du den Feininger magst, Karim. Er gehört natürlich Dir.

PPPS: Danke. Für alles.

Siebenundfünfzig

»Du hast ihn allein gelassen.«

Hannah ließ den Brief sinken. Karim stand neben ihr, die dunklen Augen auf Natan gerichtet, der still und friedlich in dem großen Bett lag.

»Du solltest auf ihn aufpassen.« Hannahs Stimme klirrte vor Kälte. »Es war deine Aufgabe, ihn zu schützen. Du hast …«

»Er sieht zufrieden aus«, unterbrach Karim sie ruhig. »Als würde er schlafen, findest du nicht?«

»Er hatte einen Tumor!«, zischte Hannah. »Seit über zehn Jahren. Und du hast nichts, *absolut nichts* mitgekriegt!«

»Er wollte nicht, dass wir's erfahren. Und wenn Natan etwas wollte, ist es auch so passiert.«

»Trotzdem, du hättest …«

»Er war mir genauso wichtig wie dir«, seufzte Karim.

Er verteidigte sich nicht gegen Hannahs Vorwürfe. Sie wussten beide, dass es keinen Grund dazu gab. Und doch beschimpfte Hannah ihn weiter.

Sie konnte nicht anders.

*

»Felix Caraman hatte die Garage unter falschem Namen angemietet«, sagte Schröder. »Dort konnte er in aller Ruhe an seiner Bombe basteln.«

Zorn stand im Licht der Morgensonne am Fenster und füllte Wasser in den Tank der Kaffeemaschine.

»Und das Ding«, er unterdrückte ein Gähnen, »war funktionstüchtig?«

»Absolut«, nickte Schröder. »Er hat sich die Bauanleitung im Darknet besorgt.«

»Und keine Sau«, murmelte Zorn und stopfte eine Filtertüte in die Maschine, »hat was mitgekriegt.«

»Felix Caraman hatte keinerlei soziale Kontakte. Er hat von Sozialhilfe gelebt, und selbst seine Anglerkollegen kannten ihn kaum. Alle beschreiben ihn als unauffällig, zurückhaltend, meist war er allein am See. Am Vereinsleben hat er so gut wie nicht teilgenommen, er ... sag mal, brauchst du vielleicht Hilfe?«

Zorn hatte die Blechbüchse mit dem Kaffeepulver unter die Achsel geklemmt und versuchte, den Deckel mit der verbliebenen Hand aufzuschrauben.

»Ich krieg das schon hin.«

»Wie du meinst.« Schröder musterte Zorn einen Moment. »Auf jeden Fall«, fuhr er dann fort, »war es ihm ernst. Das Pamphlet auf seinem Laptop liest sich zwar wie die üblichen Hirngespinste eines Verrückten, all das Schwadronieren über kriminelle Flüchtlinge, käufliche Politiker und den ... *schleichenden Niedergang der deutschen Kultur* kennt man zur Genüge, doch Caraman hatte einen konkreten Plan. Das ... *für alle Welt sichtbare Fanal*, wie er schreibt, würde an dem Tag stattfinden, an dem der Bürgermeister ein neues Flüchtlingsheim in der Südstadt einweihen sollte. Die Bombe hätte wahrscheinlich Dutzende Menschen in den Tod gerissen, auch seinen eigenen hatte er fest eingeplant. Das Pamphlet wollte er kurz vorher ins Internet stellen und ...«

»Das alles«, presste Zorn hervor, verbissen an der Büchse schraubend, »ist anderthalb Monate her. Wieso ist das niemandem ...«

»... aufgefallen? Weil es keinen Anlass gab, ihn zu überprüfen. Bis vor einer Woche wussten wir nicht einmal, dass Caraman ermordet wurde. Da war er schon längst beerdigt, und seine Wohnung war aufgelöst. Wir können von Glück sagen, dass Kollege Brettschneider so schnell auf die Garage gestoßen ist, ansonsten …«

»Scheiße!«

Die Büchse polterte zu Boden.

»Na bitte«, bemerkte Schröder lapidar, »du hast sie ja doch aufbekommen.«

*

»Er hat dir den Feininger vermacht.« Hannah hob den Brief, deutete auf das Bild über der Kommode. »Willst du ihn nicht abhängen? Der bringt garantiert 'ne Menge Kohle! Und wenn du schon mal dabei bist, kannst du gleich …«

»Auf wen bist du so wütend, Hannah? Auf mich? Auf Natan?« Karim sah sie nachdenklich an. »Auf dich selbst, stimmt's? Du bist wütend, weil du nicht traurig bist. Du würdest es gern sein, aber du kannst es nicht.«

Das stimmt, schoss es Hannah durch den Kopf. Ich sollte traurig sein. Vielleicht sollte ich sogar … *weinen*?

Sie betrachtete den Toten.

Natan war so schmal. So zerbrechlich.

Etwas geschah in ihrem Kopf. Eine kaum merkliche Änderung in diesem aseptischen, gefliesten Raum. Was genau, konnte Hannah nicht sagen, eine Kleinigkeit nur. Die Temperatur war ein wenig gestiegen, als hätte sich ein verborgenes Fenster geöffnet.

Ja, sie war *tatsächlich* wütend, und Karim hatte recht, dass diese Wut ihr selbst galt.

Doch da war noch etwas.

Trauer vielleicht?

*

»Pass auf, wo du hintrittst.« Schröder beugte sich neben den Schreibtisch und deutete auf den auf dem grauen Veloursteppich verstreuten Kaffee. »Das kriegt man sonst schwer wieder raus.«

Zorns Jeans waren ebenfalls in Mitleidenschaft gezogen worden. Er wischte die Hosenbeine mit der gesunden Hand ab, stieg mit einem übertrieben großen Schritt über das Pulver und sank in seinen Bürostuhl.

»Der Staubsauger«, sagte Schröder, »steht in der Kammer mit den Reinigungsmitteln. Direkt neben …«

»… dem Fahrstuhl, ich weiß.«

»Also ich würd's gleich machen. Wie gesagt, wenn's einmal festgetreten ist, dann …«

»Ich hab aber keinen Bock. Und außerdem«, Zorn sank in die Lehne, »ist es meine Entscheidung.«

»Ach.« Schröder neigte den kahlen Kopf. »*Jetzt* bist du also auf einmal wieder der Chef?«

Zorn starrte ihn provozierend an. Schröder erklärte entschieden, dass der Verursacher des Malheurs auch für die Beseitigung desselben zuständig sei. Und falls es Zorn, der offensichtlich gewillt sei, wieder einmal den Vorgesetzten zu spielen, noch immer *nach einem Kaffee gelüsten* sollte, brauche dieser gar nicht erst den Mund aufzumachen.

»Ich jedenfalls gehe nicht in die Kantine.«

»Ich hab kein Wort gesagt!«, protestierte Zorn.

»Aber *gedacht* hast du's!«

»Blödsinn!«, log Zorn.

Sie stritten noch eine Weile, bis Zorn, der sich zunehmend bedrängt fühlte, schnaubend aus dem Büro stürmte, um auf dem Parkplatz eine Zigarette zu rauchen.

Als er kurz darauf wiederkam, brachte er den Staubsauger mit.

*

»Du solltest jetzt gehen«, sagte Karim.

»Ich hab Urlaub.«

»Das meine ich nicht. Ich muss die Polizei rufen. Es wird einigen Wirbel geben. Ich kümmere mich um alles. Kaum jemand weiß, dass du ihn kanntest, und das sollte so bleiben.«

Mit einer Ausnahme, dachte Hannah.

Hendryk.

Sie ging zur Tür. Karims sanfte Stimme hielt sie zurück.

»Willst du dich nicht von ihm verabschieden?«

Zögernd ging sie zum Bett. Natans Hände waren über der Seidendecke gefaltet, sie strich über den Siegelring, die kühlen, wächsernen Finger.

Es stimmte, Natan sah zufrieden aus. *Sehr* zufrieden.

Plötzlich wurde ihr klar, was diese winzige Verschiebung in der weiß gekachelten Leere in ihrem Kopf ausgelöst hatte.

Trauer? Ein wenig. Vielleicht.

Vor allem aber war da ein ebenso neues, ebenso unbekanntes Gefühl:

Neid.

Achtundfünfzig

Kurz nach Mittag begann es zu regnen. Ein leichter, sommerlich warmer Nieselregen nur, doch als Zorn nach dem Rauchen seiner (mittlerweile fünften) Zigarette wieder im Büro erschien, klebte das T-Shirt mit dem verwaschenen *Pixies*-Schriftzug an seinen Schultern, und das Haar hing ihm in feuchten Strähnen in die Stirn.

»Was liest du da?«, fragte er und nahm Platz.

»Eine Akte.«

»Was du nicht sagst.«

»Ich bin noch eine Weile beschäftigt«, murmelte Schröder, ohne aufzusehen. »Du könntest die Zeit nutzen und den Staubsauger zurückbringen.«

Es sei durchaus löblich, fügte er hinzu, leckte den Zeigefinger an und blätterte um, dass Zorn die Unordnung beseitigt habe, doch dazu gehöre auch, das Arbeitsgerät wieder an Ort und Stelle zu verstauen.

Zorn kämpfte einen Moment mit sich, dann gehorchte er. Als er wiederkam, hatte Schröder seine Lektüre beendet.

»Wir sind davon ausgegangen, dass niemand etwas von Felix Caramans Plänen geahnt hat«, sagte er und schloss die Akte. »Das stimmt nicht.«

»Ach.«

»Er wurde beobachtet.«

»Von wem?«

»Die Kriminaltechnik hat den Laptop untersucht.« Schröder klopfte mit dem Finger auf den grauen Pappeinband. »Sie haben nicht nur das Pamphlet und die Bauanleitung für die Bombe gefunden. Da war noch mehr.«

Er sah Zorn bedeutungsvoll an.

»Mein Gott«, seufzte dieser. »Nun mach's nicht so spannend, Schröder. Was erwartest du? Soll ich 'nen Tusch spielen, damit du …«

»Der Laptop war gehackt. Jemand hatte Zugriff auf den Computer, selbst auf die Kamera. Er hat Caraman beobachtet, war über jeden seiner Schritte informiert.«

»Hä …?«

Mehr brachte Zorn nicht heraus.

»Die Software stammt von einer israelischen Firma für Cybersicherheit«, fuhr Schröder fort. »Offiziell arbeiten die nur mit Regierungsorganisationen zusammen. Und zwar weltweit. Die Amerikaner sollen das Programm eingesetzt haben, um einen mexikanischen Drogenboss zu schnappen.«

»Schröder.« Zorn schüttelte den Kopf. »Das klingt jetzt aber nach 'nem ganz, ganz schlechten Spionageroman.«

»Erinnerst du dich an den Chef von Amazon?«

»Diesen … Zuckerberg?«

»Nein«, seufzte Schröder, »Jeff Bezos.«

»Ach so, den.«

»Dessen Handy wurde gehackt, das war damals überall zu lesen. Und zwar mit dieser Software. Die Firma ist in Tel Aviv eingetragen, lässt sich ihre Dienste teuer bezahlen. Die verdienen Millionen.«

Zorns Handy gab einen Piepton von sich. Er holte ein Plastikröhrchen aus der Hosentasche, zog umständlich mit den Zähnen den Deckel ab, schüttete ein paar Tabletten auf den Schreibtisch und stopfte eine in den Mund.

»Zeit für die Fütterung.«

Schröder bedachte ihn mit einem skeptischen Blick.

»Keine Panik, ich werde schon nicht süchtig.« Zorn klaubte die restlichen Tabletten zusammen. »Ich halte mich genau an die Anweisungen.«

»Ich dachte, Schmerztabletten werden genommen, wenn man Schmerzen hat.«

»Die hab ich!«, erwiderte Zorn reflexartig.

Dann wurde ihm klar, dass das Pochen zwar noch vorhanden, aber deutlich abgeklungen war. Mehr noch, er hatte es in den letzten Stunden gar nicht wahrgenommen. Er setzte die Brille ab, begann umständlich die Gläser zu reinigen und nahm sich vor, Schröders Rat zu befolgen. Heimlich natürlich.

*

»Ich bin's, Karim.«

»Was willst du?«

»Ist alles okay?«

»Rufst du deshalb an? Um zu fragen, ob *alles okay* ist?«

»Hannah, ich wollte …«

»Gab's irgendwelche Probleme?«

»Nein. Sie werden Natan obduzieren, aber das ist Routine. Ich habe die Familie benachrichtigt, die Beerdigung ist wahrscheinlich nächste Woche.«

»Dann weiß ich nicht, was du von mir willst.«

»Ich mache mir Sorgen.«

»Um wen?«

»Um dich, Hannah.«

*

»Angenommen«, Zorn hielt die Brille gegen das Fenster, »diese … *Supersoftware* funktioniert tatsächlich.«

»Das tut sie.«

»Und weiter angenommen«, er kniff ein Auge zusammen, betrachtete die verschmierten Gläser, »jemand wusste von der Bombe. Dann wusste er auch, wann und wo Caraman sie hochgehen lassen wollte.«

»*Exactamente.*«

»Zwei Tage vorher ist Caraman ermordet worden.«

»Auch das«, nickte Schröder, »ist richtig. Man könnte sich fragen, warum.«

»Weil der Mörder«, Zorn hauchte in das linke Brillenglas, »Caraman stoppen wollte.«

*

»Wo bist du, Hannah?«

»Unterwegs.«

»Du beobachtest ihn.«

»Wen?«

»Das Ziel.«

»Er war vorhin am Bahnhof. Hat das Gewehr aus dem Schließfach geholt.«

»Das wundert mich nicht.«

»Warum? Hast du neue Informationen?«

»Natan wollte, dass wir aufhören. Wir sollten …«

»Ich will wissen, ob du neue Informationen hast, Karim!«

»Hannah, ich …«

»Erzähl's mir! Sofort!«

*

»Der … *geheimnisvolle Rächer*«, seufzte Zorn kopfschüttelnd. »Klingt ziemlich albern, oder?«

»Aber es passt. Nicht nur zu diesem, sondern auch zu den anderen Morden.«

»Die Tote im Landgericht«, sagte Zorn, »hat für einen Kinderpornoring gearbeitet.«

»Ferdinand Stoltz hat seine Frau in den Selbstmord getrieben.«

»Und Felix Caraman«, fügte Zorn hinzu, »war ein Massenmörder. Beziehungsweise«, korrigierte er sich, »wäre gern einer geworden.«

»Es gibt Menschen«, sagte Schröder, »die würden behaupten, alle drei hätten den Tod verdient.«

»Eine *Menge* Menschen«, stimmte Zorn zu. »Und alle lesen dieses Schundblatt mit den vier Buchstaben.«

»Ach komm, Chef«, wehrte Schröder ab. »Nicht jeder, der diese Zeitung liest, ist zwangsläufig blöd.«

»Was dann? Zwangsläufig *klug*?«

»Ich habe keine Lust, mit dir über die menschliche Intelligenz zu streiten.«

»Apropos Intelligenz.« Zorn deutete auf den Bericht. »Was ist, wenn die Typen, die den Laptop untersucht haben, sich irren? Ich meine, das sind ja nicht unbedingt die hellsten Kerzen auf der ...«

»Dürfte man fragen«, unterbrach Schröder kühl, »ob du jemals mit einem dieser ... *Typen* gesprochen hast?«

»Äh ...«, Zorn widmete sich wieder seiner Brille. »Nicht direkt, aber ...«

»Ich weiß, es widerspricht deiner Natur, aber bevor man sich ein Urteil über andere Menschen erlaubt, sollte man sie zumindest ein bisschen kennen. Der ... *Typ*, der Caramans Laptop untersucht hat, heißt Frithjof Roth, ist studierter Informatiker. Er ist zwar nur halb so alt wie du, aber er könnte dir einen halbstündigen Vortrag über diese Software halten und du«, Schröder beugte sich vor, »würdest kein einziges Wort verstehen.«

»Schon gut«, murmelte Zorn kleinlaut, »ich dachte nur ...«

»Der junge Mann hat die ganze Nacht durchgearbeitet.« Schröder funkelte Zorn über den Schreibtisch hinweg an. »Und er hat vorgeschlagen, den Laptop nach Berlin zu schicken. Er meint, dass die Experten vom BKA möglicherweise herausfinden, wie das Programm auf Caramans Rechner gelangt ist. Die Chancen sind nur gering, aber falls er recht hat, dann hätte dieser ... *Typ* eine Spur zu unserem Mörder gefunden.«

»Na dann ...«, Zorn, der während Schröders ungewohnt scharfem Vortrag immer tiefer in seinen Stuhl gesackt war, richtete sich wieder auf. »Ich, äh ... ich hol mir mal 'nen Kaffee. Willst du auch einen?«

»Nein. Und *du*«, Schröder war noch immer wütend, »willst

auch keinen. Und rauchen«, fügte er drohend hinzu, »willst du jetzt auch nicht. Erst, wenn wir fertig sind.«

»Womit?«

»Mit Nachdenken.«

*

»Und das ist sicher?«

»Ich hab's mit eigenen Ohren gehört, Hannah.«

»Wir wissen jetzt, was er vorhat.«

»Er ist gefährlich.«

»Du gehst mir auf die Nerven, Karim.«

*

»Die ganze Zeit haben wir nach einer Verbindung zwischen den Opfern gesucht«, sagte Schröder. »Aber die gibt es nicht. Die Verbindung ist das Motiv.«

»Der gefällt mir nicht«, brummte Zorn. »Dieser *geheimnisvolle Rächer*.«

»Wir wissen, dass er technisch versiert ist. Und dass er über beträchtliche finanzielle Mittel verfügen muss.«

»Irgendwie«, überlegte Zorn, »muss er an dieses Programm gekommen sein. Man könnte …«

»… die Israelis befragen? Keine Chance. Die würden alles abstreiten.«

Es wurde still im Büro.

»Irgendwas«, sagte Zorn schließlich, »ist hier unlogisch.«

Schröder beglückwünschte seinen Vorgesetzten zu dieser bahnbrechenden Erkenntnis, die jetzt, nachdem sie nach wochenlangen Ermittlungen endlich etwas gefunden hatten, das *nicht* unlogisch schien, besonders wertvoll sei.

»Trotzdem«, beharrte Zorn. »Ich frage mich …«

Die Wolken brachen auf, die Sonne tauchte das Büro in gleißendes Licht. Zorn schloss geblendet die Augen, und als er sie wieder öffnete, war die Sonne verschwunden, und wie im Gegenzug erschien eine klare und deutliche Frage auf Zorns innerer Leinwand.

»Der Mörder benutzt 'ne Nadel«, sagte er. »Er muss schnell sein und ziemlich kräftig. Vielleicht ein Nahkämpfer oder so was.«

*

»Hast du mal überlegt, dass Natan recht haben könnte, Hannah?«

»Womit?«

»Dass wir's für ihn getan haben? *Nur* für ihn?«

»Ich will jetzt nicht darüber …«

»Natan ist tot, Hannah. Wir müssen das nicht mehr tun.«

*

»Außerdem«, sagte Zorn, »ist er Polizist. Und er kennt sich mit diesem ganzen Spionagezeug aus.«

Schröder sah Zorn abwartend an.

»Bis hierher«, fuhr dieser fort, »kann ich ja noch folgen, aber wenn es stimmt, dass er eine Menge Kohle braucht, um an diese Software zu kommen …«

»Die braucht er.«

»… dann frage ich mich: Gibt's so was überhaupt?«

»Was?«

»Einen *stinkreichen Bullen*? Ist das nicht ein Widerspruch in sich? Ich meine«, Zorn breitete die Arme aus, »klar, wir verdienen ganz gut, aber hast du jemals ’nen richtig reichen Bull …, äh, Polizisten gesehen? Das widerspricht sich total, wie ein rundes Viereck oder …«

»Ja?«

Zorn durchforstete seinen Verstand vergeblich nach einem weiteren Beispiel.

»Du weißt schon, was ich meine.«

»Ein Oxymoron«, nickte Schröder.

»Genau. Und dieses Oxy… dingsbums«, Zorn kratzte sich im Nacken, »bedeutet, dass wir irgendwo falsch liegen.«

*

»Wir können neu anfangen. Er hat für uns gesorgt, Hannah.«

»Falls du das Geld meinst: Das kannst du dir sonst wohin stecken.«

»Du *willst* mich nicht verstehen, oder? Natan ist tot!«

»Du wiederholst dich.«

»Warum, glaubst du, hat er sich umgebracht?«

»Er hat es so beschlossen.«

»*Warum*?«

»Weil …«

»Er hat von den Monstern geschrieben. Dass es zu viele sind, dass wir nicht alle erwischen können. Dass wir …«

»Ich hab diesen verdammten Abschiedsbrief gelesen!«

»Verstehst du nicht, was das bedeutet?«

»Nein! Und ich will’s auch nicht …«

»Natan hat erkannt, dass es sinnlos ist. Deshalb hat er sich umgebracht. Alles, was wir getan haben, war sinnlos.«

*

»Du hast recht.« Schröder neigte zustimmend das Doppelkinn. »Allerdings dürfen wir die falsche Uniform nicht vergessen. Und wenn die falsch ist, dann ist es auch der Polizist. Und ein falscher Polizist kann alles sein.«

»Stinkreich zum Beispiel.«

»Auch das.«

Zorn schob die Unterlippe vor. »Hm.«

»Was meinst du mit … *hm*?«

»Da wäre noch die Liste.«

»Welche Liste?«

»In deiner Schublade.« Zorn deutete über den Schreibtisch. »Die mit den Uniformträgern. Die wäre dann sinnlos.«

»In diesem Falle«, stimmte Schröder zu, »wäre sie das.«

Sie sanken in die Lehnen, streckten die Beine aus und sahen zur Decke.

»Wir könnten trotzdem mal in die Liste gucken«, schlug Zorn schließlich vor. »Zur Sicherheit. Vielleicht ist ja 'n heimlicher Millionär dabei, der es geil findet, auf Streife zu gehen und Strafzettel zu verteilen.« Er runzelte die Stirn. »Obwohl …«

»Ja?«

»Ach, vergiss es.«

»Was soll ich vergessen?«

»Gar nichts«, wehrte Zorn ab. »Wenn ich's sagen würde, könntest du's ja nicht vergessen.«

»Ach komm, Chef«, bat Schröder. »Sag's mir trotzdem, ja?«

Zorn tat, als denke er angestrengt nach.

»Nee«, entschied er dann. »Du machst mir bloß wieder Vorwürfe.«

»Ach.« Schröders blaue Augen weiteten sich. »Warum sollte ich?«

»Wegen meiner … *Vorurteile*. Schließlich kenne ich kaum jemanden von denen.«

»*Wen* kennst du nicht?«

»Na, die auf der Liste.«

»Chef.« Schröder atmete tief ein. »Erzähl's einfach, ja?«

»Und du versprichst, dass du mir keine …«

»Fang an!«

»Na gut. Aber ich will niemandem zu nahe treten.«

Schröder senkte warnend die Augenbrauen.

»Also.« Zorn räusperte sich umständlich. »Wir hatten ja festgestellt, dass wohl kaum einer der auf unserer Liste aufgeführten Kollegen über die nötigen finanziellen Mittel verfügt, die …«

»Würdest du«, Schröders Finger trommelten auf dem Schreibtisch, »bitte zur Sache kommen?«

»Abgesehen davon«, erklärte Zorn förmlich, »kann ich mir schwer vorstellen – und ich betone, dass es sich hierbei um eine Vermutung handelt –, dass jemand von diesen besagten Kollegen einfach so loszieht und Geschäfte mit dem israelischen Geheimdienst macht.«

»IT-Firma. Kein Geheimdienst.«

»Egal. Jedenfalls«, fuhr Zorn in gestelztem Tonfall fort, »möchte ich hiermit zu Protokoll geben, dass ich den Kollegen in keiner Weise die nötige Intelligenz absprechen möchte, aber ich denke …«

»Jaja, ich hab's verstanden.«

»Falls du jetzt …«

»Nein«, seufzte Schröder, »ich werde dir keine Vorwürfe machen. Die Annahme, dass ein einfacher deutscher Polizeibeamter wohl kaum Geschäftsbeziehungen zu einer millionenschweren israelischen Hightech-Firma pflegt, ist nicht ganz abwegig.«

»*Graçias*, Schröder.«

»*De nada*, Chef.«

*

»Wo bist du, Hannah?«

»Hab ich doch gesagt. Unterwegs.«

»*Wo*?«

»Vor ’ner Dönerbude, schräg gegenüber von seinem Hotel. Er ist vor ’ner halben Stunde mit dem Gewehr auf sein Zimmer gegangen. Ich bin ihm vom Bahnhof hierher gefolgt.«

»In Uniform?«

»Logisch.«

»Du hast Urlaub, wenn dich einer deiner Kollegen …«

»*Niemand* erkennt mich. Ich bin Luft für die Leute. Deshalb hab ich die Uniform an. Das war damals Natans Idee, du erinnerst dich vielleicht an ihn.«

»Was hast du vor?«

»Ich esse einen Salat. Der schmeckt beschissen, aber …«

»Verdammt nochmal, *Hannah*!«

»Ich beobachte das Ziel, Karim. Das ist meine Aufgabe. Weder das Ziel noch sonst jemand wird was merken, schließlich hast du’s mir beigebracht.«

»Und dann, was tust du dann?«

»Das weiß ich noch nicht.«

»Hör mir zu, Hannah. Natan wollte, dass wir es beenden. Mag sein, dass wir andere beschützt haben, aber jetzt müssen wir uns selbst schützen.«

»Das Ziel kommt.«

»Vergiss das verdammte Ziel! Selbst wenn, wie willst du’s anstellen, ohne den Ring?«

»Ich muss jetzt Schluss machen.«

»Hannah!«

»Mach’s gut.«

*

»Was machen eigentlich die Taucher?«, fragte Zorn.

»Welche …« Schröder, der konzentriert auf den Bildschirm seines Rechners gestarrt hatte, hob verwirrt den Kopf.

»Felix Caraman«, half Zorn. »Der Anglersteg.«

»Ach so.« Schröder begriff. »*Die* Taucher meinst du.«

»Haben die was gefunden?«

»Ich hab noch keinen Bericht.« Schröder tippte etwas in die Tastatur. »Also nehme ich an, sie sind noch dabei.«

»Beim Tauchen?«

»Das«, erwiderte Schröder, »ist die Aufgabe eines Tauchers.« Er widmete sich wieder seinem Rechner.

»Hast du nach Feierabend was vor?«, fragte Zorn.

»Nö.«

»Frieda wird bestimmt wieder bis sonst wann arbeiten, aber wir könnten ja trotzdem bei dir grillen«, schlug Zorn vor.

Schröder, noch immer in seinen Rechner vertieft, gab ein zustimmendes Brummen von sich.

»Und ’n Bier trinken«, ergänzte Zorn.

»Ich trinke keinen Alkohol.«

»Stimmt. Aber wir könnten ihnen zugucken.«

»Wem?«

»Den Tauchern.«

»Ich bin nicht sicher«, Schröders Finger flitzten über die Tastatur, »ob man die Taucher von meiner Terrasse aus sieht.«

»Das ist natürlich doof«, brummte Zorn.

»Stimmt.«

Zorns Stirn legte sich grübelnd in Falten.

»Eigentlich«, sein Gesicht hellte sich plötzlich auf, »ist das gar nicht so wichtig.«

Das Klappern der Tastatur verstummte. Schröders kahler Kopf erschien über dem Rand des Bildschirms. Ein Anblick, der an einen im Zeitraffer aufgehenden Vollmond erinnerte.

»Warum, wenn man fragen darf?«

»Ein Taucher ist ein Taucher, weil er taucht«, stellte Zorn fest.

Schröder blinzelte verwirrt.

»Seine Aufgabe ist also das Tauchen. Und daraus«, dozierte Zorn mit wichtiger Miene weiter, »lässt sich schließen, dass ein Taucher hauptsächlich mit einer Sache, dem Tauchen nämlich, beschäftigt ist. Und da diese Tätigkeit naturgemäß unter Wasser erfolgt, ist es ziemlich egal, ob wir die Taucher von deiner Terrasse aus beobachten können.«

Ein paar Sekunden vergingen.

»Ich fürchte«, sagte Schröder dann bedächtig, »ich habe nicht den Hauch einer Ahnung, was du mir sagen willst.«

»Ich auch nicht«, nickte Zorn ernst. »Aber ich vermute es.«

»Aha.«

»Wir machen's uns nachher auf der Terrasse gemütlich. Und die Taucher, die sind uns völlig schnuppe, Schröder. Denn wenn ein Taucher taucht …«

»Ja?«

»… dann kann man den sowieso nicht sehen.«

Neunundfünfzig

Hannah.

Das Ziel isst ein Würstchen.

Als Hannah vorbeigeht, hört sie, wie die Pelle zwischen den gelblichen Zähnen knackt. Nach zwanzig Metern bleibt sie vor dem Schaufenster eines Optikers stehen, die Beine leicht gespreizt, die Hände auf dem Rücken gefaltet, die Uniformmütze tief in die Stirn gezogen.

Die Menschen strömen über den Boulevard vorbei, ohne sie wahrzunehmen. Sie gehört zum gewohnten Bild, ebenso wie die Gemüsekisten vor dem türkischen Laden, die Kleiderständer des vietnamesischen Händlers und der steinerne Brunnen vor der Konzerthalle schräg gegenüber.

Das Ziel beugt sich an einem Stehtisch unter einem verblichenen Sonnenschirm über seine Mahlzeit. Vorsichtig, das fleischige Kinn gereckt, beißt er in sein Würstchen, darauf bedacht, das zerknitterte Jackett nicht zu beschmutzen. Seine Tarnung ist gut (nicht so perfekt wie Hannahs, aber trotzdem hervorragend): Ein etwas schmuddeliger, älterer Herr mit kleinen, flinken Augen, der an einen Versicherungsvertreter erinnert oder an jemanden, der sein Geld mit Haustürgeschäften verdient, indem er arglosen Rentnern überteuerte Kochtöpfe aufschwatzt. Er wirkt ein wenig schmierig, doch das, denkt Hannah, lässt seine Fassade nur echter erscheinen.

Ihr Handy vibriert in der Hosentasche. Sie ignoriert es. Hat keine Lust auf eine weitere Diskussion mit Karim. Will nicht darüber nachdenken.

Obwohl er recht hat. Nein, *weil* er recht hat.

Hannah hat Natans Anweisungen nie hinterfragt. Anfangs hat sie gehofft, endlich etwas zu spüren. Sich selbst. Irgendeine … Regung. Ein Gefühl. Eine Änderung. Das ist nicht passiert. Trotzdem hat sie weitergemacht. Mit dem Töten.

Warum?

Du hast es für ihn getan, hat Karim gesagt. *Für Natan.*

Das auch.

Aber da war noch mehr. Natan hat ihr einen Weg gezeigt. Hannah ist diesem Weg gefolgt. Von einem Mord zum nächsten. Von einem … *Ziel* zum nächsten. Ja, der Begriff *Ziel* trifft in doppelter Hinsicht zu. Natan hat ihr eine Aufgabe gegeben, eine Perspektive. Und solange es diese gab, war Hannah abgelenkt. Die Leere war zwar noch da, aber sie hat nicht darüber nachgedacht.

Und jetzt?

Das Handy gibt einen Signalton von sich. Hannah liest die Nachricht vom Display ab. Der Anruf kam nicht von Karim, sondern von Hendryk. Er hat auf die Mailbox gesprochen.

*

Hi, ich wollte mich nur kurz melden. Ich hab das von deinem … Onkel gehört. Kam gerade im Radio, dass er gestorben ist. Das tut mir leid, Hannah. Ich … ich hoffe, dir geht's trotzdem halbwegs gut im Urlaub. Wir haben uns ja 'ne Weile nicht gesehen und … na ja. Bist du eigentlich weggefahren? Falls nicht, dann … also, was ich dir sagen wollte: Ich hab Kommissar Schröder vorhin getroffen, er hat mich für heute Abend eingeladen. Du weißt schon, wir waren schon mal da. Und ich wollte fragen, also … wenn du Lust hast, dann könnten wir beide ja zusammen …? Kommissar Zorn ist auch da, aber der sagt ja sowieso kaum was, haha. Ich, äh … ich will dir nicht auf den Geist gehen und ich hab dir die Mailbox jetzt genug vollgestammelt. Also … ich … ich denke jedenfalls an dich.

Meld dich mal, ja?

*

Sie verstaut das Handy wieder in der Uniformhose. Ein Fahrradfahrer taucht zwischen den Menschen auf. Als er Hannah bemerkt, springt er sofort ab, wirft ihr einen besorgten Blick zu. Diese schüttelt nur vorwurfsvoll den Kopf. Der Radfahrer versteht die Botschaft (*das ist hier verboten, junger Mann, aber für heute lasse ich's noch mal durchgehen*) und schiebt das Rad davon.

Das Ziel tunkt die Wurst in den Senf auf der Pappe. Die Nachmittagssonne scheint Hannah in die Augen, sie schiebt die Mütze tiefer in die Stirn.

Dieser Hendryk, hat Natan geschrieben, *scheint ein sympathischer junger Mann zu sein.*

O ja, das ist er.

Vielleicht gibst du ihm eine Chance?

Worauf?

Es ist Zeit, Euer eigenes Leben zu leben.

Ein … *eigenes Leben*? Was, verdammt nochmal, soll das sein? Und dann noch mit Hendryk? Hannah ist nicht mal fähig, mit einer Katze zusammen zu leben.

Nein. Allein der Gedanke ist absurd.

Aber was dann? Was soll Hannah jetzt tun?

Wir tun es nicht, um zu strafen, hat Natan immer und immer wieder gesagt. *Wir tun es, um andere zu schützen.*

Hannah betrachtet die vorbeilaufenden Menschen. Fast alle haben die Köpfe gesenkt, schleppen ihre Tüten von einem Geschäft zum nächsten. Eine junge Frau in hochhackigen Schuhen und hellblauem Kleid schiebt einen Kinderwagen vorbei. Das Plärren eines Säuglings dringt heraus. Auf dem Brunnensockel sitzen zwei Teenager und starren aus leeren Augen auf ihre Handys.

Vielleicht, überlegt Hannah, habe ich ja tatsächlich einen von ihnen geschützt. Doch hilft mir das?

Ich wünschte, es wäre so.

Schützt euch selbst.

Warum?

Das Ziel stopft den letzten Wurstzipfel in den Mund, wischt kauend die Hände an einer Serviette ab, wirft die Pappe in einen Papierkorb und bedankt sich bei der blassen Imbissfrau für die *äußerst delikate Mahlzeit.*

Ich kann den Ring nicht mehr benutzen, denkt Hannah.

Sie tritt einen Schritt zurück in den Schatten, während das Ziel herangeschlendert kommt. Ein alter Mann kommt ihm entgegen, er macht höflich Platz und wartet, bis der Alte seinen Rollator vorbeigeschoben hat.

Er ist gefährlich, ruft sich Hannah in Erinnerung. Gerade, weil er so harmlos wirkt, ist er gefährlicher als alle anderen.

Vom Marktplatz dringt das entfernte Quietschen einer Straßenbahn herüber. Ein Straßenmusiker stimmt seine Geige an, ein italienischer Schlager weht über die Köpfe der dahinhastenden Menschen. Irgendwo weint ein Kind.

Das Ziel kommt gemächlich näher.

Er hat vor, jemanden zu töten, denkt Hannah.

Sie tritt einen weiteren Schritt zurück. Das Ziel hat die Bewegung bemerkt, und als ihre Blicke sich treffen, wird Hannah mit einem freundlichen Nicken bedacht. Sie sieht, wie das Ziel grüßend mit dem Finger an die Krempe des fleckigen Huts tippt und im nächsten Augenblick in der Menge verschwindet.

Und plötzlich hat Hannah eine Idee.

Sechzig

»Ich kann das immer noch nicht glauben.« Schröder hackte mit dem Messer auf eine Zwiebel ein. »Überlastung hin oder her, es ist unentschuldbar, dass … pass doch auf! Du tropfst mir den ganzen Boden voll!«

Zorn wandte sich um, hielt das Sieb mit dem Salatkopf wieder über die Spüle und brummte, dass Schröder sich gefälligst einen anderen suchen solle, um seine Wut abzulassen.

»Seit über einer Woche ermitteln wir jetzt wegen Felix Caraman.« Schröders Messer sauste mit unverminderter Vehemenz auf das Hackbrett. »Es kann einfach nicht sein, dass wir erst jetzt davon erfahren!«

Sie waren im Auto unterwegs zu Schröders Haus gewesen, als dieser den Anruf bekommen hatte. Jetzt, eine halbe Stunde später, hatte er sich noch immer nicht beruhigt.

»Drei Tage vor Caramans Tod erhält die Polizei einen anonymen Anruf«, empörte sich Schröder. »Man erhält einen Namen. Man erhält den Hinweis, dass dieser Mann gefährlich sei. Dass diesem Hinweis nicht nachgegangen wird, ist vielleicht noch mit Überlastung zu entschuldigen. Dass die Aktennotiz aber irgendwo im Nirvana verschwindet, ist eine bodenlose …«

»Und?« Zorn hielt Schröder den Salatkopf unter die Nase. »Trocken genug?«

»Trocken vielleicht.« Schröder knallte den Salat auf das Brett, das Messer sauste herab. »Aber immer noch dreckig!«

»Pff!«, machte Zorn, schob die Hälften wieder in das Sieb, schlurfte zurück zur Spüle und öffnete den Wasserhahn.

Die Reinigung eines Salatkopfes, erklärte Schröder spitz, sei eine einfache Sache, ein wenig Sorgfalt dürfe man allerdings erwarten, selbst ein Kind könne das.

»Auch ein einarmiges«, fügte er hinzu, holte eine Metallschüssel aus einer Schublade und platzierte sie geräuschvoll neben dem Herd. »Die Sache wird jedenfalls ein Nachspiel haben.«

»Krieg ich jetzt 'ne Abmahnung?«, fragte Zorn über die Schulter. »Wegen 'nem dreckigen Salatkopp?«

Schröder überging die Bemerkung.

»Man hätte den Mord an Caraman verhindern können!« Er nahm eine Möhre und zerteilte sie mit der Geschwindigkeit eines Vier-Sternekochs. »Ganz zu schweigen von …«

»So.« Zorn knallte das Sieb auf die Arbeitsplatte. »Ist der feine Herr *jetzt* zufrieden?«

Schröder beugte sich über die Salatstücke.

»In puncto Sauberkeit«, stellte er dann fest, »lasse ich's durchgehen.«

»Aber?«

»Zu nass.«

»Ich warne dich, Freundchen.«

»Da steht die Salatschleuder.« Schröder deutete auf ein Regal über der Spüle. »Damit kannst du's trocknen.«

»Ich hab aber keinen Bock!«

»Nun werd mal nicht pampig!«

»Ich?« Zorn hob die Stimme. »Wer wird denn hier pampig? Außerdem hab ich Hunger! Ich will was Richtiges essen und nicht irgendwelches …«

»Ja?«

»… Grünzeugs!«

Schröder kam einen Schritt näher.

»Der Salat wird gegessen.«

»Nö.«

»Dann gibt's auch kein Würstchen!«

»Du kannst mir nicht einfach vorschreiben, was …«

»Doch, das kann ich! Ich bin der Gastgeber! Also bin ich der Bestimmer! Und jetzt«, Schröder deutete mit dem Messer zur Terrasse, »deck gefälligst den Tisch. Zumindest *das* solltest du schaffen.«

*

Schröder kam auf die Terrasse, drückte Zorn ein Bier in die Hand und setzte sich ebenfalls an den gedeckten Tisch.

»Du kannst ruhig weiter meckern«, brummte Zorn. »Kann ja

sein, dass ich nicht ordentlich abgewischt habe, der Tisch war total nass. Vielleicht liegt ja auch ’n Messer schief oder …«

»Ich war eben ein bisschen … forsch.«

»Allerdings.« Zorn, die Bierflasche bereits halb erhoben, hielt inne. »War das grad ’ne Entschuldigung?«

»Ich … ärgere mich einfach«, seufzte Schröder.

»Klar, wir hätten’s früher wissen sollen.« Zorn nahm einen Schluck. »Aber es hat auch sein Gutes.«

»Und das wäre?«

»Derjenige, der den anonymen Tipp gegeben hat, wusste, was Caraman vorhatte. Und da«, Zorn unterdrückte einen Rülpser, »kommt nur einer in Frage. Und zwar der, der seinen Laptop gehackt und ihn überwacht hat.«

»Der Mörder.«

»Er warnt uns, wartet zwei Tage und als niemand reagiert, bringt er Caraman um.«

»Das heißt«, überlegte Schröder, »es ging ihm gar nicht um Caraman. Er wollte die Tat verhindern. Dann mordet er also nicht aus Rache, sondern, um… zu helfen?«

»Das hatten wir noch nie, oder?« Zorn hob in einer Mischung aus Sarkasmus und Theatralik die Arme. »Der edle Mörder! Dein … *Freund und Helfer*!«

»Und damit«, seufzte Schröder, »wären wir wieder bei der Polizei.«

»Ja. Und soll ich dir was sagen?« Zorn wischte sich mit dem Handrücken über die feuchten Lippen. »Langsam wird mir das zu kompliziert.«

»Mir auch«, gab Schröder resigniert zu. »Die Frage, ob er Polizist ist, sollten wir im Moment außen vor lassen.«

»Ich bitte drum.«

»Aber wenn seine Motive tatsächlich so … *edel* sind«, überlegte Schröder laut, »warum warnt er uns anonym? Jeder weiß, dass solchen Hinweisen nicht immer nachgegangen werden kann, es sind einfach zu viele. Er hätte nachhaken können, er …«

»Kann er nicht«, unterbrach Zorn. »Wir haben drei Morde entdeckt, aber ich will nicht wissen, wie viele wir *nicht* entdeckt haben. Der mordet vielleicht schon seit Jahren fröhlich durch die Gegend. So einer spaziert nicht einfach zur nächsten Wache und warnt vor 'nem Bombenanschlag. Als Erstes würde man fragen, woher er das weiß. Nee, Schröder, der bleibt in Deckung. Der kann gar nicht anders. Gibt's eigentlich 'ne Aufzeichnung?«

»Von dem Anruf?«

»Dann hätten wir seine Stimme.«

»Das ist sechs Wochen her. Ich werde den Kollegen Brettschneider bitten, sich darum zu kümmern.«

»Sag mal …« Zorn bedachte den Grill mit einem hungrigen Blick. »Wollen wir den nicht langsam anschmeißen?«

»Wir haben noch Zeit. Hendryk kommt erst in einer halben Stunde und … du brauchst gar nicht so die Augen zu verdrehen!«

»Mach ich gar nicht!«

»Hendryk ist ein guter Junge!«

»Ich habe *kein Wort gesagt*!«

»Dann ist ja gut.« Schröder, der sich in seinem Korbstuhl aufgerichtet hatte, sank wieder zurück. »Du kannst dir gern einen Teller Salat holen. Nicht, dass du mir noch«, ein kurzer Blick, »verhungerst.«

Zorn öffnete den Mund, um Schröder mitzuteilen, dass kleingehacktes Unkraut nicht auf einen Teller, sondern in die Biotonne gehöre. Er verkniff sich die Bemerkung. Sie hatten das Kriegsbeil zwar begraben, allerdings nicht sehr tief. Der Stiel ragte noch griffbereit aus dem Boden.

»Du hattest übrigens recht«, sagte Zorn.

»Natürlich.« Schröder runzelte die kahle Stirn. »Womit?«

»Die Taucher.« Zorn deutete mit der Flasche hinunter zum See. »Ich sehe keinen.«

Schröder beugte sich vor. Sein Blick wanderte aus zusammengekniffenen Augen über das spiegelglatte, zwischen den Kiefern im Licht der tiefstehenden Sonne glänzende Wasser.

»Ich auch nicht«, stellte er nach einer Weile fest.

»Geht ja auch gar nicht.« Zorn nippte an seinem Bier. »Weil Taucher die ganze Zeit unter Wasser sind und …«

»… was unter Wasser ist«, winkte Schröder ab, »kann man nicht sehen. Das hattest du neulich schon festgestellt.«

»Sind die eigentlich gewerkschaftlich organisiert?«, fragte Zorn.

»Die Taucher?«

»Ja, in so 'ner … Tauchergewerkschaft.«

»Warum fragst du?«

»Weil die dann nicht so einfach Überstunden machen. Und das wiederum bedeutet, dass die längst Feierabend haben.«

»Davon ist auszugehen.«

»Fragt sich nur, wo.«

»Was?«

»Nein, Schröder, nicht *was*, sondern *wo*«, erklärte Zorn geduldig. »Wo sie jetzt sind, wenn sie Feierabend gemacht haben. Sie sind ja immer noch Taucher und irgendwo«, er deutete auf den im Abendlicht glitzernden See, »müssen sie ja jetzt sein.«

»Aber du hast selbst gesagt«, erwiderte Schröder, »dass man sie unter Wasser nicht sehen kann.«

»Stimmt.« Zorn streckte seufzend die Beine aus. »Also können wir's nur vermuten.«

»Vielleicht«, schlug Schröder vor, »sind sie ja nach Hause getaucht?«

»Wäre möglich.«

»Und gucken jetzt Fernsehen oder …«

»Fernsehen!«, prustete Zorn und tippte sich kopfschüttelnd an die Stirn. »Denk mal 'n bisschen nach, Schröder! Als ob ein Fernseher unter Wasser funktionieren würde!«

Das, gab Schröder kleinlaut zu, sei natürlich absolut richtig und entschuldigte sich für die unüberlegte Bemerkung.

Die Sonne versank hinter den Baumkronen am anderen Ufer. Sie setzten ihre tiefsinnigen Überlegungen fort, bis Zorn schließlich einfiel, dass es durchaus zweifelhaft sei, ob die Taucher nach Feierabend überhaupt berechtigt seien, ihre Ausrüstung zu benutzen. Schröder hatte diesem Argument nichts entgegenzusetzen, und somit, schloss Zorn messerscharf, seien auch sämtliche Spekulationen über die Freizeitgestaltung der Taucher hinfällig, schließlich sei klar, was die Taucher jetzt seien, nämlich ertrunken. Dem sensiblen Schröder missfiel dieses mit nur sehr leisem Bedauern vorgetragene Fazit, doch bevor er etwas erwidern konnte, klingelte es, und Hendryk stand vor der Tür.

Einundsechzig

»Nimm dir ruhig noch eins.«

Schröder schob Hendryk die Schüssel mit den gegrillten Würstchen zu. Dieser bedankte sich artig und griff zu.

»Und?« Schröder spießte ein Salatblatt auf. »Wie läuft's bei der Arbeit?«

Ganz gut, erwiderte Hendryk wahrheitsgemäß. Alles sei ein bisschen eintönig, aber damit habe er gerechnet. In ein paar Monaten würde er sich für den höheren Dienst bewerben.

»Gut«, nickte Schröder. »Du hast das Zeug dazu.«

Hendryk griff nach der Ketchupflasche. Zorn hatte sich bisher nicht am Gespräch beteiligt. Schweigend beugte er sich über seinen Teller, der Stumpf mit der Ledermanschette lag unter dem Tisch auf seinem Schoß, als wäre es ihm peinlich. Mit der gesunden Hand benutzte er abwechselnd Messer und Gabel, weder Hendryks noch Schröders Worte schienen ihn zu interessieren.

»Die Würstchen«, erklärte Schröder, »sind von meinem Lieblingsfleischer. Ein altes sächsisches Hausrezept. Die gibt's nicht immer, deshalb friere ich sie ein.«

Zorn beugte sich kauend vor, um eine weitere Wurst aus der Schüssel zu spießen.

»Damit ich einen Vorrat habe«, fuhr Schröder fort und schob die Schüssel mit einer beiläufigen Bewegung aus der Reichweite seines Kollegen. »Aber der Salat«, lächelte er, noch immer an Hendryk gewandt, »ist auch lecker, oder?«

Hendryk nickte mit vollem Mund, während Zorn, die Gabel noch immer in der ausgestreckten Hand haltend, zuerst die Schüssel, dann Schröder mit einem verdatterten Blick bedachte. Schließlich schien er etwas zu begreifen, seine Miene umwölkte sich, er sank wieder in seinen Stuhl, während der kleine Kommissar Hendryk darüber informierte, dass das Dressing mit Dijon-Senf und einem Schuss Erdbeergelee angerichtet sei.

»Süße und Schärfe.« Er schaufelte erst Hendryk, dann Zorn etwas Salat auf den Teller. »Darin besteht das Geheimnis.«

Hendryk entging nicht, dass Zorns Portion erheblich größer war als seine eigene. Er bemerkte auch, dass das vernarbte Gesicht des ohnehin mürrischen Kommissars sich weiter verfinsterte. Was genau zwischen den beiden vorging, erschloss sich ihm nicht. Sie kannten sich seit Jahrzehnten, im Laufe der Zeit schienen sie eine geheime Art der Kommunikation entwickelt zu haben, über deren Funktionsweise Hendryk nicht einmal spekulieren konnte.

»Wie geht's eigentlich deiner Freundin?«, erkundigte sich Schröder.

»Ganz gut«, wich Hendryk aus.

»Du hättest sie ruhig mitbringen können.«

Hendryk wusste nicht, was er sagen sollte, also stopfte er sich, um Zeit zu gewinnen, ein Stück Weißbrot in den Mund. Er mochte Kommissar Schröder, ihm hätte er womöglich die Wahrheit gesagt, dass er Hannah seit Tagen nicht gesehen hatte und auch, dass sie auf seine Nachrichten nicht reagierte. Doch Kommissar Zorn, der ihm steif gegenübersaß, die Augen in einer Mischung aus Abscheu und Verwirrung auf seinen vollen Teller gerichtet, ging das alles nichts an. Dass Hannah Urlaub hatte, wäre eine Erklärung gewesen, doch dies hätte unweigerlich zu der Frage geführt, warum sie den Urlaub nicht gemeinsam verbrachten. Es widerstrebte ihm, eine Lüge aufzutischen, doch dann fiel ihm eine plausible Erklärung ein.

»Ihr Onkel ist heute gestorben.«

»Ach.« Schröder hob den Kopf. »Das tut mir leid.«

»Kam vorhin im Radio.«

Zorn, der in die scheele Betrachtung eines Pinienkerns auf seinem Gabelzinken vertieft war, hob den Kopf.

»Im … *Radio*?«, meldete er sich zum ersten Mal zu Wort.

»Er hieß Natan Reyer, war wohl ziemlich bekannt.« Hendryk wischte mit dem Brot etwas Dressing vom Teller. »Ehrlich gesagt, bin ich gar nicht sicher, ob sie verwandt sind. Auf jeden Fall standen sie sich ziemlich nahe.«

»Wie, sagtest du, hat er geheißen?«, fragte Schröder.

»Natan Reyer.«

»Komisch«, murmelte Schröder. »Erst neulich hab ich den Namen gelesen.«

»Wo?«, fragte Zorn, die Augen gierig auf die Würstchen in der Schüssel gerichtet.

»Ich …« Schröder verstummte. Sah hinab auf den im Abendlicht glänzenden See, als würde er dort eine Antwort finden. »Ich hab's vergessen«, gab er dann resigniert zu.

»Du hast noch nie was vergessen«, brummte Zorn. »Du wirst langsam alt, Freundchen.«

»Wahrscheinlich«, half Hendryk, »in irgendeiner Zeitung. Wie gesagt, er war ziemlich bekannt.«

Er griff nach seinem Bierglas in der Hoffnung, dass ihm die Verlegenheit nicht anzusehen war. Die Erinnerung an die Umstände, unter denen er Natan Reyer kennengelernt hatte, war alles andere als angenehm. Auch jetzt noch verspürte er einen unangenehmen Druck im Magen, wenn er daran dachte, wie er vor dem festlich gedeckten Tisch gestanden hatte: links Hannah, rechts Natan Reyer und hinter ihm ein drahtiger junger Kerl, der ihm eine geladene Pistole zwischen die Schulterblätter gedrückt hatte.

»Keine Zeitung.« Schröder schüttelte abwesend den Kopf. »Es war … in einer Akte.« Sein Blick fiel auf Zorn, der die Würstchen wie ein hypnotisiertes Kaninchen beäugte. »Dann nimm dir noch eins!«, verkündete er gereizt und schob die Schüssel zu Zorn. »Du hättest wenigstens mal kosten können!«

Die beiden, überlegte Hendryk, erinnerten immer mehr an ein allmählich in die Jahre kommendes Ehepaar. Es gab immer wieder das Gerücht, dass sie etwas miteinander hätten, was in Hendryks Augen absoluter Schwachsinn war. Schon allein, weil Kommissar Zorn mit Staatsanwältin Borck liiert war (warum, konnte sich Hendryk beim besten Willen nicht erklären, es war ein Rätsel, wie der alte Zausel an diese Frau gekommen war, die erstens deutlich jünger und zweitens wunderschön – wenn auch nicht ganz so schön wie Hannah – war).

Zorn griff in die Schüssel. Er verzichtete auf das Besteck und nahm einen herzhaften Biss.

»Also wirklich, Schröder«, stichelte er kauend, »dass du mit deinem Superhirn jemals was vergessen könntest, hätte ich …«

Das Piepsen eines Handys drang durch die geöffnete Terrassentür. Schröder warf Zorn einen wütenden Blick zu und ging ins Haus, um den Anruf entgegenzunehmen. Das Gespräch dauerte nicht lange, nach einer knappen Minute erschien er wieder auf der Veranda und setzte sich an den Tisch.

*

»Und?«, schmatzte Zorn. »War's wichtig?«

Schröder sah nachdenklich hinunter zum See. »Es ging um die Taucher.«

»Ach, Schröder.« Zorn pulte ein Stück Wurstpelle zwischen den Zähnen hervor. »Du musst dir keine Sorgen machen, ich hab nur Quatsch gemacht. Die sind nicht ertrunken. Die wohnen gar nicht unter Wasser. Echt jetzt, manchmal bist du ganz schön naiv.«

Hendryk hatte keinen Schimmer, worum es hier ging.

»Die haben was gefunden.« Schröder deutete durch die Stämme der Kiefern zum anderen Ufer auf den halb im wogenden Schilf verborgenen Anglersteg. »Kollege Brettschneider glaubt, dass es wichtig ist, deshalb hat er angerufen.«

»Und was«, fragte Zorn, »haben die Taucher gefunden?«

»Einen Knopf.«

Hendryk lauschte mit zunehmender Verwirrung. Zorns Gesichtsausdruck war zu entnehmen, dass es ihm ähnlich ging.

»Die haben einen *Knopf* gefunden?«

»Es ist unklar, wie lange er im Wasser gelegen hat«, erklärte

Schröder. »Fakt ist, dass er von einer Uniform abgerissen ist. Und diese Uniform gehörte …«

»Lass mich raten«, unterbrach Zorn. »Einem Polizisten.«

Hendryks Blick wanderte zwischen den Kommissaren hin und her. Er schien Luft für die beiden zu sein, doch die Information war offensichtlich so wichtig, dass Zorn das Würstchen in seinen fettigen Fingern vergaß.

»Dass der Mörder Polizist sein könnte«, sagte Schröder nach einer Weile, »hatten wir vorerst ausgeklammert.«

»Jetzt«, Zorn legte das angebissene Würstchen auf den Teller, »sollten wir's wieder …«, er leckte sich die Finger ab, »einklammern. Bei dem einen Mord hat ein Zeuge einen Uniformierten gesehen. Beim anderen wird am Tatort ein Uniformknopf gefunden. Das ist kein Zufall. Wir sollten …«

Zorns Blick fiel auf Hendryk, dann sah er Schröder vielsagend an. Dieser zögerte. Hendryk ahnte den Grund: Das, was hier besprochen wurde, war absolut vertraulich.

»Alles, was wir hier bereden«, sagte Schröder ernst, »bleibt unter uns, Hendryk. Ich muss dir nicht sagen, dass …«

»Klar«, nickte Hendryk eifrig. »Ist doch logisch.« Er beugte sich errötend über seinen Teller. Das Gefühl, mit zwei erfahrenen Ermittlern an einem Tisch zu sitzen, *einer von ihnen* zu sein, war großartig.

»Also«, begann Zorn und langte in die Würstchenschüssel. »Angenommen, er ist wirklich Polizist. Dann …«

Er zuckte erschrocken zurück, als Schröder ihm einen Klaps auf die Finger gab mit der Bemerkung, dass es jetzt genug sei: »Erst den Salat!«

»Ich will aber nicht!«

»Dann gibt's auch kein Würstchen mehr!«

»Die sind sowieso kalt!«

Somit, stellte Schröder sachlich fest, könne diese Diskussion wohl beendet werden, und wies an, den Tisch abzuräumen. Wenn das erledigt sei, würde man den lauen Sommerabend genießen und alles besprechen, und zwar mit Hendryk, der sowieso schon eine Menge erfahren habe und als angehender Kriminalist mit gutem Gewissen ins Vertrauen gezogen werden könne.

*

Als Zorn kurz nach elf nach Hause kam, schlief Frieda. Sie hatte ihm eine Nachricht auf dem Küchentisch hinterlassen, auf der sie sich entschuldigte, das Geschirr nicht weggeräumt zu haben, sie sei einfach zu müde: *Nicht mehr lange, und ich hab den Stress hinter mir, dann machen wir was Schönes. Versprochen :-)*

Zorn räumte die Reste ihres Abendessens (einen Teller mit einem angebissenen Käsebrot und ein halbvolles Glas Rotwein) in den Geschirrspüler und lief auf den Balkon, um vor dem Schlafengehen die übliche Zigarette zu rauchen.

Hendryk hatte sich eine halbe Stunde vor Zorn auf den Heimweg gemacht, also hatte er mit Schröder noch eine Weile diskutiert, schließlich hatte der Junge eine Menge interne Dinge erfahren (natürlich nicht alles, die Verfehlungen des alten Rechtsmediziners zum Beispiel hatten sie verschwiegen). Trotzdem hatte Zorn Zweifel angemeldet, die Schröder mit der Bemerkung beiseite wischte, dass Hendryk durchaus imstande sei, das Gehörte für sich zu behalten. Der Junge habe noch immer Zweifel, ob er den richtigen beruflichen Weg eingeschlagen habe, und es sei wichtig, ihn in diesem Entschluss zu bestärken. Tatsächlich war Hendryk vor Stolz beinahe geplatzt, er hatte aufmerksam zugehört, und die Fragen, die er ab und zu stellte, waren gute Fragen gewesen, wie Schröder im Nachhinein festgestellt hatte. Im Laufe der Zeit war er zunehmend ernster geworden, was Zorn darauf zurückführte, dass er sich angestrengt hatte, um dem Gespräch folgen zu können.

Hendryk war intelligent, ein wenig naiv zwar, doch ungeachtet der schlimmen Dinge, die ihm widerfahren waren, glaubte er (ebenso wie Schröder) an das Gute im Menschen, was ihn (wie Schröder) zu einem guten Polizisten machte. Zorn selbst war in diesem Punkt nicht sicher; freilich, er glaubte an Edgar, an Frieda und natürlich auch an Schröder, doch was *das Gute im Menschen* betraf, das stand auf einem anderen Blatt.

Andererseits fiel dieser Punkt nicht weiter ins Gewicht, schließlich war Claudius Zorn auch kein guter Polizist.

Da saß er also auf dem verwitterten Holzstuhl, die Füße auf das Geländer gelegt, die Augen hinter den Brillengläsern zum funkelnden Nachthimmel gerichtet. Schröder hatte ihm Vorhaltungen gemacht, Hendryk zu unfreundlich behandelt zu haben; was, wie Zorn zugeben musste, durchaus zutraf, obwohl Hendryk ihm sympathisch war.

Doch Claudius Zorn war ein Mann, dessen Potenzial, auf andere Menschen zuzugehen, äußerst begrenzt war. Dies war ihm bewusst, also blieb ihm nur übrig, mit seinen ohnehin knappen Ressourcen zu haushalten und Dinge wie Empathie, Freundlichkeit oder Einfühlungsvermögen für diejenigen aufzusparen, die ihm an nächsten waren.

Edgar. Frieda. Und Schröder. (Letzterer mit gewissen Einschränkungen.)

Immerhin, dachte Zorn und stemmte sich gähnend hoch, gebe ich mir Mühe. Das ist besser als nichts.

Er schnippte die Zigarette über das Geländer. Legte den Kopf in den Nacken und sog die Nachtluft ein.

Es roch nach Regen.

Zweiundsechzig

»Mach auf!« Hendryk schlug mit der flachen Hand gegen das Türblatt. »Mach auf, oder ich schreie das ganze Haus …«

Die Tür wurde geöffnet. Hendryks Hand verharrte kurz vor Hannahs Gesicht.

»Ich hab die ganze Zeit versucht, dich zu erreichen«, keuchte er. »Wieso bist du nicht …«

»Woher wusstest du, dass ich da bin?«

»Das … das hab ich nicht gewusst. Ich …«

»Mach die Tür hinter dir zu.«

Sie verschwand in der Wohnung.

Hendryk folgte ihr.

*

»Ich hab weder Kommissar Schröder noch Zorn was erzählt«, endete Hendryk. »Weil ich zuerst mit dir reden wollte. Also, was ist hier los?«

Hannah lehnte an der Spüle. Sie war Hendryks atemlos vorgetragenen Worten schweigend gefolgt.

»Ich kapier das nicht!«, rief Hendryk, als sie auch jetzt nichts sagte. »Ich bin stundenlang durch die Gegend gelaufen, hab mir den Kopf zerbrochen, aber *ich kapier's einfach nicht*!«

»Was«, fragte Hannah ruhig, »kapierst du nicht?«

»Sag mal, hörst du mir überhaupt zu?«

»Du musst nicht so rumschreien.«

»Die glauben, dass der Mörder 'ne Uniform trägt! Du hast eine!«

Sie sah ihn an, den Kopf ein wenig geneigt.

»Du auch, Hendryk.«

»Verarsch mich nicht!«

»Mach ich nicht.«

Hannah schien nicht geschlafen zu haben, sie trug ein langärmeliges T-Shirt und schwarze Jeans.

»Da draußen«, Hendryk deutete zur Balkontür, »läuft 'n Killer rum! Hast du irgendwas mit dem zu tun?«

»Ich hab mit niemandem was zu tun.«

Er bedeckte das Gesicht mit den Händen, atmete tief durch.

»Die Tote im Landgericht«, fuhr er etwas ruhiger fort, »ist auf dem Klo gefunden worden. Wir beide haben gesehen, wie sie hineingegangen ist. Du bist ihr gefolgt.«

»Weil ich pinkeln musste.«

»Du hattest 'ne Uniform an.«

»Ich sag's nochmal.« Sie senkte die Stimme. »*Du auch*.«

»Und was ist mit dem Ring?«

»Welchem Ring?«

Die Gegenfrage kam schnell. Sehr schnell.

»Die tote Tierärztin. Sie trug 'nen Ehering, der ist verschwunden. Kommissar Schröder glaubt, dass das was mit den Morden zu tun hat.«

»Und?«

»Was macht dieser Ring in deinem Badezimmer?«

Hannahs Augen verengten sich.

»Ich …« Hendryk wurde rot. »Ich hab dir nicht … nachspioniert. Ich musste aufs Klo, und als ich mir die Hände gewaschen hab, da ist der Spiegelschrank aufgegangen. Jedenfalls«, er räusperte sich, »die Initialen, PS und FS, die passen auf Pia und Ferdinand Stoltz.«

»Du hast 'n gutes Gedächtnis.« Hannah schürzte spöttisch

die Lippen. »Du solltest zur Kripo gehen, die nehmen jemanden wie dich bestimmt mit …«

»Der Ring«, unterbrach Hendryk sie leise. »Erklär's mir. Und erzähl mir nicht, das wär Zufall.«

»Kein Zufall.«

»Wir waren beide im Zoo, haben den Tatort abgesperrt. Hast du den Ring gefunden? Warum hast du ihn eingesteckt?«

»Ich hab ihn nicht gefunden.«

»Sondern?«

»Es war ein Geschenk.«

»Von wem?«

»Von einem Affen.«

*

Zorn schreckte hoch. Im ersten Moment wusste er nicht, wo er sich befand, dann sah er das in der Dunkelheit leuchtende Display des Handys und registrierte, dass ihn der Signalton einer eingehenden Nachricht geweckt hatte. Schlaftrunken nahm er das Telefon vom Nachttisch, sah verschwommen, dass es nicht seines, sondern Friedas war, drehte sich wieder zur Seite und schnarchte weiter.

*

»Du hältst mich für 'ne Mörderin.«

»Dich?« Hendryk lachte auf. Es klang nicht sehr glücklich. »Aber irgendwas stimmt hier nicht. An dem Tag, als dieser Ferdinand Stoltz ermordet wurde, da hast du …«

»Ja?«

»Ich … ich bin dir gefolgt.«

»Und?«

»Du hattest Dienstschluss.« Hendryk schluckte. »Ich hab mich gewundert, warum du die Uniform noch anhattest. Irgendwann war's mir zu blöd, aber …«

Sie sah ihn abwartend an.

»Ich hab gesehen, wie du in dem Durchgang verschwunden bist«, fuhr Hendryk fort. »An der Haltestelle gegenüber vom Nordbad. Das Haus, in dem dieser Stoltz ermordet wurde, liegt zwei Straßen weiter.«

Das Tropfen des Wasserhahns erfüllte die kleine Küche. Mit jeder Sekunde schien es lauter zu werden.

»Und was«, fragte Hannah leise, »schließt du aus all dem?«

»Sag du's mir.«

Hendryk glaubte, eine Bewegung auf dem Balkon wahrzunehmen.

»Die Katze.« Er deutete zur Balkontür. »Das Viech hat Hunger.«

Keine Antwort.

»Also«, wiederholte Hendryk ruhig. »Sag mir, was ich daraus schließen soll.«

Neben Hannah standen zwei Porzellanbecher und eine Teekanne auf der Arbeitsplatte. Sie griff einen der Becher, trank einen Schluck.

»Du hast ziemlich viel nachgedacht.« Ihre Finger schlossen sich um den Becher, als wolle sie die Hände wärmen. »Warum hast du's denen nicht erzählt?«

»Wem?«

»Zorn und Schröder.«

»Hab ich doch gesagt. Ich wollte vorher mit dir reden.«

»*Warum*, Hendryk?«

»Das weißt du.«

»Sag's mir trotzdem.«

»Weil du mir was bedeutest.« Seine Stimme klang fest. »Und zwar 'ne Menge.«

Der Becher landete mit einem leisen Knall auf der Arbeitsplatte. Als Hannah ihn ansah, glaubte er, eine Regung in ihren dunklen Augen zu erkennen. Spott? Bedauern? Oder war das Mitleid?

»Das war vorhin mein Ernst«, sagte sie.

»Was?«

»Du wärst wirklich ein guter Ermittler geworden.«

Hendryk registrierte am Rande, dass Hannah im Konjunktiv sprach. Doch bevor sich ihm die Bedeutung vollständig erschloss, redete sie weiter.

»Es ist völlig egal, was ich dir jetzt sage. Irgendwann wirst du's Schröder erzählen.« Es klang, als würde sie mit sich selbst reden. »Du kannst gar nicht anders.«

»Hannah.« Er trat auf sie zu. »Egal, was hier los ist, wir kriegen das wieder hin. Ich kenne Kommissar Schröder, er wird dir helfen. Du glaubst vielleicht, jemanden schützen zu müssen, aber …«

»Ich schütze niemanden«, unterbrach Hannah eisig. »Das habe ich lange genug getan.«

Hendryk öffnete den Mund, doch Hannah kam ihm zuvor.

»Ich kann dich nicht gehen lassen.«

»Du kannst … *was*?« Hendryk, der einen halben Kopf größer war, hob verwirrt die kräftigen Arme. »Warum willst du mich … ich meine, *wie* willst du mich hier … festhalten?«

»Nicht ich.« Hannah hob die Stimme. »Komm rein!«

Die Balkontür schwang nach innen auf, und Hendryk erkannte zum einen, dass der zweite Porzellanbecher nicht ohne Grund neben der Teekanne stand. Zum anderen wurde ihm klar, dass er sich vorhin geirrt hatte, denn es war nicht die Katze, deren Bewegung er wahrgenommen zu haben glaubte. Der

Mann trat aus dem Schatten, Hendryk sah die Pistole in seiner Hand und erinnerte sich wieder an seinen Namen.

Karim.

*

Er schnarchte Frieda direkt ins Ohr. Sein Arm drohte, ihr die Luft abzuschnüren, sie machte sich vorsichtig frei, rückte ein Stück von ihm ab.

Es war noch dunkel. Entferntes Donnergrollen drang durch das Fenster. Sie schloss die Augen, öffnete sie wieder. In ein paar Stunden würde sie ihr Schlussplädoyer halten. Ihr Herzschlag beschleunigte sich bei dem Gedanken, doch nicht aus Angst oder Nervosität. Alles war bestens vorbereitet.

Zorn redete im Schlaf. Er warf sich auf die andere Seite und murmelte, dass er sich das nicht gefallen lasse, diese Dreckskerle würden ja sehen, was sie davon hätten, niemand habe das Recht, ihm seine *verdammte Pfote abzuschnippeln.*

»Alles gut, mein Schatz.«

Er entspannte sich. Frieda beugte sich über ihn, nahm ihr Handy, um die Uhrzeit abzulesen und bemerkte, dass sie eine Nachricht von Rechtsanwalt Kadelberg erhalten hatte:

Ich muss Sie dringend sprechen. Die Angelegenheit ist äußerst wichtig und in Ihrem persönlichen Interesse! Ich bitte um UMGEHENDEN Rückruf, alles Weitere werde ich Ihnen unter vier Augen erläutern. Ich kann nicht genug betonen, wie ernst die Sache ist!

Die Nachricht passte zu Kadelberg, seiner Eitelkeit, seinem Hang zur Theatralik. In den letzten Tagen hatte er mehrfach versucht, Frieda anzusprechen, in seinem üblichen, bedeutungsschwangeren Ton um ein weiteres Treffen gebeten. Sie hatte abgelehnt, auch seine Anrufe hatte sie ignoriert. Es gab nichts mehr zu besprechen, und wenn, dann würde dies im Gerichtssaal geschehen.

Sie schloss die Augen, um noch ein paar Stunden zu schlafen.

Draußen grollte der Donner.

Kam näher.

Dreiundsechzig

»Du solltest dich lieber nicht mit ihm anlegen.« Hannah deutete auf Karim. »Er braucht die Knarre nicht. Ihm reicht ein kleiner Finger, um dich fertig zu machen. Er kennt sich damit … *bleib sitzen*!«

Hendryk sank wieder auf den Stuhl. Er hatte keine Ahnung, was hier vor sich ging. *Wollte* es nicht verstehen.

»Ich sag dir das, um dich zu warnen«, erklärte Hannah. »Seine Leute haben halb Bremen unter Kontrolle.«

»*Ehemalige* Leute«, korrigierte Karim sanft.

Karims Familie, erklärte Hannah, sei brutaler als die Mafia, obwohl sie nicht aus Italien, sondern aus Syrien eingewandert sei.

»Syrien ist doch richtig.« Sie warf Karim einen Blick zu. »Oder?«

»Nicht ganz.« Er lehnte entspannt an der Balkontür. »Aber fast.«

»Was wird das hier?«, fragte Hendryk. »So was wie ’n Vortrag über Clankriminalität?«

»Das ist ’ne Warnung«, wiederholte Hannah.

Hendryk musterte den sehnigen Mann. Dieser erwiderte seinen Blick aus dunklen, wachsamen Augen. Er hatte die Hände vor dem Jackett gefaltet, die Pistole baumelte zwischen zwei Fingern, der Lauf deutete auf die glänzenden Lackschuhe.

»Stimmt.« Hendryk sah zu Hannah auf. »Die Typen sollen ziemlich gefährlich sein. Haben die ihm auch beigebracht, wie man kocht?«

»Meine Großtante«, nickte Karim, »war eine hervorragende Köchin. Als sie jung war, hat sie in Beirut ein Restaurant geführt. Die Leute sprechen noch heute davon.«

Er legte die Pistole neben einen Blumentopf auf das Fensterbrett. Eine beiläufige Geste nur, doch die Bedeutung war klar.

Ich brauche das Ding nicht. Versuch's nur, du hast nicht den Hauch einer Chance.

Was, dachte Hendryk, geht hier vor?

*

Karim streicht das Jackett glatt. Er lässt Hannahs Freund keine Sekunde aus den Augen. Nein, er stellt nicht die geringste Gefahr dar, obwohl er gut trainiert ist. Außerdem ist er Polizist, also im Nahkampf ausgebildet. Doch das nutzt ihm wenig. Weil er langsam ist. Jedenfalls im Vergleich zu Karim, der mit vier Jahren sein erstes Messer geschenkt bekommen hat. Und sehr schnell lernte, damit umzugehen.

»Was immer du auch vorhast«, sagt der Polizist zu Hannah. »Hör damit auf. Ich kann dir helfen.«

Er versucht, sich seine Angst nicht anmerken zu lassen. Nur das Flackern in seinen Augen hat er nicht unter Kontrolle. Für einen Deutschen hat er eine Menge Mut. Verständlich, dass Hannah ihn mag.

»Bitte«, wiederholt der Polizist leise. »Wir kriegen das wieder hin.«

Ein Donnerschlag dröhnt durch die Nacht. Immer noch weit entfernt, doch die Scheibe vibriert in Karims Rücken.

Hannah hat erzählt, was sie vorhat. Karim hatte eine Menge Fragen, doch bevor er sie stellen konnte, stand der Polizist vor der Tür. Hannah hat Karim auf den Balkon geschickt und gesagt, dass er warten solle.

Wenn er durchdreht, hat sie angewiesen, schaltest du ihn aus.

»Was«, fragt Hendryk, »hast du mit der ganzen Scheiße zu tun?«

Hannah antwortet nicht.

»Du bist keine Mörderin, Hannah.«

»Woher willst du das wissen?«

»Weil …« Er schlägt mit der flachen Hand auf den Tisch. Ein Löffel klappert in der Tasse. »Weil ich's EINFACH WEISS!«

Er hat wirklich Mut, stellt Karim fest. Und er ist ahnungslos wie ein Kind.

»Und?« Der Polizist wendet sich an Karim. »Was hast du jetzt vor? Bringst du mich um? Das macht ihr doch so, du und deine … Clanfreunde, oder?«

Das stimmt. So hat Karim es gelernt: Wer im Weg steht, wird beiseite geräumt. So ist es ihm immer und immer wieder eingebläut worden. Er hat es geglaubt. Bis Natan ihn zu sich genommen hat.

»Karim weiß genau, wie man tötet«, sagt Hannah. »Niemand könnte das besser als er. Es gehört aber nicht zu seinen Aufgaben. Er würde dich nur außer Gefecht setzen. Den Rest erledigt ein anderer. Jemand, der's schon oft gemacht hat.«

»Du … du spinnst«, keucht der Polizist.

»Ich habe zwölf Menschen ermordet.« Sie runzelt die Stirn. »Oder waren's elf?«

Die Frage gilt Karim.

»Zwölf«, sagt er.

Der Polizist springt auf. Der Stuhl poltert hinter ihm gegen die Wand.

»Ich kenne mich damit aus«, stellt Hannah nüchtern fest. »Du solltest dich lieber wieder hinsetzen, denn sonst …«

*

»… bist du der Nächste.«

Hendryk schwankte, griff haltsuchend nach der Tischkante. Hannahs Worte wirkten wie Faustschläge, jede Silbe wie ein Hieb in den Magen.

»Mach schon, Hendryk.«

Er taxierte die Entfernung. Knapp drei Meter bis zu Karim, der musste zuerst ausgeschaltet werden. Doch der Tisch stand zwischen ihnen. Entweder, Hendryk sprang darüber, oder er lief drum herum. Beides kostete Zeit und …

Karim schüttelte unmerklich den Kopf.

Lass es lieber bleiben, Kumpel.

»Letzte Warnung«, sagte Hannah.

Hendryk gehorchte. Tausend Fragen schossen ihm durch den Kopf. Er stellte die naheliegendste: »Warum?«

»Sie hatten's verdient.«

Karim hatte sich keinen Millimeter von der Stelle bewegt. Er lehnte entspannt an der Tür wie ein verspäteter Besucher, der aus dem Schatten einem Theaterstück zusieht. Hinter ihm färbte sich der Himmel im ersten Grau des anbrechenden Morgens.

»Das ist keine Erklärung, Hannah.«

Keine Antwort.

»Und was«, fragte Henryk, »habt ihr jetzt mit mir vor?«

Hannah sah ihn an.

Gute Frage, sagte dieser Blick. *Wenn ich das nur wüsste.*

Die ersten Regentropfen prasselten gegen das Fenster.

Vierundsechzig

»Wie spät ist es?«

Zorn rieb sich die Augen.

»Halb sieben.« Frieda saß neben ihm am Bett. »Du kannst noch ein bisschen schlafen.«

Er richtete sich auf.

»Ich mach uns noch …«

»Ich hab schon gefrühstückt.« Sie hatte sich bereits angezogen, trug eine weiße Bluse und einen anthrazitfarbenen Hosenanzug.

»Musst du jetzt schon zum Gericht?«, fragte er.

»Es ist noch Zeit. Ich will zu Fuß gehen, mir noch mal alles in Ruhe überlegen. Damit ich nachher keinen Mist …«

»Das wirst du nicht.« Er zog sie zu sich herab. »Viel Glück, Frieda.«

»Werd ich haben.«

Seine Finger spielten mit ihrem Haar.

»Du kriegst das hin.«

»Klar«, murmelte sie. »Und wenn's vorbei ist, bleiben wir drei Tage im Bett.« Ihre Finger wanderten unter die Bettdecke. »Hoppla, was haben wir denn da? Einen Bleistift? Nee, 'n Bleistift ist dünner. Und der wird auch nicht größer, wenn man ihn …«

»Ich muss doch sehr bitten, Frau Oberstaatsanwältin. Das ist«, Zorns Atem wurde ein wenig schwer, »ein unerlaubter Zugriff.«

Sie richtete sich auf. Er wandte den Kopf ab, damit sie seinen sauren Atem nicht roch. Frieda nahm sein Gesicht in die Hände, drehte den widerstrebenden Zorn zu sich herum.

»Krieg ich keinen Kuss?«

»Ich hab mir noch nicht die Zähne ge…«

Frieda presste ihre Lippen auf seinen Mund. Er schmeckte Lipgloss, roch ihr Parfum.

»Stimmt.« Ihre Zunge fuhr über die Lippen. »Du hast schon besser gerochen. Und rasieren musst du dich auch.«

»Du solltest besser abhauen, Fräulein«, knurrte er in dem vergeblichen Bemühen, seiner vom Schlaf belegten Stimme einen drohenden Unterton zu verleihen. »Sonst versohle ich dir deinen kleinen Hintern.«

Sie sprang leichtfüßig auf.

»Haben wir eigentlich ’nen Schirm?«

»Nee.« Zorn sah zum Fenster. Der Regen strömte in dünnen Schlieren über die Scheibe. »Doch, im Flur müsste einer sein. Neben dem Schuhschrank.«

»Und?« Sie breitete die Arme aus, drehte sich um die eigene Achse. »Kann ich so gehen?«

Er stützte sich auf den Ellbogen und taxierte sie aus kurzsichtig zusammengekniffenen Augen.

»Geht gerade so.«

»Ich liebe dich auch, mein Schatz.«

Sie warf ihm eine Kusshand zu und ging zur Tür.

»Mach sie fertig, Frieda.«

»Zu Befehl, Herr Hauptkommissar«, erwiderte sie zackig. »Immer im Dienst für Ordnung und Gesetz!«

Sie ging. Zorn lauschte dem Klackern ihrer Absätze im Treppenhaus, und als die Haustür mit einem dumpfen Knall hinter ihr ins Schloss fiel, bemerkte er, dass sie ihr Handy auf dem Nachttisch vergessen hatte.

Sein erster Impuls war, ihr zu folgen. Er war bereits in den Flur gerannt, doch nach einem Blick in den Spiegel wurde ihm klar, dass er in Begriff war, eine Straftat zu begehen. Auch ein deutscher Hauptkommissar hatte sich schließlich an die Gesetze zu halten und jeder Bürger, der nackt – noch dazu mit einer Erektion – über die Straße rannte, machte sich eindeutig der Erregung öffentlichen Ärgernisses schuldig.

Also entschied Zorn sich dagegen, und als er wieder ins Bett stieg, stellte er fest, dass besagte Erektion – in seinen Augen zumindest – für einen Mann seines Alters durchaus eindrucksvoll war.

*

Karim hört, wie die Tür hinter Hannah ins Schloss fällt.

»Wo will sie hin?«, fragt ihn Hendryk.

Karim antwortet nicht.

*

»Wie spät ist es?«

Zorn wurde nicht bewusst, dass er die Frage bereits zum zweiten Mal stellte. Erst hatte Frieda ihn geweckt, jetzt riss ihn Schröders Anruf erneut aus dem Schlaf.

»Halb acht.«

»Wo bist du?«

»Im Büro.«

»Jetzt schon?«, gähnte Zorn. »Was ist los?«

»Natan Reyer. Ich weiß jetzt, in welcher Akte ich den Namen gelesen habe.«

»Und wo?« Zorn klemmte das Handy zwischen Ohr und Wange, tastete mit der verbliebenen Hand nach der Brille auf dem Nachttisch.

»Die israelische Sicherheitsfirma.« Papierrascheln drang aus dem Hörer. »Ich habe sämtliche Informationen zusammengetragen. Viel ist es nicht.«

»Und?«

»Natan Reyer war zu vierzig Prozent an dieser Firma beteiligt.«

*

Karim lehnt an der Balkontür, lauscht dem eintönigen Tropfen des Wasserhahns. Der Polizist sitzt nervös auf seinem Stuhl, die Beine zucken unter dem Küchentisch. Sein Blick wandert umher, streift die Pistole auf dem Fensterbrett.

Karim verlagert das Gewicht von einem Bein aufs andere.

»Wenn du's versuchst«, sagt er, »bist du in zwei Sekunden tot.«

*

»Das könnte passen.« Zorn rollte seinen Bürostuhl nach hinten und nahm Schröder gegenüber Platz. »Natan Reyer war steinreich. Er hatte die Verbindungen, sogar die verdammte Firma gehörte ihm.«

»Nicht ganz.« Schröder biss in einen Apfel. »Zu vierzig Prozent.«

»Auf jeden Fall dürfte er kaum Probleme gehabt haben, die Software zu besorgen, mit der Felix Caraman überwacht wurde. Und wer an 'ner israelischen Geheimfirma beteiligt ist, der sollte wohl in der Lage sein, sich 'ne Uniform zu besorgen und den Streifenbullen zu spielen.«

»Klingt logisch«, nickte Schröder. »Bis hierhin jedenfalls.«

»Wieso?«

»Der Mörder muss kräftig sein. Schnell und geschickt. Nichts davon trifft auf Natan Reyer zu.«

»Weil er zu alt war?«

»Zweiundsechzig.«

Schröder beendete seine Mahlzeit, stand auf und warf die Reste des Apfels in den Papierkorb.

»Er könnte trainiert haben.« Zorn kratzte sich das unrasierte Kinn. »Mit Hanteln und so. Das machen die doch heutzutage alle. Und wer so viel Kohle hat, der hat bestimmt 'n Fitnessstudio im Keller und …«

»Das kann ich mir nicht vorstellen.« Schröder wischte die Finger an der Cordhose ab und begab sich wieder an seinen Platz.

»Warum?«, fragte Zorn.

»Natan Reyer saß im Rollstuhl.«

»Scheiße.«

Zorn sah frustriert zum Fenster. Feiner Nieselregen fiel lautlos aus einer bleigrauen Wolkendecke, wirbelte in dünnen Schwaden gegen die Scheiben. »Dürfte man fragen«, sagte er nach einer Weile, »warum du mich dann mitten in der Nacht aus dem Bett …«

Eine blecherne Melodie ertönte, er fummelte ein Handy aus der Hosentasche.

»Nummer ist unterdrückt«, brummte er und betrachtete das Display. »Der Typ ruft schon das dritte Mal an.«

»Warum gehst du nicht ran?«

»Das ist Friedas Handy, sie hat's vergessen. Ich wollte es ihr eigentlich bringen, aber du«, er bedachte Schröder mit einem strafenden Blick über den Brillenrand, »wolltest ja unbedingt, dass ich *umgehend hier erscheine*.«

»Richtig. Weil wir neue Erkenntnisse haben.«

»Wir suchen 'nen Mörder, Schröder! Und keinen Rollstuhlfahrer!«

»Das eine schließt das andere nicht aus.«

»Ach!«

»Wir müssen einfach nur ein wenig weiterdenken.«

»*Du*«, korrigierte Zorn, »musst weiterdenken! Ich bin hier ja nur die Klofrau!«

»Ach komm, Chef. Das haben wir lange genug besprochen.«

Zorn schnaubte beleidigt.

»Können wir dann jetzt?«, fragte Schröder spitz.

Zorn ließ ein paar Sekunden verstreichen und verkündete dann gedehnt, dass er es kaum erwarten könne, den zweifellos hochintelligenten Ausführungen seines genialen Kollegen lauschen zu dürfen.

Fünfundsechzig

Frieda lief durch den Park am Fluss. Um diese Zeit war kaum jemand unterwegs, ab und zu kam ihr ein Radfahrer entgegen, ein paar Jogger keuchten vorbei. Der Regen hatte nachgelassen, doch noch immer troff das Wasser aus den weit ausladenden Kronen der alten Ulmen auf den asphaltierten, von knorrigen Wurzeln durchzogenen Weg.

Für einen Morgenspaziergang war Frieda in ihrem grauen Businesskostüm und den hochhackigen Schuhen denkbar ungeeignet gekleidet, doch es tat gut, noch einmal an der frischen Luft zu sein, bevor sie die nächsten Stunden in einem stickigen Gerichtssaal verbringen würde.

Vorsichtig stieg sie über eine Pfütze, darauf bedacht, in den unbequemen Pumps nicht umzuknicken. Sie ärgerte sich, keine Wechselschuhe mitgenommen zu haben, spielte einen Moment mit dem Gedanken, noch einmal umzukehren, verwarf ihn wieder und lief weiter. Rechts tauchte ein verwaister, eingezäunter

Basketballplatz zwischen den Bäumen auf, links von ihr rauschte das Wehr.

Sie trat aus dem Schatten der Bäume, überquerte eine kleine Brücke, die über einen schlammigen Nebenarm zur Insel mit dem künstlichen See und der Fontäne führte. Ihre Absätze hallten auf dem Beton, ein Windstoß zerrte an ihrem Schirm. Als sie den Kopf hob und in den grauen Himmel sah, bemerkte sie, dass es aufgehört hatte zu regnen. Also klappte sie den Schirm zu, warf im Gehen einen Blick auf die Uhr. Es war noch Zeit, in ein paar Minuten würde sie den See erreichen, von dort brauchte sie nicht viel mehr als eine gute Viertelstunde zum Landgericht in der Innenstadt.

Ein Rascheln ertönte. Das Gebüsch neben ihr teilte sich, ein zerzauster Schäferhund sprang hechelnd auf den Weg und kam mit heraushängender Zunge näher. Frieda hatte keine Angst vor Hunden, trotzdem versteifte sie sich und blieb stehen. Der Gedanke, von dem durchnässten Tier angesprungen zu werden und ihr Plädoyer in schlammbespritzter Hose halten zu müssen, war alles andere als verlockend.

Ein scharfer Ruf ertönte, der Hund machte umgehend kehrt und lief zu einem graubärtigen Mann, der aus einem Seitenweg aufgetaucht war. Der Bärtige entschuldigte sich in breitem Sächsisch und versicherte eilig, dass *der Rocco ein janz, janz Lieber* sei. Plötzlich schien er jemanden hinter Frieda zu bemerken, er nahm den Hund hastig an die Leine. Frieda folgte seinem Blick und erkannte den Grund seiner Besorgnis.

Der Streifenpolizist auf der Brücke hatte offensichtlich den gleichen Weg wie sie. Frieda glaubte, ihn bereits gesehen zu haben, als sie das Haus verließ. Sicher war sie natürlich nicht, es konnte genauso gut einer seiner Kollegen gewesen sein.

Sie wünschte dem Hundebesitzer einen schönen Tag und lief

weiter. Er tat ihr ein wenig leid, schließlich hatte er mit einer saftigen Geldbuße zu rechnen.

Doch Oberstaatsanwältin Borck hatte wichtigere Dinge im Kopf, und als sie wieder in den Schatten der Bäume trat, hatte sie sowohl den Mann als auch den Uniformierten auf der Brücke vergessen.

*

Die Zeit vergeht, doch das stört Karim nicht. Er hat gelernt, geduldig zu sein. Im Gegensatz zu Hannahs Freund. Dieser versucht zwar, seine Angst zu verbergen, doch sein Blick irrt weiter durch die Küche, unruhig rutscht er auf dem Stuhl hin und her.

Stille. Nur der Wasserhahn ist zu hören.

TROPF. TROPF.

Hannah wird sich bald melden.

»Dein Handy«, sagt Karim.

»Was ist damit?«

Karim deutet zur Spüle.

»Leg's dahin.«

»Warum?«

»Tu's einfach.«

*

»Wir gehen davon aus, dass der Mörder äußerst geschickt ist«, begann Schröder.

»Wegen der«, Zorn langte sich in den Nacken, »Nadel.«

»Außerdem verfügt er über gewisse Kontakte.«

»Wegen der Software.«

»Er ist ziemlich wohlhabend.«

»Darauf«, nickte Zorn, »hatten wir uns geeinigt.«

Schröder kratzte sich am Ohrläppchen. »Ich habe noch einmal über das Oxymoron nachgedacht.«

»Über das … *was*?«

»Den Widerspruch, den du neulich angesprochen hast. Dass ein einfacher Polizist wohl kaum über die Kontakte oder die finanziellen Möglichkeiten des Mörders verfügen dürfte. Du erinnerst dich?«

»Dunkel. Sehr dunkel.«

»Dieser Widerspruch lässt sich ganz einfach lösen.«

»Und wie?«

»Bisher sind wir von einem Einzeltäter ausgegangen.«

»Klar, schließlich …« Zorn stutzte. »Du meinst, es sind … mehrere?«

»Zumindest zwei. Der eine hält sich im Hintergrund, spioniert die Opfer aus. Bei Felix Caraman zum Beispiel kümmert er sich um die Überwachung über den Laptop. Der andere führt die Tat dann aus.«

»Und verliert dabei einen Knopf.«

»Yep.«

»Das erklärt 'ne Menge.«

»Sí, Señor.«

»Und derjenige, der sich im Hintergrund hält«, überlegte Zorn weiter, »kann das ja im Sitzen tun. Sich um die Logistik kümmern, die Überwachungssoftware besorgen und so weiter.«

»Womit wir bei Natan Reyer wären«, nickte Schröder.

»Wäre 'ne Möglichkeit. Aber meine Hand«, Zorn hob den linken Arm, wedelte mit den verbliebenen Fingern, »würde ich nicht dafür ins Feuer legen. Wäre ja blöd, wenn ich die auch noch verliere.«

»Diesen … *Witz*«, Schröder schürzte die Lippen, »hast du bereits gemacht.«

»Wirklich?«

»Mehrfach.«

»Aha.« Zorn schwieg einen Moment. »Ich find's trotzdem lustig.«

»Ich weiß«, seufzte Schröder. »Das ist ja das Schlimme.«

*

Etwas kratzt hinter Karim an der Balkontür.

»Die Katze«, erklärt der Polizist, als Karim nicht reagiert. »Hat bestimmt Hunger.«

Karim schweigt. Der Wasserhahn tropft.

TROPF. TROPF.

»Ich hasse dieses Viech«, sagt der Polizist.

TROPF. TROPF. TROPF.

»Langsam«, sagt der Polizist ruhig, »hab ich die Schnauze voll.« Er deutet auf die Digitaluhr in der Klappe der Spülmaschine. »Ich warte noch fünf Minuten. Danach werde ich gehen. Du kannst dir ja solange überlegen, ob du mich abknallst oder mir das Genick brichst.«

TROPF. TROPF.

Es ist ihm ernst, denkt Karim. Er hat tatsächlich Mut. Natan hatte recht, Hannah hätte ihm eine Chance geben sollen. Aber dazu ist es jetzt zu spät.

TROPF.

»Vier Minuten«, sagt der Polizist.

TROPF. TROPF. TROPF.

Ein leises Brummen ertönt.

»Drei Minu…«

Karim hebt die Hand, der Polizist verstummt. Karim holt sein Handy aus dem Jackett. Er muss den jungen Mann am Küchentisch nur für den Bruchteil einer Sekunde aus den Augen lassen, um Hannahs Nachricht zu lesen.

Sie besteht nur aus einem Wort:
JETZT

*

»Angenommen, wir liegen mit Natan Reyer richtig.« Zorn wischte mit der verbliebenen Hand über den Schreibtisch, zerrieb ein unsichtbares Staubkörnchen zwischen den Fingern. »Dann würde er mit einem Polizisten zusammenarbeiten. Er kannte einen.«

»Hannah.«

»Eigentlich«, Zorn schob die Brille hoch, rieb mit Daumen und Zeigefinger die Nasenwurzel, »kannte er sogar zwei Polizisten.«

»Hendryk«, Schröder schüttelte entschieden den kahlen Kopf, »ist kein Mörder.«

»Und Hannah?«

Schröder betrachtete die Knöpfe auf seinen karierten Hemdsärmeln.

»Wir werden sie überprüfen«, sagte er.

»Erinnerst du dich an das Wasser?«, fragte Zorn.

»An … *was*?«

»Als sie mit Hendryk bei dir war. Wir haben gegessen, danach hat sie abgewaschen. Das Wasser war kochend heiß.«

Schröder runzelte die kahle Stirn. »*Das* hast du dir gemerkt?«

»Ja, Schröder«, nickte Zorn ernst, »auch *ich* merke mir ab und zu mal was. Weil ich's seltsam fand.«

»Ich hab mich auch gewundert«, stimmte Schröder zu. »Aber was sagt uns das?«

»Keine Ahnung.«

»Offensichtlich verträgt sie eine Menge Schmerzen.«

»Oder sie hat keine.«

»So was«, murmelte Schröder, »hab ich noch nie gehört. Die Frage ist …«

»Ja?«

»… was ist ihr Motiv?«

»Sag du's mir. *Du* bist hier das Superhirn.«

Schröder sah schweigend zum Fenster.

»Du willst nicht, dass sie 'ne Mörderin ist«, sagte Zorn leise. »Weil du sie magst. Du weißt es, seit du das mit Natan Reyer rausgekriegt hast, aber du willst es nicht wahrhaben.«

Schröder öffnete den Mund, doch Zorn ließ ihn nicht zu Wort kommen.

»Was hast du denn erwartet? Dass sie sich 'nen Zettel auf die Stirn klebt?« Zorn hob die Arme, sein Tonfall wurde eine halbe Oktave höher: *»Guten Tag, mein Name ist Hannah. Ich arbeite bei der Polizei und in meiner Freizeit verbrühe ich mir am liebsten die Finger. Außerdem bringe ich ab und zu Leute um, indem ich ihnen 'ne Nadel in den Nacken pikse.«*

»Wenn das wieder einer deiner Witze werden soll, dann …«

»Nee, Schröder ich mein's ernst. Hendryk sagt, dass sie diesem Natan Reyer ziemlich nahe gestanden hat. Und da ist noch was«, fiel Zorn plötzlich ein. »Die Tote im Landgericht.«

»Was ist mit der?«

»Die ist auf dem Klo gestorben.«

»Ich erinnere mich.«

»Hendryk und Hannah hatten Dienst. Die waren auf derselben Etage. Also …«

»… in unmittelbarer Nähe«, beendete Schröder.

Er dachte kurz nach.

»Du hast recht«, sagte er dann und griff zum Telefon. »Wir lassen sie zur Fahndung …«

Die Tür wurde aufgerissen, Hendryk kam ins Büro gestürmt, und Hannah war schlagartig vergessen. Zorn lauschte Hendryks atemlos vorgetragenen Worten und rannte plötzlich davon, bevor dieser geendet hatte.

Sechsundsechzig

»Haben Sie die Personenbeschreibung?«, bellte Schröder ins Telefon. »Gut. Ich wiederhole den Namen: Frieda Borck. Großfahndung.«

»Die ... die haben mir ...« Hendryk stand keuchend im Büro. »Die haben mir mein Handy abgenommen, ich ... bin gerannt, so schnell ich ...«

»Außerdem«, Schröder brachte ihn mit einer erhobenen Hand zum Schweigen, »sämtliche verfügbaren Kräfte zum Landgericht. Sofort!«

Auf dem Parkplatz heulte ein Motor auf. Zorns Volvo brauste mit quietschenden Reifen davon.

»Der ... der hat mich stundenlang festgehalten.« Hendryk rang nach Luft. »Dann hat er mich gehen lassen und gesagt, dass ...«

»Der Schütze.« Schröder sah ihn an, den Hörer noch immer am Ohr. »Wo ist der Schütze?«

»Keine Ahnung, ich ...«

»Reiß dich zusammen! Wo?«

»Irgendwo gegenüber vom Landgericht.« Hendryk stützte sich an der Wand ab, hielt die brennende Seite. »Was ... was hat das alles ...«

»Ich brauche einen Streifenwagen«, wies Schröder den Beamten am anderen Ende der Leitung an, knallte den Hörer auf die Gabel und stürmte wortlos aus dem Büro.

*

»Geh ran!«

Der Volvo raste auf der Schnellstraße Richtung Innenstadt.

»Mach schon«, flehte Zorn. »Los doch … SCHEISSE!«

Das Rufzeichen drang aus der Freisprechanlage. Im nächsten Moment vibrierte Friedas Handy in Zorns Hosentasche, er warf sein eigenes fluchend auf den Beifahrersitz und trat aufs Gas.

Warum muss sie ausgerechnet heute ihr verdammtes Handy liegen lassen?

»Verpiss dich!«

Der Fluch galt einem dicken Mopedfahrer, der gemütlich vor ihm auf der linken Spur dahinzuckelte. Zorn hieb auf das Lenkrad, die Hupe plärrte auf. Er zog nach links, der Volvo schoss durch aufspritzende Pfützen auf die Straßenbahnschienen.

Zorn schaltete mit flatternden Fingern die Scheibenwischer ein. Er hatte die Panik in Hendryks Augen gesehen, eine Panik, die sich sofort auf ihn selbst übertragen hatte.

Jemand soll erschossen werden. Vor dem Landgericht.

DIE WOLLEN FRIEDA ERSCHIESSEN.

Warum?

Die Frage stellte sich nicht. Es gab nur einen Gedanken.

DIE WOLLEN FRIEDA ERSCHIE

Eine Straßenbahn kam Zorn entgegen, umwirbelt von aufspritzender Gischt wie ein heranrasendes Schnellboot. Die Scheinwerfer flackerten warnend auf, Zorn sah die weit aufgerissenen Augen des Fahrers, zog nach rechts, die Bahn donnerte um Haaresbreite vorbei, dann holperte der Volvo zurück auf die Schienen zwischen den Fahrbahnen.

Wenn ihr was passiert, mach ich dich fertig.

Zorn hatte seit Jahren nicht mehr gebetet. Es lag nicht in seiner Natur, um etwas zu bitten, also war es kein Wunder, dass er sich jetzt in kindischen Drohungen an den Herrgott erging.

Wenn ihr auch nur ein Haar gekrümmt wird, breche ich dir jeden einzelnen deiner morschen Knochen. Ich schubse dich von deiner blöden Wolke, darauf kannst du Gift nehmen!

Irgendwo heulte eine Sirene auf.

Schröder, schoss es Zorn durch den Kopf. Er kümmert sich um alles. Aber es dauert zu lange. Ich darf nicht zu spät kommen.

Zorn beugte sich über das Lenkrad, starrte aus zusammengekniffenen Augen durch die verschmierte Windschutzscheibe. Er näherte sich der Ampel vor dem Kreisverkehr am Bahnhof.

Okay, lieber Gott.

Die Ampel stand auf Rot.

Ich werde mich nicht entschuldigen.

Zorn schloss die Augen.

Aber es wäre nett, wenn du mir jetzt ein bisschen hilfst.

Und gab Vollgas.

*

Vor dem Landgericht herrschte der übliche Betrieb. Zwei Wachmänner kamen eilig heraus, standen zwischen den Menschen und sahen sich ratlos um. Der Anruf aus der Zentrale war soeben eingegangen. Die Anweisung lautete, den Eingangsbereich umgehend zu räumen, die Sicherheitsschleusen zu schließen und auf die Einsatzkräfte zu warten. Die beiden waren uneins, ob sich der »Eingangsbereich« bis auf den Bürgersteig erstreckte, entschieden sich nach kurzer Diskussion dagegen, schlossen hastig die schmiedeeisernen Tore und verschwanden wieder im Gebäude.

Der Knall der zusammenprallenden Torflügel hallte über die Straße, den breiten Fußweg und den angrenzenden, begrünten Hang, auf dessen Kuppe sich ein paar hochherrschaftliche Häuser reihten. Die meisten beherbergten Anwaltskanzleien und Steuerberater, nur eines stand leer, ein bröckelnder Streifen zwischen aufwendig sanierten Fassaden, wie ein fauliger Zahn in einem tadellos strahlenden Gebiss. Niemand achtete auf das halb eingefallene Dach, die morschen Simse und das verblichene Schild, auf dem das Haus seit Jahrzehnten zum Verkauf angeboten wurde. Die Fenster im Erdgeschoss waren mit Spanplatten vernagelt, im ersten Stockwerk hatte man Holzbohlen benutzt.

Das, was aus dem linken Fenster zwischen einem Spalt herausragte, hätte man selbst aus der Nähe für ein Eisenrohr halten können. Doch kein Mensch würdigte die Ruine eines Blickes, und selbst wenn, wäre wohl kaum jemand auf den Gedanken gekommen, dass es sich bei dem unscheinbaren Rohr um ein russisches Präzisionsgewehr handelte, dessen Lauf direkt auf das fünfzig Meter entfernte Portal des Landgerichts zielte.

*

Der Volvo kam schlingernd zum Stehen. Zorn sprang auf den Bürgersteig, ohne die Tür zu schließen. Er hatte die Handbremse nicht angezogen, der Wagen rollte ein Stück weiter, prallte mit einem hässlichen Knirschen gegen die Stoßstange eines Taxis.

Zorns Puls raste. Sein Blick irrte umher. Er sah sein verzerrtes Spiegelbild im Schaufenster eines Tattoostudios. Daneben eine Eisdiele. Die Sparkasse. Ein Blumenladen. Weiter hinten die hohe, verschnörkelte Fassade des Landgerichts. Überall Menschen.

Keine Frieda.

Wo ist sie?

Auf der anderen Straßenseite ein paar Rentner. Ein Mann im Anzug auf einem Elektroroller. Auf einer Bank ein paar Kids mit Bierdosen. Hinter dem Parkhaus ragte der Betonklotz des alten Fahnenmonuments in den allmählich aufklarenden Himmel.

Wo, verdammt nochmal …

Er erhielt einen Stoß in den Rücken, stolperte gegen eine Parkuhr. Der Taxifahrer streckte ihm seinen Bierbauch entgegen und rief, dass Zorns *verschissene Rostlaube* ihm den Wagen zerkratzt habe. Sein Atem roch nach Zwiebeln.

Eine Sirene jaulte auf. Noch eine. Ganz in der Nähe. Ein Streifenwagen brauste vorbei. Blaulicht flackerte auf. Reifen quietschten.

Dann sah er sie.

Hundert Meter entfernt.

Er begann zu schreien.

*

Sie kam aus einer Seitenstraße, eine zierliche Frau im Businesskostüm und mit dunklem, kurz geschnittenem Haar. Als sie den Bordstein erreichte, blieb sie kurz stehen, wandte sich dann nach links und lief an der bunten Mauer des Gerichts auf den Eingang zu. Hinter ihr brüllte eine sich überschlagende Männerstimme, sie solle *abhauen, SOFORT*, die Frau zögerte einen Moment, während ein halbes Dutzend Menschen, die ratlos vor den geschlossenen Gittern standen, verwundert die Köpfe wandten.

VERSCHWINDE, FRIEDA! VERSCHWINDE!

Sie blieb stehen. Auf der anderen Straßenseite stoppte ein Streifenwagen mit kreischenden Bremsen.

Ein Schuss fiel.

Die Frau stolperte vor.

Ein winziges Loch klaffte zwischen ihren Schulterblättern. Als sie sich umwandte, war die weiße Bluse zwischen den Aufschlägen ihres Jacketts rot gefärbt.

Die Sonne brach durch die Wolken.

Und die Frau fiel wie vom Blitz getroffen zu Boden.

Siebenundsechzig

Zorn wühlte sich durch das Gedränge. Sah sie. Und prallte zurück.

Sie lag neben einem Papierkorb. Auf dem Bauch, ein Bein angewinkelt, das Gesicht unter dem dunklen Haar verborgen. Ein Mann kniete neben ihr in einer Blutlache, erklärte, dass er Arzt sei. Er trug ein gelbes T-Shirt. Durch das rötliche Haar schimmerte eine Halbglatze auf seinem Hinterkopf.

Die Lache wurde größer, versickerte zwischen den Gehwegplatten.

Glänzendes, dunkles Blut.

Friedas Blut.

Jemand schob Zorn zur Seite. Er ließ es geschehen. Um ihn her aufgeregte Stimmen. Schreie. Gebrüllte Kommandos. Türenschlagen.

Und Sirenen. Überall Sirenen.

Der Arzt beugte sich über sie. Zorn sah ihr linkes Bein. Eine Laufmasche in der Strumpfhose. Der Schuh, der sich halb von ihrer Ferse gelöst hatte. Er war dabei gewesen, als sie die Pumps gekauft hatte. Schwarz mit schmalen Riemen, passend zu ihrem grauen Kostüm. Es hatte ewig gedauert, bis sie sich für die Dinger entschieden hatte.

Ein Lied formte sich in seinem Kopf.

Wo ist dein Schuh?

Ein alter Song von Falco.

Du hast ihn verloren, als ich dir den Weg zeigen musste.

Frieda mochte das Lied.

Wer hat verloren? Du dich? Ich mich? Oder … oder wir uns?

Und *Metallica*, die hatte Frieda auch gemocht. Einmal war Zorn nach Hause gekommen, sie hatte in ohrenbetäubender Lautstärke *Enter Sandman* gehört. Frieda hatte ihn nicht bemerkt. Sie hatte getanzt, ein Glas Rotwein in der Hand. Sie war gerade unter der Dusche gewesen, trug nur eines von Zorns T-Shirts, das von der *Pet Shop Boys*-Tour 2002. Er hatte ihr lange zugesehen. Wie sie sich bewegt hatte. Danach hatten sie sich …

Das ist vorbei. Für immer.

Ein Krachen dröhnte über die Straße. Auf dem Hügel brachen die schwarz vermummten Gestalten des Sondereinsatzkommandos die Tür eines leerstehenden Hauses ein, stürmten in die Ruine. Ein kleiner, glatzköpfiger Mann in zerbeulter Cordhose folgte ihnen.

Ach, Schröder. Du kommst zu spät.

Neben Zorn schluchzte eine alte Frau.

Der Mann, der gesagt hatte, er sei Arzt, sah zu ihm auf.

Und schüttelte den Kopf.

*

Der Schütze lag am Boden. Zwei Männer des Einsatzkommandos knieten über ihm. Mörtelstaub und Taubendreck wirbelten auf. Die Strahlen der Taschenlampen zuckten durch das Halbdunkel wie Lichtschwerter in einem *Star Wars*-Film.

Schröder gab ein knappes Kommando. Der Schütze wurde hochgerissen, jemand legte ihm Handschellen an. Der zerknitterte Anzug war über und über mit Staub bedeckt, ein Riss klaffte in der Hose. Die feisten, von grauen Bartstoppeln bedeckten Wangen glänzten im Licht der Taschenlampen.

Ein harmloser, älterer Herr. Nur seine Augen verrieten die Wahrheit. Ein fiebriger, hasserfüllter Blick, dann wurde er abgeführt.

Schröder ging zum Fenster, sah durch die Ritzen zwischen den Brettern hinaus. Eine Menschentraube hatte sich vor dem Gericht gebildet. Ein Mann stand ein wenig abseits, es schien, als würde er nichts von all dem mitbekommen.

Zorn.

Er weinte.

Achtundsechzig

Die Polizistin lehnte auf dem Fußweg gegenüber des Opernhauses an einer Laterne. Sie trug weder Schuhe noch Mütze. Ihre Augen waren rot und verklebt, Tränen strömten über ihr Gesicht. Das Uniformhemd war schief geknöpft, hing halb aus der Hose.

Die Straße führte bergab in Richtung Landgericht. Als sie weiter lief, strichen ihre Finger haltsuchend über die Hauswände zu ihrer rechten. Ein älterer Herr bot ihr besorgt Hilfe an. Sie schüttelte stumm den Kopf, hustete und tastete sich mit geschlossenen Augen weiter.

Nach ein paar Metern stieß sie mit dem Knie gegen einen Papierkorb, hob lauschend den Kopf. Links von ihr plätscherte ein

Springbrunnen, der in einem kleinen, von Straßen gesäumten Park stand. Weiter unten rauschte eine Straßenbahn vorbei. Sie reckte den Hals, lief auf das Geräusch zu.

Sie überquerte die Schienen, die Hände weit vorgestreckt. Als sie die andere Straßenseite erreichte, stieß sie sich die nackten Zehen am Bordstein, humpelte mit verzerrtem Gesicht weiter.

Sie schaffte noch ein paar Meter.

Krümmte sich und brach zusammen.

*

Schröder trat ins Freie. Neben ihm wurde der Schütze in den Einsatzwagen gestoßen. Die Schiebetür schloss sich mit einem Knall, in der nächsten Sekunde raste der schwarze Kleinbus mit aufheulendem Motor davon.

Er sah hinunter zum Landgericht. Die Menschenmasse teilte sich, um einem Rettungswagen Platz zu machen. Zorn stand noch immer abseits, ein gebrochener, alter Mann, gekleidet in enge Jeans und T-Shirt wie ein Jugendlicher. Schröder stieg über ein niedriges Eisengeländer, lief über die Wiese den Hang hinab auf ihn zu. Je näher er kam, desto langsamer wurde er.

Es gab nichts mehr zu tun.

Es gab nichts mehr zu sagen.

Es war zu spät.

Schröder erreichte den Straßenrand, Zorn bemerkte ihn nicht. Er hatte sich gestrafft, stand auf den Zehenspitzen und starrte über die Köpfe der Menschen, als habe er weiter hinten etwas entdeckt. Plötzlich stieß er einen Schrei aus, bahnte sich einen Weg durch das Gedränge und rannte mit weit ausholenden Schritten zu einer Gestalt, die zwanzig Meter vom Portal entfernt unter einem vergoldeten Erker auf dem Gehweg saß.

Als Schröder ein paar Sekunden darauf bei ihm war, hielt Zorn die zierliche Frau bereits in den Armen. Schröder sah ihr verquollenes Gesicht, die entzündeten Augen und erkannte, dass sie zwar eine Uniform trug, aber definitiv keine Polizistin war.

»Es wird besser«, keuchte Frieda. »Aber ich hab furchtbaren Durst.«

Neunundsechzig

Hannah.

Es tut nicht weh. Natürlich nicht.

Sie spürt kühlen, nassen Beton an der Wange. Hört Schritte, direkt an ihrem Ohr. Und Stimmen, etwas weiter entfernt.

Die Lunge ist getroffen. Ein Mann, direkt neben ihr. *Sie verblutet.*

Hannah würde gern wissen, ob das Ziel verhaftet wurde. Wenn nicht, war alles umsonst. Sie öffnet den Mund, doch an Stelle einer Frage würgt sie einen Schwall Blut hervor. Es schmeckt salzig.

Jemand dreht sie auf den Rücken.

Karim hatte das Ziel über den Laptop unter Kontrolle. Hat gehört, wie das Ziel seinen Plan im Hotelzimmer immer und immer wieder durchging, in endlosen Selbstgesprächen. Wann es zuschlagen würde. Wo. Und wer das Opfer sein sollte. Daraufhin musste Hannah alles nur genau durchrechnen. Die Zeit, die Hendryk braucht, um die Polizei zu alarmieren. Wie lange es dauert, bis sie am Landgericht sind. Einfache Mathematik.

Trotzdem. Eine ganze Menge hätte schiefgehen können.

Jemand anderes beugt sich über sie. Hannah riecht Parfum.

Sie stirbt, sagt die Frau.

Natürlich. Das gehört zum Plan.

Diesen Teil allerdings hat Hannah Karim verschwiegen. Er glaubt, dass sie den Mord verhindern wollte. Doch das allein hätte nicht genügt. Hannah konnte den Ring nicht mehr benutzen, um das Ziel auszuschalten. Also musste sie einen anderen Weg finden. Einen ebenso endgültigen. Wenn sie es verhindert hätten, wäre das Ziel irgendwann freigekommen. Doch ein Mörder wandert für den Rest seines Lebens hinter Gitter.

Also musste jemand sterben.

Jemand, dem es egal ist.

Hannah.

Karim hätte es niemals gestattet.

Die Bluse wird aufgerissen, etwas Weiches presst sich auf ihren Brustkorb. Das tut gut. Von weitem sieht Hannah der Staatsanwältin ähnlich, sonst wäre sie nicht auf den Gedanken gekommen. Die Hose hat genau gepasst, doch die Bluse war zu eng, hat über den Brüsten gespannt. Im Gegensatz zu den verdammten Pumps, die sind mindestens zwei Nummern zu groß. Es war eine Qual, den ganzen Weg vom Fluss in die Innenstadt zu stöckeln.

Sie öffnet die Augen. Die Köpfe der Menschen bilden einen Kreis über ihr. Dazwischen der Himmel. Strahlend blau. Komisch, eben hat es noch geregnet.

Hannah hört die Sirenen. Doch. Es *muss* geklappt haben.

Das Ziel ist verhaftet.

Einmal hätte die Staatsanwältin fast bemerkt, dass sie verfolgt wird. Als Hannah auf der Brücke stand, hat sie ihr direkt in die Augen gesehen. Später hat sie sich geweigert, die Klamotten zu tauschen, in dem Gebüsch hinter dem Trafohäuschen am Fluss. Hannah musste sie mit der Waffe bedrohen.

Hände schieben sich unter ihren Körper. Sie wird vorsichtig auf eine Trage gelegt.

Karim hat recht, denkt sie. Natan hat erkannt, dass alles sinnlos war. Deshalb hat er sich umgebracht. Mein Leben hatte ebenfalls keinen Sinn.

Aber mein Tod schon.

Es ist kein Opfer. Sondern ein sachlicher Tausch. Jemand, der sterben will, ersetzt einen anderen. Hannah hat oft genug getötet, um andere zu schützen. Jetzt stirbt sie, um dasselbe zu tun. Die Staatsanwältin wird mehr erreichen als Hannah. Viel mehr.

Die Trage wird angehoben.

Alles wird gut, flüstert die Frau.

Vielleicht. Vielleicht auch nicht.

Hannah schließt die Augen. Sieht den weiß gefliesten Raum in ihrem Kopf. Kalt. Steril. Leer.

Etwas verändert sich. Der Raum wird größer. Heller.

Es beginnt zu schneien.

Schön, denkt Hannah noch.

Dann geht das Licht aus.

Klack.

Siebzig

Vier Tage später.

»Tulpen?« Frieda streifte die Jacke ab. »Schon wieder?«

»Klar. Ich dachte, du freust …«

»Du solltest Wasser in die Vase tun.« Sie setzte sich zu Zorn aufs Sofa, deutete auf das Zellophanpapier. »Und auspacken hättest du sie auch können.«

»Ich hab's versucht.« Zorn hob den verstümmelten Arm. »Aber ich hab den Knoten nicht aufgekriegt.«

Sie sah ihn ernst an. »Du kannst Blumen nicht leiden.«

»Die sind ja auch nicht für mich«, gab Zorn ungewohnt schlagfertig zurück. »Sondern für dich.«

»Du hast mir noch nie welche gekauft. Aber ich weiß die Geste zu schätzen. Trotzdem musst du mich nicht fünfmal am Tag anrufen.«

»Ich mache mir …«

»Jaja, du machst dir Sorgen. Schröder ruft auch ständig an. Aber der Prozess ist vorbei. Die Typen sind verurteilt, auch wenn's ein paar Tage länger gedauert hat.«

»Klar, aber … der Kerl wollte dich erschießen, Frieda. Und er hätte es auch fast geschafft. Ich …« Zorn schluckte. »Wir dachten, du wärst … tot.«

»Ich hab 'ne Ladung Pfefferspray abgekriegt. Und ich musste 'ne dämliche Uniform anziehen, weil ich ja kaum nackt durch die Stadt laufen konnte. Das ist alles.«

»Nee, Frieda. So einfach ist das nicht.«

»Stimmt«, nickte sie. »Aber irgendwie muss ich damit umgehen. Ich kann mich nicht für den Rest meines Lebens verkriechen. Außerdem habt ihr den Kerl geschnappt.«

Gunnar Lamar, der Schütze, verweigerte die Aussage. Doch als die Polizei ein paar Stunden nach Hannahs Tod ihre Wohnung durchsuchen wollte, war sie von einem jungen Mann erwartet worden, der sich als Karim vorgestellt hatte. Die Festplatten, die er den Beamten übergeben hatte, wurden noch ausgewertet, die aufgezeichneten Telefonate und die Daten der überwachten Computer brachten in Verbindung mit seiner Aussage immer mehr Licht ins Dunkel.

»Der wollte Zeit gewinnen«, sagte Zorn. »Er wollte dich …«, noch immer hatte er Schwierigkeiten, das Wort auszusprechen, »erschießen, um …«

»… den Prozess zu verzögern.«

»Klar, aber …« Zorn schüttelte den Kopf. »Der wusste schon ewig, dass einer von den beiden auspacken würde. Schon, als sie verhaftet wurden, musste er damit rechnen. Er hatte alle Zeit der Welt, in Ruhe unterzutauchen. Trotzdem ist er in die Stadt gekommen. Weißt du, was ich glaube?«

»Sag's mir.«

»Der hatte dieses verdammte Gewehr«, sagte Zorn. »Und weil er's hatte, wollte er's auch benutzen. Er war … *scharf* drauf. Genauso, wie's ihm Spaß gemacht hat, diesen Anwalt …«

»Kadelberg.«

»… unter Druck zu setzen.«

»Was ihm auch gelungen ist.«

»Wo ist der eigentlich?«

»Kadelberg?« Frieda zuckte die Achseln. »Wieder in Berlin, nehme ich an.«

»Der wollte dich warnen.«

»Stimmt.«

»Also hat er's gewusst.«

»Oder zumindest geahnt.«

Frieda stand auf.

»Wo willst du hin?«, fragte Zorn sofort.

»Wasser holen.« Frieda nahm die Vase und ging zur Tür. »Du musst nicht mitkommen«, sagte sie ein wenig spitz über die Schulter. »Ich kann mir nicht vorstellen, dass in der Küche ein Heckenschütze lauert.«

»Kann man den nicht irgendwie … drankriegen?«, rief Zorn ihr nach.

Er hörte, wie sie in der Küche den Wasserhahn öffnete.

»Kadelberg?«, rief sie zurück. »Wie denn?«

»Er hat's gewusst!«, wiederholte Zorn. »Also …«

»*Wir* wissen, dass er's gewusst hat.« Frieda erschien wieder im Wohnzimmer. »Aber kein Mensch kann's ihm nachweisen. Er wollte mich warnen, weil ich ihm irgendwie«, sie stellte die Vase auf den Tisch, nahm wieder neben Zorn Platz, »sympathisch bin. Diese Sympathie hat allerdings Grenzen. Er hätte ja einfach die Polizei rufen können, aber dann hätte er sich womöglich selbst belastet.«

Frieda nahm den Blumenstrauß aus der Vase, öffnete eine Schleife und entfernte im Handumdrehen die knisternde Zellophanfolie.

»Und das«, sie hob die Brauen, »hast du nicht geschafft?«

»Ich hab nur …«

»… eine Hand, jaja.«

»Außerdem«, redete Zorn sich heraus, »ist die Folie ja durchsichtig. So groß ist der Unterschied gar nicht.«

Frieda stopfte die Blumen in die Vase, ordnete die Blüten, zupfte ein paar Blätter zurecht und begutachtete das Ergebnis mit kritischem Blick.

»Na bitte«, stellte sie dann fest. »Geht doch.«

»Und außerdem«, Zorn reckte schnüffelnd den Hals, »riechen sie gut.«

»Tulpen riechen nicht. Obwohl …« Frieda schnüffelte ebenfalls. »Nee«, sagte sie dann. »Das sind deine Socken.«

Eine Weile saßen sie schweigend beisammen. Entferntes Hundegebell drang durch die geöffnete Balkontür.

»Trotzdem«, echauffierte sich Zorn schließlich weiter. »Es ist zum Kotzen, dass Kadelberg einfach so davonkommt. Ich meine, der hat sich sogar von diesem Lamar bezahlen lassen.«

»Wie jetzt?« Frieda horchte auf. »*Das* behauptet Lamar?«

»Und dass er von Kadelberg Informationen über den Prozess bekommen hat«, nickte Zorn. »Ansonsten hält er eisern die Klappe.«

»Das wäre Mandantenverrat«, überlegte Frieda versonnen. »Ein Anwalt darf nicht einfach so Informationen weitergeben. Wenn das stimmt, kann der gute Herr Kadelberg seine Kanzlei dichtmachen. Abgesehen davon sollte man sich vielleicht seine Geschäftskonten ansehen. Wer weiß, ob er das Geld von Lamar ordentlich verbucht hat.«

»Jetzt«, Zorn ballte die verbliebene Hand zu einer triumphierenden Siegerfaust, »haben wir das Arschloch am Haken!«

*

»Ich fand sie eigentlich ganz nett«, murmelte Frieda.

»Wen?«

»Hannah.« Frieda lag mit angewinkelten Beinen auf dem Sofa, den Kopf auf Zorns Schoß gebettet. »Sie hat sich sogar bei mir entschuldigt. Für das Pfefferspray. Sie meinte, dass sie mich aufhalten muss, weil sie 'nen Vorsprung braucht.«

Zorn kraulte schweigend ihren Nacken.

»Sie hat gesagt, dass die Wirkung höchstens 'ne Stunde anhält«, fuhr Frieda fort. »Und dass ich die Augen nicht reiben darf, weil es dann schlimmer wird.«

»Wie fürsorglich.«

»Ich frage mich«, Frieda drehte sich auf den Rücken, sah zu ihm auf, »wie du mich mit ihr verwechseln konntest?«

»Ich war ja nicht der Einzige«, verteidigte sich Zorn. »Schröder ging's genauso. Ganz zu schweigen von dem Arschloch mit der Knarre.«

»Trotzdem.«

»Sie hatte deine Klamotten an.«

»Das ist keine Ausrede.«

»Sie war eine äußerst attraktive Frau.«

»Mindestens zehn Jahre jünger als ich.«

»Eben«, nickte Zorn ernst. »Deshalb hab ich euch ja auch verwechselt.«

»Ach.« Sie hob den Kopf, zog ein Kissen auf Zorns Schoß und machte es sich wieder bequem. »Würdest du mir das bitte erklären?«

»Na ja.« Zorn schob die Brille auf der Nase zurecht. »Du bist natürlich eine reife und erfahrene Frau. Aber auch in deinem Alter …«

»Vorsicht, mein Freund.«

Zorn spürte, dass er Gefahr lief, sich um Kopf und Kragen zu reden und versicherte eilig, dass Frieda die schönste Frau der Welt sei. Das, erwiderte diese, sei ein durchaus nettes Kompliment, allerdings keine Antwort auf ihre Frage. Im Gegenteil, schließlich sei die *schönste Frau der Welt* einzigartig und somit wohl kaum mit einer anderen zu verwechseln.

»Okay«, seufzte Zorn. »Dann bist du eben was anderes.«

»Und was?«

Er runzelte die Stirn. »Du bist …« Sein Blick wanderte über das Bücherregal an der Wand gegenüber. »Eine wunderschöne …«

»Ja?«

»… jugendliche …«

»Ja?«

»… äh … Elfe.«

Sie kuschelte sich tiefer in das Kissen auf Zorns Schoß.

»Eine … *Elfe*?«

»Ist nur ’n Vorschlag. Wenn’s dir nicht passt, denk ich mir was anderes aus. Aber das kann ’ne Weile dauern.«

Frieda kaute nachdenklich auf der Unterlippe.

»Nee, Elfe ist okay.« Sie drehte sich umständlich auf die Seite, streckte die Beine aus und schmiegte die Wange in das Kissen. »Ich weiß sowieso, warum du uns verwechselt hast.«

»Ach. Würde Madame mir auch sagen, warum?«

»Klar, das würde Madame.«

»Und?«

»Du brauchst ’ne neue Brille.«

Einundsiebzig

»Na?«, stichelte Zorn. »Unterwegs ein kleines Nickerchen gemacht?«

Schröder lehnte sein Rennrad an den Stamm der alten Kastanie und sank mit einem erleichterten Seufzen neben Zorn auf die Bank. Er ignorierte die spitze Bemerkung, schließlich wussten beide, dass er den Vormittag im Untersuchungsgefängnis verbracht hatte.

»Dieser Karim hat eine Menge zu erzählen.« Schröder löste den Riemen unter dem Doppelkinn und legte den Helm neben sich auf die Bank. »Er scheint froh zu sein, sich alles von der Seele reden zu können.«

Es ging auf Mittag zu. Die Streifenwagen auf dem Parkplatz vor dem Präsidium blitzten in der Sonne.

»Ich mag den Jungen.« Schröder wischte sich den Schweiß von der kahlen Stirn. Sein Atem ging noch immer schwer. »Irgendwie ist er mir sympathisch.«

»Deine Menschenliebe in allen Ehren.« Zorn zündete die nächste Zigarette an. »Hannah hast du auch gemocht. Gibt's eigentlich irgendjemanden, der dir *nicht* sympathisch ist?«

»Natürlich. Da wäre zum Beispiel …«

»Das war 'ne rhetorische Frage.«

»Ach so.«

»Der Kerl ist 'n Mörder.«

»Karim hat *Beihilfe* geleistet«, korrigierte Schröder. »Wenn man wollte, könnte man ihm das auch nachweisen.«

»Wenn man … *wollte*?«

»Es kostet eine Menge Zeit und Energie. Ich bin über vierzig. Ein Alter, in dem man seine Kräfte einteilen und sich aufs Wesentliche konzentrieren sollte. Auf Menschen wie Gunnar Lamar zum Beispiel.«

»Und dieser Karim«, fragte Zorn, »ist also … *unwesentlich*?«

»Niemand hat etwas davon, wenn er jahrelang ins Gefängnis geht.« Schröder streckte die kurzen Beine aus. »Karim ist jung. Er hat eine Chance verdient.«

»Du willst ihn …«

»Nein«, unterbrach Schröder, »ich will ihn *nicht* laufen lassen. Und ich werde mich natürlich streng an die Vorschriften halten. Aber die Beweislage ist kompliziert. Wie gesagt«, er strich sich mit dem Daumennagel über die linke Augenbraue, »ich bin nicht mehr der Jüngste. Da übersieht man schon mal die ein oder andere Verbindung.«

»Er hat Hendryk mit 'ner Waffe bedroht.«

»Wofür man ihn zur Rechenschaft ziehen wird«, erwiderte

Schröder. »Karim hätte untertauchen können, Natan Reyer hat ihm eine Menge Geld hinterlassen. Er hat's nicht getan.«

»Weil er sich seiner … *Verantwortung* stellen wollte.«

»Deinen Sarkasmus kannst du dir sparen. Was«, Schröder sah Zorn an, »ist daran so schlimm?«

Zorn zog schweigend an seiner Zigarette.

»Seine Familie hat ihn zu einem Killer machen wollen«, sagte Schröder. »Die haben ihn regelrecht abgerichtet. Natan Reyer hat ihn da rausgeholt. Er war so etwas wie ein Vater für ihn. Für Hannah übrigens auch. Er hat den beiden eingeredet, sie würden andere schützen. Wie's aussieht, hat er selbst daran geglaubt.«

»Das kannst du sonst wem erzählen.« Zorn stieß den Rauch durch die Nase aus. »Natan Reyer hat einen auf *selbstloser Retter* gemacht, aber der hat das genossen. Wahrscheinlich war ihm langweilig mit seiner ganzen Kohle, also hat er so was wie Gott gespielt. Dem ging's um Macht. Und zwar über«, Zorn hob melodramatisch die Stimme, »*Leben und Tod*.«

»Das kannst du nicht wissen, Chef.«

»Kann ich wohl«, beharrte Zorn. »Und ich sag dir auch, warum.«

»Ich höre?«

»Nimm zum Beispiel den Angler.«

»Felix Caraman.«

»Die drei haben den wochenlang überwacht. Wussten genau, was der mit seiner Bombe vorhatte. Wenn's Natan Reyer wirklich nur darum ging, die Tat zu verhindern, warum hat er uns dann grade mal einen einzigen anonymen Hinweis gegeben? *Einen einzigen?* Der hatte Verbindungen bis sonst wohin, der hätte dafür sorgen können, dass Caraman auffliegt. Und zwar so, dass er selbst im Hintergrund bleibt. Abgesehen von Hannah, die hatte genauso die Möglichkeit, Caraman hochgehen zu lassen. Die hätte auf Streife auf die Garage stoßen können.« Zorn hob die Arme. »*Rein zufällig* natürlich. Aber das ist nicht passiert.«

Schröder seufzte, legte den Kopf in den Nacken und sah nach oben. Die Blätter der alten Kastanie raschelten über ihren Köpfen im lauen Wind.

»Das«, murmelte er, »ist nicht von der Hand zu weisen.«

»Stimmt.« Zorn spreizte die Finger der verbliebenen Hand. »Vor allem, wenn man nur noch eine …«

»Keine Wortspiele!«, unterbrach Schröder ihn streng.

»Hatte ich gar nicht vor.« Zorn schnalzte beleidigt mit der Zunge. »Außerdem hast *du* damit angefangen, nicht ich.«

Ein Blatt löste sich über ihren Köpfen, trudelte durch die flirrende Luft und landete vor ihnen auf dem Kies.

»Egal, was Natan Reyer angetrieben hat«, sagte Schröder. »Karim meint, er hätte Hannah und ihn geliebt wie seine eigenen Kinder. Trotzdem hat er die beiden benutzt.«

»Aber das machen wir doch alle.«

»Tun wir das?« Schröder hob fragend den Kopf.

»Klar, jeder benutzt jeden. Vor allem die, die einem wichtig sind. Ich benutze dich, du benutzt mich. Wobei ich damit jetzt nicht sagen will«, beeilte sich Zorn zu versichern, »dass du mir wichtig bist.«

»Natürlich nicht«, lächelte Schröder.

»Für alles, was man für jemanden tut, kriegt man ja was zurück.« Zorn schnippte die Zigarette auf den Kies. »Zum Beispiel das ferngesteuerte Boot, das wir Edgar geschenkt haben. Er war total glücklich. Und wir auch, weil er sich so gefreut hat.«

»Richtig.«

»Man fühlt sich besser, wenn man für jemanden da ist. Also …«

»Ja?«

»… benutzt jeder jeden.«

Schröder blinzelte durch die Äste hinauf in die Sonne. »Jeder denkt also zuerst an sich selbst?«

»Wenn jeder an sich selbst denkt, ist an alle gedacht«, nickte Zorn. »Ist nicht von mir, hab ich irgendwo gelesen.«

»Das nennt man Egoismus.«

»Nenn's, wie du willst. Ich hab trotzdem recht.«

»Hast du nicht.«

»Oh doch, Schröder! Ich hab so was von recht, das kannst du …«

»Was ist mit Frieda?«, unterbrach Schröder.

»Was soll mit der sein?«

»Du bringst ihr seit fast einer Woche jeden Tag Blumen mit.«

Zorn errötete wie ein ertappter Ladendieb. »Woher …«

»Sie hat's mir erzählt«, lächelte Schröder.

»Verräterin«, knurrte Zorn.

»Tulpen«, fügte Schröder bedeutungsvoll hinzu.

»Na und?«

Schröder nahm den Helm auf den Schoß, trommelte mit den Fingern auf das zerschrammte Plastik. Dann beugte er sich zu Zorn und flüsterte ihm ins Ohr: »Frieda hasst Tulpen.«

»Und woher willst du *das* nun wieder …« Zorn, der sich empört aufgerichtet hatte, sank wieder auf die Bank. »Das hat sie dir auch erzählt?«

»Yes.«

»Und warum nicht mir?«

»Weil sie dich liebt. Und du«, Schröder tätschelte Zorns Knie, »schenkst ihr die Blumen nicht, weil du eine Gegenleistung erwartest.«

»Sondern?«

»Du liebst sie auch.«

»Ich, äh …«

»Im Rahmen deiner Möglichkeiten natürlich. Bei Edgar ist es übrigens genauso. Natürlich wollen wir, dass er glücklich ist. Aber nicht, damit es uns besser geht. Sondern, weil wir ihn lieben.«

Darauf wusste Claudius Zorn keine Antwort. Und weil er – wie immer – nicht eingestehen wollte, im Unrecht zu sein, setzte er eine dienstliche Miene auf und wies an, dass es an der Zeit sei, wieder hoch ins Büro zu gehen und den Abschlussbericht zu verfassen.

*

»… und so«, diktierte Zorn, »konnte der Fall nicht zuletzt dank der umsichtigen Arbeit des zuständigen Ermittlungsleiters erfolgreich abgeschlossen werden. Hast du das?«

Schröder beugte sich über ein Blatt Papier und schrieb eifrig mit.

»Jawoll, Chef.«

Zorn saß, die Beine übereinandergeschlagen, in seinem Sessel.

»Nicht unerwähnt bleiben sollte«, fuhr er fort, die Augen hinter der Brille konzentriert zur Decke gerichtet, »dass besagter Ermittlungsleiter, nämlich Hauptkommissar Zorn, Claudius, ich buchstabiere: Z, O, R …«

»Ich weiß, wie man das schreibt«, murmelte Schröder ohne aufzusehen.

Zorn bedachte ihn mit einem strengen Blick.

»Nicht unerwähnt bleiben sollte«, wiederholte er, pikiert wegen der Unterbrechung, »der unermüdliche Einsatz des Ermittlungsleiters, der ungeachtet persönlicher Rückschläge … nein, streichen Sie das.« Er nahm einen Kugelschreiber vom

Schreibtisch, drehte ihn nachdenklich zwischen den Fingern. »Wo waren wir gerade?«

»Beim Ermittlungsleiter, der ungeachtet ...«

»Genau. Der ungeachtet der, äh ...«

»... komplizierten Beweislage?«, schlug Schröder vor.

»Quatsch!«

Zorn tippte sich kopfschüttelnd mit dem Stift an die Schläfe, murmelte ein wenig vor sich hin, bis ihm eine Idee kam:

»... der ungeachtet gesundheitlicher Rückschläge nicht eher ruhte, bis der Täter ermittelt und festgesetzt werden konnte. Punkt, neuer Absatz.«

Er sank zurück, drehte sich im Stuhl hin und her, während Schröders Bleistift über das Papier flitzte.

»*... festgesetzt werden konnte*«, wiederholte Schröder und sah erwartungsvoll auf.

»Ebenfalls nicht unerwähnt bleiben sollte«, diktierte Zorn weiter, »der Scharfsinn des Ermittlungsleiters, der trotz gesundheitlicher Rückschläge nicht ...«

»Hatten wir schon.«

»*Was* hatten wir schon?«

»Die, äh ...«, Schröder überflog seine Notizen, »gesundheitlichen Rückschläge.«

»Hm.« Zorn tippte ein paarmal mit dem Kugelschreiber gegen die Schneidezähne. »Dann schreiben wir ... dass der Scharfsinn des Ermittlungsleiters ...«

Schröder beugte sich eifrig über das Blatt.

»... trotz schwerster körperlicher Einschränkungen, in Klammern – Verlust eines Gliedmaßes – den entscheidenden Hinweis zur Ergreifung des, respektive *der* Täter lieferte und ...«

»Entschuldigung?« Schröder hob die Hand. »Wie schreibt man *respektive*?«

»Wie man's spricht!«, blaffte Zorn.

»Mit w oder mit v?«

»Such dir was aus«, winkte Zorn ab. »Na klasse, jetzt hab ich vergessen, wo ich war.«

»Bei deinem Scharfsinn.«

»Genau«, nickte Zorn. »Der Ermittlungsleiter gab also nicht nur den entscheidenden Hinweis, blablaba, sondern konnte durch beherztes Kombinieren weitere schwerste Straftaten verhindern.«

Schröder sah auf. Der Stift verharrte über dem Papier.

»Na gut«, gab Zorn zu. »*Beherztes Kombinieren* ist ein bisschen unglücklich formuliert. Hast du ’ne Idee?«

»Nein. Aber ich hätte eine Frage, wenn’s gestattet ist.«

»Wenn’s unbedingt sein muss …«, seufzte Zorn.

»Ehrlich gesagt weiß ich nicht, welche …«, Schröder kratzte sich mit dem Bleistift an der Schläfe, »*schwersten Straftaten* durch den Scharfsinn des Ermittlungsleiter verhindert wurden.«

»Nun leg doch nicht jedes Wort auf die Goldwaage!«, beschwerte sich der scharfsinnige Ermittlungsleiter und verdrehte die Augen.

»Und außerdem kam doch der …« Schröder sah wieder über seine Mitschrift, »*entscheidende Hinweis* von, äh …«

»Ja?«

»Von … Hendryk?«

»Nee, mein Freund!« Zorns verbliebener Zeigefinger richtete sich über den Schreibtisch auf Schröder. »*Ich* hab gesagt, dass wir uns Hannah vornehmen müssen, du wolltest es nämlich nicht wahrhaben!«

»Aber lag das nicht …«

Schröder biss sich auf die Lippen.

… auf der Hand?, hatte er sagen wollen, doch er verkniff sich die Frage, um Zorn keine Gelegenheit für das nächste billige Wortspiel zu geben.

»Ich habe die Fakten geprüft«, schwadronierte Zorn weiter, »und die richtigen Schlüsse gezogen. Und zwar als Erster. Außerdem hat Hendryk alles auf die Nase gebunden gekriegt, aber ich bin ganz allein drauf gekommen. Ich habe«, er tippte sich an die Stirn, *»kombiniert.«*

Was, wie Schröder zugab, eine durchaus beachtliche Leistung war.

»Du musst es ja nicht genauso aufschreiben«, winkte Zorn bescheiden ab. »Es reicht, wenn du's kurz erwähnst. Ich hab's zwar nicht ganz verhindert, aber«, er presste die Kuppen von Daumen und Zeigefinger aufeinander, »ich war *so kurz davor.*«

Zorn, erschöpft nach der ungewohnten geistigen Anstrengung, erklärte, eine rauchen zu gehen.

»Natürlich«, nickte Schröder. »Das hätten wir ja jetzt geklärt.«

»Du kannst das ja schon mal in den Rechner tippen.« Zorn deutete auf den Zettel. »Und dann …« Er stutzte, legte die Stirn in Falten. »*Was* hätten wir geklärt?«

»Dass du ein äußerst begabter Ermittlungsleiter bist. Du sagst selbst, dass dein«, Schröder kniff ein Auge zusammen und zitierte aus dem Gedächtnis, *»beherztes Kombinieren* zur Ergreifung der Täter und zur Verhinderung weiterer schwerer Straftaten geführt hat. Was eindeutig beweist, dass der richtige Mann auf der richtigen Position sitzt.«

Somit, fügte er hinzu, könne nun endlich die leidige Diskussion, wer von ihnen beiden der Chef sei, zu den Akten gelegt werden.

»Nee, Freundchen.« Zorn, der während Schröders lapidar vorgetragener Erklärung zunehmend an Farbe verloren hatte, beugte sich über den Schreibtisch. »So leicht ziehst du deinen kahlen Schädel nicht aus der Schlinge.«

»Hab ich schon.« Schröder wedelte mit dem Zettel. »Hier steht's.«

»Die … die haben dir schon vor Monaten angeboten, den Laden wieder zu übernehmen!«

»Ich habe abgelehnt«, lächelte Schröder.

»Aber du hast versprochen, dass du drüber nachdenkst!«

»Hab ich das?« Schröders Augen weiteten sich fragend. »Kann sein«, stellte er nach kurzem Überlegen fest. »Aber das hat sich ja nun erledigt. Jetzt, wo wir schwarz auf weiß festgehalten haben, dass die Abteilung in guten Händen liegt.« Er verstaute den Zettel in einer Schublade. »In *einer* zumindest.«

»*Ich* bin es, der hier die schlechten Wortspiele macht!«, schäumte Zorn. »Und außerdem«, er hob in einer anklagenden Geste den verstümmelten Arm, »hab ich immer noch Schmerzen! Ich bin gar nicht richtig einsatzfähig!«

»Du nimmst keine Tabletten mehr.«

»Ach! Und woher …« Zorns Miene verdüsterte sich. »Das hat sie dir also auch erzählt. Diese miese Petze.«

»Mit Frieda hat das nichts zu tun.«

»Woher weißt du's dann?«

»Ganz einfach.« Schröder bildete mit den Fingern ein V, deutete zuerst auf seine Augen, dann auf Zorn. »Ich beobachte dich.«

»Ich kann mich trotzdem jederzeit krankschreiben lassen«, triumphierte Zorn. »Niemand kann nachweisen, dass die Hand nicht mehr weh tut. Weil die gar nicht mehr da ist!«

Sie diskutierten noch eine Weile, bis sie schließlich beschlossen, die Würfel sprechen zu lassen. Da es nicht um einen Gewinn, sondern um ein Opfer ging, sollte derjenige, der die niedrigste Zahl würfelte, die Abteilung übernehmen müssen.

Beim ersten Versuch würfelten beide eine eins.

Beim zweiten ebenfalls.

*

Zorn spuckte auf die geschlossene Faust. Der Würfel rollte über den Schreibtisch, prallte gegen den Fuß des Computermonitors und verschwand über die Tischkante.

»Und jetzt?«, fragte Schröder.

»Du bist dran. Also heb ihn auf.«

»Ich hab ihn aber nicht runtergeworfen.«

Sie saßen mit verschränkten Armen in ihren Sesseln.

»Aber du bist jetzt dran«, beharrte Zorn. »Außerdem bist du viel kleiner als ich. Also passt du besser unter den Schreibtisch.«

»Und du«, entgegnete Schröder, »hast die längeren Arme.«

»Aber nur …«

»… einen, jaja. Der wird ja wohl reichen, einen Würfel aufzuheben.«

Schröder bückte sich und sah unter den Schreibtisch.

»Du hast 'ne Sechs.« Seine Stimme drang dumpf unter dem Tisch hervor. »Also«, er kam schnaufend wieder zum Vorschein, »hast du verloren.«

»Erst, wenn du dran warst«, widersprach Zorn. »Außerdem gilt nur das, was auf dem Tisch gewürfelt wird.«

»Dann«, stellte Schröder fest, »müsstest du den Wurf wiederholen. Laut deiner Argumentationskette sollte derjenige den Würfel aufheben, der dran ist. Also du.«

Ihre Blicke trafen sich.

»Er liegt direkt neben deinem Fuß«, sagte Schröder. »Dem linken. Du musst dich nur bücken.«

»Ich hab aber keine Lust. *Chef.*«

»Ich auch nicht«, erwiderte Schröder und fügte in ähnlich lauerndem Duktus hinzu: »*Chef.*«

Und so geschah es, dass die Entscheidung erneut auf einen unbestimmten Zeitpunkt vertagt werden musste.

*

Auf dem Heimweg hielt Zorn wie mittlerweile gewohnt am Blumenladen. Als er aus dem Volvo stieg, fiel sein Blick auf das Schaufenster eines Juweliers. Er trat näher, betrachtete die blitzenden Auslagen.

Seine Aufmerksamkeit galt weder den sorgsam ausgeleuchteten Uhren noch den zahlreichen Ketten, Ohrringen und Armbändern, sondern einer eher unscheinbaren Kollektion Eheringe, die in einer Ecke auf weinrotem Samt präsentiert wurde.

Ich hätte sie fast verloren, überlegte er. Wäre es nicht an der Zeit, sie zu fragen? Unverbindlich natürlich?

Grübelnd stand er im goldenen Nachmittagslicht, ein schlanker, hochgewachsener Mann mit langem, zunehmend ergrauendem Haar und vernarbter Wange, dessen rechter Arm in einer Ledermanschette endete.

Die Ringe sahen alle gleich aus.

Es war wie mit den Blumen.

Verwirrend.

Ich schenke ihr nachher erst mal die Blumen, beschloss er. Und sage ihr, dass sie die Ringe aussuchen darf. Vielleicht stimmt sie ja zu.

Er ging nach nebenan in den Blumenladen. Die Verkäuferin fragte nach seinen Wünschen.

»Irgendwas«, erwiderte er. »Bloß keine Nelken.«

Die Blumenhändlerin präsentierte ihr umfangreiches Sortiment an Schnittblumen und bot eine Vielzahl von Alternativen an. Es dauerte eine Weile, bis sich der überforderte Hauptkommissar entschieden hatte, und als die Verkäuferin das Präsent schließlich einpackte, hatte sie sichtlich Mühe, ihre Verwunderung zu verbergen.

*

»Was ist das?« Frieda sah ihn ernst an.

»Eine äh …«, Zorn überlegte einen Moment, »Sukkulente.«

»Aha.«

»Die muss man nicht gießen.« Zorn drehte den winzigen Topf in den Fingern. »Und die nimmt kaum Platz weg.«

»Das sehe ich.« Frieda biss sich auf die Unterlippe.

»Ist doch ganz praktisch, oder?«

»Klar.«

»Ich dachte, äh …«, Zorn trat verlegen von einem Bein aufs andere, »ist halt mal was anderes.«

»Stimmt.« Frieda beugte sich über das Töpfchen. »Und so … *kreativ*.«

»Findest du?« Zorn errötete ein wenig vor Stolz.

»Welche Frau wünscht sich das nicht?«, gluckste sie. »Einen … Kaktus?«

Frieda, die sich vergeblich bemüht hatte, ernst zu bleiben, brach in schallendes Gelächter aus, und Claudius Zorn wurde bewusst, dass seine Kernkompetenzen offensichtlich auf anderen Gebieten lagen.

Welche das sein sollten, war ihm nicht recht klar.

Blumen waren es jedenfalls nicht. Und Heiratsanträge, auch das war sicher, gehörten ebenfalls nicht dazu.

Also ließ er's bleiben.

Es war auch nicht wichtig.

Alles war gut, wie es war.

Fragen an Hauptkommissar Zorn und Hauptkommissar Schröder

Gratulation, Sie beide haben nun bereits Ihren zehnten Fall abgeschlossen. Wie haben Sie dieses Jubiläum gefeiert?
Zorn: Ich hab gerade 'ne Hand verloren. Wüsste nicht, was es da zu feiern gibt.

Wird es ein elftes Buch geben?
Zorn: Also dafür würde ich meine Hand nicht ins …
Schröder: … Feuer legen, jaja.

Sie wirken ein wenig gereizt.
Schröder: Ich kann diese Wortspiele nicht mehr hören.
Zorn: Pff!

Zurück zur Frage.
Zorn: Welche Frage?

Ob weitere Bücher geplant sind.
Schröder: Die Romane haben ja eine nicht unbeträchtliche Leserschaft.
Zorn: Die kann man an fünf Fingern abzählen.
Schröder: Insofern liegt es auf der Hand …
Zorn: Ha! Das war'n Wortspiel!
Schröder: … dass wohl noch weitere Bände veröffentlicht werden.

Werden Sie irgendwann wieder die Leitung der Abteilung übernehmen, Herr Schröder?

Schröder: Nun ja. Ich …

Zorn: Der feine Herr hat's nicht mehr nötig, sich die Finger schmutzig zu machen. Aber so war's schon immer. Ich hab den Stress, und Schröder …

Schröder: … lacht sich ins Fäustchen.

Zorn: Da brauchst du gar nicht so zu kichern!

Schröder: Ach komm, Chef. Du schaffst das mit links.

Zorn: Wie denn sonst?! Mit rechts geht's ja nicht mehr!

Kann man damit rechnen, dass Sie diesen Streit irgendwann beilegen werden?

Zorn: Schröder fängt doch immer wieder an! Ich jedenfalls wasche meine Hände in Unschuld. Würde ich zumindest gern, ich hab ja nur noch …

Das wissen wir ja schon. Die Frage ist … wo wollen Sie denn auf einmal hin?

Zorn: Rauchen!

Schröder: Däumchen drehen kann er ja jetzt nicht mehr.

Na dann … herzlichen Dank für das Gespräch.